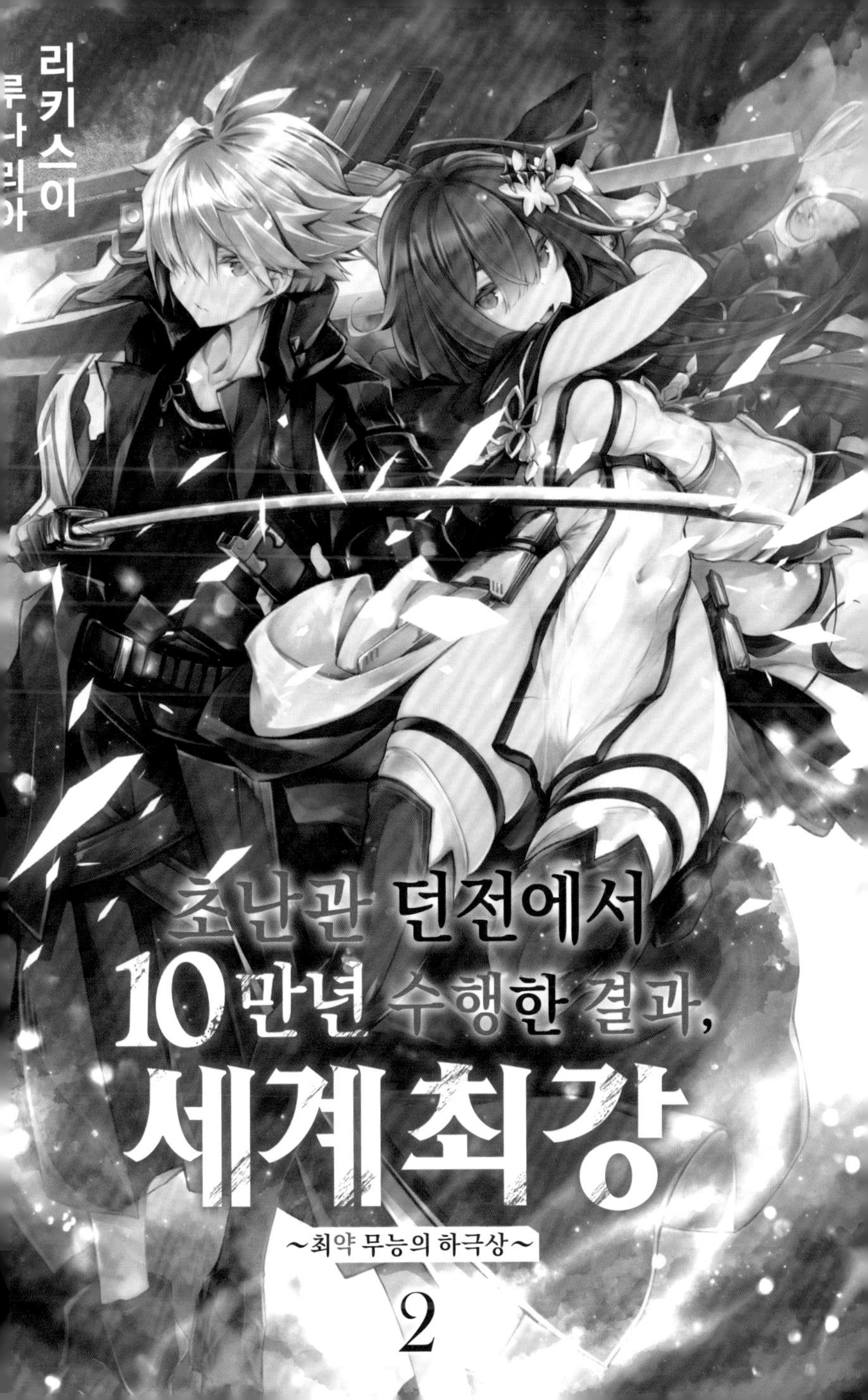
리키스이
루나리아
초난관 던전에서
10만년 수행한 결과,
세계최강
~최약 무능의 하극상~
2

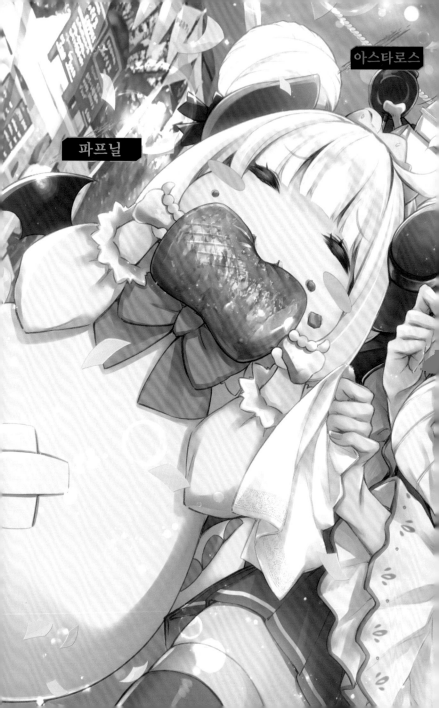

"인간 냄새가 심해서 현기증이 나오……."
"어머, 입가가 더러워졌어."

카이 하이네만

미아 캄파넬라

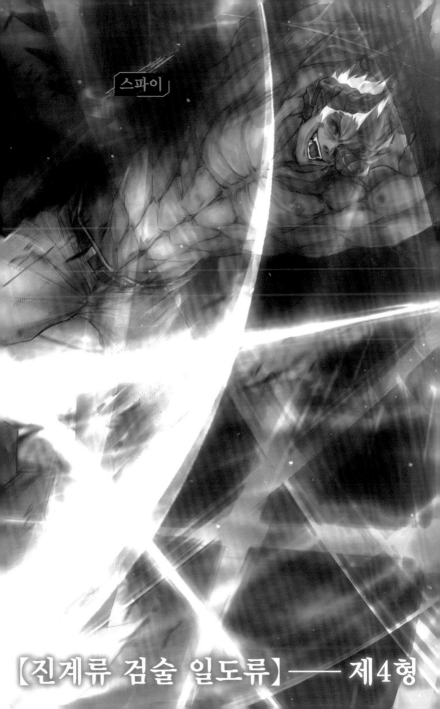

스파이

【진계류 검술 일도류】─── 제4형

CONTENTS

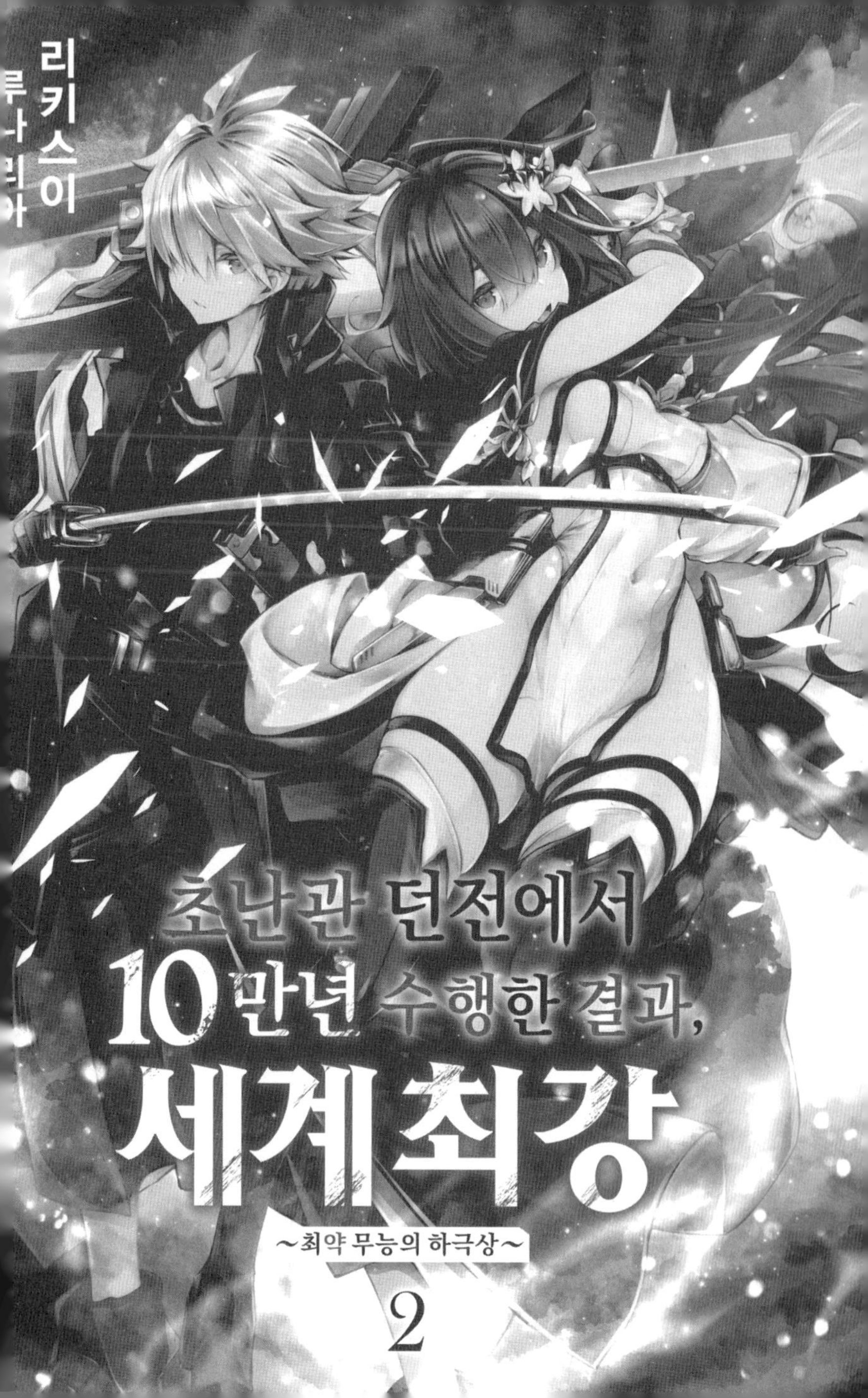
리키스이
루나리아
초난관 던전에서
10만년 수행한 결과,
세계최강
~최약 무능의 하극상~
2

커버 그림, 본문 일러스트 | **루나 리아**

프롤로그

——고스트타운, 페스팔 영주의 저택.

지하실 문이 삐걱거리는 소리를 내며 열리더니, 그 안에서 동그란 안경을 쓴 거구의 남자가 나왔다. 새하얀 가운을 입고, 똑같이 하얀 장갑의 곳곳에는 새빨간 피가 묻어 있었다.

"칠리, 어때? 토해냈나?"

날카로운 눈에 노출이 심한 검은색 의복을 입은 여자가 동그란 안경을 쓴 흰 가운의 남자 칠리에게 물었다. 여자는 양 갈래로 묶은 금색 머리카락을 오른손으로 귀찮은 듯 넘기고 있었다.

"네, 알고 싶은 정보는 모두 알아냈습니다."

칠리가 고개를 끄덕였다. 그는 오른손에 든 피가 묻은 종이 다발을 테이블에 던지더니, 가까운 의자에 앉아 나무 용기에 과실주를 따라 벌컥벌컥 마시기 시작했다.

흰색 슈트를 입은 외눈 남자가 테이블로 다가와 종이를 읽기 시작했다. 그리고——.

"카이 하이네만."

그저 그렇게 중얼거리고, 종이를 테이블에 놓았다.

터번을 감은 장신의 미청년이 그 종이를 한 번 읽고 칠리를 보며 놀란 목소리로 물었다.

"아니, 고작 열다섯 언저리인 인간 꼬마가 지르마를 죽였다고? 심지어 자료에는 이 녀석, '이 세상 제일의 무능'이라는 기

11

프트 홀더인데. 이 나라에서도 최약이라 칭해질 꼬마잖아?"

"적어도 아까 그 장난감은 그렇게 생각했던 것 같더군요."

칠리는 터번을 감은 미청년에게 시선조차 보내지 않고, 무뚝뚝하게 대답했다. 더는 조금도 관심이 없는 모양이다.

흰색 슈트를 입은 외눈 남자는 날카로운 눈의 금발 여자를 향해 눈알을 돌렸다.

"비네거, 카이 하이네만을 조사해. 버릇부터 점 개수까지 철저하게."

순간 술렁이는 실내. 당연하다. 세계 최강의 전투 결사를 자부하는 '흉'이라면 그런 열다섯 살의, 심지어 세상에서 제일 약하다는 아이 따위 조사할 필요도 없이 그냥 말살했을 테니까.

"대장, 설마 그 카이라는 꼬마가 우리를 위협할 만한 존재라도 된다고 생각하는 거야?"

터번을 감은 미청년이 복잡한 얼굴로 외눈의 '흉' 대장에게 묻자, 그가 고개를 살짝 끄덕였다.

"일단 내 감이기는 하지만 그래."

"대장의 감이라니, 진짜 위험하단 소리잖아."

'흉'의 대장은 터번을 감은 남자로부터 눈매가 날카로운 여자, 비네거에게로 시선을 옮겼다.

"좋아. 그 대신 이번 일은 확실히 보수를 받겠어."

비네거가 대장에게 정중하게 인사하고 방에서 나갔다.

"그래서? 페퍼, 유적 쪽은 어땠지?"

대장이 구석 테이블에서 술을 마시고 있는 작은 몸집에 새우

등, 두 눈에 고글 같은 것을 착용한 남자 페퍼에게 물었다.

"글쎄, 나도 본 적도 없는 다중 술식이었어. 상당히 촘촘하게 짜인 거라 발동시키면 그 자리에 있는 모든 공물을 먹어치우는 물건이야."

"오호, 그 마족의 정보도 완전히 거짓은 아니었단 뜻인가."

"마족이 믿는 신입니까. 아마 상위 정신 생명체일 테니, 수중에 넣으면 지금보다 훨씬 큰 힘을 얻을 수 있을지도 모르겠군요."

터번을 감은 미청년이 환희하자, 지금껏 끼어들지 않고 앉아 있던 칠리도 스킨헤드인 자신의 머리를 문지르며 조용히 중얼거렸다.

"그래. 누가 가질지는 나중에 뒤탈이 없도록 이 주사위로 정하지. 솔트, 넌 제물이 될 만한 녀석을 써서 그 술식을 발동시켜!"

"좋아. 맡겨둬!"

미청년, 솔트가 흔쾌히 대답했다.

"슈거, 페퍼, 너희는 파프라라는 마을을 없애."

두 눈에 고글을 쓴 남자, 페퍼. 푸른색 머리를 왼쪽은 길게, 오른쪽은 짧게 비대칭으로 한 곱상한 남자 슈거. 대장은 둘에게 살벌한 지시를 내렸다.

"여전히 대장은 무섭네."

솔트가 진심을 담아 말했다.

"알겠어엉. 하지만 비싸게 팔릴 법한 건 남겨도 될까아?"

"야, 대장은 전부 처분하라고 한 거야──."

슈거가 허락을 요구하였고, 페퍼가 이마에 굵은 핏대를 세우고 외쳤으나.

"과정은 너희에게 맡기겠다. 다만——."

대장이 모자를 집으며 슈거를 응시했다.

"아, 알겠어. 돈만 받으면 확실히 죽일게."

시선을 받은 슈거가 긴장한 얼굴로 목소리를 떨었다.

"우리는 '흉'이다! 거스르는 놈은 한 마리도 살려두지 마라!"

대장이 그렇게 외치고 건물 입구로 걸어가자, 다른 멤버도 그를 따라 움직이기 시작했다.

***

어두컴컴한 방. 어둠의 마왕 애쉬메디어의 측근 중 한 사람, 네일은 부하의 보고를 받고 양손으로 얼굴을 가렸다.

"그 토우테츠를 부르고도 용사에겐 이기지 못했다니……."

부하에게 감시를 포함한 관여를 일절 금지한 것은 다름 아닌 네일이다. 따라서 상세한 내용은 전혀 모른다. 다만 토우테츠가 인근 도시 파프라로 향하여, 아무래도 토벌된 듯하다.

토우테츠라면 적어도 인간의 도시, 이곳 바르세는 괴멸시킬 수 있을 터였다. 그러면 용사가 나오지 않을 수 없었을 텐데. 네일 측의 목적은 어디까지나 마족이 믿는 신의 현현. 따라서 용사팀에 조금이라도 피해를 입힐 수 있으면 된다. 그것만으로 네일 측은 신의 현현을 위해 움직이기 편해진다. 그렇게 생각했는데, 바르세는커녕 웬만한 전력도 없을 듯한 소규모 도시 파프라조차 함락시키지 못하고, 사실상 인간들에게 피해가 없는 수준의 결과를 얻은 것이다. 아무리 생각해도 네일 같은 마족에게는 최악의 결과다.

"No.33은 아직 안 돌아왔어?"

네일의 부대에 들어올 때, 마족들은 이름을 버리고 번호로 불리게 되어 있다. 이것은 인간들의 세력 범위 내에서의 척후가 너무나 위험을 수반하는 임무이기 때문이다. 장기 말에 불과한 병사의 생사에 일일이 동요해서는 본래 목적을 달성하기란 불가능에 가깝다. 부대의 지휘관에게는 무엇을 희생하더라도 목적을 달성해야 한다는 필사적인 결의가 필요하다.

"네. 소식불통입니다. 아마 인간에게 포박되었을 것으로……."

측근의 보고에서 참을 수 없는 분한 마음이 배어 나왔다.

"그런가…… 그럼 이미……."

안 된다. 일개 병사에 지나지 않는다. 그렇게 몇 번이나 자신을 설득하려고 하였으나, 억누를 수 없는 슬픔, 절망, 분노 등 강한 부정적인 감정이 차올라 네일의 마음을 산산이 부쉈다.

'미안해. 미안해…….'

오른손으로 가슴을 쥐어뜯으며 몇 번이나, 몇 번이나 사과했다.

정말 질리도록 깨달았다. 네일에겐 남의 위에 설 만한 자질이 없다. 본래 지휘관이라면 부하 하나가 죽었다고 이렇게까지 마음이 흔들리지 않는다.

'뭐가 필사적인 결의야! 결국, 그런 각오, 지금까지 제대로 해본 적도 없잖아!'

마족 중에서도 강자라는 자각 때문에 지금까지 다른 사람을 부리는 것이 당연하다고 생각하였으나, 의지해왔던 그 강함도 용사라는 괴물에게는 무력한 것에 가까웠다. 속마음을 말하자면, 이대로 다른 사람에게 이 중책을 떠넘기고 도망치고 싶다.

'가능할 리가 없나……'

네일에게는 지키고 싶은 것이 있다. 아무리 괴로워도 이 임무는 해내야만 한다.

'황천에서 지켜봐 줘. 해내면 곧 나도 너희 뒤를 따라갈게.'

네일은 크게 숨을 내뱉고 말했다.

"당장 저 유적의 제물 후보를 찾아야 해."

마족과 그분을 구할 수만 있다면, 이 목숨쯤은 얼마든지 바치겠다. 그러나 아무래도 저 유적의 술식을 발동시키기 위한 제물이 될 수 있는 것은 인간의 피를 지닌 자뿐인 모양이다.

"넵!"

한쪽 무릎을 꿇고 일제히 우렁차게 대답한 뒤, 부하들은 방에서 차례로 모습을 감췄다.

"애쉬 님, 반드시 제가 당신을 구하겠습니다!"

네일은 아랫입술을 아플 정도로 깨물며, 애타는 목소리로 말했다.

***

악군 바빌론계 신족── 바빌론 궁전.

검은색 돌로 지은 궁전의 왕좌에 거만하게 앉아 있는 것은 두 개의 휘어진 커다란 뿔이 돋은 어리고 귀여운 외모의 소녀다. 투명한 하늘색 머리를 양 갈래로 묶고 검은색 니삭스를 신었으며, 검은색 옷과 검은색 망토를 걸쳤다.

"티아마트 님, 이 파즈즈, 보고드리러 왔습니다!"

소녀 앞에 무릎을 꿇은 한 남자가 목소리를 높였다.

자신을 파즈즈라 칭하는 푸른 수염을 기른 거구의 녹색 머리 남자. 그는 새빨간 삼각팬티에 망토를 걸친 모습으로, 사자로도 보이는 얼굴을 온통 하얀 가루로 칠한 상태였다. 머리에 쓴 군모는 그 이색적인 겉모습을 더욱 돋보이게 했다.

"무슨 일이야? 소녀는 지금 몹시 졸린데."

목소리는 절대 크지 않을 터인데, 공기조차 떨 만한 압박감에 실내의 군복을 입은 역전의 신들이 무의식중에 숨을 죽였다.

이 왕좌에 앉은 여신의 짜증을 받으면 최악의 경우 재기불능이 되고 만다. 이 자리는 모두에게, 줄타기라도 하는 듯 위험한 장소. 일동은 그것을 누구보다도 잘 알고 있다.

"이번 게임판이 판명되었습니다."

그런 화재 현장과 같은 상황에도 동요하지 않고, 파즈즈가 또 박또박 전달했다.

순간 티아마트의 졸린 듯한 두 눈이 처음으로 뜨였다.

"그거 정말이지?"

반론을 용납하지 않는 어조였다.

"네. 전에 보고했던 해당 유적의 분석을 완료하였는데, 지정된 유적은 우리 악군을 위한 게이트임이 판명되었습니다. 즉——."

"그 세계가 게임판이라는 거지?!"

티아마트가 옥좌에서 몸을 내밀고 들뜬 목소리로 질문했다.

"네. 심지어 아까 게이트 에어리어에 침입한 자의 카르마는 상당했습니다. 그거라면 티아마트 님께서 현계(現界)하시는 것도 가능하지 않을까 합니다."

"잘했어!"

티아마트가 옥좌에서 벌떡 일어나 신나게 외쳤다. 단지 그것만으로 옥좌의 곳곳에 균열이 생겼다.

"이미 준비를 해두었습니다. 먼저 제가 현계한 뒤, 티아마트 님을 위한 게이트를 열겠습니다."

"그래, 그래, 어서 해줘! 오래는 못 기다려!"

"네! 우리 존경하는 중장님이 원하시는 대로!"

파즈즈는 무릎을 꿇은 채 머리를 깊숙이 숙이고, 모습을 감췄다.

티아마트는 두 팔을 벌려 하늘을 향해 환호했다.

"해냈어! 드디어 즐겁고 즐거운 게임이 시작되겠어! 현계하면 어떤 놀이를 해볼까!!"

미래의 쾌락적인 나날을 그리며, 그 앳된 얼굴에 황홀한 표정을 그린 채.

제1장 길드 직원 유괴 사건

우리가 바르세에 머문 지 사흘이 지났다. 프랭크턴의 모반 건으로 왕도에서 로제에게 위협이 될 만한 자의 제거는 대강 완료되었는지, 약 2주 뒤에 왕도로 귀환하라는 허가가 떨어졌다. 즉 2주간 이곳 바르세에 머물러야 한다는 뜻이지만, 나는 바르세에는 큰 관심이 있었기에 좋은 기회라고도 할 수 있다.

바르세의 중앙에서 네 방향으로 이어진 큰길에서 북쪽으로 나아가자, 그 거리의 교차로를 중심으로 4층 규모의 거대한 건물이 장엄하게 서 있었다.

"오, 이게 바르세의 헌터 길드인가."

바르세는 세계에서도 유수의 헌터를 위한 도시다. 인근 밀림 지대인 실케 수해에 서식하는 고레벨 마물로부터 얻을 수 있는 소재 중엔 이곳에밖에 없는 지극히 희소한 것도 많아서, 전 세계의 헌터가 일확천금을 노리고 찾아오고 있다. 따라서 이곳은 헌터 업무에서 빼놓을 수 없다.

이제 나는 이 세계에서 살아가야 한다. 그러기 위해서는 돈이 필수다. 돈을 버는 가장 빠른 방법은 헌터가 되어 몇 가지 퀘스트를 받는 것이다.

장래에 전 세계를 마음껏 여행하고 싶은 나에게 헌터 자격 취득은 어떤 의미로는 필연적이라고도 할 수 있다. 게다가 그 던전에 삼켜지기 전에는 헌터에 대한 강렬한 동경 같은 것도 품고 있었으므로, 언젠가는 등록하려고 생각했다.

건물 앞에 도착하여 안으로 들어갔다. 입구를 중심으로 건물의 왼쪽 반절이 술집 겸 식당, 오른쪽 반절이 퀘스트 등의 게시판이 있는 구역으로 나누어져 있다.

똑바로 카운터까지 나아가 긴 갈색 머리를 아래로 묶은 여성 직원에게 단도직입적으로 목적을 밝혔다.

"헌터가 되고 싶은데 가능할까?"

여성은 잠시 나의 전신을 거리낌 없이 훑어보더니, 영업 미소를 지으며 대답했다.

"등록 검사료로 1만 올이 필요합니다."

1만 올. 평민의 한 달간 평균 수입이 8천 올 정도이므로 제법 큰 돈이다. 여비 대신 할아버지가 활동 자금으로 10만 올을 주었으나, 파프라에서도 많이 썼으니 이대로 계속 쓰기만 하면 언젠가 바닥이 나고 말 것이다. 역시 빠른 금전 획득 수단이 필요하다.

"1만 올이라. 알겠어."

아이템 박스에서 가방을 꺼내 돈이 든 주머니를 찾는데──.

"그거 아이템 박스입니까?!"

직원이 안색을 바꾸고 물었다. 큰일이다. 그러고 보니 아이템 박스는 일반적으로는 귀중한 것이었다. 평소엔 가죽 가방으로 위장했는데 생각하느라 그냥 꺼내고 말았다. 안 그래도 귀찮은 로열가드 직책을 떠맡고 있다. 이 이상 눈에 띄어 쓸데없는 일을 늘리는 것은 사양이다.

"아니야. 이 가방은—— 어, 허리에 차고 있던 거야."

"하, 하지만 방금 아무것도 없던 곳에서——."

"그건 네가 잘못 본 것 아닐까? 나에겐 그런 스킬이 없어. 조사해보면 알아. 무엇보다 내가 감출 이유가 있을까? 내 말이 틀렸어?"

"그건 그럴지도 모릅니다만……."

음, 일단 납득한 모양이다. 그래. 인간은 순수한 게 제일이라고.

"1만 올이야. 받아둬."

"1만 올. 확실히 받았습니다. 그럼 기프트와 스테이터스를 조사하도록 하겠습니다."

이것은 신전에서 건드린 수정이다. 기프트를 자기 신고제로 하면 속이는 사람이 다수 발생하기 때문일 것이다. 타당한 방식이고, 이 이상 귀찮은 일을 떠맡고 싶지 않은 나로서는 무능하다는 진실을 공표해주는 쪽이 더욱 편하다.

문제는 이 수정에 의한 기프트 판정 뒤에 있을 스테이터스 감정인가.

이 세계는 약자와 강자의 차이가 심하다. 던전에 들어가기 전과 현재의 지식을 종합하면 '봉신 장갑'을 사용하지 않은 상태의 나의 진짜 강함은 세계에서는 일단 상위권에 속할 것이다. 새삼 생각해 보면, 아무리 천부적인 재능이 있더라도 저 애쉬번이 검제의 이름을 중견 정도의 실력밖에 없는 검사에게 줄 리가 없다. 아직 믿기 어렵지만 현재 검제의 실력이라도 이 세계에서는 충분히 강자에 속한다고 생각한다.

그렇다고 해서 이 세상이 약자만 있다고는 생각하지 않는다. 그야 전설의 용사에 4대 마왕, 최강종인 용들, 그 외에도 아직 강자는 넘쳐난다……고 믿는다. 정확한 정보를 얻지 못한 지금, 낙관적으로 보는 것은 위험할 듯하다.

그렇다면 스테이터스 평균 100이 현재 어느 정도일지도 불확실하다. 그보다 나의 감정과 같을지도 판단할 수 없다. 그러나 저 자칭 정령왕이라는 악령이 100이면 꽤 한다고 했으니까…….

그럼 나의 기프트와의 정합성을 생각하면 스테이터스는 낮추는 편이 나으려나. 그럼 '봉신 장갑'으로 스테이터스를 아예 10 언저리로 내려볼까. 이거라면 신입이 조금 단련한 정도일 테니 크게 위화감은 없을 것이다. 그래, 그렇게 하자.

'봉신 장갑'으로 스테이터스를 평균 12로 맞췄다. 그리고 수정을 건드렸다.

"이, 이 세상 제일의 무능?!"

실내에 직원의 놀란 목소리가 울려 퍼졌다.

"앗!"

직원이 황급하게 입을 막고 주위를 확인하자, 다른 헌터들이 호기심이 가득한 눈으로 쳐다보고 있었다.

곧이어 들리는 헌터들끼리 소곤소곤 속삭이는 소리. 무슨 말을 하는지는 일목요연하군.

"죄, 죄송해요!!"

머리를 깊게 숙이는 직원에게 괜찮다고 대답하려는 찰나——.

"이봐, 들었어? 저 꼬마의 기프트, '이 세상 제일의 무능'이래!"

눈매가 매서운 금발의 장신 남자가 나에게 다가와 뒤에서 수정을 들여다보며 외치자, 동료로 보이는 사람들이 일제히 비웃었다.

남자는 빨간색과 흰색의 움직이기 편해 보이는 옷을 세트로 입고, 등에는 대검을 메고 있다. 보아하니 나처럼 검사인 듯하다.

"저기요── 라이가 군!!"

직원이 화난 얼굴로 소리쳤지만, 나는 오른손으로 그것을 제지했다.

"아니, 괜찮아."

던전에 들어가기 전이었다면 분명 어느 정도 충격을 받았을 것이다. 그러나 이제 나는 나보다 10만 살 가까이 어린 젊은이의 말에 화를 내지는 않는다.

"라이가 군, 다음에 또 이러면 지부장님께 보고하겠어요!"

"알겠어. 나 참, 미아는 너무 빡빡하다니까. 그런 배신자의 편을 들다니."

불만족스럽게 입을 삐죽이며 동료에게 돌아간다.

그렇군. 아무래도 저 라이가라는 젊은이는 미아 양에게 반하기라도 한 모양이다.

청춘 남녀끼리 연애라는 것인가. 음, 전혀 관심이 생기지 않는다. 진심으로 아무래도 좋다.

아무튼 저 라이가라는 젊은이 덕분에 그들은 완전히 나를 무능한 인간으로 봐준 것 같다.

잘됐다. 실로 잘된 일 아닌가. 이 상태로 나의 기프트를 공표한 다음, 이어서 로제의 로열가드가 될 만한 사람을 찾으면 주위에서 내가 희망하는 길을 알아서 만들어줄 것이다.

"밝혀버려서 정말 죄송해요."

풀이 죽어 사과를 반복하는 미아.

"아니, 괜찮아. 오히려 더 해도 돼."

나는 그녀에게 당당하게 엄지손가락을 세웠다.

"너 혹시 괴롭힘을 당하면 쾌감을 느끼는 사람이야?"

그런 나를 미아는 잠시 놀란 눈으로 바라보다가, 말도 안 되는 소리를 지껄였다.

그 후 직원을 재촉하여 헌터 등록 절차를 진행했다.

검은색 로브를 입은 담당 직원이 나에게 손자국이 난 파란색 직육면체 돌을 건드리도록 지시했다. 내가 오른쪽 손바닥을 파란 돌의 지정된 위치에 올리자, 그 돌에 몇 개의 녹색 선이 그어졌다.

담당 직원이 푸른색 돌 왼쪽에 달린 작은 빨간색 구슬을 건드리며, 동시에 다른 손을 종이에 댔다. 직원이 손을 댄 종이에 차례로 글자며 숫자가 떠올랐다.

오, 저것이 감정과 마법의 조합이구나. 스킬 감정으로 사고화하여, 그것을 마법으로 종이에 염사(念寫)하고 있다. 제법 재미있는 기술을 쓰네.

흥미진진하게 지켜보는 나를 곁눈질하며 종이를 확인한 두 사람이 경직되었다.

"거, 거짓말, 강도치가 12……."

간신히 쥐어 짜낸 듯한 미아의 목소리에 길드 안이 순식간에 소란스러워졌다.

아무래도 나의 감정에 의한 스테이터스의 평균치가 여기서는 강도치가 되는 모양이다. 물론 우연히 같았을 수도 있지만, 지금 생각하기에는 그렇다.

그나저나 스테이터스 평균 12 정도로 모두 상당히 놀란 듯한데?

아, 그렇구나, 실수했다. 나의 기프트는 이 세상 제일의 무능이다. 게다가 헌터가 막 되려는 따끈따끈한 초보에 가까운 신입이다. 그런 내가 신입이 조금 단련된 수준의 능력치라면, 기이하게 보이더라도 어쩔 수 없다. 그러고 보니 처음 감정했을 때의 결과는 아마 0.1이었을 터.

그럼 0.1로 되돌려서 다시 판정을 받을까? 아니, 그럼 오히려 나쁜 쪽으로 눈에 띄고, 자칫하면 헌터 자격조차 얻지 못할 가능성이 크다. 역시 1로 내려서 다시 한번 재측정을 받도록 하자.

바로 나의 능력치를 1로 내리고 말했다.

"미안해, 실수였어. 능력 부스트 아이템을 장비하고 있었거든."

아이템 박스에서 아무 특징이 없는 반지를 왼쪽 집게손가락에 현현시키고, 모두의 앞에서 장갑을 벗었다. 그리고 모두에게 보이도록 반지를 뺀 다음 장갑을 끼고 다시 측정을 요청했다.

"다시 한번 해줘."

"느, 능력 부스트……."

당황한 미아와 더욱 소란스러워지는 실내. 이 사람들 대체 왜 이러지?

"얼른 해줘. 나도 한가하진 않아."

"아, 알겠어."

감정사 같은 검은 로브의 남자는 다시 감정을 실시하여 나를 강도치 1로 인정한 뒤에야 겨우 납득한 표정을 지었다.

그로부터 필요한 사항을 기입하고, 헌터 설명을 간단히 들었다. 사실 대부분은 이미 아는 사실이었으나, 유일한 새로운 정보는 헌터 랭크의 승급에 대한 것이었다.

헌터는 E〈신입〉, D〈중견〉, C〈베테랑〉, B〈프로페셔널〉, A〈달인〉, S〈초인〉이라는 여섯 종류의 랭크가 있고, 매일 마물을 토벌한 수와 퀘스트 클리어 등을 고려하여 평가 점수가 가산된다. 그리고 그 평가 점수가 규정치를 넘어가면 길드에 승격 신청을 요청할 수 있게 된다. 또한 C랭크── 베테랑 이상의 승격은 각자 랭크에 따라 특정한 조건을 추가로 만족시켜야 한다.

뭐, 그 특정 조건이라는 것도 물어보았으나 극비 사항인지 가르쳐주지 않았다. 정보 수집은 헌터에게 가장 중요한 기초 사항이다. 그것도 포함한 승격 시험 같다.

이처럼 상위 클래스의 헌터가 되기란 지극히 어렵지만, 한번 상위 랭크가 되면 다양한 혜택을 받을 수 있다. 구체적으로는 헌터 길드 가맹국의 전국 숙소, 상점에서 할인을 받을 수 있고, 다양한 공공시설의 출입이 무료로 허가되거나 자신의 무술 도장을 차리는 것도 가능해진다.

또한 헌터에는 특수 마물 토벌이나 유적 탐색, 식자재 탐색 등 다양한 분야가 존재하여 그에 따른 특정한 특권, 특진, 표창 등을 준다고 한다.

뭐, 나로서는 그런 특권은 전혀 필요 없다. 커다란 특권에는 마찬가지로 커다란 의무도 따라오는 것이 일반적이다. E랭크로 충분하다.

그나저나 구미가 당긴다. 마물의 핵인 마석을 매각하거나, 퀘스트를 수행하여 돈을 번다. 그야말로 미지의 세계를 탐색하는 것이다. 매우 자유롭고 재미있어 보인다. 어서 로제의 로열가드를 찾아내어 헌터로서 세계를 유랑하는 여행을 떠나는 것도 좋겠다.

카드를 받을 때, 그녀가 진지한 얼굴로 나의 귓가에 작은 목소리로 속삭였다.

'카이 군, 그 반지, 너무 사람들 앞에 보여주지 않는 편이 좋아요.'

'어째서? 천하의 헌터가 도둑질이라도 할 거라고는 생각할 수 없는데?'

미아가 말하기 거북한 듯 아랫입술을 깨물었다.

'요즘 기근에 가뭄, 마족과의 전쟁으로 출병 회피를 위해 헌터가 되는 사람들도 많아서, 꼭 그렇지만도 않거든요.'

음, 바로 환멸스러운 현실을 들었군. 현실은 이상처럼 되지 않는 법이다. 물론 요 10만 년 동안 질릴 만큼 겪었다. 그것 또한 좋다.

'명심해두자.'

다시 미아에게 감사 인사를 하고 길드를 나섰다.

아무래도 따라오는 모양이다. 게다가 다 보인다. 애초에 감출 마음이 딱히 없는 건가.

그렇다면 저들이 공격하도록 유도하면 된다. 나는 음침한 뒷골목으로 들어갔다. 이곳이라면 날뛰어도 될 만큼 넓으니, 거친 일에는 딱 맞는다.

"내게 무슨 용건이야?"

히죽이는 얼굴로 나를 포위하는 갑옷 입은 남자들. 이런 범죄 행위, 만약 처음이라면 다소 긴장했을 터. 그러나 이 자들에겐 그런 기미가 보이지 않는다. 그렇다면 조금 과격한 조교를 하여도 문제없을 것이다.

에이, 이 정도로 죽이지는 않는다. 죽이지는. 게다가 아무래도 아까부터 이 녀석들과는 별개로 계속 엿보는 사람이 있는 모양이니까.

"능력 부스트 반지를 이쪽으로 넘겨!"

"아아, 이거?"

아이템 박스에서 반지를 꺼내 주머니에서 꺼내는 척하며 그들의 앞에 보여주었다.

"이, 이리 내!"

짙은 욕망이 들러붙은 얼굴로 나의 오른손에 든 반지를 빼앗으려고 하는 짧은 검은 머리의 투박한 남자. 중심을 살짝 움직여 그것을 피하며, 남자의 발을 후려쳤다. 남자는 공중에서 몇 바퀴 회전하고는 얼굴부터 바닥으로 떨어졌다. 나는 뒤통수를 짓밟은 채 그들을 쭉 둘러보며 웃었다.

"자, 애송이들아, 반지는 여기 있어. 빼앗아봐."

"조심해라! 이 녀석, 이미 부스트 마도구를 쓰고 있어!"

조금 전까지의 여유로운 표정과 달리, 모두 엄숙한 얼굴로 허리에 찬 검을 뽑아 나를 향해 들었다.

"아니, 지금 나의 힘은 스테이터스 평균 1. 분명 너희보다도 낮아. 하지만 무술의 세계는 신체 능력만으로 어떻게 될 만큼 녹록하지 않아."

나는 천천히 걸어가 정면에 선 짧은 금발 머리 남자의 품으로 파고들었다.

"어라?"

얼빠진 소리와 함께 남자가 허공을 날아 낙법도 없이 등부터 떨어져 괴로워했다.

"젠장!!"

뒤에 있던 한 사람이 나를 향해 돌진했다. 나의 왼쪽 어깨를 노리고 수직으로 검을 내리치려고 했지만, 그것을 돌아보지 않고 피하며 몸을 빠르게 돌려 거리를 좁혔다.

"흭?!"

작은 비명을 지른 스킨 헤드 남자는 턱을 얻어맞고 눈을 뒤집으며 온몸의 힘이 빠진 채 바닥에 쓰러졌다.

"뭐, 뭐냐! 이게 뭐야? 너, 무능한 거 아니었냐!!"

순식간에 제압당하고 만 세 사람. 남겨진 리더 같은 파란 머리에 수염을 덥수룩하게 기른 남자가 나에게 떨리는 칼끝을 향하며 목소리를 높였다.

"맞아. 나의 기프트는 '이 세상 제일의 무능'이지. 네 견해는 틀리지 않아. 자, 덤벼라, 애송이. 그 썩은 근성, 철저하게 고쳐주마."

괴성을 지르며 돌진하는 파란 머리 남자를 나는 철저하게 때려눕혔다.

***

바르세를 중심으로 활동하는 B랭크 헌터── 일사 하니시는 평소처럼 마물 토벌을 하고 돌아가는 길에 마석을 환금하려고 길드에 들렀다가 존슨에게 붙잡혔다. 그리고 개인실로 떠밀려가 기묘한 의뢰를 받았다.

"허? 왜 제가 그런 꼬마를 미행해야 하는 겁니까?"

아니, 이유는 안다. 눈앞의 남자, 존슨이 감시 대상으로 지정한 이유는 '이 세상 제일의 무능'이라는 최악이라고도 말할 수 있는 기프트를 지닌 소년이기 때문이다. 이 소년은 저 전설의 A급 헌터 마리아 하이네만의 외동아들이다. 마리아 하이네만은 한없이 S랭크에 가까운 헌터이며, 본인이 S랭크 승급을 거절했기에 A랭크에 머물고 있다는 소문이 자자하다. 존슨은 마리아 하이네만과 과거에 파티를 맺은 적도 있으니 아마 리빙 레전드의 아들을 보호하려는 의도일 것이다.

"이유는 아마 지금 내가 말해줘도 믿지 않을 거야. 그러니 네가 너의 눈으로 판단해."

존슨은 의미심장한 말을 하더니, 방을 나가버렸다. 한마디로 의뢰라는 표현은 허울이고 강제라는 것이다. 존슨에게는 과거에 큰 신세를 졌다. 이제 와서 거부할 수도 없다.

"보수라도 많이 받지 않으면 타산이 안 맞는데."

입을 삐죽이며 불평하면서 방을 나가자 마침 길드 직원 미아의 당황한 목소리가 들렸다. 그리고 미아가 꺼낸 '이 세상 제일의 무능'이라는 말. 바로 시선을 옮기자, 애쉬그레이 머리에 이렇다 할 특징이 없는 소년이 시야에 들어왔다.

저 애가 이번 보호 대상인 카이 하이네만인 듯하다.

분명 헌터 등록을 하러 와서, 미아가 저 불우한 기프트를 보고 무심코 입에 담은 것이겠지. 아마 확실하지 않을까. 물론 기프트만으로 헌터의 미래가 정해지는 것은 아니지만, 그래도 한도란 것이 있다. 그런 쓸모없는 쓰레기 기프트로는 헌터로서 크게 성공하기란 어렵다. 실로 불쌍한 소년이다.

그 뒤, 소년이 능력 부스트 아이템을 갖고 있다고 스스로 폭로하여 길드 안은 소란에 휩싸였다. 능력 자체를 키우는 아이템이라니 들은 적도 없다. 아마 마리아 하이네만에게 받은 것이겠지만, 어쩌면 국보급 가치가 있을지도 모른다. 이 자리에 있던 헌터들이 소년에 대해 각자 제멋대로 떠들어대기 시작했다.

그 내용은 입수 장소와 아이템의 효능 등에 대한 관심이 60퍼센트, 나머지 40퍼센트는 신입이 그런 대단한 물건을 지닌 것에 대한 질투였다. 그리고 조금이지만, 그 눈에 탐욕스러운 빛을 담고 있는 자들도 확인되었다.

"과연, 존슨 씨가 저 애의 보호를 명령한 건 이런 이유였나."

이유는 아마 저 반지다. 확실히 그런 국보급 반지를 초보가 갖고 있으면 십중팔구 노리는 사람이 나타나기 마련이다. 특히 이곳 바르세의 헌터팀 중에는 도적이나 다를 바 없는 자도 있어서, 길드에 많은 피해 신고서가 제출되어 바르세 헌터 길드의 상층부가 대책에 나선 참이었다. 또한, 이 도적 같은 팀의 뒤에는 누군가가 있다. 문제를 복잡하게 만드는 그들이 얽혀 있다면 카이 하이네만이 살해당하고 그 반지를 빼앗기더라도 유야무야 넘어가 미해결로 남을 위험성마저 있다.

'역시나⋯⋯.'

예상대로 소년이 길드에서 나갈 때, 미아가 다가와 당분간 신경 써달라는 부탁을 하였다.

'어차피 거절하지 못했겠네.'

미아는 책임감이 강하다. 이대로 소년이 습격을 당하면, 남들 앞에서 기프트를 폭로하고 만 자신 탓이라고 생각할 것이다. 미아는 평소에도 이런저런 편의를 봐주고 있다. 존슨의 명령이 아니라도, 미아에게 그의 보호를 부탁받으면 승낙하지 않을 수 없다.

잠시 기척을 감추고 멀리서 소년을 지켜보자, 미아의 걱정대로 소년의 뒤를 따라가는 놈들이 있었다.

지름길로 가려는 건가. 소년이 하필이면 인기척이 없는 뒷골목으로 들어가고 말았다. 예상대로 건달들에게 둘러싸인 소년.

즉시 도우러 나서려고 하였지만, 반대로 소년에게 건달들이 쉽게 혼쭐이 나고 말았다.

"이, 이럴 수가⋯⋯."

일사는 완전히 말라버린 목으로 그 말을 간신히 내뱉었다.

"저건⋯⋯ 무술?"

분명 무술이다. 그러나 그것은 일사가 아는 것과 너무도 달랐다.

전혀 읽을 수 없는 움직임. 결코 빠르지는 않다. 그럴 터인데 어느새 건달들은 허공을 날더니 땅에 쓰러지고 말았다. 오히려 이해할 수 없다는 점에서 마법이라고 하는 쪽이 훨씬 납득이 간다. 딱 하나 안 것이 있다면, 자신은 저 소년에게 몇 번을 덤벼도 절대 이기지 못한다는 것이다. 게다가──.

"아무리 봐도, 날 눈치챈 거 맞지?"

일사의 기프트는 '에이전트'다. 첩보 활동에 특화된 스킬을 다수 익힐 수 있는 특급 클래스의 기프트. 지금은 어린 시절부터 꿈이기도 한 유적 발굴계 트레저 헌터가 되기 위한 수행을 하느라 바르세에서 활동하고 있지만, 바벨 졸업 후 몇 년은 이 능력을 인정받아 조사부로 존슨 밑에서 일한 적이 있을 정도다. 이 '에이전트'의 기척 소실 능력에 다소 자부심이 있는 이유다. 그런데 소년은 일사를 확실히 응시하고 있었다. 마치 너는 덤비지 않냐고 묻는 듯이. 기척 소실 스킬이 정상적으로 발동된 이상, 일사를 포착한 것은 그의 육감 같은 것이라고 생각한다. 그리고 그것은 일사는 상상도 할 수 없는 아수라장을 지나온 자만이 도달할 수 있는 경지다.

"뭐가 검성의 최대 오점이야! 진짜 괴물이잖아!"

이 전투를 보고서도 그를 무능하고 힘이 없는 신입 헌터 취급할 사람은 사선을 한 번도 경험한 적이 없는 루키 정도일 것이다. 아마 그 소년은 능력 부스트 아이템 따위 처음부터 소지하지 않았다. 오히려 반대다. 이만큼 신들린 전투 기술을 지녔으면서 강도치가 1이라니 너무 부자연스럽다. 처음에 나온 중견 헌터의 평균인 강도치 12인 쪽이 그나마 신빙성이 있다. 그러나 소년을 다시 측정하자, 강도치는 1이 되었다. 즉, 소년은 능력을 자유롭게 조절할 수 있다는 뜻이다. 이게 아이템인지 능력에 의한 효과인지는 모르지만, 틀림없이 그 소년의 기프트는 '무능'하지 않다. 더욱 상식을 벗어난 무언가다.

"내가 말한 의미를 이해했나?"

돌아보자 존슨이 의기양양한 미소를 짓고 서 있었다. 이제야 존슨이 하려는 일이 무엇인지 쉽게 상상이 되었다.

"네, 그에게 바르세의 문제를 해결하도록 만들 생각이시죠?"

지금도 기절하여 쓰러진 건달을 내려다보며, 그 의사를 확인했다.

"카이와 **그것**들은 인연이 있으니 이대로 물러나지 않을 거야. 십중팔구, **그것**도 움직여. 그러면 확실히 충돌하겠지."

존슨의 이 여유, 카이 하이네만이 패배할 거라고는 꿈에도 생각하지 않는 모습이다. 분명 존슨에게는 그가 놈들에게 승리한다는 확신이 있다. 옛날 상사였기에 존슨이 그리 박정하지 않다는 것은 안다.

"저는 그의 반감을 사는 건 사양할래요."

"알고 있어. 그렇게 되지 않기 위해 이번 임무를 맡긴 거야."

"그게 무슨 의미죠?"

존슨이 설명하기 시작했다. 이것은 일사가 등장인물의 한 사람으로서, 이 세상에서 가장 악질적이고 사악한 괴물이 자아내는 이야기에 참여한 순간이었다.

***

바르세의 한 고급 주택가의 응접실.

폭마우(暴魔牛) 가죽으로 만든 고급 소파에는 2메르를 가뿐히 넘는 곰 같은 외모의 수염 난 거구의 남자가 앉았다. 새빨간 양탄자에는 무장한 남자들에게 둘러싸인 네 명의 건달이 정좌하고 있었다.

이 곰 같은 남자야말로 용사 마시로의 사성 길드 중 하나 '카드'의 리더, 마 히구다.

"그래서? 그런 무능한 꼬마에게 네놈들은 실컷 두들겨 맞고 도망쳤다는 거냐?"

마 히구가 관심 없다는 얼굴로 건달들의 리더인 파란 머리에 덥수룩하게 수염을 기른 남자에게 물었다.

"네, 넵! 녀석의 능력 향상 반지가 진짜 엄청난 성능이라――."

필사적으로 변명하려고 하였지만, 마 히구는 소파 옆에 둔 커다란 도끼를 잡더니.

"한심한 변명 따위 하지 마!"

호통을 치며 내던졌다.

"커헉!"

도끼가 회전하며 파란 머리 남자의 정수리에 꽂히는 바람에 그는 힘없이 바닥에 쓰러졌다.

"히이이이익?!"

피가 튀는 와중에 일제히 비명을 지르는 건달들을 보며 마 히구는 성가신 듯 내쫓는 몸짓을 취했다. 포위하고 있던 무장한 남자들이 고개를 끄덕이고, 동시에 건달들의 목을 베어냈다.

"카이 하이네만이라. 들은 적 있나?"

마 히구가 뒤에 있는 검은 머리를 올백으로 넘긴 청년에게 물었다.

"네. 지금 여기저기 소문 난 파프라 사건, 알고 계십니까?"

"당연하지! '코인'이 실수한 탓에 절호의 거래처를 잃었으니까! '코인' 자식! 그렇게 순순히 잡히다니! 덕분에 우리까지 불똥이 튀어서 아주 난리잖아!"

마 히구가 짜증스럽게 외쳤다.

"뭐, 같은 사성이라고 해도, 우리 '카드'와는 여러 의미로 하늘과 땅만큼 차이가 나니까요."

방 여기저기서 '코인'에 대한 욕설이 터졌다.

"그래서 카이 하이네만과 그 사건이 무슨 연관이 있는데?"

마 히구가 테이블에 놓아둔 목제 컵을 손에 들어 입에 머금으며 물었다.

"그게, 사실상 그 파프라 사건을 해결한 사람이 카이 하이네
만이라고 합니다."

올백 머리 남자의 대답에 마 히구의 손에 든 컵이 산산조각이
나 흩어졌다.

"즉, 그 카이라고 하는 애송이한테 우리 '카드'의 거래처 하나
가 없어졌다는 거냐?"

마 히구는 이마에 굵은 핏대를 세우고 어깨 너머로 고개를 돌
려 남자를 노려보았다.

"맞습니다. 대중 앞에서 '코인'의 사이더는 아이 취급을 당했
고, 그다음 억지로 세계 4대 마수 중 하나인 토우테츠와의 전투
를 카이 하이네만에게 강요받았다는군요."

이번에야말로 실내가 소란스러워졌다. 그것도 그렇다. 세계 4
대 마수 토우테츠라고 하면 세계 수준의 재앙이다. 용사 마시로
의 출동 안건이므로 '카드' 역시 함께 나서야 한다. 그러나──.

"흥! 바보 같기는! '코인' 따위가 토우테츠 토벌을 할 수 있을
리가 없잖아! 만약 그것이 사실이라면, 어떻게 우리가 여기서
이렇게 한가롭게 술이나 마시고 있는 거냐?"

"공식적으로는 마수 토우테츠는 파프라의 수인족이 토벌한 것
으로 되어 있습니다. 그러나 사실 마수 토우테츠를 쓰러뜨린 사
람은 그 카이 하이네만이라고 합니다."

"도저히 믿을 수 없군. 그 정보 출처가 어디야?"

"성벽 위에서 시종일관 목격한 위병이 말한 정보입니다만, 그

의 상태를 보아 아마 진실이겠지요."

항상 냉정한 올백 머리 남자가 흘리는 무수한 식은땀에 장난도, 농담도 아니라 진심으로 말하는 것을 실감하고, 방에 침묵이 흘렀다.

"그 카이 하이네만의 기프트는 '이 세상 제일의 무능'이라며?"

"네. 그것은 틀림없는 듯합니다."

"그럼 그 강함의 비밀이 아까 말한 능력 향상 반지인가?"

번들거리는 농후한 욕망을 감추려고도 하지 않고 마 히구가 물었다.

"그 외에는 생각할 수 없습니다. 길드에서 한 측정에서는 강도치 12였다고 하는데, 그것 정도로 토우테츠를 쓰러뜨릴 수 있으리라고는 생각할 수 없지요. 그 반지는 능력치를 일정 범위 내에서 자유롭게 향상시키는 것이 아닐까 사료됩니다."

올백 머리 남자가 신중하게 대답했다.

잠시 고개를 숙이고 있던 마 히구의 입에서 새어 나온 것은 환희에 찬 웃음소리. 그것이 점차 커지더니, 마 히구는 벌떡 일어나 실내에 있는 '카드' 멤버를 쭉 둘러보았다.

"세계 4대 마수를 무능이 쓰러뜨릴 수 있게 하는 반지. 그것을 이 몸이 손에 넣으면, 대체 어떻게 될까! 저 거만하고 짜증 나는 용사조차 뛰어넘을 거다! 내 말이 틀렸나?!"

그 질문은 욕망으로 가득 차 있었다.

"하지만 마 씨, 토우테츠마저 쓰러뜨릴 수 있는 반지를 지닌 녀석을 어떻게 이긴단 말입니까?"

불안하게 묻는 부하의 말에 마 히구는 입꼬리를 올리고, 올백 머리 남자에게 물었다.

"너라면 좋은 방법이 있겠지?"

"네, 며칠 동안 충분히 정보를 수집해두었습니다. 놈은 최근 빈번하게 길드 여직원과 만나는 모양입니다. 그것을 이용하면 최선의 결과를 얻을 수 있지 않을까요."

"좋아! 아주 좋아! 바보에 어리석은 무능한 꼬마에게서 모든 걸 빼앗고 짓밟아주마!"

마 히구는 기쁨의 소리를 질렀다. 이렇게, 사성 길드 중 하나 '카드'는 스스로 파멸의 길을 걷게 되었다.

***

오늘은 바르세에서 일 년에 한 번 열리는 축제, '가장제'가 열리는 날이다.

일 년에 한 번 온종일 바르세의 주민이 가장하고 생활하는 바르세의 독특한 축제다. 일설로는 토벌한 마물의 영혼을 공양하기 위한 의식이 축제로 변질되었다고도 한다.

"주인님, 미아, 어서, 어서 와요!"

폭신폭신한 인형 탈을 쓰고 완전히 신난 파프가 빙글빙글 돌며 인파 속을 헤치고 다음 노점을 향해 돌격했다.

참고로 이 인형 탈은 안나가 밤새 파프를 위해 만들었다고 한다. 그 애, 아이를 좋아하고 잘 챙기는 성격이다. 아이는 솔직하다. 안나의 속마음을 알아서인지 지금은 파프도 완전히 잘 따르고 있다.

"파프, 한눈팔면서 달리면 위험해!"

걱정스러운 표정으로 길드 직원인 미아 양이 파프에게 주의를 주었다.

그로부터 그녀는 일만 있으면 내게 동행을 요청하고 있다. 아마 나의 기프트를 다른 사람들 앞에서 공언하고 만 것이 아직도 신경 쓰이는 모양이다. 책임감이 강한 사람 같으니, 거절하면 그녀에게 실례. 오늘도 파프를 돌본다는 핑계로 협력을 받는 중이다.

"네, 알겠어요!"

파프는 내가 건넨 돈으로 고기 꼬치 같은 것을 샀다. 노점 주인에게 꼬치를 받아 호쾌하게 먹으며, 오른손을 들어 대답했다. 아마 먹는 데 정신이 팔려 일단 대답한 것이겠지만.

"인간 냄새가 심해서 현기증이 나오……."

아스타가 인상을 찡그리고 불평했다. 인파 때문인가 아스타 녀석, 아까부터 기분이 안 좋아 보인다. 그럼 방에 틀어박혀 있으면 될 텐데 오늘은 무슨 까닭인가 나서서 동행하고 있다. 뭐, 불쾌한 이유는 저거겠지만. 슬쩍 뒤로 시선을 보내 확인하자 헌터 같은 남자들이 우리를 엿보고 있었다.

"어머, 입가가 더러워졌어."

미아 양이 고기 소스가 덕지덕지 묻어 더러워진 파프의 입 주위를 주머니에서 꺼낸 손수건으로 살짝 닦아주었다.

"고마워요! 미아도 줄게요!"

파프는 손에 든 꼬치를 들고 아쉬운 듯 바라보았으나, 미아 양에게 건넸다.

"고마워, 파프."

"헤헤~."

미아가 그 작은 머리를 다정하게 쓰다듬자, 파프는 다소 수줍은 미소를 지었다.

오, 먹보인 파프가 음식을 양보하다니. 우리 말고 다른 사람들에게는 절대 하지 않는 행동이다. 아무래도 파프는 미아 양이 상당히 마음에 든 모양이다.

몇 시간 뒤, 파프가 놀다 지쳐 나의 등에서 잠들고 말았기에 오늘은 이만 돌아가기로 했다.

"미아 양, 오늘은 파프와 놀아줘서 고마워. 감사할게."

"아니요, 저도 파프와 놀아서 즐거웠어요."

"그거 다행이네. 파프는 좀 낯을 가리거든. 다음에 또 놀아줘."

실제로는 낯을 가린다기보다 사람이라는 것을 모를 뿐이지만, 거기까지 설명할 필요는 없다.

"…………."

"응? 왜 그러는데?"

미아 양이 나의 얼굴을 빤히 응시하기에, 이유를 물었다.

"아니요, 그냥 카이 씨와 이야기하면 어쩐지 연하와 말하는 느낌이 아니라서요."

그건 그렇겠지. 그야 10만 살이니까.

"그런가? 다만, 신고한 대로 **이 세계에선** 열다섯 살인 게 분명해."

"……그래요. 그렇겠죠. 그럼 다음에 또 봬요!"

미아는 평소처럼 따뜻하게 웃으며 파프의 머리를 한 번 쓰다듬고, 살짝 손을 흔든 뒤 달려갔다.

"꽤 기분이 좋아 보이오."

"그야 뭐. 젊은이의 선의를 보는 건 좋은 법이잖아?"

아스타가 나를 지그시 바라보더니, 곧 크게 한숨을 내쉬었다.

"그 선의가 다른 방향으로 향하고 있소만, 이 벽창호가 눈치챌 리도 없군. 실로 불쌍한 아이야."

"그런데 알고 있지?"

"아, 우리를 감시하고 있는 원숭이들 말이오?"

"응. 일단 보험은 걸어둘까? 시라유키."

"부르셨습니까?"

나의 말에 온통 흰색 옷에 흰색 후드를 깊숙이 쓰고, 흰색 마스크로 얼굴의 대부분을 가린 여성이 나타나 나에게 가볍게 인사했다.

이 녀석은 시라유키. 첩보 활동에 특화된 토벌 도감의 주민이자, 나의 직속 지휘를 받는다. 독단으로 무모한 짓을 저지르는 경우도 많지만 누구보다 우수한 녀석이다.

"저 녀석들의 거처, 목적을 조사해. 가능한 한 자세하게. 물론 무리는 하지 마."

"알겠습니다!"

시라유키의 모습이 사라진 것을 확인하고, 우리도 이동했다.

숙소로 돌아와 단잠에 빠진 파프를 침대에 눕히고, 의자에 앉아 미궁에서 발굴한 책을 읽고 있는데 시라유키가 돌아와 보고하였다. 개요를 듣자 '코인' 때와 마찬가지로 아멜리아 왕국 내부의 문제점이었기에 로제, 안나, 아르놀트를 깨워 현재 진행 중인 사태를 설명했다.

"또 사성 길드입니까…… 왜 이런 타이밍에 왕국 내부의 문제가 분출하는 걸까요……."

근심스러운 얼굴로 내가 묻고 싶은 질문을 하는 로제.

"부녀자를 납치하려고 하다니, 기사도 정신이라고는 없는 놈들이야!"

그런 로제에게 안나가 엉뚱한 감상을 말했다. 애초에 사성 길드는 헌터이지 기사가 아니다.

"그런데 시라유키, 놈들이 인질로 잡으려는 게 누구야?"

"낮에 주인님과 만나던 미아 캄파넬라입니다."

그녀인가. 맹점이었다. 인질이란 좀 더 나와 가까운 사람을 노릴 거라고 생각했다. 설마 알고 지낸 지 며칠밖에 되지 않은 사람을 표적으로 삼을 줄이야. 그러나 이것으로 놈들의 행선지는 결정되었다.

"무력한 사람을 인질로 삼아 나를 협박하려 하다니. 그만큼 자신이 있는 건가? 아니면 그저 주제를 모르는 바보인가?"

내가 생각해도 오싹한 목소리가 입에서 새어 나왔다. 그 순간 시라유키가 긴장된 표정을 지었고, 아르놀트가 마른 침을 삼켰다. 안나가 작게 비명을 지르며 자리에서 일어나 로제의 목을 끌어안았다. 로제도 창백하게 질린 얼굴로 나를 응시하며 미동도 하지 않는다.

"뭐야? 왜 그러는데?"

"악귀나찰이라도 맨발로 도망칠 만한 얼굴을 하고 있으니 당연하오."

동석자의 이상한 태도에 옆에 있는 아스타에게 묻자, 어깨를 으쓱하며 그런 실례되는 말을 한다. 뭐, 이들의 기행은 늘 있는 일인가. 그보다 지금은 미아 양이 우선이다.

"그래서? 손가락만 빨면서 쳐다보진 않았겠지?"

나의 지인을 그냥 납치되도록 놔둘 만큼 부하들은 무능하지 않다.

"이미 저희 파벌이 보호하러 나섰으므로, 걱정하지 않으셔도 됩니다."

물을 것도 없는 나의 질문에 대답한 것은 시라유키가 아니라, 그녀의 뒤에 나타난 새빨간 구체였다. 그 빨간색 구체가 순식간에 사람의 형태를 취했다. 잠시 후 피부의 노출도가 높은 빨간색 옷을 입은 장신의 미녀가 한쪽 무릎을 꿇었다.

이 녀석은 네메시스로, 토벌 도감 중 여신 연합이라는 초무투파 파벌의 투 톱 중 한 사람이다. 성격이 다소 곤란하지만 도감 안에서도 선두를 다투는 유능한 자다.

"수고했어. 이번 일은 내가 처리할게. 뒷일은 맡겨둬."

일단 미아 양이 보호되었다면, 나머지는 없애는 것뿐. 상대는 일류 헌터라고 하니 나의 부하라도 상대하기 벅찰 가능성이 있다. 내가 직접 상대하는 것이 최선이다.

"명심하겠습니다. 그러나 놈들은 여자의 적. 놈들의 행위, 저희도 용서할 수 없습니다. 혹시 허락해 주신다면 놈들이 파멸할 시나리오를 준비해보고 싶습니다."

여신 연합은 독자적인 논리로 움직인다. 아마 그들의 행동이 그녀들의 역린을 건드린 모양이다.

"저는 필요 없다고 생각합니다."

시라유키가 옆에서 끼어들었다. 드문 일이다. 과거의 경위도 있어서 보통 시라유키는 여신 연합에는 반발하지 못할 터. 이렇게 정면으로 부정하는 말은 처음 들었다.

"시라── 유키~~."

네메시스가 웃으며 시라유키를 바라보자, 서둘러 고개를 돌린다. 그러나 고개를 돌려도 볼이 부풀어 있는 것으로 보아, 그 파멸의 시나리오라는 것이 전혀 내키지 않는 모양이다.

뭐, 상대를 지옥으로 떨어뜨리는 것이라면 무엇이든 좋은가.

"나는 괜찮아. 그런데 그 시나리오라는 건?"

"곧 도착할 것입니다."

네메시스가 그렇게 말한 순간, 여성 종업원이 식당으로 들어와 나에게 스크롤을 건넸다.

"카이 씨에게 온 물건입니다."

그렇군, 이것이 그 시나리오의 시작이라는 건가. 아무튼 내용물을 확인하도록 하자. 나는 스크롤을 펼쳐 글을 읽었다.

『카이 하이네만. 미아 캄파넬라는 우리가 데리고 있다. 곧장 바르세 남동쪽의 폐허가 된 교회로 와라. 또한 능력 향상 반지는 반드시 빼고, 절대 저항하지 마라. 그렇지 않으면 미아 캄파넬라의 목숨은 보장할 수 없다.』

능력 향상의 반지? 아, 아무 효과도 없는 가짜 말인가. 설마 일류 헌터가 그런 기본적인 감정도 하지 못하다니 있을 수 있는 일인가?

아니. 로제의 말이 진실이라면 이번 '카드'의 보스 마 히구는 B랭크 헌터지만, 품행이 방정하다면 A랭크가 되어도 이상하지 않은 수준이라고 한다. 그 '코인'처럼 엉터리는 아니겠지. 그렇다면 이건 나를 방심하도록 만들기 위한 함정이다. 그들에게 나는 최약의 존재일 터인데, 그런 나에게 일부러 함정을 치는가. 제법 기대가 되는 자들이다.

"네메시스, 나는 지정된 장소로 갈 건데, 그래도 괜찮지?"

"물론입니다."

네메시스가 두 손으로 얼굴을 가리고, 크게 고개를 끄덕였다.

그렇다면 이야기는 간단하다. 상대는 실질적으로 A랭크 헌터. 오랜만에 강자와 목숨을 걸고 싸우게 될 것이 분명하다.

그들은 나를 진심으로 화나게 했다. 그들이 얼마나 강하던, 확실히 처리해주겠다.

나는 지정된 전장으로 달려갔다.

이야기는 미아 캄파넬라가 카이 일행과 헤어진 직후로 거슬러 올라간다.

미아는 인파에서 벗어나 가까운 광장으로 들어가, 외롭게 방치된 나무 상자에 걸터앉았다.

헌터 길드의 기숙사로 돌아가기 전까지 이 가슴의 열기를 식혀두고 싶었다.

이유는 막연하지만 알고 있다. 저 카이 하이네만이라는 신비한 소년이다. 지켜주고 싶을 만큼 아련하면서 앳된 분위기가 남은 외모에 그와는 전혀 다른 어른스러운 언동을 보인다. 미아는 아마 그 차이에 완벽하게 당해버린 것 같다.

"그런 연하에게 내가 뭘 하는 거람."

자조하며 그렇게 중얼거리자 갑자기 강렬한 수치심이 밀려와, 무의식중에 두 손으로 얼굴을 가리고 괴로워했다.

미아는 올해 스무 살. 한두 번 연애 경험은 있지만, 모두 짝사랑처럼 풋풋하고 달콤한 것이었기에 이만큼 강렬한 마음은 태어나서 처음이었다.

아마 이게 언니가 옛날에 말했던 진심으로 사랑에 빠진다는 걸까.

"하지만 그리 나쁘지 않을지도……."

다섯 살이나 어린 남자에게 열중하게 되다니. 얼마 전까지의 미아라면 도저히 믿지 않았을 것이고, 분명 부정적인 감정이 들었을 것이다. 그런데 지금은 이 강렬한 마음이 몹시 기분 좋다.

"이거 확실히 직권남용이야."

처음에는 순수하게 자신의 실수로 인한 책임감 때문에 한 행동이었다. 그랬는데, 날이 갈수록 미아의 목적은 완전히 다른 것으로 뒤바뀌고 말았다. 오늘 그것을 명확하게 자각하였다.

"이대로는 안 돼……."

그렇다. 이 이상은 헌터 길드의 직원으로서 완전히 도를 넘은 것이 된다. 앞으로 만나지 말아야 한다. 그를 지키는 방법은 그 외에도 많으니까.

"맞아. 내일은 일사에게 부탁하자."

그렇게 소리 내 말해 보았지만, 도저히 그럴 마음이 들지 않았다.

"정말 어떻게 된 걸까, 나……."

설마 이렇게까지 스스로 제어할 수 없을 줄은 몰랐다.

나무 상자에 그대로 몸을 눕히자 몸서리쳐지도록 아름다운 밤하늘이 눈에 들어왔다.

"더는 만나지 못하는 건—— 싫은데……."

그렇게 중얼거린 순간. 미아는 갑자기 여러 사람의 기척을 탐지하고 몸을 일으켰다.

검은색 옷을 입은 남자들에게 완전히 포위되고 말았다.

"미아 캄파넬라, 우리와 함께 와줘야겠어."

리더 같은 장신의 남자가 앞으로 한 걸음 나와서 다짜고짜 말했다.

"그건 임의일까?"

퇴로를 확인하며 뒤로 물러나려고 하였으나.

"물론, 강제입니다."

그 말을 끝으로 복부에 강한 충격이 느껴지며, 미아는 의식을 잃었다.

바닥에 부딪히는 충격에 미아의 의식이 점차 회복되었다.

눈을 뜨자 썩은 바닥이 보였다. 몸을 움직이려고 애써도, 밧줄로 두 손목과 발목이 묶인 듯 일어나는 것조차 불가능했다. 유일하게 자유로운 얼굴을 들자 허름한 제단이 눈에 들어왔다. 이곳은 아마 남동쪽에 있는 지금은 쓰이지 않는 교회일 것이다. 질이 나쁜 건달들이 모이는 장소가 되었다는 민원이 다수 들어와, 낮에 한 번 시찰하러 온 적이 있으니 틀림없다.

그때 어둠 속에서 미아를 보는 다수의 시선이 느껴졌다.

시선은 미아를 포위하듯이 여러 방향에서 오고 있다.

정체를 알 수 없는 집단에 납치되고 말았다. 상식적으로 아무이유 없이 이 자들이 미아를 납치할 리가 없다.

'왜 지금 하필 이런 일이!'

이제야 자신의 달콤하고도 따뜻한 마음을 깨달았는데, 그 순간 정조와 목숨을 빼앗기게 된다니? 그건 절대로 싫다!

질식할 듯 답답한 불안함 속에.

"일어난 모양이군."

굵은 목소리가 들렸다. 그 목소리의 주인을 향해 고개를 돌려 두 눈을 가늘게 뜨자, 곰 같은 외모에 수염이 난 거구의 남자가 제단으로 이어지는 계단에 걸터앉아 꺼림칙한 미소를 지으며 미아를 바라보고 있었다.

"마 씨!"

그 충격적인 사실에 놀란 목소리로 외쳤다. 당연하다. 그는 마 히구. 용사 마시로에게 선택받은 헌터 길드 '사성' 중 하나 '카드'의 보스다. 그렇다면 저들은 '카드'의 헌터인가? 문제는 어떤 이유로 미아를 납치했는지 짐작이 간다는 점이다. 다만 설마 이런 도적 같은 짓을 천하의 '카드'가 할 것이라고는 생각하고 싶지 않다.

"왜 이러시는 거죠?"

짓눌릴 듯한 불안을 애써 삼키며, 마 히구를 응시한 채 그렇게 물었다.

"너를 납치한 것 말인가? 물론 분수에 맞지 않은 아이템을 지닌 꼬마를 혼내주기 위해서지."

최악이다. 헌터가 도적질을 해서는 조용히 넘어갈 수 없다. 사성 길드라도 반드시 파멸한다. 마 히구가 미아에게 말한 것은 애초에 이 건을 들키지 않을 자신이 있기 때문이다.

'큰일이야! 어떡해! 카이 군이 위험해!'

그때 미아가 느낀 것은 이상하게도 자기 몸의 위험이 아니라, 지금도 마음 대부분을 점유한 소년에 대한 감정이었다.

"저와 그 사람은 최근 알게 된 사이예요. 설령 저를 인질로 삼더라도 올 리가 없다고요."

헌터와 길드의 일개 직원. 슬프지만 그것이 미아와 그의 관계다. 일반적으로 생각하면, 미아의 이름을 꺼내도 그는 목숨을 걸고서까지 이 자리에 오지는 않을 것이다. 하지만 왜일까. 그가 이 자리에 올 것만 같은 느낌이 들었다.

"허튼소리를 해도 소용없습니다. 그쪽과 카이 하이네만의 관계는 이미 조사했어요. 현재 연인 사이로 다음 달에 결혼을 약속한 것까지 말이죠."

검은 머리를 올백으로 넘긴 남자가 의기양양하게 말했다.

"……."

이 사람, 무슨 소리를 하는 걸까? 물론 미아와 그는 그런 사이가 아니다. 엄청난 미인인 아스타 씨 쪽이 몇만 배나 그럴 가능성이 클 테고, 남들도 그렇게 볼 것이다. 적어도 아직 알게 된 지 얼마 안 된 미아와 그가 다음 달에 결혼할 예정임을 믿는 쪽이 이상하다.

"정곡을 찔렀나 보군. 정말 당신에겐 동정이 갑니다. 그런 무능한 꼬마에게 홀린 탓에 이런 꼴을 당하고 있으니."

올백 머리 남자가 손가락을 딱 튕겼다. 그러자 지금까지 히죽거리는 얼굴로 멀리서 지켜보던 볼이 핼쑥하고 뒷머리를 짧게 친 남자가 고개를 끄덕이고, 미아에게 천천히 다가와 그녀의 몸 위로 올라탔다.

몸이 닿기만 했을 뿐인데 강렬한 오한이 온몸에 느껴졌다.

"시, 싫어! 이거 놔——!"

필사적이었다. 거부하는 말을 목이 찢어지게 외치며, 어떻게 든 저항을 계속했다.

그러나 팔다리를 묶인 데다 저항해봐야 상대는 강인한 헌터 다. 힘없는 미아가 뿌리칠 수 있을 리가 없다. 곧장 두 손을 짓 눌리고 말았다.

"뭐, 어차피 죽을 테니 너도 마지막쯤은 즐기라고. 실컷 귀여 워해 줄 테니까."

미아의 몸 위에서 팔을 누르고 있는 볼이 핼쑥한 헌터가 욕망 이 가득한 얼굴로 말했다.

"짐승 같은 놈!"

열심히 몸을 비틀어 구속을 피하려고 하지만, 꿈쩍도 하지 않 는다.

"좋아! 아주 좋아! 나는 저항하는 여자를 억지로 굴복시키는 게 제일 흥분되거든."

황홀한 표정으로 미아의 상의를 찢어낸다.

"앗?!"

싸늘한 밤공기에 노출된 미아의 몸.

분하다. 물론 이런 나쁜 놈들에게 정조를 빼앗기는 것도 분하 다. 그러나 그 이상 용서할 수 없는 것은 자신 탓에 그 착한 사 람을 위험에 휘말리게 한 것이다. 그것이 너무나 분했다. 따라 서——.

"날 건드리지 마!"

눈물로 시야가 흐릿해진 와중에 움직일 수 있는 머리로 놈의 코를 들이받았다.

머리에 둔탁한 아픔이 퍼짐과 동시에 퍽 하고 깨지는 감촉이 느껴졌다.

"으흑!"

미아를 덮치려던 남자가 부러진 코를 부여잡고 잠시 괴로워하였으나, 곧 관자놀이에 몇 개의 굵은 핏대를 세웠다.

"이 건방진 게!"

오른팔이 올라가며, 바위 같은 주먹이 있는 힘껏 미아의 정수리를 향해 내려왔다.

'아, 이제 끝장인가.'

어쩐지 느리게 흘러가는 시간 속에 그런 한가한 생각을 하며 멍하니 다가오는 주먹을 바라보는데, 갑자기 다른 손이 나타나 미아의 코앞에서 주먹을 붙잡았다.

지금까지 한 번도 본 적 없는 분노한 얼굴로 볼이 핼쑥한 남자의 손목을 쥔 인물을 본 순간, 미아는 강한 절망과 동시에 강한 행복감과 같은 것을 느끼고 말았다. 그렇다. 그는 미아가 지금 가장 만나고 싶지만, 가장 이 자리에 오지 않기를 바라던 인물이었기 때문이다.

"죽어라."

카이 씨가 그렇게 말하자마자, 남자의 모습이 일그러지더니 폭발 소리가 크게 일며 건물이 마구 흔들렸다. 교회 천장에 커다란 구멍이 뚫렸고, 거기서 새빨간 비와 함께 잘게 파괴된 벽돌 파편이 떨어지기 시작했다.

"저 여자를 잡아!"

"…………."

마 히구가 초조한 목소리로 명령했으나, 누구도 손가락 하나 움직이지 못하고 그저 가만히 서 있기만 했다.

시간을 벌 생각일까. 마 히구는 혀를 차더니 커다란 도끼를 들고 카이 씨를 경계하며, 뒷걸음질과 함께 물었다.

"꼬마, 어떻게 여길 들어왔지?"

카이 씨는 마치 마 히구 따위는 안중에도 없는 듯 시선조차 보내지 않고, 미아에게 다가와 어디선가 흰색 로브를 꺼내 몸에 둘러주었다. 그리고.

"늦어서 미안해. 이제 괜찮아. 잠시 쉬고 있어."

평소처럼 다정한 표정으로 미아의 머리를 한 번 쓰다듬은 뒤, 천천히 일어나 등을 돌렸다.

신기하게도 커 보이는 카이 씨의 등을 바라보며, 미아의 의식은 서서히 흐려졌다.

***

지정된 바르세 남동쪽의 폐허가 된 교회 앞에 도착하여 건물 안으로 잠입했다.

"이 건방진 게!"

기척을 감춘 상태로 교회 안을 둘러보자, 볼이 핼쑥한 남자가 미아 양의 얼굴을 주먹으로 내리치려고 하던 참이었다. 미아 양은 딱 보아도 전투에는 문외한이다. 전혀 단련하지 않은 그녀의 머리를 힘껏 때리면 큰 상처를 입을 테고, 자칫하면 죽을 수도 있다. 주위 남자들도 헤실거리며 방관하는 것으로 보아 그 사실을 허용하고 있는 것이 확실하다.

"죽어라."

나는 얼른 남자의 손목을 붙잡고, 스스로도 오싹할 만큼 낮은 목소리로 위를 향해 힘껏 던졌다. 남자는 교회 천장에 일직선으로 날아가 돌격한 뒤 산산이 부서졌다.

조각난 남자의 몸과 교회의 벽돌이 쏟아지는 가운데,

"저 여자를 잡아!"

곰 같은 남자가 지시를 내렸다. 시라유키의 정보와도 일치한다. 이 자식이 '카드'의 리더 마 히구일 것이다.

주위를 둘러싼 '카드' 헌터들을 노려보기만 해도, 놈들은 숨을 죽이고 새파래진 얼굴로 꼼짝하지 못했다.

그저 위협했을 뿐인데 이 꼴인가. 시시한 녀석들이다. 이 정도라면 '카드'도 실력은 뻔하다. 너무나도 나를 불쾌하게 만드는 자들이다.

마 히구가 무언가 말했지만, 무시하고 미아 양에게 다가가 아이템 박스에서 흰색 로브를 꺼내 둘러주었다. 그리고——.

"늦어서 미안해. 이제 괜찮아. 잠시 쉬고 있어."

살며시 머리를 쓰다듬어 안심시켰다. 그녀에게 둘러준 로브, '반향왕'은 일정 한도의 물리, 마력 공격을 탐지하여 반사해 소지 등록자를 지키는 효과가 있다. 지금 등록했으니 이제 저 로브는 그녀의 것이다. 그녀가 죽을 때까지 일정한 거리를 지키며 계속해서 지켜줄 것이다.

아마 '반향왕'의 등록이 시작되었기 때문인지 그녀는 정신을 잃었다.

"미안해. 내 분쟁에 휘말리게 할 생각은 없었어."

민간인을 위험한 세계에 휘말리게 하고 말았으니 사과로 끝날 문제는 아니다. 성의를 보여야 한다. 그보다 지금은 이 쓰레기들을 처리해야겠지. 아무래도 혼자 도망칠 생각이었는지, 마 히구는 교회 입구까지 물러나 있었다.

나는 지면을 가볍게 박차고, 그의 등 뒤로 이동하여 어깨를 붙잡았다.

"설마 이 정도로 나를 불쾌하게 해놓고 도망칠 수 있다고 생각한 건가?"

그렇다면 나를 얕봐도 너무 얕보았다. 그나저나 이 녀석이 정말 마 히구인가? 지금 나의 스테이터스는 평균 100 정도로 설정하고 있다. 아마 B랭크 헌터라면 100은 가볍게 넘을 터. 이런 완만한 움직임에 전혀 반응하지 못하다니 도저히 믿을 수 없다.

아니면 이 상황에 나를 속이려고 함정을 판 것일까?

"우옷?!"

놀란 나머지 괴성을 지르며 무참하게 구르면서도, 마 히구는 미야 양의 곁으로 다가가 정신을 잃은 그녀를 왼팔로 안고 허리에서 단검을 꺼내 그녀의 목덜미에 댔다. 그리고——.

"형세역전이다! 자, 그 능력 향상의 반지를 빼서 내게 넘겨라!"

의기양양한 얼굴로 나에게 지시했다. 혹시 인질이라도 잡았다고 믿는 건가? 내가 미아 양에게서 떨어진 이유는 두 가지다. 하나는 그녀에 대한 철벽같은 수호를 확신하고 있기 때문. 또 하나는 이미 나의 사정거리 안이기 때문이다. 말하자면 언제든지 죽일 수 있다는 자신감이 있다는 소리다.

그나저나 능력 향상의 반지라. 설마 B랭크 헌터가 이런 초보적인 눈썰미라니. 뭐, 됐다. 헌터에 따라서는 아이템의 가치 판단이 어려운 자가 있어도 이상하지는 않다.

"어서 그 양손의 장갑을 벗고, 끼고 있는 모든 반지를 건네!"

"그래! 건네지 않으면 이 여자를 죽일 거다!"

다른 '카드' 헌터들도 마 히구를 따라 차례로 외쳤다. 정말 기운 빠지게 만드는 녀석들이다. 원한다면 건네주마.

"알겠어. 하지만 크게 후회할지도 모르는데?"

나의 의도를 파악한 아스타가 갑자기 모습을 드러내더니 긴장한 얼굴로 나를 제지했다.

"그, 그만두시오! 만약 그랬다간──."

이제 와서 들어줄 생각은 없다.

"어서 해! 이 여자를 죽인다니까!"

마 히구가 호통쳤다.

"시, 실로 어리석은 벌레들이오!"

아스타는 비명 같은 소리를 지르더니, 바로 자리를 이탈했다. 여전히 행동이 과장된 녀석이다. 그러나 능력 제어를 푸는 것은 오랜만이니 퇴장시키는 쪽이 나을 듯하다.

"네메시스, 미아 양을 데리고 물러나 있어."

"네!"

네메시스의 대답과 함께 미아 양은 교회 바닥에 생긴 검은색 원형 얼룩으로 가라앉았다.

"뭐?! 젠장!"

포박했다고 여긴 미아 양의 소실에 마 히구는 안색을 바꾸고 일어나 나를 향해 도끼를 들었다.

"…………."

역시나. 아까 도끼를 든 자세에서 예상은 하였으나, 다시 봐도 끔찍하다. 완전히 초보다. 이거라면 자세는 제대로 잡았던 '코인'의 사이더 쪽이 그나마 낫다. 한마디로 이 녀석도 용사 마시로의 후광으로 고위 랭크에 오른 사기꾼이라는 거다. 기본적으로 실력주의인 헌터 세계에도 낙하산이 있다니. 정말 아멜리아 왕국의 용사란 녀석은 구제 불능이다.

"보, 복병을 숨겨두다니, 비겁하다!"

마 히구가 적반하장으로 외쳤다.

"네가 할 말인가? 그보다 무력한 여자를 인질로 삼지 않으면 무능한 나와도 싸우지 못하는 겁쟁이에게 듣고 싶지 않은데."

"그건 네가 사기적인 능력 향상 반지를 끼고 있으니 그렇지! 너도 전사라면 정정당당하게 싸워라!"

"대꾸할 가치도 없지만, 이런 장난감이 그렇게 갖고 싶다면 여기 가져."

나는 손에 낀 '봉신 장갑'을 벗고, 마 히구에게 반지를 던졌다.

장갑을 벗자마자 나에게서 눈에 보일 정도로 농후한 마력이 탁류처럼 흘러나왔다.

"해냈다! 이게 능력 향상의 반지인가! 무능한 꼬마를 저만큼 강화시켰어! 이걸 장비한 나는 왕국 최강, 아니, 세계 최강이다!"

그것을 곁눈질하며 마 히구는 반지를 손에 끼우더니, 두 팔을 벌리고 환희에 차 소리를 질렀다.

"잡소리는 됐어. 죽여줄 테니 얼른 덤벼."

정말 짜증 나게 하는 녀석들이다. 전투 기술이 어설픈 것은 어쩔 수 없다. 그러나 고작 아이템을 가진 정도로 세계 최강이 될 리가 없잖아. 이 자들은 애초에 전사로서 가장 중요한 마음가짐이 결여되어 있다. 아직 검조차 쥔 적이 없는 신입 헌터 쪽이 훨씬 전사다울 것이다.

"건방진 꼬마구나! 능력 향상 반지를 잃은 너 따위는 전혀 무섭지 않아! 얘들아, 저 꼬마를 죽여!"

여유로운 표정으로 나를 포위하고, 무기를 드는 '카드'의 헌터들.

정말 모든 면에서 어설프다. 봐줄 만한 구석이 전혀 없는 조무래기 중의 조무래기. 요즘엔 이런 것만 바글거린다.

"끼에엑!"

괴성을 지르며 뒤에 있던 헌터가 나에게 달려들었다. 어리석은 자다. 일부러 기합까지 넣으면 포위한 의미가 없어지고 말텐데.

나는 몸을 비틀어 왼손으로 검의 궤도를 살짝 바꾸었다.

"꾸엑?!"

속도가 빨라진 검 때문에 나를 포위했던 다른 헌터가 목에 찔려 바로 죽고 말았다.

"…………"

조용해진 교회 안. 방금 일어난 일 때문에 그 자리에 멈추어버린 헌터들.

"왜 그래? 안 올 거야? 그럼 내가 간다?"

"자, 잠깐 기──."

라이키리를 아이템 박스에서 꺼내 한 걸음 내딛고, 서둘러 도망치려고 하는 통통한 헌터를 정수리부터 일도양단했다.

"히이익?!"

완전히 둘로 갈라져 바닥에 쓰러진 동료. 그걸 보고 요란하게 비명을 지르는 삭발한 헌터에게 한 걸음 다가가, 라이키리로 목을 한 번 찔렀다. 피를 토하며 그 자리에 쓰러진 헌터를 보고 이번에야말로 나를 포위한 헌터들이 비명을 지르며 도망치려고 했다.

"도, 도망치지 마! 저 녀석은 무능한 꼬마라고!"

불안함으로 가득한 마 히구의 제지도 무색하게 눈사태가 일듯이 입구로 몰려가는 헌터들을.

"'진계류 검술 일도류', 제1형, 사선."

사선으로 조각조각 분해했다. 눈 깜짝할 사이에 황천으로 떠난 동료들을 본 올백 머리 남자는 거품을 내뿜고 기절하고 말았다.

"이거, 능력 향상 반지가 아니잖아! 속였구나!"

오른손으로 도끼를 들며, 왼쪽 집게손가락에 장착한 손가락을 나에게 보이고 외치는 마 히구.

"나는 처음부터 그게 장난감이라고 말했을 텐데. 게다가 그런 게 있든 없든 너 같은 초보자에게 질 만큼 나는 약하지 않아."

설령 이 녀석에게 나의 수천 배, 수만 배의 신체 능력이 있더라도, 전혀 패배할 것 같지 않다. 무술이란 그런 쉬운 길이 아니다. 내가 라이키리의 칼끝을 향하자 마 히구가 외쳤다.

"기, 기다려줘! 나와 한편이 되자!"

"너와?"

"그래! 나는 사성 길드의 대장! 용사의 비호를 받고 있어. 나와 한 편이 되면 이 아멜리아 왕국에서 잘 살 수 있게 될 거다! 좋은 여자도, 좋은 술도, 온갖 금은보화까지 원하는 대로 다! 장래에 귀족의 딸을 아내로 얻거나, 이 나라를 좌지우지할 수도 있을 거야!"

"전혀 관심 없어. 그보다 어서 덤벼. 혹시 이 나에게 스치기라도 한다면, 그때는 무난하게 죽여주마."

"싫어어어어————."

마 히구는 얼굴을 공포로 물들이고, 자신의 무기인 도끼마저 내던진 채 등을 보이고 도망치기 시작했다.

"쓰레기가."

정말 근성이 썩은 놈이다. 적어도 마지막쯤은 당당하게 맞섰다면, 그자들과 마찬가지로 목을 베어주었을 것을.

나는 라이키리를 높이 들고 마력을 주입하기 시작했다. 나의 마력으로 라이키리가 잘게 떨기 시작한 순간, 그대로 아래로 내리쳤다.

사방팔방으로 빛이 퍼지고 한 박자 늦게 굉음과 땅 울림이 일었다.

교회는 건물 자체가 깔끔하게 소멸되어 공터가 되었고, 그 중심에는 커다란 구멍이 뚫렸다. 그리고 그 구멍 옆에는 마 히구가 몸 절반이 증발되면서도, 뭍에 나와 빈사 상태가 된 생선처럼 입을 뻐끔거리고 있었다.

"벨제! 저 쓰레기를 치유하고 지옥을 맛보게 해라! 철저하게! 그리고 헌터 길드로 보내! 이러면 되겠지?"

미아 양을 안은 네메시스와 함께 존슨과 구릿빛 피부에 노출도가 높은 여성이 모습을 드러냈다.

"그래, 길드는 그거면 돼. 어차피 이 건으로 카드는 해체될 거야. 마 히구는 교수형에 처해질 테고."

나는 고개를 끄덕이고, 벨제에게 시선을 보냈다.

"알겠습니다."

벨제가 바스락바스락 바쁘게 입을 움직이며, 오른손에 든 지팡이를 들었다. 그 순간 마 히구와 난을 피했던 올백 머리 남자가 공중에 떠올라 검은색 안개에 의해 운반되었다.

끝났다. '봉신 장갑'을 아이템 박스에서 꺼내 장착하고, 지금도 넘쳐나는 마력을 억누른 다음 무릎을 꿇은 네메시스를 바라보았다. 곧이어 여신 연합의 간부들도 차례로 모습을 드러내 일제히 무릎을 꿇었다.

"그럼 이번 일에 대해 설명을 해줘야겠는데?"

네메시스에게 압박을 가하며 따지자, 여신 연합의 다른 간부들이 마른 침을 꿀꺽 삼켰다.

"이 스토리는 그녀가 갈망한 것입니다. 저희는 그것을 도왔을 뿐."

"뭐? 이런 쓰레기들에게 덮쳐지는 게?"

"아뇨, 그렇지 않습니다. 주인님께서 구하러 오는 것입니다."

"점점 더 이해가 안 가. 내가 구해주는 게 미아 양에게 어떤 메리트가 있단 말이야?"

"그러니까 이 벽창호에겐 말해도 소용없다고 하지 않았소."

나의 소박한 질문에, 어느새 곁에 나타난 아스타가 진심으로 허탈한 듯이 그런 말을 꺼냈다.

구릿빛 피부의 여자가 한 걸음 앞으로 나오더니 나에게 삿대질을 하며 외쳤다.

"카이 하이네만 군, 넌 미아에게 빚이 있어. 그렇지?"

"맞아."

"그럼 미아를 길드 뒤에 있는 그녀의 기숙사까지 데려다줘!"

"나는 괜찮은데, 그건 너희 길드가 하는 쪽이 더욱 적절하지 않나?"

그녀의 기숙사가 길드 뒤에 있다면, 나보다 길드 관계자가 데려가는 편이 더 나을 것이다.

"우리는 지금부터 저기 쓰러진 '카드'의 심문과 현장 검증을 해야 해. 게다가 그녀를 이번 사건에 휘말리게 한 사람은 바로 너. 데려다주는 건 너의 의무야! 내 말이 틀려?"

그녀는 밖에서 망을 본 덕에 살아남은 '카드'의 잔당을 엄지손가락으로 가리키며 말한다.

"석연치 않기는 하지만, 대체로 네 말대로야."

그녀가 이렇게 된 것은 나의 잘못이기는 하다. 내가 데려다주는 것이 이치에 맞다.

미아 양의 기숙사 위치를 물은 뒤, 그녀를 등에 업고 걸음을 옮겼다.

미야 양의 기숙사가 바로 눈앞에 나타났을 때, 등에서 그녀의 목소리가 들렸다.

"카이 씨……."

마침 잘되었다. 드디어 눈을 뜬 모양이다.

"일어났구나. 무서운 일을 당하게 해서 미안."

"아니요, 저야말로 구하러 와줘서 고마워요."

미아 양이 나의 옷을 잡고, 작은 목소리로 말했다.

"아니, 인사는 필요 없어. 애초에 이런 일이 생긴 건 나 때문이니까."

"그런 의미로 감사 인사를 한 게 아니에요."

그녀가 나의 볼을 꼬집고, 비난하는 말을 입에 담는다.

"그렇구나. 미안해."

소꿉친구인 레나와 라일라 같은 반응. 이럴 때는 사과하는 게 최고다.

"저, 정말 기뻤거든요."

"응? 뭐가?"

"저를 위해 와준 거 말이에요."

"흠. 그런가. 당연하다고 생각하는데."

그녀는 나를 강하게 꼭 끌어안고, 한동안 얼굴을 등에 대고 있었다. 그런 다음 평소처럼 쾌활한 어조로 외쳤다.

"여기서부턴 혼자 갈게요!"

내가 미아 양을 내려주고 그녀 쪽으로 돌아서자, 그녀가 갑자기 나를 끌어안았다.

"그럼, 내일 봐요!"

잠시 나의 가슴에 얼굴을 묻고 있던 그녀는 금세 귀까지 빨개지더니 손을 흔들고 달려갔다.

"그래, 푹 쉬어."

그녀의 기행에 깜짝 놀라기는 했지만, 나도 곧 정신을 차리고 돌아갔다.

＊＊＊

카이가 라이키리를 휘두르자 교회 바닥에 커다란 구멍이 뚫리던 그 순간.

"저것이 주인님의 진정한 힘……."

여신 연합의 투 톱 중 한 명, 네메시스가 황홀한 표정으로 중얼거렸다.

그런 감상을 말할 수 있는 것도 네메시스 한 명뿐. 여신 연합의 다른 간부들은 모두 새파랗게 질린 얼굴로 주인이 대지에 만든 커다란 구멍을 멍하니 바라보고 있었다.

"저것은 절대 마스터의 진짜 힘이 아니오. 다만 자신에게 건 몇 겹이나 되는 구속을 풀었을 뿐. 아마 진짜 힘의 0.01퍼센트도 내지 않았을 것이오."

아스타가 이마에 흐르는 땀을 닦으며, 진지한 얼굴로 대답했다. 네메시스는 잠시 눈을 크게 떴다가 웃음을 터뜨렸다.

"저게 0.01퍼센트도 내지 않은 거라고?! 아하하! 아스타, 당신이 말씀하신 걸 이제야 알겠어요! **이 세상**에 저분의 적은 사실상 존재하지 않아요!"

네메시스는 오른쪽 손바닥을 이마에 대고 깔깔거린다.

"바로 그렇소. 마스터는 본인의 옛 친구와 아주 많이 닮았어. 무엇이든 좋소. 투쟁 이외의 것으로 마스터를 이 세계에 붙잡아 둘 이유가 필요하오."

"이해하고 있어요. 여전히 납득은 하지 못했지만요."

네메시스가 두 팔로 안고 있는 미아를 내려다보며 복잡한 표정으로 말하자, 다른 여신 연합의 전쟁신들도 강렬한 감정을 품고 미아를 바라보았다.

"여, 여러분은 대체 정체가 뭔가요?!"

옆에서 쇼트커트에 구릿빛 피부의 여성, 아마조네스 일사 하니시가 덜덜 떨며 결사적인 얼굴로 그렇게 물었다.

"왜소한 인간의 몸으로는 모르는 것이 약이오."

"맞아요. 저희는 저분과 생애의 운명을 함께 하는 자. 그러니 걱정하지 말렴. 저분이 지키려 하는 자를 다치게 할 마음은 전혀 없으니까."

"그것은…… 여러분을 보면 압니다."

네메시스를 비롯한 여성들로부터는 미아와 일사에 대한 적의가 전혀 느껴지지 않았다.

"자, 슬슬 끝날 듯하오."

아스타가 턱을 들었다.

"그런 것 같네요. 그럼 그녀를 전달하도록 하죠."

네메시스도 크게 고개를 끄덕이고 모습을 감추었고, 다른 전쟁신들도 마치 처음부터 존재하지 않았던 것처럼 스르륵 모습이 사라졌다. 아스타도 그 자리에서 어느새 없어졌다.

"헌터의 고름을 제거하기 위해 카이를 의지했건만, 어쩐지 괜한 짓을 저지른 기분인데……."

존슨이 어깨를 으쓱하며 멍하니 중얼거리자, 일사도 쓴웃음을 지으며 말했다.

"하지만 전 카이 씨나 저분들이 도저히 나쁜 존재로는 보이지 않아요. 적어도 저 사람들은 미아를 구해주었잖아요."

"카이에 대해서는 강력히 동의해. 친구의 아들이라 옛날부터 알고 있었으니까. 아무리 달라졌어도 저 녀석의 근본은 크게 달라지지 않았어."

"맞아요. 미아가 위험에 빠진 걸 알고 진심으로 화를 냈으니까요. 뭐, 촌극인 걸 알던 저도 저 쓰레기들에게 살의를 느꼈지만요."

"마 히구 따위가 저들을 상대할 수 있을 리 없어. 그래, 순식간에 죽을 테니 확실히 촌극이 군."

"네, 미아도 좀 솔직해지면 좋겠지만, 그 애는 묘하게 완고한 면이 있으니까요."

"난 아저씨라 그런 연애니 뭐니 하는 건 잘 모르겠어. 아무튼 우리도 가자고."

"알겠습니다."

존슨의 말에 일사도 이미 흔적도 없이 사라진 교회 부지를 향해 걸어갔다.

제2장 신성무도회 전편

'카드'는 아멜리아 왕국이 지정한 사성 길드 중 하나다. 헌터 길드에 의한 이번 '카드' 숙청으로, 당연하게도 왕국 정부가 감사에 들어가게 되었다. 로제와 존슨 사이에 어떤 뒷거래가 있었던 모양이다. 나의 관여는 완전히 숨겨지고 '카드'의 진압은 아르놀트가 한 것으로 되어, 왕국 정부로부터 다시 이번 일에 대한 사후 처리를 명령받았다. 호위인 아르놀트가 없는 상황에 국왕이 로제의 왕도 귀환을 인정할 리가 없지. 우리는 다시 이곳 바르세에 발을 묶이고 말았다.

"철회해!"

안나가 숙소 1층 식당의 테이블을 두 손으로 내리치며 벌떡 일어나 호통을 쳤다.

로제의 상담이라는 이름의 일문일답에 대답하던 중, 뒤에서 대기하던 그녀가 엄청난 기세로 화를 내기 시작한 것이다.

"이 나라의 잘못된 정책이 인근 국가에 비극을 일으키고, 자국민마저 빈곤에 허덕이게 만든 건 사실이잖아? 아니야?"

"그 책임이 왜 국왕 폐하와 로제 님께 있다는 거지?!"

역시나. 일단 안나는 이 나라의 모순을 깨닫고 있다. 이 대화로 다른 로제파의 기사가 화를 낸다면, 아마 국가의 정책이 잘못되었다는 부분 때문일 것이다. 안나가 인정할 수 없는 것은 어디까지나 주인인 국왕과 로제에게 이 왕국 내의 비극에 대한 책임이 있다는 점이다.

"국왕과 로제는 이 나라의 위정자야. 누구보다 이 나라의 백성을 올바른 길로 이끌어야만 하지. 그것이 전혀 되지 않고 있는 이상, 무능하다는 비난은 피할 수 없어."

"무, 무능하다고!"

"안나! 그만해요!"

나에게 덤벼들려고 하는 안나를, 로제가 목소리를 높여 제지했다.

"하, 하지만, 로제 님!"

"나는 가이에게 정치에 대한 지도를 받고 있어요. 방해한다면, 이 자리에서 퇴장을 명령하겠어요!"

평소와 다른 강한 어조의 지시에 안나는 분한 듯 아랫입술을 깨물며, 살짝 인사하고 나가버렸다.

"괜찮겠어?"

"네, 안나와는 옛날부터 알고 지냈고, 이 정도의 일은 옛날부터 잦았거든요."

"네가 괜찮다면 나야 상관없지만."

그리 석연치는 않지만, 아직 이곳 바르세에 반로제파가 없다고도 단언할 수 없다. 저 무모한 애는…… 가장 먼저 노려질 것이다. 일단 호위는 붙여두기로 할까.

로제가 턱을 괴고 나를 재미있다는 듯 바라보더니, 내 옆에서 꾸벅꾸벅 졸던 파프에게 시선을 옮기며 자리에서 일어났다.

"조금 피곤하니 차를 마시죠. 지금부터 과자를 만들게요."

"과자라고요?!"

파프가 졸린 눈을 번쩍 뜨고 몸을 내밀며 물었다.

"네, 지금부터 만들게요. 어떤 게 먹고 싶어요?"

"파프, 쿠키가 먹고 싶어요!"

"쿠키 말이죠. 그래요, 지금 차가 떨어졌으니 카이, 혹시 괜찮다면 안나에게 사 오라고 전해주실 수 있을까요?"

그녀는 의미심장한 미소를 지으며 나에게 살짝 머리를 숙였다.

한마디로 화해할 기회를 제공하겠다는 뜻이다. 뭐, 확실히 나도 조금 어른스럽지 못했고, 저 무모한 애를 그냥 놔두는 것도 위태롭다. 최근 안나는 파프와 잘 놀아주기도 하니 호위쯤은 해주어야겠다.

"그래, 알겠어."

나는 안나를 찾으러 바르세의 거리로 나갔다.

당연하게 따라오는 아스타와 함께 안나가 찾을 법한 장소를 가보았지만 전혀 보이지 않았다. 비교적 치안이 나쁜 남동부의 큰길을 걷다가, 광장의 커다란 텐트 앞에 사람이 몰려 있는 것을 발견했다. 그리고 들려오는 남녀가 싸우는 목소리.

"이런 아이에게 폭력을 행사하다니, 대체 무슨 생각이야?!"

"하지만 이건 파는 물건이야. 짐승이라고. 짐승은 훈련을 시켜야 하잖아?"

"짐승?! 헛소리하지 마! 수인족 아이잖아?!"

"으음, 맞아. 하지만 수인족을 이성이 부족한 짐승이라 인정한 건 너희 왕국 사람 아니야? 내 말이 틀렸나~?"

이 여자 목소리, 들은 적이 있다. 아니, 지금 찾고 있는 사람이다. 인파를 헤치고 앞으로 나가자 한쪽은 나긋나긋한 태도에 화장을 한 남자, 다른 한쪽은 흰색 원피스를 입은 빨간 머리의 여자였다.

"아니야! 수인족을 이성이 없는 짐승이라고 인정한 적은 없어! 우리 나라가 주장하는 것은 기프트에 따른 구별이지 차별이 아니야!"

"뭐야, 그게? 구별은 차별이야. 너 머리 괜찮아?"

저 남자의 말에 동의한다. 아멜리아 왕국 정부는 수인족처럼 대다수가 기프트를 보유하지 않은 종족을 배신자라 인정하고, 오랜 세월 적대시했다. 저 수인 소녀처럼 전쟁에 휘말려 이 나라에 억지로 노예로 끌려오는 일은 일상다반사다. 그런 구조를 만든 것은 로제 같은 왕국의 왕후 귀족이다. 이 상황에 남자에게 화를 내어봤자, 비난할 대상이 잘못되었다는 소리다. 뭐, 아이에게 폭력을 행사하는 쓰레기는 나도 싫지만.

"네 이놈, 이 나를 우롱하는 거냐?!"

안나가 칼자루에 손을 대자, 검은 옷을 입은 남자의 부하들이 앞을 가로막았다.

정말 이 여자, 끝까지 성가시게 군다. 그래도 어린아이가 채찍에 맞고 있는 것을 그냥 넘어가지 못했던 건가. 그렇다면 지금 방관하고 있는 주위 쓰레기들보다는 훨씬 낫다.

"그만둬, 이건 네가 잘못했어."

끼어들며 안나를 가볍게 질타한 뒤, 남자를 바라보았다.

"얘는 조금 세상 물정을 몰라. 용서해줘."

"조금은 말이 통하는 사람이 나온 모양이네."

마음이 전혀 담기지 않은 사죄의 말. 남자가 작게 한숨을 쉬고 오른손을 들자, 검은 옷을 입은 남자들이 전투태세를 풀었다.

안나의 옷에는 국장이 자수되어 있으니 왕국 정부의 관계자인 것은 일목요연하다. 노예상들도 괜한 다툼은 원하지 않을 것이다.

"카이, 이 자식――!!"

시끄럽게 떠드는 안나를 무시하고, 허리에 찬 가방에서 지금 나의 전 재산에 가까운 8만 올이 든 주머니를 꺼내 남자에게 던졌다.

남자는 주머니를 받아 내용물을 확인하더니 인상을 썼다. 돌아온 것은 힐난하는 듯한 예상 그대로의 대답이었다.

"뭐야, 8만 올밖에 없잖아. 이래서는 몸값이 너무 부족한걸."

"그럼 얼만데?"

"은색 털을 가진 수인 아이는 드무니까, 2백만 올은 줘야 해."

"알겠어. 그건 선금이야. 나중에 반드시 지불할게. 그러니 그때까지 저 아이를 잘 돌봐줘."

"30일 이내에 내지 않으면, 이 선금은 안 돌려줘. 그래도 되겠어?"

"상관없어."

언제까지고 이 도시에 머물 수는 없다. 그 기간 내에 지불하지 못하면 나의 패배다.

"계약 성립. 자, 가자. 누가 저 아이에게 옷과 요리를 줘! 손님으로 정중하게 모셔!"

"네!"

검은 옷을 입은 남자들이 아까와는 전혀 다르게 마치 귀족 영애라도 대하는 것처럼 정중하게 수인 소녀를 데려갔다. 소녀는 몇 번이나 우리 쪽을 돌아보며 텐트 안으로 모습을 감추었다.

"어쩔 셈이야?!"

양손으로 나의 멱살을 잡고 외치는 안나를 보며, 옆에 있던 아스타가 어깨를 늘어뜨리고 작게 한숨을 쉬었다.

또 귀찮은 일이 생겨 버렸다고 말하고 싶은 거겠지. 아스타의 이 어이가 없다는 듯한 태도, 뭔가 열받는다.

"이해력이 부족한 모양이네. 모르겠어? 저 아이를 놈들에게서 구입하는 거잖아."

"구입이라고?! 사람을 돈으로 사겠단 말이냐?!"

"응, 그래. 그게 제일 빨라."

"긍지 높은 왕국 기사가 인간의 매매 같은 것을 용납할 수 있을 리가 없지 않나!!"

안나는 귀족의 딸이라고 하지만, 다른 귀족들과 달리 수인을 인간으로 여긴다. 파프라에서 수인족이 귀족들에게 피해를 입었을 때에는 그 비정함에 진심으로 화를 냈으니, 우리와 윤리관은 그리 다르지 않다. 나에 대한 태도는 여전하지만 파프에게는 마치 언니처럼 다정한 모습으로 귀여워하고 있고. 그렇기에 지금 이렇게 안나를 찾으러 나온 것이다.

"용납해야지. 원래 아멜리아 왕국은 노예 매매를 합법적으로 인정하잖아. 구입하는 건 문제없어."

"노예 매매는 국왕 폐하께서 인정하지 않았어! 다만 법으로 철저하게 금지하지 않을 뿐이야!"

"바보, 그걸 세상에서는 합법이라고 하는 거잖아. 그리고 합법인 이상, 힘으로 그 아이를 빼앗으면 우리는 범죄자가 돼. 로제의 입장을 난처하게 할 뿐인데 그래도 되겠어?"

"그건── 곤란해……."

아랫입술을 깨물고, 분한 마음에 울먹이면서도 안나가 작게 중얼거렸다.

"그럼 이 왕국의 규칙에 따라 그 아이를 보호할 수밖에 없어. 그러려면 몸값을 치르는 게 제일 빨라. 어때, 이해했어?"

"…………."

그제야 나의 멱살을 놔주며, 안나는 작게 고개를 끄덕였다.

"그럼 어서 돈을 마련할 방법을 생각해야 해. 일단 숙소로 돌아가서 검토해보자."

"알겠어."

여전히 전혀 납득하지 못한 얼굴이다. 안나는 입을 꾹 다물고 빠르게 걸어갔다.

"우리도 가자."

의욕 없이 하품을 하는 아스타를 데리고, 우리도 숙소를 향해 걸음을 옮겼다.

***

이번 노예 구입은 로제의 악평으로도 이어질 수 있는 일이다. 로제에게 비밀로 할 수도 없다. 그런 생각에 로제와 아르놀트에게도 의논하기 위해 숙소 1층에 있는 식당에서 저녁밥을 먹으며, 그 이야기를 꺼냈다.

안 그래도 로제는 지금 가장 평판을 신경 써야 할 시기다. 노예 구입이라는 성가신 일에 휘말리게 된다면, 솔직히 잔소리 한두 마디쯤은 들을 것이라 생각했는데…….

"그 아이의 값을 치르는 것은 나도 찬성이에요."

예상과는 완전히 다르게 로제는 진심으로 만족스러운 표정으로 찬동 의사를 보였다.

"너 혹시 마조히스트라도 돼?"

나의 소박한 감상에 로제는 새빨개진 볼을 크게 부풀렸다.

"그럴 리가 없잖아요!"

큰 소리로 나온 부정.

"마조히스트가 뭡니까?"

"그건──."

"어흠!"

안나가 의아한 얼굴로 그런 순수한 질문을 로제에게 하기에 대답하려고 하였으나, 로제가 엄청난 얼굴로 나를 노려보며 헛기침을 하는 바람에 중단되고 말았다. 잘 모르겠지만 정곡을 찌른 탓인가보다. 이 화제는 건드리지 말았으면 하는 모양이군.

"알겠어. 가만히 있을게."

"뭐예요, 그 말투, 석연치 않습니다만……."

"그런가? 아무튼 30일 이내에 대금을 벌어야 하는데, 로제, 혹시 묘안 없을까?"

물론 왕실의 일원인 로제가 돈을 내는 것은 논외다. 왕족의 돈은 말하자면, 국민의 세금으로 만들어진 것이다. 그것을 노예의 구입에 사용했다간 자칫하면 노예제를 왕족이 적극적으로 추천하는 꼴이 될지도 모른다. 적어도 로제는 해서는 안 될 선택이다. 반면 30일 정도로 상회를 만들어 돈을 버는 것도 비현실적이다. 일단 사업을 하려고 해도 돈이 필요하니, 하려고 해도 지금 우리에게는 불가능하다.

"물론 놀라운 방법이 있죠."

"내가 할 수 있는 일에도 한도가 있는데?"

로제는 나를 너무 높이 평가하는 경향이 있다. 불가능한 일을 제안하여 시간이 초과되는 패턴은 지금 가장 피하고 싶은 일이다.

"괜찮습니다. 당신의 힘이라면 쉬운 일이에요."

"그게 뭔데?"

"도시 루자할에서 열리는 신성무도회예요. 이 대회에서 결승 토너먼트에 진출하면, 목표 금액을 쉽게 달성할 수 있어요."

신성무도회는 아마 4년에 한 번 열리는 아멜리아 왕국 최대의 무술 대회였을 것이다. 이 대회의 우승자에게는 도장 설립권과한 세대 한정의 귀족 칭호인 명예 귀족, 나이트 칭호가 주어진다. 따라서 출전자는 매번 수천 명에 달한다.

현재 나의 힘이 이 세계에서도 상위권에 속하는 것을 알게 된 지금, 결승 토너먼트 진출 정도라면 확실히 가능할지도 모른다.

하지만 아멜리아 왕국 최대 규모의 무도회인데. 만약 진출했다간 확실히 눈에 띌 것이다. 되도록 눈에 띄고 싶지 않은 나로서는 생각할수록 최악의 선택. 어떻게든 피하고 싶다.

게다가── 시합은 어디까지나 놀이에 불과하다. 목숨을 걸고 싸운다면 질 마음이 전혀 없지만, 그것이 심판이라는 사람이 개입하는 시합이 된다면 이야기는 별개다. 규칙에 따라 탈락할 가능성도 있을 테고, 무엇보다 자칫하여 사람을 죽이면 실격일 것이다. 한마디로 확실성에 다소 문제가 있다는 뜻이다.

"나는 시합 형식이 거북해. 시합인 이상, 반드시 이긴다는 보장도 없잖아?"

상대가 어느 정도의 힘에 박살이 나는지도 아직 파악하지 못한 상태다. 혹시 시합 규칙 중에 이 '봉신 장갑'을 벗어야만 하는 상황이 된다면, 제대로 힘을 컨트롤할 수 있을지 불명확하다. 실수로 죽여버리는 일도 충분히 우려할 만하다.

"그럼 반대로 묻겠습니다만, 단기간에 막대한 금전을 얻을 방법이 달리 있을까요?"

"으음…… 없네."

애초에 대금을 벌 수단이 없기에 이렇게 고민하는 것이다.

"걱정할 것 없습니다. 애초에 있을 수 없는 일입니다만, 만약 당신이 예선에서 탈락할 상황이 된다면 제가 이것을 매각하여 금전으로 바꾸겠어요."

로제가 반지를 테이블 위에 놓았다.

"잠시 빌릴게."

손에 들고 감정을 해보았다.

◇◇◇◇◇◇◇◇◇◇◇◇◇◇◇◇◇◇◇◇◇◇◇◇◇◇◇◇◇◇◇◇

★[부활의 반지]: 세 번에 한해 즉사할 만한 상처조차 회복시키는 반지.

· **남은 횟수—— 3/3**

· **아이템 랭크: 상급**

◇◇◇◇◇◇◇◇◇◇◇◇◇◇◇◇◇◇◇◇◇◇◇◇◇◇◇◇◇◇◇◇

부활의 반지인가. 횟수 제한은 있지만, 아마 상당히 귀중한 것이겠지? 그야 즉사할 만한 상처조차 회복시키는 초고성능 포션을 세 번 사용하는 것과 같은 효과니까.

"그 반지는 헌터이기도 했던 돌아가신 숙부가 제 생일에 선물로 준 것입니다. 물론 그가 미궁에서 손에 넣은 물건이므로, 국민의 세금에 의한 것도 아니고요."

"그런 문제가 아냐. 숙부의 유품을 담보로 걸다니 제정신이야?"

이만큼 귀중한 반지를 로제에게 준 의미는 둔한 나라도 알 수 있다. 분명 그 숙부는 로제가 친족인 다른 왕족에게 목숨이 노려질 상황을 예측했을 것이다. 따라서 이 반지를 목숨을 걸고 손에 넣었다. 이 녀석의 행위는 그 숙부의 바람에 침을 뱉는 것과 같다.

"물론이죠. 당신은 지지 않을 테니까요."

이 표정, 로제는 진심이다. 이 녀석은 정말 내가 이긴다고 확신하여, 이런 무모한 짓을 저지르는 것이다.

"근거도 없는 신뢰는 민폐일 뿐인데."

말로 표현하기 힘든 분노가 치밀어 내가 자리에서 일어나자, 로제도 일어나 안나에게 지시를 내렸다.

"그럼 내일 아침 일찍, 루자할로 향하겠습니다. 안나, 바로 마차와 식량 준비를!"

"네!"

안나는 진지한 얼굴로 기사식 경례를 한 다음, 숙소에서 나갔다.

"나도 카이와 동행하겠습니다. 아르놀트, '카드' 건은 잘 부탁해요."

"맡겨주십시오!"

아르놀트도 일어나 가슴에 손을 대고, 역시 기사식 경례를 하였다.

이들은 항상 이런 모 아니면 도인 도박을 하는 건가? 로제의 숙부가 이런 귀중한 물건을 주는 이유가 있었다. 나는 고인의 마음을 짓밟을 만큼 타락하지 않았으니, 만약에라도 탈락하여 저 반지를 파는 일이 생겨서는 안 된다. 확실히 이 방법이 제일 리스크가 낮은 것일지도 모르겠다. 결승 토너먼트에 진출하기만 하면 되니까. 뭐, 어떻게든 되겠지. 패배하면 그때 다시 생각하면 된다.

"어쩔 수 없지."

"그럼 마침 쿠키가 구워졌으니, 다 함께 먹도록 하죠."

내가 크게 한숨을 내쉬자, 로제가 일어나 식당 안쪽으로 모습을 감췄다.

"쿠키! 쿠키! 쿠키예요!"

나는 토끼처럼 폴짝폴짝 뛰어다니는 파프의 머리를 살며시 쓰다듬었다.

***

안나 그라츠는 바르세 거리를 혼자 걷고 있었다. 주인의 지금 기분에 호응하듯이 어깨가 점점 처졌다.

지금 안나가 침울한 주된 이유는 로제 님에게 나가라는 말을 들었기 때문이 아니다. 안나의 그라츠 가문은 대대로 왕족을 모신 유서 깊은 성기사 가문이므로, 아멜리아 왕국 귀족의 말석으로서 로제 님을 곁에서 모시는 것을 허락받았다. 나이가 비교적 가까운 것도 있어서 안나와 로제 님은 자매처럼 자랐다. 따라서 말다툼은 흔한 일이라 그런 말을 들은 정도로 한없이 울적해지는 일은 없다.

안나가 지금도 침울한 이유는 카이와 생활하게 되며 날이 갈수록 그의 말에서 묘한 설득력을 느끼고 있기 때문이다. 카이는 아멜리아 왕국의 왕후 귀족을 백성에게 기생하는 기생충이라고 단언했다. 처음에는 너무 무례한 녀석이라 화가 났으나, 파프라에서의 일, 그리고 카드와의 일을 거치며, 카이의 말에 어느 정도 동의하게 된 것을 자각했다.

아멜리아 왕국에서는 주신인 성무신 아레스가 하사하는 기프트로 사람의 덕을 판단하는 경향이 있다. 기프트의 질이 높으면 그 사람은 아레스신에게 사랑받고 있고, 낮으면 아레스신으로부터 경원시되는 덕이 없는 사람이라고.

이 판단 기준은 이 나라에서 취직, 혼인, 교우 관계에 이르기까지 다수 적용되고 있다. 특히 안나의 그라츠 가문은 전통적인 성기사 가문. 그 사고방식을 어린 시절부터 철저하게 배워왔다. 그리고 그 판단 기준에 따르면, 기본적으로 기프트를 지니지 않은 수인족은 덕이 없는 종족이므로 덕이 높은 인간족에게 관리되어야 한다. 그러나 안나는 왕국 귀족 사이에서 당연하게 여겨지는 이 사고방식에 옛날부터 강한 의문을 품었다. 아니, 이 사고방식 자체에 강렬한 혐오감을 느낀다고 말하면 좋을까. 따라서 지금까지는 구역질이 나는 대화에도 당연한 척하며 넘어가곤 했다.

그러나 그 얄팍한 허세는 카이의 말과 행동으로 너무나 쉽게 무너졌다. 이젠 카이의 말에 순순히 동의하게 된다. 문제는 그런 자신에게 전혀 혐오감이 느껴지지 않는다는 것이다. 그것이 너무 두려워서, 절대 인정할 수가 없었다. 인정한다는 것은 아까 카이가 로제 님을 부정한 것조차 긍정하게 되고 마는 것이기 때문이다.

'난 뭘 하는 걸까…….'

지금은 절대 카이와 얼굴을 마주하고 싶지 않다. 그러기 위해 이렇게 바르세 거리를 걷고 있다. 스스로도 설명하기 어려운 떼를 쓰는 아이와 같은 감정 때문에 안나는 강한 비참함을 느꼈다.

걷다 보니 어느새 주변 사람들의 종류가 달라져 있었다. 이곳은 바르세에서도 비교적 치안이 나빠 평소에는 발을 들일 일이 없는 남동쪽 구역이다. 돌아가려고 한 순간, 갑자기 남자의 호통 소리가 들렸다.

"얼른 걸어!"

"죄, 죄송합니다……."

소리가 난 쪽으로 시선을 옮기자, 검은색 옷을 입은 커다란 남자가 은발 소녀를 채찍으로 때리고 있었다.

저 아이는 수인족이다. 아마 어떤 수치심도 모르는 병사가 전쟁통을 이용해 억지로 끌고 와서, 노예상에게 팔아치웠을 것이다. 안나는 노예가 싫다. 노예 그 자체가 싫다기보다는 사람을 물건이나 가축처럼 사고파는 그 행위에 강렬한 거부감을 느낀다.

아무리 싫다고 해도, 예전의 안나라면 화를 내면서도 보고도 못 본 척을 했을 것이다. 그러나——.

'그 녀석이라면——.'

카이를 알게 된 안나는 소녀를 전처럼 내버려 둘 수가 없게 되었다. 분명 지금의 안나는 왕국 기사로서 실격이라고 생각한다. 하지만 왜일까. 그 점이 전혀 후회되지 않고, 오히려 몹시 후련하게 느껴졌다.

충동적으로 그들에게 달려들어 따진 결과. 안나의 스트레스가 정점에 달해 칼자루에 손을 대었을 때, 그 녀석이 나타나 멋대로 이야기를 끝내고 말았다.

30일 이내에 2백만 올이라는 거금으로 은발 수인 소녀를 구입할 것을 약속해버린 것이다. 노예를 구입한다. 그 사실에 강렬한 기피감이 들었으나, 냉정하게 생각하면 그것밖에 방법이 없다. 오히려 누구에게도 폐를 끼치지 않고 안나의 희망을 이루어준 그에게 감사해야 한다. 하지만 그것은 안나의 성격상 절대 불가능한 일이다.

그 녀석은 처음 봤을 땐 짜증 나도록 나약한 성격이었으나, 그 사건 이후로 태도는 물론 어조까지 격변하여 이렇게 뻔뻔한 얼굴로 행동하게 되었다. 그렇지만 그의 태도나 행동에 화는 나더라도 혐오감은 들지 않는다. 오히려 그라면 어떻게 할지 무의식적으로 자신의 행동 방침으로 삼을 정도다.

로제 님이 기다리는 숙소로 향하던 도중, 그 녀석이 문득 생각난 듯 걸음을 멈추고 안나를 바라보았다.

"아 참, 안나, 잘했어."

그의 표정은 평소처럼 당당한 미소였다. 그에게 처음으로 이름을 불린 것, 그리고 처음으로 칭찬을 받은 것이 왠지 기분이 좋아서.

"어서 로제 님께 가자!"

풀어진 입가를 필사적으로 다물며, 안나는 그에게 외치고 빠르게 걸어갔다.

***

──무투 도시 루자할.

바르세에서 남쪽으로 마차를 타고 이틀쯤 달린 거리에 루자할이 있다. 바르세가 헌터의 낙원이라면, 루자할은 아멜리아 왕국 최대의 무투 도시다. 도시에는 백 개가 넘는 종류의 무술 도장이 있고, 큰길을 따라 수많은 유명 무구점이 늘어서 있다. 그런 무술가들의 꿈의 도시. 그것이 루자할이다.

"대회 개최 직전이라 여전히 사람이 많네."

"카이는 과거에 이 도시에 온 적이 있나요?"

전에 할아버지와 왔던 과거의 기억을 떠올리며 소박한 감상을 말하자, 옆에서 로제가 흥미롭다는 듯 나의 얼굴을 들여다보며 물었다.

"뭐, 그냥."

체감으로는 10만 년 전, 기억으로는 수년 전이라는 이상한 감각이지만.

"난 지금부터 대회에 등록하고 올게."

"알겠습니다. 그럼 파프를 데리고 먼저 숙소로 가 있을게요."

"파프도 주인님과 갈 거예요!"

나에게 매달리는 파프의 머리를 평소처럼 다정하게 쓰다듬고, 부드럽게 부탁했다.

"지금 아스타가 숙소를 잡고 있어. 그때까지 너는 이 두 사람을 지켜줘."

"응, 알겠어요! 파프, 노력할게요!"

힘차게 오른쪽 주먹을 쳐든다. 음음, 파프는 언제나 솔직하고 착한 아이다.

"그럼 뒷일은 부탁할게!"

"네, 맡겨주세요."

고개를 끄덕이는 로제로부터 나는 등을 돌려 접수처로 향했다.

접수처의 젊은 여성에게 이름과 유파, 기프트를 전했다. 로제가 말하기를, 여기서 허위 사실을 전하면 실격이 되고 벌금을 요구받는 등 나중에 귀찮아진다니 솔직하게 말했다. 뭐, '이 세상 제일의 무능' 기프트를 전하니 연민 어린 표정으로 쳐다보기는 했지만.

참고로 유파는 물론 '진계류 검술'이다. 하이네만류 검술은 이제 나의 검술이 아니기 때문이다. 로제에게 빌린 3만 올을 내자, 대회 팸플릿 같은 것을 주었다. 아스타와 약속한 장소인 숙소로 향하려고 하는데.

"야, 무능! 네가 왜 여기 있어?!"

뒤에서 탁한 목소리가 들렸다.

돌아보자 턱이 갈라진 얼굴에 머리는 삭발한 거구의 남자가 있었다. 그 뒤로 몇 명의 소년·소녀가 경멸하는 표정을 짓고 있다. 모두 기억난다. 하이네만류 도장의 사범과 문하생이다.

아마 이 소년·소녀가 대회에 출전하는 모양이다. 왕국 최대 규모의 대회니까, 어릴 때는 예선의 결승까지 이기는 것만으로 상당한 실력자로 인정받아 도장의 명성이 올라간다. 이 자리에 있어도 전혀 이상하지 않다.

"너희가 아는 대로 나는 이미 하이네만가를 떠났어. 그러니 내가 어디서 무얼 하든 내 마음이야. 너희에겐 나의 행동을 막을 권리가 없어. 틀려?"

"헛소리하지 마! 네가 얼마 전까지 하이네만가에 있던 것은 누구나 다 아는 사실이야. 오히려 하이네만가를 나갔다는 사실조차 모르는 사람이 대부분이지. 그런 네가 무참한 꼴을 드러내는 것만으로도 얼마나 하이네만류 검술의 간판에 먹칠을 하게 되는지 알아? 당장 이 도시에서 떠나!"

삑삑 시끄러운 녀석이다. 그럼 어떻게 할까.

"시가 선생님, 괜찮아. 우리도 하이네만류. 우리가 예선의 결승까지 남으면, 도장의 이름에 먹칠할 일은 없어. 반대로 저 녀석이 하이네만류에서는 예외적으로 무능한 놈이라는 걸 이해하게 될걸."

금발의 잘생긴 소년이 사범 시가에게 진언하자, 다른 소년, 소녀들도 동의했다.

그러고 보니 나의 기프트가 무능임을 알고 가장 먼저 돌변한 것이 이 사범 시가와 금발 소년 릭이었다. 뭐, 지금 나에게는 솔직히 아무 상관 없는 사실이지만.

"릭, 너라면 확실히 예선의 결승까지 나갈 것 같구나. 얘들아!

최대한 하이네만의 이름을 널리 떨치도록 해라!"

사범 시가가 릭을 바라보며 몇 번 고개를 끄덕이더니, 그런 말을 남기고 다 함께 떠났다.

자, 아무 상관도 없는 무리는 사라졌다. 숙소로 돌아가도록 하자. 발을 내딛으려는 순간———.

"흐음."

피부에 와닿는 따끔한 느낌. 이것은 살기인가. 뭐, 강도는 대단하지 않으니 나에게는 산들바람과 같지만.

"너, 강하네."

살기를 뿜은 상대가 나의 앞까지 걸어와 내려다보았다.

2메르는 되는 기골이 장대한 체구에 야성적인 외모. 바위처럼 투박한 손에 무수하게 박힌 굳은살. 육체를 극한까지 혹사한 무도가 같은 사람으로 보인다.

"그런가."

이런 식의 위압은 던전 안에서도 상당히 받아보았다. 특히 진정한 짐승의 왕, 진수왕을 자칭하는 수인 네메아는 처음에 이렇게 호전적이었던 기억이 난다.

"너, 이름은?"

"카이 하이네만."

"나는 잭, B조다. 너는?"

B조? 아아, 예선 토너먼트 조 말이구나. 철제 엔트리 카드의 뒷면을 보자, D조라고 새겨져 있다.

"나는 D조인 모양이야."

"그런가, 그럼 결승 토너먼트에서 만나겠군."

두 주먹을 부딪치며, 잭이 질 나쁜 미소를 짓는다. 음, 자신의 무에 절대적인 자신감을 지닌 태도도 그렇고, 전투광 같은 성격도 그렇고, 이 녀석 점점 옛날 네메아와 똑같다. 의외로 마음이 잘 맞지 않을까?

"서로 그렇게 되면 좋겠네."

"될 거다. 우리라면."

잭은 오른쪽 주먹을 들더니, 인파 속으로 사라졌다.

나도 어깨를 으쓱하고 이번에야말로 약속 장소인 숙소로 향했다.

***

바르세에서 마차를 타고 남서쪽으로 사흘쯤 나아가면 아무도 접근하지 않는 고스트 타운── 페스팔이 있다. 이곳은 과거에 광산 도시로 번영하였으나, 주력 광물이던 금, 은, 동이 고갈되고 그 부근에 흉악한 거대 독거미 마물이 둥지를 틀기도 해서 폐쇄된 사연이 있는 도시다.

흉은 거기서 서식하던 거대 독거미를 없애고, 이곳 고스트 타운을 세계 여기저기에 흩어져 있는 아지트 중 하나로 이용하고 있다. 그리고 본래의 주인을 잃은 페스팔 영주의 저택 안에는 현재, 흉의 멤버 몇 사람이 모여 있었다.

"카이 하이네만을 조사했는데 너무 뒤죽박죽이라 잘 알 수가 없었어."

예리한 눈에 노출도가 높은 검은색 옷을 입은 여성, 비네거가 낡은 목제 테이블에 종이 다발을 던지고 어깨를 으쓱했다.

"너의 스토킹으로도 이해하지 못했단 말이야?"

터번을 감은 장신의 미청년, 솔트가 눈썹을 찌푸리며 비네거에게 물었다.

"스토킹이라고 하지 마! 아무튼 평소에는 바르세의 헌터 중에 좀 나은 정도야."

"그냥 잔챙이잖아! 그럼 왜 뒤죽박죽이라 모르겠다는 건데?!"

"그러니까 평소라고 말했잖아! 카드라는 헌터들과의 전투에서 장갑 같은 것을 벗으니까…….

"강해졌다는 말입니까?"

드물게 말문이 막힌 비네거에게, 스킨헤드의 거대한 남자 칠리가 동그란 안경테를 가운뎃손가락으로 올리며 물었다.

"아니, 반대야. 벗은 뒤부터, 여자들보다 더 강함이 느껴지지 않게 되었어."

"흥! 한마디로 카이 하이네만은 원래 구제 불능의 잔챙이고, 카드라는 원주민에게 패배했다는 거잖아! 웬일로 대장의 예상이 빗나가서 다행이야."

지금도 집중하여 자료를 읽고 있는 흰색 슈트를 입은 대장을 힐끗 보며, 솔트가 허름한 소파에 벌렁 드러누웠다.

"아니, 카이 하이네만은 카드에 승리했어. 왜 이 자료에는 자세한 내용이 쓰여있지 않지?"

대장이 매와 같은 시선을 보내자, 비네거는 당황하여 양손을 저으며 필사적으로 설명했다.

"나, 나는 제대로 감시하고 있었어! 다만, 카이 하이네만이 장갑을 벗자마자 내 원시(遠視)가 방해받았다고!"

"교회가 흔적도 없이 날아가고, 땅에는 커다란 구멍이 뚫릴 정도의 전투. 사성 길드, 카드의 패배. 그러나 장갑을 벗기 전에는 애송이, 벗은 뒤에는 여자들보다 더 강함이 느껴지지 않는다. 덤으로 비네거의 원시를 망가뜨리는 이능이나 아이템…… 하하! 확실히 뒤죽박죽이야!"

갑자기 웃음을 터뜨리는 대장에게 모두 기이한 시선을 보냈다. 그것도 그렇다. 대장이 이렇게 뚜렷하게 표정을 겉으로 드러내는 일은 거의 없기 때문이다.

"그래서? 대장, 결국 어떻게 할 거야?"

"아마 카이 하이네만은 **나 같은 부류**의 존재다."

솔트가 당혹스러운 얼굴로 묻자, 신중한 태도로 대장이 대답했다.

"……………."

그 독특한 표현에 모두 숨을 죽인 가운데.

"먼저 카이 하이네만의 아킬레스건을 자른다. 그것부터 해."

비네거가 테이블에 놓아둔 접시에서 나이프를 들어 자료에 꽂았다. 나이프가 박힌 자료에는 두 명의 소년·소녀의 정보가 쓰여 있었다.

***

대회에 등록하고 이틀 뒤, 대회의 제1차 예선이 시작되었다.

제1차 예선은 A~G조를 다시 열 개로 나누어 백 명 정도로 만든다. 그리고 그중에서 오른팔에 감은 빨간색 완장을 세 개 빼앗은 사람이 제1차 예선을 통과하게 되는 시스템이다.

종이 울렸다. 나는 움직이지 않고 잠시 동향을 지켜보았으나, 그것은 어떤 의미로 나를 경악하게 만들기에 충분했다.

위세 좋게 기합만 넣으며 움직이지 않는 사람, 진묘한 괴성을 지르며 목도를 마구 휘두르는 사람, 마법을 그냥 생각 없이 날리는 사람 등 완전히 엉망진창이었다.

"여기는 초등부의 첫 공식전 같은 건가."

형용하기 힘든 광경을 어떻게든 말로 표현해보았으나, 아무래도 좋은 표현 같지는 않다. 솔직히 초등부라도 좀 더 제대로 된 형식이지 않을까.

"여기 있다!"

나를 둘러싼 하이네만류의 세 명의 소년과 소녀. 나 혼자라면 상대하기 쉽다고 판단한 모양이겠지만, 아직 움직이지 않는 내가 지닌 완장은 하나다. 셋이 둘러쌀 의미가 있나? 게다가 저들의 인식대로라면, 나는 무능한 최약자 아닌가? 이 녀석들, 얼마나 겁쟁이인 거지.

"이제 도망칠 수 없을걸?"

세미롱 헤어의 소년이 나를 향해 목도를 들었다. 자세도 엉터리고, 중심을 잡는 방법도 틀렸다. 그냥 초보 그 자체다. 이들이 이렇게 미숙했던가? 확실히 체감으로는 10만 년 전의 사실이다. 오류도 있을 것이다.

아무튼 미숙한 아이에게는 검을 들 마음도 들지 않는다. 이런 시시한 놀이는 얼른 끝내는 것이 최고다.

"나부터 갈래!"

"무슨 소리야, 나부터야!"

대전 상대 앞에서 우습게도 말다툼을 벌이는 세 사람에게 천천히 다가갔다.

"앗?!"

그들의 코앞에서 손뼉을 짝 친 다음, 놀란 사이에 세 사람의 팔에 감긴 빨간색 완장을 빼앗아 원형 무대에서 내려갔다.

"저, 저 무능한 자식, 기권했잖아!"

"비겁해!"

"맞아, 적을 앞에 두고 도망치다니 수치스러운 녀석!"

이미 자신이 패배한 것도 깨닫지 못하는 우스꽝스러운 광대를 무시하고, 나는 회장 구석의 텐트에 있는 계원에게 세 개의 완장을 건네며 승리에 대해 물었다.

"6032번 카이 하이네만이야. 이걸로 됐지?"

"…………."

계원은 나와 회장을 번갈아 보며 놀란 표정을 지었으나, 바로 명부에 기입하기 시작했다.

"합격이다."

자, 끝났으니 어서 모두가 기다리는 곳으로 돌아가자.

***

D조의 1차 예선이 시작된 직후.

"모두 어설프군."

아멜리아 왕국 내에서 하이네만류와 쌍벽을 이루는 유파인 카이엔류의 종주 아론은, 지금도 꼴사납게 소리를 지르며 적에게 달려드는 자기 유파의 젊은이를 보며 깊은 한숨을 내쉬었다. 저 실력이면 라이벌 하이네만류의 세 사람 쪽이 그나마 나을 것 같다. 적어도 검술은 쓰고 있으니 말이다. 본래 진중한 것인지, 겁이 많은 것인지, 아직 제대로 검을 맞부딪히지는 않은 모양이지만.

세 사람이 곧 자그마한 한 소년을 둘러쌌다. 제1차 예선은 전술을 보는 시험이기에 이런 팀전도 원칙적으로 금지되어 있지 않다. 하지만 그렇다 쳐도 체격의 차이가 너무 나는 데다, 저것은 하이네만류의 무능 카이 하이네만이 아닌가. 몇 번인가 엘름에게 이끌려 왔을 때 만난 적이 있다.

예선에서 승리하기 위해 같은 유파의, 심지어 가장 약한 자를 포위하는가. 이것은 실력 이전의 문제다. 우습게도 공격의 우선권을 두고 말다툼을 벌이는 모습까지. 이래서는 셋이 한 명을 상대하는 의미조차 없다.

'엘름 녀석도 나처럼 후계자 문제로 어려움을 겪겠군.'

이 상태라면 소문의 창왕도 기프트에만 의존하는 도련님 전사일 가능성이 크다. 적어도 직속 제자인 아르놀트를 뛰어넘을 일은 없다. 그런 생각에 잠겨있을 때, 그 일이 일어났다. 카이 하이네만이 천천히 다가가 세 사람의 안쪽으로 파고들더니, 두 손바닥을 짝 마주친 것이다. 그는 움찔하며 멈춘 세 사람으로부터 완장을 빼앗아 원형 무대에서 이탈하고 말았다.

"지, 지금 거 보셨습니까?!"

직속 제자의 비명 같은 목소리에도 아론은 눈을 부릅뜬 채 꼼짝도 하지 못했다.

"뭐, 뭔가, 저 움직임?"

바짝 마른 목으로 간신히 의문점을 쥐어 짜냈다.

제자가 지적하지 않아도 안다. 아까 그 전혀 군더더기가 없는 움직임. 그것은 아론 같은 달인의 영역에 발을 들인 자에게만 허락된 움직임이다. 게다가 극상의──.

"우연일까요?"

"바보 같은 소리 하지 마!"

무술에 우연이란 없다. 저것이 가능한 시점에 카이 하이네만은 우리와 같은 영역의 주민이 되었다.

"하지만 저렇게 움직임이 좋은 젊은이가 있었던가요?"

"카이 하이네만. 엘름의 손자야."

사범의 질문에, 무뚝뚝하게 대답했다.

"그, 그게 정말입니까? 카이 하이네만의 기프트는 무능이 아니었던가요?!"

"너희에겐 저게 무능하게 보였나?"

혹시 그렇게 보였다면, 재능이라고는 전혀 없다는 뜻이다. 당장이라도 무술이 아닌 다른 길을 권장하겠다.

"아니요, 하지만 저 애가 카이 하이네만이라면, 대체 어떻게 된 일일까요?"

"아마 엘름이 가짜 정보를 흘렸겠지."

도저히 화가 가라앉지 않는다. 뭐가 무능한 검성의 손자냐! 젊은 나이에 저 영역에 도달한 자가 무능할 리가 없지 않나! 천부적인 검의 재능이 있는 아이에게 어린 시절부터 검성이 직접 실전이라는 이름의 검술을 가르친 것이 틀림없다. 그렇지 않으면 저 움직임을 설명할 길이 없다. 저러는 이유는 대체로 다른 조직의 스카우트를 막기 위해서다. 그러나 엘름은 자신의 손자가 그 탓에 얼마나 경멸받고 있는지 알고 있을까? 아니, 안다면 그런 무자비한 짓은 저지르지 못했을 것이다. 그리고 그것은——.

"엘름 녀석, 해서 될 일과 안 되는 일도 구별하지 못한단 말인가!"

그것은 천부적인 재능을 지닌 자를 자신의 유파 존속을 위해서만 이용한 것이나 마찬가지다. 검의 스승으로서 결코 용납되어서는 안 되는 폭거다.

"하지만 카이 하이네만은 하이네만 가문을 떠났다는 소문이 있던데요."

"엘름이 그 애를 내보냈다고?"

"네, 친절하게도 여기 루자할에서 하이네만류 사범이 말했습니다. 거짓을 말하는 기미는 보이지 않았으므로, 진실이 아닐까

합니다."

저만한 능력자를 방출시켰다? 손자라서 눈치채지 못했나? 아니, 저것은 일정 이상의 실전을 경험한 사람이라면, 그 경이로움을 알아챌 수밖에 없는 것이었다. 엘름이 알아채지 못했을 것이라고는 생각하기 어렵다. 그렇다면 저만한 인재를 일부러 방출시킨 엘름의 의도는? 모르겠다! 전혀 이해가 안 된다!

"어쩌면 기프트로 무능이 나온 것은 사실이지 않을까요? 다만 예외적으로 표시되지 않는 또 하나의 숨겨진 기프트가 있었다든가. 저 하이네만류가 있는 라무르는 특히 기프트로 모든 것을 정하려 드는 경향이 있지 않습니까."

확실히 이 사범의 말이 가장 설득력 있다.

신에게 받는 기프트는 하나뿐. 누구나 그렇게 말한다. 그러나 두 개를 소지한 자가 이 세상에 존재하지 않다는 것도 증명되지는 않았다.

적어도 저 달인급의 움직임을 보인 자가 그냥 무능하다는 말보다는 더블 기프트 홀더의 존재 쪽이 훨씬 믿을 만하다.

"만약 그렇다면 정말 엉뚱한 이야기로군."

"네, 그렇습니다."

어느 쪽이든 카이 하이네만과는 이 대회가 끝나면 바로 만나야 한다.

만약 저 아이를 우리 유파가 손에 넣으면, 차기 왕의 로열가드는 거의 확정이다. 그렇게 되면 2대 연속 카이엔류는 아멜리아 왕국의 필두 검술이 될 것이다.

"정말, 이런 시기에 저 애의 시합을 느긋하게 볼 수 없다니."

공교롭게도 지금부터 옆 마을에서 열리는 빠질 수 없는 모임에 참석해야 한다. 어쨌든 이 대회는 카이엔류가 이길 것이다.

바로 용건을 마치고 돌아오면, 결승 토너먼트를 특등석에서 볼 수도 있을 듯하다. 그때까지 참도록 하자.

"가자!"

성급해지는 마음을 애써 억누르며, 동반한 사범들을 데리고 아론은 대회 경기장을 뒤로했다.

＊＊＊

──바르세의 술집.

"마음에 안 들어!"

D급 헌터, 라이가 이스터는 포도주가 든 나무 컵을 테이블에 거칠게 내려놓았다.

"미아를 보니, 카이 하이네만에게 완전히 빠졌나 봐."

친구이자 참모이기도 한 후크가 포도주를 마시고, 지금도 분노에 몸을 떠는 라이가를 응시하며 말했다.

"말도 안 돼! 놈은 무능한 애송이라고!"

라이가의 고향 라무르에서는 특히 신에게 받는 기프트로 사람의 가치 순서가 정해지는 것이 일반적이다. 그 기준으로 보면, '이 세상 제일의 무능' 기프트를 지닌 카이 하이네만은 이 세상에서 제일 무능한 남자다. 장래성이라고는 전혀 없다며 손가락질을 받을 밑바닥 인생에 여자가 꼬일 리가 없다.

"너 말이야…… 그게 그렇게 걸림돌이 될 리가 없잖아."

오랜 세월 파트너로 지낸 후크가 어이없다는 말투로 라이가의 주장을 완전히 부정했다.

"인정할 수 없어! 난 절대 인정 못 해!"

미아가 다른 사람을 좋아한다면 상관없다. 라이가도 연애 한 번 해본 적 없는 숙맥은 아니다. 그러나 저런 재능도 없는 무능한 녀석이 접근한 것 정도로 미아가 쉽게 넘어갔다니 도저히 믿을 수가 없다.

"현실도피를 하는 건 네 마음이지만, 전에 그 두 사람이 사이 좋게 걸어가는 걸 봤어."

"젠장!"

포도주가 든 나무 컵을 다시 테이블에 거칠게 내려놓자, 주위에서 기이한 시선으로 쳐다보았다.

"뭘 봐!"

"앙?!"

라이가의 외침에 몇 명의 베테랑 헌터가 관자놀이에 굵은 핏대를 세우며 일어나려고 했다.

"라이가, 적당히 해! 제 동료가 불쾌하게 해서 미안합니다. 용서해 주십시오."

후크가 자리에서 일어나 주위 헌터들에게 진지한 얼굴로 깊숙이 머리를 숙이자, 혀를 차면서도 베테랑 헌터들도 자리에 앉아 다시 술을 마셨다.

"후크, 너 이 자식——."

라이가는 파트너인 후크가 자신의 분노를 전혀 이해해주지 않는 것에 형용할 수 없는 화가 치밀어, 그의 멱살을 잡으려고 하였으나.

"넌 머리 좀 식혀."

후크는 그 손을 쳐내고 테이블에 코인을 난폭하게 놓았다. 그리고 라이가로부터 등을 돌려 그 자리를 떠나고 말았다.

"후크 이 자식!"

"형씨, 화가 많이 났네. 이거라도 마시고 기분 풀어."

욕설을 내뱉는 사이, 머리에 터번을 두른 미청년이 라이가의 맞은편에 앉아 술을 찰랑찰랑 따라주었다.

"뭐냐, 넌?"

위협적인 목소리로 물었지만 대답이 돌아왔다.

"난 바르세에 이제 막 온 헌터, 솔이야. 너희 이야기는 들었어. 현재 바르세에서 가장 유망한 팀이라며?"

"그야 뭐."

역시 라이가의 가치는 아는 사람은 아는 법이다.

"괜찮다면 나한테 말해줄래? 답답할 때 솔직하게 터놓으면, 후련해지곤 하잖아."

평소라면 처음 만난 사람과 술 따위는 마시지 않는다. 그러나 이때는 후크의 어처구니없는 태도에 화가 났기 때문일까? 자연스럽게 주는 대로 술잔을 들어 그대로 마셨다.

"그 '이 세상에서 제일 무능'한 카이 하이네만 때문이야!"

그렇게 라이가는 지금 가장 용서할 수 없는 일을 말하기 시작했다.

"그렇구나. 그 카이 하이네만이라는 무능한 녀석이 미아 양에게 접근해 꼬드긴 것이 형씨는 마음에 안 든다는 거구나?"

"뭐…… 그래."

"카이 하이네만은 정말 대단할 거 없다며?"

"당연하지! 놈은 '이 세상 제일의 무능' 기프트 홀더라고! 미아는 분명히 속고 있는 거야!"

"그럼 이야기는 간단하잖아. 그 미아 양의 눈을 뜨게 하면 돼."

"그게 가능하면 내가 이러고 있겠냐고!"

"아직 아무도 도달한 적이 없는, 실케 수해의 가장 깊은 곳에 있다고 일컬어지는 '태고의 신전'에 잠든 보물 중 하나라도 선물하면, 여자 같은 건 한 방에 넘어올걸!"

"'태고의 신전'? 그걸 내가 어떻게 가!"

'태고의 신전'이 존재하는 실케 수해의 심역에는 무척이나 강력한 마물이 우글우글 돌아다니고 있다. 본래 A랭크 이상의 헌터가 팀을 짜서 도전하는 퀘스트이기에, 재능은 있지만 아직 D랭크에 불과한 라이가 파티로는 불가능한 이야기다.

"가능해. 이게 있으면."

솔이 테이블에 새빨간 보석이 박힌 펜던트를 놓았다.

"이건?"

"이 펜던트는 건드린 사람을 여덟 명까지 기척과 모습을 전혀 인식하지 못하도록 해주는 아이템이야. 이게 있으면 마물에게 인식되는 일 없이 보석이 잠든 장소까지 도달할 수 있어. 원래는 동료를 모아서 내가 하려고 했는데, 그 역할을 형씨에게 양보할게. 관심이 있다면 그 펜던트를 빌려줄 테니, 한번 해볼래?"

"기척, 모습을 전혀 인식하지 못하도록 하는 아이템이라……."

그런 것이 있다면 엄청나게 비쌀 것이다. 처음 만난 라이가에게 이렇게 쉽게 빌려준다니 도저히 믿을 수가 없다.

"믿기지 않겠지? 자, 보고 있어 봐."

솔이 펜던트의 보석 부분을 건드리고 목에 걸었다. 갑자기 솔의 모습이 흔적도 없이 사라졌다.

"진짜였나……."

"어때? 이제 믿을 수 있겠지?"

직접 이 눈으로 보았다. 믿을 수밖에 없다. 그리고 '태고의 신전'의 도달. 그것은 모든 트레저 헌터의 꿈이다.

헌터는 구역 의식이 강하며, 보통 유적의 탐색은 트레저 헌터의 전매특허다. 고랭크 헌터가 될수록 다른 영역을 침해하는 일은 없다.

S랭크 헌터 중에 트레저 헌터가 없는 것도 있어서, 지금까지 '태고의 신전'은 미도달 상태였다. 라이가 파티는 아직 D랭크. 전문분야가 정해지는 것은 C랭크부터다. 만약 '태고의 신전'에 도달하는 공적을 세우면, B랭크로 승격하는 일도 꿈은 아니다. 그리고 '태고의 신전'에서 발굴한 보석을 선물하면, 분명 미아도…….

"그래, 고마워!"

라이가가 최악의 길로 걸어갈 말을 내뱉었다. 이렇게 라이가 파티는 절망으로 행진하기 시작했다.

***

"그 자식!"

하이네만류 검술 사범 시가는 격정에 사로잡혀 자신의 방에 놓인 나무 의자를 걷어찼다.

제1차 예선에서 시가의 제자 세 사람은 탈락했다. 시가의 지시에 따라 셋이 카이 하이네만을 둘러싼 직후, 녀석은 원형 무대에서 이탈하고 말았다. 원래라면 세 사람을 두려워한 카이 하이네만이 패자고, 세 사람이 승자여야 한다.

그러나 카이 하이네만은 제1차 예선을 통과하였고, 제자 세 사람은 완장을 빼앗겨 탈락했다. 시가는 동시에 진행되던 유망주 릭의 시합을 관전하느라 실제로 보지 못했으나, 상황을 보아 카이 하이네만이 무언가 했을 것이다.

"무능한 놈이! 무슨 수법을 쓴 거야?!"

카이 하이네만은 최약이며 무능하다. 제자들에게 승리할 수 있을 리가 없다. 그렇다면 특급 클래스의 아이템이라도 이용한 것인가. 그의 어머니는 초일류 헌터이자, 카이를 필요 이상으로 예뻐한다. 아들의 불행한 미래를 우려하여 고식적인 수단을 썼더라도 전혀 이상하지 않다. 이 대회에서 승리하는 것은 그만큼 가치가 있으니 말이다. 물론 시합 결과를 듣고 바로 심판에게 카이 하이네만의 부정을 호소하였으나 상대도 해주지 않았다.

"더러운 수법으로 지다니, 시가 선생님, 저희는 너무 분해요!"

여학생이 울먹이며 강하게 말했다.

"그 무능한 배신자 놈! 우리 노력에 먹칠을 하다니!"

"용서 못 해! 죽여버리겠어!"

다른 학생이 이마에 굵은 핏대를 세우며 방에 세워둔 목도를 쥐자, 다른 두 학생도 그를 따라 했다. 그리고 나란히 방에서 나가려고 하였으나.

"기다려."

금색 머리의 미소년 릭이 제지했다.

"릭, 말리지 마! 이건 우리 하이네만류의 자존심 문제야!"

한 학생이 핏발이 선 눈으로 릭을 노려보며 목소리를 쥐어짰다.

"맞아! 넌 가만히 있어!"

다른 학생이 짜증스럽게 외쳤다. 그녀는 릭에게 호감이 있어서, 평소에는 이런 적대적인 태도를 보이는 일이 결코 없다. 그만큼 저 무능한 인간에게 패배한 것이 학생들의 마음을 엉망으로 무너뜨린 모양이다.

"_____."

시가가 달래기 위해 입을 열려고 한 순간, 릭이 말했다.

"다음 예선 결승에서 내가 그 배신자와 만나. 그때 녀석을 면전에서 철저하게 혼내주겠어. 그리고 승리한 뒤에 대대적으로 그가 부정을 저지른 사실을 고발하면 돼. 그가 무능한 약자임이 대중들에게 밝혀지면, 대회 운영진도 그의 부정을 인정하지 않을 수 없겠지. 안 그래?”

확실히 저 무능한 배신자가 릭에게 무참하게 패배하는 모습을 관객 모두가 목격하면, 여론은 이쪽 편이 될 것이다. 관객을 아군으로 삼으면, 분명 대회 운영진도 그가 부정을 저지른 사실을 무시할 수 없다.

적어도 카이를 반쯤 죽이고 나중에 문제가 되는 것보다는 훨씬 낫다.

“그래. 나도 릭의 의견에 찬성이다.”

“선생님!”

“너희가 시합장 밖에서 날뛰면, 그거야말로 하이네만류의 이름에 먹칠을 하게 된다. 너희에게도 어떤 페널티가 부과되겠지. 나는 그런 무능한 배신자 때문에 유망주인 너희를 위험에 빠뜨리고 싶지 않아.”

한 학생이 거칠게 이의를 제기하려고 하였으나, 시가는 마음에도 없는 격려를 해주었다. 시가에게 학생이란 자신이 하이네만류에서 성공하기 위한 수단에 지나지 않는다. 특히 이 세 사람은 릭과 비교하여 검의 재능은 평범하다. 적당히 이용할 수 있다면 괜찮지만, 발목을 잡히는 일은 사양이다. 절대 용납할 수 없다. 여기서 꼭 납득시키고 넘어가야 한다.

“선생님…….”

감동적인 시가의 연기에 울음을 터뜨리고 만 세 사람.

“그럼 릭, 다음 예선 결승, 잘 부탁하마?”

“맡겨주십시오. 여러분이 당한 굴욕은 반드시 갚겠습니다. 아무리 울어도 용서하지 않겠어요."

릭의 이 음흉한 미소로 보아, 카이를 검사로서 재기불능이 되도록 만들 생각인 모양이다. 전에는 엘름 님 앞이라 크게 움직이지 못했으나 이 땅이라면 아무런 제한이 없다.

현재 하이네만류는 엘름 님의 본가파와 창왕 기프트를 지닌 로만을 지지하는 분가파가 차기 총사범 자리를 두고 격렬하게 다투고 있다. 본가파에 로만을 뛰어넘는 유력한 후보가 없는 이상, 지금은 분가파가 우세하다. 여기서 본가파의 오점인 카이 하이네만의 무참함과 부정을 세상에 인식시키면, 시가가 소속된 분가파에 결정적인 승리를 안겨줄 수 있다. 무능을 쓰러뜨린 사람이 같은 유파인 릭이라면 하이네만류의 명예도 지킬 수 있고 말이다. 그야말로 일석이조. 잘만 하면 분가파에 승리를 안겨준 시가의 지위는 보장된 것이나 마찬가지다.

"부탁하마!"

시가는 릭에게 다가가 그의 어깨를 두드리며, 욕망으로 얼룩진 말을 입에 담았다.

***

제2차 예선도 역시 완장 약탈 형식이라 어려움 없이, 심지어 눈에 띄지 않고 승리하여 예선 결승으로 나갈 수 있게 되었다. 그 뒤 하이네만류의 사범이 부정을 호소하였으나 대회 위원은 제대로 조사하지도 않고 그것을 기각하였다. 분명 선수의 수가 많아서, 예선 단계에서 일일이 클레임을 받아주면 끝이 없기 때문일 것이다. 로제는 여기까지는 예상대로였는지 '아, 그렇습니까' 하는 사무적인 태도만 보였다.

내가 가끔 없어졌기에 파프의 기분은 매우 안 좋았으나, 로제와 안나가 참을성 있게 돌봐준 덕분에 머리를 쓰다듬어 주는 정도로 기분이 나아지는 수준에 머물고 있다.

"여기서 승리하면 3백만 올. 가볍게 예상 금액은 뛰어넘게 됩니다."

"맞아."

일단 적당한 부분에서 기권하거나 고의로 져서 바르세로 돌아가도록 하자.

"이봐, 카이! 저기……."

안나가 다른 쪽을 바라보며 두 손을 꼼지락거렸다.

"뭔데?"

이 여자, 최근에는 꽤 얌전해졌다. 적어도 전처럼 경계하는 광견 같은 상태로부터는 많이 달라졌다.

"힘내."

그녀는 볼을 살짝 붉히며 예상치 못한 말을 하였다.

"안나도 제법 솔직해졌네요."

"로, 로제 님! 저는 딱히 솔직한 게──."

"그럼 힘내세요. 다 같이 응원할 테니까요."

안나가 새빨개진 얼굴로, 만족스럽게 고개를 끄덕이는 로제의 이름을 부르며 반론하려고 했다. 하지만 로제는 전혀 들어주지 않고 나를 향해 조용히 말했다.

참고로 아스타는 용건을 끝내자마자 숙소의 자기 방에 틀어박혀 독서 중이다. 최근 깨달았는데, 그 녀석은 극도의 책벌레다. 틈만 나면 내가 미궁에서 발견한 책을 읽고 있다. 사실 요즘 우리와 동행하지 않는 까닭은 사람이 많아 힘들기 때문이라고 한다. 정말 여전히 겁쟁이 마인이라니까.

"파프, 이들의 호위를 부탁해!"

나에게 매달려 볼을 문지르고 있는 파프의 머리를 다정하게 쓰다듬었다.

"맡겨주세요!"

나에게서 떨어져 오른쪽 주먹을 드는 파프의 모습에 입꼬리를 올리고, 나는 예선 결승장으로 향했다.

회장 중심에 있는 원형 무대에 D조 예선 결승에 출전하는 선수들이 차례로 올라갔다.

서른 명이 모두 올라오자, 사회자로 보이는 금발의 젊은 여성이 다가와 묘하게 늘어지는 목소리로 해설했다.

"여러분, D조 예선 결승에 출전할 서른 명의 선수가 모였습니다. 이 중에 네 명을 선출하도록 하겠습니다. 규칙은 기절, 장외가 되면 실격. 한 마디로, 다른 사람을 때려눕히고 마지막에 서 있는 네 사람이 결승 토너먼트에 진출할 수 있습니다."

때려눕히다니 무척 야성적인 사람이다.

"또한 한 사람을 쓰러뜨릴 때마다 5만 올이 가산됩니다. 많이 쓰러뜨리면 설령 지더라도 그만큼 지갑도 두둑해집니다."

그렇군. 이 승부는 먼저 움직이는 쪽이 불리한 경향이 있다. 경계하며 전투가 진행되지 않아서는 재미가 없다. 선수의 움직임을 더욱 적극적으로 하기 위한 장치일 것이다.

"그럼 각 선수의 간단한 소개를 시작하겠습니다."

사회자가 활기찬 어조로 한 사람씩 선수를 소개했다.

소개를 받은 사람은 손을 살짝 들거나, 한쪽 팔을 들기도 했다.

"다음은 하이네만류 검술, 릭 살바토레. 하이네만류는 옛 4대 마왕의 하나를 죽여버린 용사님 팀의 한 사람, 검성 엘름 님의 검술 도장입니다. 어떤 탁월한 검술을 우리에게 보여줄까요!!"

금발 미소년이 상큼한 웃음을 지으며 두 팔을 들자 커다란 환성이 일었다. 과연 할아버지의 도장. 그 인기는 아멜리아 왕국 내에서도 손꼽힐 것이 분명하다. 그나저나 릭인가. 타이밍이 안 좋게도 이 녀석이 검을 휘두르는 모습은 던전에 들어가고 나서는 아직 본 적이 없다. 그 던전에 삼켜지기 전에는 릭에게 스치지도 못했으니, 나름대로 재능을 지녔을 것이다. 검의 신에 사랑받는 사람이라는 것일지도 모르겠다.

"마지막으로 진계류 검술, 카이 하이네만. 그는…… 하이네만류의 혈연자인가요. 으음, 그는…… 엥? '이 세상 제일의 무능' 기프트 홀더?!"

바르세 헌터 길드의 직원과 마찬가지로, 그녀는 놀란 목소리로 기프트를 입 밖에 내고 말았다. 잠시 침묵이 흐르더니 회장 안이 소란스러워졌다. 음, 참 알맞게 나의 무능함이 퍼지고 있다. 이것으로 로제의 로열가드를 찾아내면 나의 역할은 끝이다. 거리낌 없이 세계를 떠도는 여행을 떠날 수 있다.

이 신성무도회는 아멜리아 왕국 최대 규모의 무술 대회기에 매년 우수한 무예가가 참가하고 있다. 적어도 로열가드 후보는 널려 있을 것이다. 실제로 로제가 위험에 처한 이상, 저 제국의 검제 같은 재능이 있더라도 제대로 된 전투 경험이 없는 사람은 논외다. 지금 나 대신 맡기에 가장 적합해 보이는 것은 저 야생아 같은 남자, 잭 정도인가. 강해 보이기도 하고, 실전 경험도 풍부한 것 같다. 승부를 요청하여 패배한 사람이 로열가드가 되자는 조건이라도 받아들이게 하면 모두 끝난다. 저런 부류의 남자는 도발하면 알아서 넘어올 테고.

"이봐, 사회자, 너의 일은 선수를 욕하는 건가? 그럼 너 따위는 필요 없어. 어서 이 자리에서 사라져!!"

"맞아. 나도 조금 불쾌하네."

머리에 새빨간 반다나를 두른 검사풍 남성이 목소리를 높이고, 가는 눈에 검은 로브를 입은 남성이 반다나 남성에게 동의했다.

아까 사회자가 소개한 내용에 따르면, 이 반다나 남성이——브라이. 가는 눈에 검은 로브를 입은 남성이 시그마였던가.

"시, 실례했습니다!!"

황급하게 몇 번이나 사과하는 사회자.

"사회자는 그저 진실을 말했을 뿐이야! 비난할 거 없잖아!!"

릭이 두 사람을 비난하자, 회장에서 동의하는 목소리가 차례로 나왔다. 그렇겠지. 이곳 아멜리아 왕국에서는 많든 적든 기프트의 유무로 가치가 결정된다. 물론 라무르만큼 극단적인 장소는 별로 없겠지만.

"있잖아, 이곳은 입이 아니라 검과 지팡이로 말하는 곳이야. 입으로 타인을 떨어뜨리고 싶다면, 문관이라도 되는 게 어떻겠니. 세상 물정 모르는 꼬마 도련님."

"풋!"

브라이의 모멸로 가득한 말에 시그마가 웃음을 터뜨렸다.

"네, 네 이놈!!"

"죄송합니다! 제가 경솔했습니다! 이렇게 사과하겠습니다! 그러니 모두 진정하세요!!"

새빨개진 얼굴로 격노하는 릭과, 울 것 같은 목소리로 몇 번이나 머리를 숙이며 사과하는 사회자.

"전혀 신경 쓰지 않으니 어서 시합이나 시작해줘."

오히려 나에게는 더할 나위 없이 좋은 상황이다. 여기서 되도록 눈에 띄지 않게 승리한다. 그리고 잭에게 로열가드를 떠넘긴다. 그러면 충분히 사명을 완수할 수 있을 테고, 이 이상 무익하고 귀찮은 일에 휘말리지 않고 살 수 있다.

"네, 넵! 그, 그럼 여러분. 준비되셨습니까! D조, 최종 예선, 시작!!"

사회자의 목소리가 울리며, D조 최종 예선의 종이 울렸다.

나를 둘러싼 세 명의 검사풍 남자들. 기프트가 무능한 나에겐 쉽게 승리할 수 있다고 생각한 걸까? 한마디로 용돈도 벌 겸 방해되는 약한 녀석부터 일단 제거하자는 의도일 것이다. 실로 알기 쉬운 전개다. 내가 있는 위치는 무대에서 가장 가장자리이므로, 등 뒤는 장외다. 이 장소라면 눈에 띄지 않고 승리할 수 있다.

"끼에에엑!!"

괴성을 지르며 돌진하는 단발 남자. 상단에서 내려오는 목도를 오른손으로 넘기며 발로 후려치자 장외로 굴러떨어졌다. 자, 한 사람 끝.

"카앗——!!"

장발 남자가 가로로 휘두르는 목도. 그것을 오른발 발꿈치로 쳐서 떨어뜨리고, 한 걸음 내디뎌 안쪽으로 파고들었다. 그리고 오른손으로 그 뒤통수를 장외를 향해 밀어냈다.

"우옷?!"

놀란 소리를 내며 장외로 다이빙하는 장발 남자.

"제, 젠장!"

마지막 한 사람인 검은 머리에 2메르쯤 되는 거대한 남자가 기합과 함께 달려들었다. 이 녀석들은 무슨 소리를 내지 않으면 공격하지 못하는 병이라도 걸렸나?

그 돌격을 피하며, 곧장 몸을 녀석의 진행 방향으로 밀어냈다. 역시 검은 머리 남자도 괴성을 지르며 장외로 떨어졌다.

"이 자식, 무능한 주제에!!"

선수 한 사람이 격앙한 것을 계기로, 몇 사람이 나를 다시 포위하여 일제히 목도며 나무 봉을 들었다.

"이 비겁한 놈! 검사인 주제에 검도 쓰지 않고, 상대의 실수를 이용하여 장외로 떨어뜨리다니, 너무나 비열하구나!"

그 와중에 릭이 포위한 선수들을 밀어내고 한 걸음 앞으로 나와 나를 향해 목도를 들고 크게 외친다. 관객석에서도 릭의 주장에 찬동하는 소리가 들렸다. 아마 나를 이용하여 이름을 알리려는 모양이다. 그러나 릭도 언급할 가치가 없을 만큼 미숙하다. 이래서는 초보나 마찬가지다. 아니, 다른 사람과 다른 점을 모르겠다. 하이네만류, 이런 녀석들만 가득해서 과연 괜찮을까?

"멍청하긴! 저 녀석의 움직임을 보고도 아무것도 못 느꼈단 말이냐?!"

긴장한 얼굴로 멀리서 목도를 드는 브라이. 시그마도 방심하지 않고 나를 향해 지팡이를 겨누고 있다.

브라이와 시그마의 나에 대한 과잉된 경계에 다른 선수들이 의아한 표정을 지으며 조금 거리를 벌렸다.

"이 더럽고 무능한 비겁한 놈! 내가 그 더러운 근성을 고쳐주마!"

릭의 용맹한 외침에 점점 달아오르던 관객석이 이내 릭의 이름을 연호하기 시작했다.

정말 릭은 선동을 잘한다. 이것은 나에게는 없는 능력이다.

그러나 이곳은 교주가 신자를 세뇌하는 의식장도 아니거니와, 국왕이 백성에게 말을 전하는 수도 앞 광장도 아니다. 서로 자신의 검을 맞부딪쳐야 하는 시합장인 것이다. 젊은이의 이런 창피한 착각을 고쳐주는 것도 썩을 만큼 살아온 늙은이의 역할일지도 모른다.

"아까도 들었잖아? 한번 검을 쥐면, 우리는 검사가 돼. 입이 아니라 검으로 말해."

"그게 건방지다는 거야!! 이 무능한 배신자가!!"

릭이 꼴사납다는 말밖에 표현할 길이 없는 자세로 돌격하여 거리를 좁히더니, 나의 정수리를 목도로 내리쳤다. 그 아무런 특징도 없이 느릿하게 다가오는 목도를 왼손으로 잡아 그에게서 빼앗았다.

"앗! 이, 이리 내!"

때리려고 하는 릭의 오른쪽 주먹을 오른손으로 잡아 비틀면서, 동시에 그의 배를 발로 걷어찼다. 릭은 돌바닥에 두 무릎을 꿇고 구토하며 앓는 소리를 냈다.

나는 릭의 멱살을 쥐고 잡아당겨, 그의 귓가에 속삭였다.

"잘 들어. 다시 한번 말하지. 우리는 한번 검을 쥐면 검사야. 그리고 검은 타인을 살상하기 위한 도구고, 너희의 장난감이 아니야. 어중간한 각오라면 쥐지 않는 게 좋아."

멱살에서 손을 놓은 뒤, 왼손에 든 목도를 릭에게 던졌다.

"마음이 바뀌었어. 잠깐 투쟁이란 것을 보여줄게."

부자연스러울 만큼 조용해진 회장에서 허리 왼쪽에 끈으로 묶어둔 목도를 풀어 손에 든 다음, 나는 선수들을 향해 걸어갔다.

***

"무능한 자식이!!"

곰처럼 거대한 남자가 그런 말을 내뱉으며 카이 하이네만을 베어내려고 하였으나, 쉽게 튕겨 나간 뒤 목도에 한 번 얻어맞고 바닥을 데굴데굴 굴러 장외로 떨어졌다.

"포, 포위해라!!"

쉰 목소리로 지시가 날아와 몇 사람이 포위했지만 카이가 한 걸음 내딛기만 해도 풀썩 쓰러졌다.

"조, 조심해라! 마법 같은 걸 쓰고 있어!!"

저것이 마법? 아니다! 무서울 만큼 자연스러워 그 움직임을 인식하지 못하기 때문에 미숙한 투사들에게는 마법처럼 보일 뿐이다. 현재 브라이는 간신히 저 괴물 같은 검술을 알아볼 수 있었다. 남은 것은 원거리 공격인데…… 시그마를 힐끗 곁눈질하여 확인하였으나, 그는 식은땀을 흘리며 카이를 응시할 뿐이다. 당분간 관찰하느라 움직일 생각이 없는 듯하다.

"파이어 볼!"

마법사로 보이는 남색 로브를 입은 남자가 화염 구체를 쐈다. 카이는 피하지도 않고 자신에게 다가오는 화염 구체로 천천히 목도를 움직였다. 목도가 화염 구체를 휘감더니, 화염 구체는 시간이 역행이라도 한 것처럼 시전자에게로 되돌아가 격돌했다. 정통으로 맞은 술사는 기절하여 그 자리에 드러누웠다.

"괴, 괴물 자식──!!"

검사가 마법을 저런 놀라운 방법으로 회피하는 것은 처음 보았다. 저것은 브라이의 스승이라도 불가능하다. 틀림없다. 그는 달인급이며, 심지어 브라이의 스승보다 더한 괴물이다.

이것으로 시그마도 섣불리 마법은 쏘지 못하게 되었다. 그보다 브라이에게는 그를 쓰러뜨릴 자신이 없다. 스치기라도 한다면 그야말로 뛸 듯이 기뻐해야 할 상황이다. 그만큼 저 괴물과 브라이 사이에는 실력 차이가 난다.

어떡할까? 정식으로 부딪히면 이길 수 있을 리가 없다. 시그마와 연계할까? 아니, 그가 과연 연계 하나로 어떻게 할 수 있을 법한 상대일까?

한 걸음이라도 내디디면 저 괴물의 표적이 된다. 바닥이 없는 우물로 떨어진다. 그런 말도 안 되는 망상에 사로잡혀, 브라이의 발은 석화라도 된 것처럼 꿈쩍도 하지 않았다.

'젠장…….'

한심하다! 너무 한심하다! 브라이가 지금까지 약자라 판단한 검사와 마도사는 지금도 저 괴물을 향해 가고 있다. 그런데——브라이는 이런 장소에 가만히 있을 뿐이다. 이래서는 구석에서 떨고 있는 저 도련님과 다를 바 없다. 아마 최근에 고전하는 일조차 거의 없어지면서, 어느새 자신의 힘에 우쭐해지고 말았던 모양이다.

처음으로 카이 하이네만이 멈췄다. 그리고 사회자의 사명을 내던지고 조용히 관전하고 있는 금발 여성을 향해 말했다.

"끝났어. 승리 선언을 해."

어느새 카이, 저 릭이라는 도련님, 브라이와 시그마 이외의 사람은 기절했거나 장외로 떨어져 있었다.

"네, 넷! D조 결승 토너먼트 진출은 카이 하이네만, 릭 살바토레, 브라이 스텀프, 시그마 록웰입니다!"

조용해진 회장. 카이 하이네만은 더 이상 다른 사람들에게는 눈길도 주지 않고, 무대를 내려와 호쾌하게 석조 통로로 모습을 감추었다. 그제야 드문드문 대화가 들리더니, 곧 엄청난 소란이 일었다.

"브라이, 그는 대체……."

새파랗게 질린 얼굴로 시그마가 물었다. 그러나 대답을 기대하는 것은 아니다. 그저 묻지 않고는 견딜 수 없었을 것이다.

"글쎄. 일단 선생님보다 검 솜씨가 좋아. 그것만은 확실해."

"그건 동의합니다. 하지만 어떻게 할까요? 이것으로 이미 목적은 달성한 느낌이 아닌지?"

"맞아. 일단 접촉하려고 해도 정보 수집은 필수야."

"그러나 머뭇거리다 다른 조직이──."

"괜찮아. 이 나라에선 누구도 '이 세상 제일의 무능'이라는 기프트 홀더를 스카우트하려고 들지 않아. 뭐, 시간 문제긴 하겠지만."

"그렇군요. 일단 저는 결승 토너먼트를 기권하고 타워 마스터에게 보고하러 돌아가겠습니다. 당장이라도 대책을 세워야 하니까요."

"알겠어. 나는 이대로 결승 토너먼트로 올라갈게. 이대로 무

서워서 움직이지 못하고 기권해서는 체면이 안 서니까. 당당히
싸우고 지고 싶어."

"하하! 당신답군요. 그럼 저는 이것으로."

시그마는 오른손을 들고, 원형 무대에서 뛰어 내려가 텐트로
향했다.

그렇다. 지금 그를 동료로 스카우트하려고 해도, 브라이와 같
은 겁쟁이가 있는 조직 따위에는 관심을 가질 리가 없다. 그에
게 보여주어야 한다. 브라이 스텀프라는 남자의 의지와 저력을!

"한번 해보자! 옷에 스치는 것 정도는 해내야지."

솔직히 그것이 얼마나 난해한 일인지 안다. 그래도 반드시 해
내겠다.

'바벨(세계 마도원)'의 자긍심을 걸고!

＊＊＊

──태고의 신전 부근.

땅을 울리며 눈앞을 지나치는 눈이 하나뿐인 거인의 모습에
라이가 파티는 숨을 죽이고 기다렸다. 아까부터 지나치는 마물
은 모두 한 번쯤 들은 적이 있는 재앙급 마물뿐이다. 혹시 들키
면 D랭크에 불과한 이들은 순식간에 다진 고기가 될 것이다.

솔에게 받은 펜던트 덕분에 이들은 태고의 신전 부근까지 아
무 고생도 하지 않고 올 수 있었다.

'저기, 라이가, 그냥 돌아가자. 불길한 예감만 들어.'

파트너가 벌써 몇 번이나 절실하게 제안했다. 후크의 얼굴은 운명에 사로잡힌 것처럼 심각했으므로, 장난이나 농담으로 하는 말이 아님은 확실했다. 후크는 책임감이 강하다. 파티의 안전을 가장 먼저 생각하고 내린 판단일 것이다. 그러나──.

'여기까지 와서 무슨 소리야! 조금만 더, 조금만 더 가면 A랭크 헌터조차 불가능했던 위업을 달성할 수 있는데!'

태고의 신전답게 새하얀 돌기둥이 이미 나무 사이로 언뜻 보인다. 영광과 부를 이 손에 쥐기 직전이다. 여기서 돌아가다니 말도 안 된다. 반드시 해내고 말겠다.

'알겠어. 대신 안쪽만 확인하면 바로 귀환하자. 그럼 됐지?'

후크는 눈을 질끈 감고 크게 숨을 내뱉은 뒤, 단호한 어조로 조건을 제시했다.

'좋아! 그렇게 할게, 가보자!'

엄지손가락을 세우고, 라이가와 파티는 탐색을 재개했다.

결국 신전의 커다란 문 앞까지 왔다. 다섯 명이 모두 달려들어 밀자, 문은 삐걱거리는 소리를 내며 천천히 열렸다.

"간다!"

라이가가 힘찬 외침과 함께 모두 고개를 끄덕이고 신전 안으로 들어갔다.

사방이 검은색 돌로 둘러싸인 넓은 공간이 나왔다. 벽에는 구형태의 구조물이 박혀 창백하게 빛나며 실내를 음산하게 비추고 있다. 방의 중심에 놓인 것은 피처럼 빨갛고 기하학적인 무니가 그려진 원과 그 안에 든 원기둥꼴 구조물. 그 구조물의 윗면에는 붉은 열쇠 같은 것이 박혀 있다.

"이것은 열쇠…… 인가?"

"이봐, 기다려——."

뒤에서 후크가 제지하는 소리가 들렸으나, 라이가는 무시하고 열쇠를 집어 조사하기 시작했다.

"야, 라이가! 너, 약속이 틀리잖아!"

후크가 무서운 얼굴로 멱살을 잡기에 라이가는 그 손을 뿌리쳤다.

"이제 와서 겁쟁이처럼 굴다니, 너답지 않네!"

평소 후크는 밉살맞을 정도로 냉정하여 이 정도의 위기에 섣불리 동요하는 사람이 아니었다. 그런데 아까부터 틈만 나면 라이가에게 따지고 든다.

"겁쟁이?! 우리는 트레저 헌터가 아니야! 괜히 건드렸다가 함정이라도 발동되면 어떻게 할 건데?! 모두 죽을지도 모른다고!"

"흥! 위험을 감수하지 않고 위업을 달성할 수 있겠냐? 무서우면 저기 떨어져서 보기나 해!"

후크는 어금니를 빠득 갈았다.

"그래, 좋아! 마음대로 해!"

"그럴 거야. 자, 너희도 조사해!"

다른 멤버도 어색하게 후크와 라이가를 교대로 보았으나, 금세 눈을 빛내며 내부를 뒤지기 시작했다.

붉은 열쇠인가. 열쇠가 있으면, 열쇠 구멍이 있다는 뜻이다.

이 방 어딘가에 이 붉은 열쇠가 들어갈 곳이 있을 것이다.

잠시 탐색하던 중.

"이봐! 이거 아냐?!"

상기된 목소리로 외치는 한 동료의 말에 바로 달려가 떨리는 손으로 그 구멍에 열쇠를 넣었다. 안쪽 벽이 천천히 밀리며 통로가 나타났다.

"좋아!"

"우와! 굉장해!"

라이가 좋아하자 서로 끌어안고 기쁨에 몸을 떠는 동료들.

"이상해. 이거 분명히 위험한 거야."

그중 한 사람, 후크만이 새파랗게 질린 얼굴로 나직하게 중얼거렸다. 이렇게 심각한 후크는 처음 보았기에 라이가도 흥분하여 올라왔던 머리의 열기가 급속하게 식는 것을 느꼈다.

"위험하다니, 무슨 뜻이야?"

"모르겠어? 이런 쓸데없는 장치를 해놓은 것 자체가 이상하기 짝이 없다고!"

"쓸데없는 장치?"

"그래, 이런 어린애도 눈치챌 법한 장치를 해놓을 정도라면, 처음부터 통로는 열어두면 돼. 즉, 이 유적을 만든 녀석은 전혀 감출 마음이 없었다는 뜻이야!"

"함정이라고?"

"십중팔구는."

확실히 이 이상은 이 멤버로는 감당하기 힘들지도 모르겠다.

아무튼 헌터 길드의 규칙에 따라 첫 발견자에게 소유권이 발생한다. 이 이상 위험을 감수해도 의미가 없다.

"그래. 여기서 철수하고 헌터 길드에 보고하자. 후크, 그럼 됐지?"

"당연하지!"

후크가 크게 고개를 끄덕였을 때.

"안에 보물이 산처럼 쌓여 있어!"

동료 한 사람이 흥분하여 빨개진 얼굴로 통로에서 달려 나왔다. 아무래도 호기심을 못 이겨 독단으로 안쪽을 탐색한 모양이다.

"진짜?!"

"이야호!"

환호하며 통로 안쪽으로 몰려가는 동료들.

"라이가, 데려오자!"

"어, 어어, 그래!"

그제야 라이가도 현재 자신들이 지극히 위험한 상태에 처했다는 것을 실감했다. 후크는 묘하게 감이 예리한 면이 있다. 어쩌면 이 신전에 들어오기 전부터 막연하게 이 위기를 예측했던 것인가. 욕심에 눈이 먼 라이가는 그런 친구의 진언을 무시하고, 동료를 위험에 빠뜨리고 말았다.

'젠장! 젠장!'

초조함에 시달리며 안쪽 통로로 향했다. 막다른 곳에 나타난 거대한 공간에 지금까지 한 번도 본 적 없는 금은보화가 산처럼 쌓여 있었다. 그리고——.

"신난다! 이걸로 나도 억만장자야!"

"이거라면 평생 놀고먹을 수 있어!"

"멍청아, 그런 정도가 아니야! 고랭크 트레저 헌터로 전 세계에 이름을 남길 수 있다고."

산처럼 쌓인 금은보화에 모두 싱글벙글 웃고 있다. 그 천장에—.

'뭐, 뭐야, 저게?!'

얼굴 같은 것이 나타났다.

"너희들, 어서 돌아와! 라이가!"

여기까지 오면 원숭이라도 알 수 있다. 저 보물 자체가 함정이다.

"어서 돌아오라고! 천장이 위험해!"

필사적으로 외쳤다.

"천장?"

위를 올려다보는 동료들. 그 순간, 천장이 거대한 얼굴이 되어 고속으로 낙하했다.

——덥석.

그리고 방에 있는 동료들을 모두 삼키고 씹었다. 단말마와 함께 안에 있던 라이가의 동료들은 먹히고 말았다.

"으아……."

자신의 입에서 흘러나온 신음. 이렇게 쉽게, 동료가 죽었다. 그 사실을 인식하자 등을 고드름으로 쓸어내린 것 같은 오한이 흘렀다.

"라이가, 여기서 도망치자!"

"…………."

후크의 외침에 바로 반응하지 못하고 있었더니 후크가 뺨을 때렸다.

"봐! 죽고 싶어?"

후크가 가리킨 곳에는 동료들을 먹은 얼굴이 흐물흐물 일그러지며 변형되고 있었다.

"힉?!"

이게 생존본능이라는 걸까. 그 모습을 보기만 해도 몸속의 혈액이 역류할 듯한 공포가 밀려와, 비명을 지르며 출구를 향해 바로 도망치기 시작했다.

"좋아~. 도망쳐봐아. 그리고 크게 두려워하고, 경외하는 거야아. 앞으로 이 세상을 엉망진창으로 망가뜨릴, 강하고 아름다운 이 파즈즈 님의 모습을!!"

뒤에서 들리는 환희에 찬 남자의 굵은 목소리만이 너무도 생생했다.

***

새빨간 삼각팬티에 망토를 두르고 파즈즈라 칭한 녹색 머리의 남자가 신전에서 나와, 왼손으로 사자를 닮은 얼굴에 있는 가늘고 긴 수염을 잡았다.

"삼수사(三獸士), 이리 오려엄."

오른손으로 손가락을 딱 튕기자, 파란색과 흰색을 기조로 한 군복을 입은 늑대, 호랑이, 독수리의 머리를 지닌 세 괴물이 징그러운 포즈를 취하며 나타나 무릎을 꿇었다.

"파즈즈 삼수사 여기 왔습니다!"

짐승의 머리를 지닌 세 괴물이 삼각팬티를 입은 남자에게 인사했다.

"먼저 티아마트 님과 그 군대가 현계하는 것이 지상 과제야. 포치, 전에 이곳에 발을 들였던 가축이 있었지~?"

"네! 기억하고 있습니다."

늑대 머리 괴물이 정중하게 대답했다.

"그것을 데리고 오렴. 그건 이 세상의 가축으로서는 이레귤러. 하급 토지신 수준은 되었던가? 그걸 이용하면 '반혼의 강신'도 가능해. 분명 티아마트 님도 현계를 즐기실 수 있겠지."

"파즈즈 님이 원하시는 대로!"

새빨간 삼각팬티를 입은 남자의 농후한 기쁨을 담은 명령에, 늑대 머리 남자가 외치며 그 모습을 감췄다.

"그럼 어서 시작해볼까? 너희들도 이리 오렴."

바닥이 새빨갛게 물들더니 그곳에서 솟아 나오는 집사복을 입은 무수한 짐승 머리의 근육질 남자들. 개, 원숭이, 돼지, 소, 산양, 사슴 머리를 지닌 남자들이 각자 기괴한 포즈를 취하고는 삼각팬티를 입은 남자 파즈즈의 앞에서 역시 무릎을 꿇었다.

"자, 즐겁고 즐거운 게임의 시작이야. 1등으로 왔으니, 철저하게 해줘야지. 맹약의 규칙에 따라 이 세상을 지옥으로 바꾸렴!"

파즈즈는 무릎을 꿇고 고개를 숙인 짐승 머리의 괴물들에게 악귀처럼 얼굴을 일그러뜨린 뒤, 두 팔을 벌리고 몸을 젖히며 지시를 내렸다.

"네!"

호랑이 머리를 지닌 남자가 크게 대답하자, 파즈즈는 만족스럽게 고개를 끄덕이고 선언했다.

"일단 가까운 마을을 함락해봐."

다시 주위를 쭉 둘러본 파즈즈는 무턱대고 도망치는 눈이 하나 달린 거인 마물을 발견하고 씩 웃었다.

"저 마물들을 써먹을 수 있겠구나. 얘들아. 천천히, 천천히, 슬금슬금, 마물들을 몰아세우렴."

"네!"

짐승들은 가슴에 손을 대고 인사한 뒤, 주인의 바람을 이루기 위해 달려갔다.

이렇게 당사자에겐 계획에 없던 지옥의 연회가 조용히, 그리고 확실하게 시작되었다.

***

──바르세까지 10킬로메르 남은 마차 안.

"있잖아, 카 군 많이 컸으려나?"

마차 안에서 그런 말을 꺼내는 레나의 얼굴은 천진난만한 기쁨으로 가득했다. 그야 당연하다. 옛날에는 남매처럼 항상 같이 있던 두 사람이 갑자기 헤어지고, 그로부터 수년간 한 번도 만

나는 것을 허락받지 못했기 때문이다. 바르세로 가는 이번 여행도 카이가 친구인 로제마리 왕녀와 함께 있다는 것을 듣고 더는 참지 못했기 때문일 것이다.

"그야 키는 자랐겠지. 뭐, 내면은 별로 달라지지 않았겠지만."

카이 하이네만. 매우 다정하고 강한 키스와 레나의 소꿉친구이자 형님 같은 사람. 물론 카이의 기프트는 '이 세상 제일의 무능'이다. 신체 능력은 여자들보다 낮을 테고, 마법을 쓸 수 있는 것도, 검 실력이 특별히 뛰어난 것도 아니다. 키스가 말하는 '강함'이란 그런 얄팍한 것이 아니라, 더욱 깊은 인간의 본질에 대한 것이다.

키스가 카이와 함께 있으며 항상 느낀 것. 그것은 어쩔 방도가 없는 패배감이었다고 생각한다. 카이는 그런 어처구니없는 기프트를 받았어도, 결국 키스에게 의지가 되는 형이었다.

그때 키스는 라무르를 떠나는 것이 싫었다. 이유는 어린 동생들이 마음에 걸렸기 때문이다. 키스의 아버지와 어머니는 겉치레로라도 좋은 부모라고는 말할 수 없다. 따라서 아무리 키스가 돈을 보내더라도, 아직 어린 동생이 제대로 된 생활을 할 거라는 보장이 없다.

그렇기에 완고하게 왕국 정부의 왕도 소환을 거절하였다. 사실 부모와 친척은 모두 명예로운 일이라며 키스에게 왕도로 가라고 했다. 적만 가득한 와중에, 오직 카이만이 키스와 레나를 위해 라무르에 남을 수 있도록 어른들에게 의견을 내주었다. 카이는 그 기프트 때문에 라무르에서는 박해의 대상이다. 카이에 대한 비난은 엄청났으나, 그는 아무리 욕을 먹어도 두 사람의 편을 들어주었다. 그것이 얼마나 기뻤는지, 시간이 지난 지금도 선명하게 기억난다. 그 뒤로도 동생 중 제일 큰 여동생이 1년에 한 번 보내는 편지에서 카이가 많이 돌봐주고 있다는 것이 느껴졌다. 뭐, 내용으로 보아 카이에 대한 특별한 감정이 포함된 것 같기는 했지만.

그런 연유로 키스에게 카이는 형이나 마찬가지다. 따라서 카이와 오랜만에 재회하는 것에 마음이 크게 뛰었다.

"바르세에 도착하면, 같이 어디로 갈까?"

콧노래까지 부르기 시작한 레나에게 쓴웃음을 지었을 때, 갑자기 마차가 정지했다. 이것 자체는 실제로 몇 번이나 있던 일이므로 그리 놀랍지 않다. 문제는 지금 마차 밖에 기척이 **전혀** 없다는 것이다.

"키스."

레나가 대검을 뽑아 들었다. 그 표정은 돌처럼 딱딱하고, 온몸에 구슬 같은 땀이 맺혀 있었다. 지금 레나는 수행으로 상당히 강해졌다. 적어도 저 아르놀트 기사장에게 연습하며 방심할 수 없다는 말을 들었을 정도로는 말이다. 즉, 밖에 있는 자는 그런 레나를 이만큼 두렵게 만드는 존재인 것이다.

"알고 있어. 지금은 도망치는 걸 생각하자."

"소용없어."

여자 목소리가 들림과 동시에 뒤에서 다가온 손이 목에 닿았다.

'어, 어느새?!'

"키스를 놔줘!"

"아니, 설마 이 나에게 지금 명령한 거야?"

그 목소리와 함께 여자가 키스를 마차 바닥으로 밀어내고, 레나에게 다가갔다. 그리고 그 모습이 흔들렸다.

"칠리, 무슨 속셈이야?"

레나의 코앞에서 금색 머리를 양 갈래로 묶은 여자의 주먹이 멈춰 있었다. 여자는 자신의 손목을 잡은 칠리라 불린 장신의 스킨헤드 남자를 노려보며 그 의도를 물었다.

꽈당 엉덩방아를 찧는 레나.

틀렸다. 이 녀석도 전혀 움직임이 보이지 않았다. 아마 이들은 두 사람과는 격이 다르다. 거슬러봐야 죽을 뿐이다.

"잊었습니까, 비네거. 그 소녀는 이번 사냥감을 낚을 미끼. 죽여버리면 소용없게 됩니다."

"시끄러워! 힘 조절은 했다고!"

"그래 봐야 빈사였겠죠. 저는 대장에게 숙청당하는 것은 사양입니다. 혹시 죽을 경우 당신이 모든 책임을 진다면, 저는 더 이상 아무 말도 하지 않겠습니다만?"

입을 삐죽이는 비네거의 항의에 담담하게 대답하는 칠리. 비네거는 잠시 칠리를 부모의 원수라도 되는 양 노려보았으나, 작게 혀를 차고는 지금도 멍하니 있는 레나의 배를 걷어찼다.

"레나!"

"삑삑 시끄러워! 죽이진 않았어! 이 녀석은 중요한 미끼니까."

귀찮은 듯 얼굴을 찡그리고, 비네거가 그렇게 쏘아붙였다.

"미끼? 그게 무슨 뜻이지?!"

"키스 스타인버그 군, 자네는 메신저입니다."

그 질문에 대답한 것은 옆에 있는 스킨헤드 남자였다.

"메신저?"

"그래. 우리 대장이 감사한 말씀을 남겼거든."

환한 얼굴로 비네거가 헛기침을 했다. 불길한 예감이 든다. 맹렬하게 불길한 예감이!

"카이 하이네만에게 전한다. 너의 소꿉친구, 레나 그로트를 데리고 있다. 지금부터 8일 뒤 일몰까지 폐쇄된 도시, 페스팔 영주의 저택으로 와라! 만약 늦으면 레나 그로트는 처분하겠다."

예상을 배신하지 않고, 비네거가 키스를 지극히 혼란으로 몰아넣을 말을 내뱉었다.

"카이?! 왜 당신들이 카이를 노리는데?!"

"그건 나도 모르지만, 그 꼬마는 우리 대장을 본격적으로 나서게 했어. 포기해라, 그 꼬마는 반드시 죽을 테니."

혼란, 경악, 초조, 의문, 온갖 생각이 엉망으로 뒤엉킨 가운데.

"이 여자가 소중하다면 늦지 않는 편이 좋아. 조금이라도 늦으면 이 여자는 우리가 마음대로 해도 된다고 했으니까. 어떻게 될 거 같아?"

비네거가 얼굴을 쾌락으로 추악하게 일그러뜨리더니 악몽과 같은 말을 하였다.

"나는 약한 여자의 비명이 세끼 밥보다 좋거든. 그러니 산 채로 칠리의 키메라 실험에 쓸 생각이야. 그건 엄청나게 아프거든. 대부분의 녀석은 중간에 미치긴 하지만, 그 부분은 안심해. 산 채로 멋진 키메라를 만들어줄 테니까."

"허튼소리 하지 마!"

"그러니까 좀, 약한 주제에 나대지 말라고!"

비네거가 키스의 앞으로 다가가 웃는 얼굴로 오른쪽 뺨을 때렸다. 눈앞에 불꽃이 튀었다.

"알겠지? 카이 하이네만에게 확실히 전달해."

그런 비네거의 목소리를 끝으로 키스의 의식은 뚝 끊어졌다.

정신이 들자 그들은 레나와 함께 사라진 상태였다. 마차의 말과 마부는 목이 절단된 상태로 숨이 끊어졌기에 인근 도시까지 걸어갈 수밖에 없었다. 인근 도시라고 해도 여행은 완벽하게 업자에게 맡겼던 터라 현재 위치는 대략적으로밖에 파악하지 못했다. 해가 지면 더 이상 자신이 어디에 있는지도 모르게 되고 만다.

레나를 납치한 그들은 대체 누구일까? 지금 레나는 검성의 기프트를 잘 활용하고 있다. 검을 쥐면 저 괴물처럼 강한 용사 마시로와도 호각 이상으로 싸울 수 있을 터였다. 그런데 반응조차 하지 못하고 일방적으로 패배했다. 아르놀트 씨가 말하기를, 레나는 전투에 천부적인 자질을 타고난 소녀다. 전투 센스만이라면 용사팀의 누구보다 좋다. 그런 레나가 그때는 아무 저항도 하지 못하고, 전의마저 상실하고 말았다. 분명 그때 레나는 그들과 자신 사이에 있는 넘을 수 없는 실력 차이를 본능적으로 느꼈을 것이다.

그렇다면 이것은 용사가 출동해야 할 안건이다. 아니, 키스의 생각으로는 저 용사라도 도저히 이길 것 같지가 않았다. 그렇다면 카이에게는 더욱 불가능하다. 그야 카이의 기프트는 '이 세상 제일의 무능'이니까. 해 봐야 여자들만큼의 완력밖에 없다. 그래서는 어떻게 해도 그들에게 이기지 못한다.

하지만 카이는 이걸 알게 되면 반드시 지정된 장소로 갈 것이다. 그리고 둘 다 죽겠지. 키스의 선택지는 두 개다. 레나를 버리든가. 아니면 카이에게 전하여 레나와 카이 둘 다 죽게 하든가.

'고를 수 있을 리가 없잖아!'

그래도 그들에게 이길 방법이 떠오르지 않는 이상, 키스는 선택해야만 했다.

벌써 먹지도 마시지도 않고 숲속을 밤새도록 걸었으나, 아무도 마주치지 못했다. 체력은 한계가 있으므로 언제 정신을 잃어도 이상하지 않다. 그래도 발만은 멈추지 않았다. 아니, 분명 발을 멈추면 다시 걷지 못하게 될 것을 막연히 느꼈기 때문일지도 모른다.

그러다 간신히 짐승이 다니는 길을 빠져나와 마차가 다니는 길로 나오자, 마침 지나가던 마차와 마주쳤다. 마차가 키스를 발견하고 멈췄다.

"하하……."

눈물이 볼을 따라 흐르고, 다리에서 힘이 빠져 바닥에 주저앉았다. 물론 기쁘기 때문이 아니다. 반대다. 가슴이 터질 듯이 슬프기 때문이다. 이제 키스는 잔혹한 선택을 해야만 한다.

"너, 키스야?!"

"올가…… 아저씨."

마차에서 나온 그립고도 든든한 인물이 시야에 들어와, 키스는 소리 내어 울었다.

***

올가 에반스는 헌터 길드의 의뢰로 살다트에서 일어난 사건을 조사하러 나갔다가 지금은 바르세로 돌아가는 중이었다.

살다트에선 최근 토지의 광산 이권을 둘러싸고 그곳의 영주 세력과 중앙에서 파견된 행정심의관 사이에 대립이 발생했다. 그 행정심의관의 뒤에서 길버트파의 고위 귀족이 힘을 써서, 파프라 때와 마찬가지로 꽤 강제적인 위법 수단으로 이권을 얻으려 한 것이다. 그리고 행정심의관파와 영주파 양쪽이 용병 등을 고용하여 군비를 갖추는 와중에 그 사건이 일어났다. 영주와 행정심의관 양쪽 진영이 어느 날, 모두 살해되고 만 것이다.

여기까지라면 아멜리아 왕국 정부도 양측이 동시에 무너진 것으로 처리했을 터라 헌터 길드가 나설 일은 아니었을 것이다.

기묘한 점은 두 가지. 하나는 대량 학살이 일어났는데 살다트의 주민은 아무도 알아채지 못했다는 점이다. 또 하나는 그 행정심의관의 저택에 괴물이 남아 있었고, 길버트파의 조사대가 막대한 피해를 입었다는 점이다. 그 괴물은 용사팀의 한 사람인 팔라딘에 의해 토벌되었으며 흉부에는 행정심의관의 머리가 박혀 있었다. 너무나 끔찍한 사태에 아멜리아 왕국 정부는 이 사건을 헌터 길드가 개입할 안건이라 판단하고, 협력을 요청하였다.

그런 연유로 살다트를 조사했지만 이미 중앙정부에 의해 모든 주민의 피난과 사체의 처리가 완료된 상태. 살다트에 있는 것은 영주와 행정심의관의 저택 양쪽에 남은 엄청난 양의 혈흔뿐이라 새로운 발견은 하지 못했다.

그리고 올가는 바르세로 가던 도중, 라무르에 사는 카이의 친구 키스 스타인버그와 마주쳤다. 키스는 대마도사의 기프트를 지녀 궁정마도사장의 제자로 들어갔다고 마리아에게 들었으니 현재는 상당한 실력을 지녔을 터. 그런 키스가 올가를 보자 마치 아이처럼 소리를 내어 울음을 터뜨렸다. 또한 보호 당시 키스의 오른쪽 광대뼈가 부서졌고, 온몸의 곳곳에는 찰과상이 있었다. 위험한 일이 벌어지고 있음은 거의 확실하다. 따라서 전에 카이에게 받은 포션이라는 묘약으로 키스의 상처를 치료한 뒤, 마차 안에서 자세한 사정을 듣기로 했다.

"레나가 납치를 당했고, 네가 카이에게 그걸 전할 전언 역할을 맡게 되었다는 건가……."

레나를 납치한 자 중 한 사람이 말한 '키메라'라는 단어. '키메라'란 마도사들이 다양한 동물과 마물을 마법으로 융합시켜 만든 생물이다. 살다트에서 발견된 괴물도 '키메라'라 생각하면 대체로 앞뒤가 맞는다. 즉, 살다트의 두 진영을 모두 살해한 자는 레나를 납치한 자와 동일 조직이란 뜻이 된다.

그렇다면 이 사건은 더는 올가가 감당할 수 있는 일이 아니다. 레나는 검성, 키스는 대마도사 기프트 홀더로 수년간 가혹한 특훈을 받아왔다. 이 세계에서는 확실히 강자에 속하는 부류다. 그 레나와 키스가 아무런 대처도 하지 못했다면, 적들의 강함은 차원이 다르다고 생각해야 한다. 덤으로 지금 레나를 인질로 삼아 카이를 유인하려고 하는 시점에 그들은 카이의 위험성을 어느 정도 숙지하고 있다는 뜻이다. 즉, 그들은 카이와 마찬가지로 이 세상의 순리에서 벗어난 존재일 가능성이 크다. 무엇보다——.

'너무 어리석군…… 그 자식들, 싸움을 걸 상대를 잘못 찾았어.'

이 세상에 지금 카이에게 이길 수 있는 자가 있을 것 같지는 않다. 무엇보다 카이는 그들이 생각하는 것만큼 무르지 않다. 카이를 진심으로 화나게 하면 마지막에 기다리는 것은 진정한 지옥뿐이다. 그리고 키스를 다치게 하고 레나를 납치한 이상, 그 괴물은 분노의 임계점을 간단히 돌파할 것이 분명하다. 이미 그들의 파멸은 확정되었다. 이제 남은 건 피해를 최소한으로 줄이기 위해 빠르게 카이에게 이 사실을 알리는 것뿐이다.

"아저씨, 레나와 카이를 구해줘! 부탁이야! 믿을 사람은 아저씨뿐이야!"

이마가 땅에 닿을 정도로 간절하게 부탁하는 키스의 어깨를 가볍게 툭툭 두드리며, 자신 있게 대답했다.

"나는 놈들에게 확실히 이길 수 있는 사람을 알아. 그러니 걱정하지 않아도 돼."

"저, 정말이야? 그럼 레나는 괜찮겠구나!"

"그래, 레나의 목숨도 보장하거니와, 그 녀석들의 불행한 미래에 진심으로 동정심이 들기까지 해."

그 악질적이기 짝이 없는 카이의 부하들이 카이의 목숨보다 소중한 것을 죽게 놔둘 것이라고는 도저히 생각할 수 없다. 무슨 연유인지 그분들은 카이를 신앙의 대상으로 삼는 모습조차 보였다. 오히려 카이보다 더 미칠 듯이 분노하여 다른 의미로 폭주할 가능성이 크다. 편하게 죽으면 다행이고, 최악의 경우 죽음보다 괴로운 악몽 같은 여행을 떠나는 처지가 될 것이다.

"그럼 어서 그 이길 수 있는 사람과 만나게 해줘!"

그래. 키스가 직접 카이에게 사정을 설명하도록 하는 것이 제일 빠르다. 다만──.

"한 가지 조건이 있는데, 그래도 괜찮겠어?"

"물론이야. 레나와 카이가 무사하다면, 나는 어떤 것이든 하겠어!"

"그럼 앞으로 무슨 일이 있어도 카이를 믿어! 그게 조건이야!"

카이는 확실히 변모했다. 그러나 착한 마음씨는 그대로이며, 그것은 그의 언동을 보면 자명하다. 현재의 카이를 부정하고 괴물 취급한다면 분명 그 녀석은 슬퍼할 것이다. 그런 카이를 올가는 절대 보고 싶지 않다. 미안하지만, 카이를 믿을 수 없다면 혼자서 카이를 만나야겠다.

"카이를 믿으라고? 흥! 그건 말할 것도 없어! 나에게 카이는 형과 같아. 형을 믿지 못하는 동생이 어디 있어?!"

키스는 자신의 가슴에 오른쪽 주먹을 대고, 분노마저 담긴 목소리로 외쳤다.

"그렇구나…… 쓸데없는 걱정이었군."

그런 키스의 말이 왠지 올가를 한없이 기쁘게 했다.

"그러니 그 이길 수 있는 사람을 어서 가르쳐줘!"

"알겠어. 다만, 내가 지금 여기서 너에게 진실을 말해도 분명히 안 믿을 거야. 바르세에 도착하면, 적합한 사람과 동석해서 만나게 해줄게."

살다트 사건을 의뢰한 것은 그 사람이다. 올가를 이런 귀찮은 일에 휘말리게 했으니, 그 책임은 지도록 해야겠다.

마차 안에서 약 반나절을 흔들린 뒤, 바르세에 도착했다. 키스를 데리고 곧장 헌터 길드로 들어가 접수처 직원인 미아에게 길드 마스터와 당장 만나고 싶다고 부탁했다.

"지금 길드 마스터는 바르세 행정부로 외출 중입니다. 돌아오는 대로 전달할 테니 잠시만 기다려주십시오."

미아는 한눈에 보아도 알 수 있는 억지 미소를 짓고 그렇게 대답했다.

'이 녀석 지금, 상당히 기분이 나쁘군.'

미아는 올가와 절친한 친구의 딸이기에 어린 시절부터 잘 아는 사이다. 미아가 이렇게 퉁명한 태도를 취할 때는 항상 일상

생활에서 강한 불만이 쌓였을 때뿐이다.

"아저씨! 행정부로 가자!"

키스가 초조함이 가득 담긴 목소리로 그렇게 제안했다.

"아니, 지금 가면 엇갈릴 가능성이 있어. 원래 바쁜 사람이니까. 잠시 여기서 밥이라도 먹으며 기다리자."

키스를 데리고 길드 안에 있는 술집 겸 식당으로 걸어갔다. 키스는 무언가 할 말이 있는 얼굴이었으나, 얌전히 올가를 따라갔다.

키스와 길드 명물인 점심을 먹고 있는데, 누군가가 뒤에서 말을 걸어왔다.

"올가 씨잖아요! 오랜만입니다!"

돌아보자 구릿빛 피부의 여성이 오른손을 들며 다가왔다. 이 사람은 아마조네스 일사 하니시. 요즘 이름을 알리고 있는 젊은 유망주 중 한 사람이자 트레저 헌터다. 그녀와는 과거에 몇 번인가 같은 파티에서 모험을 한 적이 있다.

"이게 누구야! 지난 유적 탐색 이후 처음이지?"

일사는 두 사람이 앉은 테이블에 앉아, 손을 들어 점원에게 음식과 술을 주문했다.

"그런데 지금 미아가 기분이 나쁜 이유, 혹시 짐작 가는 거 있어?"

"지금 미아가 마음에 둔 사람이 그 애에게 한마디도 하지 않고, 신성무도회에 나간다고 루자할에 가버린 바람에 삐친 것 아닐까요."

"저 미아가 연애라니. 그런 나이가 되었나……."

일만 하면서 연애 이야기는 하나도 없다며 그 녀석의 부모님은 늘 걱정해왔다. 뭐, 이 이야기를 전해주면 또 다른 의미로 신경 쓰일 테지만.

"그보다 올가 씨, 거기 소년은?"

일사가 키스에게 시선을 보내며 묻는다. 지금도 음식은 입에도 대지 않고, 마음에 다른 데 가 있는 상태로 집게손가락으로 테이블을 두드리고 있는 키스. 그래. 일사는 그 사람의 측근 중 한 사람이니 이 건에 협력할 수도 있을 것이다. 사정을 설명해야 할지도 모른다.

"사실은 말이야……."

올가는 이번 일에 대해 말하기 시작했다.

"진짜요? 그놈들 자살이라도 하고 싶대요?"

이야기를 마치자, 다른 의미로 새파랗게 질린 일사가 몸을 부르르 떨었다.

"너, 그 녀석을 알아?"

"네, 존슨 씨에게 의뢰를 받아서 조금……."

말을 얼버무리는 걸 보니 입막음이라도 당한 듯하다. 뭐, 존슨과 카이 두 사람이 얽혀 있는 시점에서 대충 예상은 된다. 아마 지금도 술집에서 헌터들이 수군거리고 있는 일일 것이다. 그래, 길드 마스터가 바르세 행정부로 나가다니 무슨 일인가 했더니, '카드' 건이라면 충분히 이해가 간다.

"너희가 카이에게 '카드'와 싸움이 붙도록 해서 없앤 거지?"

올가의 물음에 일사가 시선을 돌렸다. 이것은 일사가 딴청을 피울 때 보이는 버릇이다. 이것으로 확정되었다.

"카이?! 카이에게 '카드'와 싸움을 붙였다니 무슨 소리야!"

안색을 바꾸고 키스가 자리에서 일어났다. 아마 납치된 레나가 걱정되어 술집의 소문 따위는 귀에도 들어오지 않았을 것이다.

"올가 씨, 저 애가 메신저라는 소꿉친구예요?"

"그래. 얘는 키스야. 납치된 레나와 마찬가지로 카이와 형제처럼 자란 사이고."

일사는 잠시 키스를 조용히 응시하더니, 다시 입을 열려고 했다. 그때 길드 문이 벌컥 열리며 두 남자가 허겁지겁 들어왔다.

그리고──.

"우, 우리, 그 유적에── 그 신전에 갔어! 그랬더니 동료들이 모두 먹혀버렸어!!"

금발에 키가 크고, 눈매가 사나운 남자가 알 수 없는 말을 크게 떠들어댔다. 금발 남자의 머리는 마구 헝클어졌고, 온몸은 진흙으로 더러웠다.

"라이가와 후크?"

일사가 곧은 눈썹을 찌푸리며 나직하게 중얼거렸다.

"아는 사이야?"

"네, 저쪽 금발이 라이가, 검은색에 단발인 남자가 후크. 여기 바르세에서 유망주인 신입들이에요."

헌터팀인가. 저 두 사람의 절박한 모습은 도저히 농담이나 장난처럼 보이지 않는다. 왠지 불길한 예감이 든다. 그리고 이럴 때 올가의 감은 항상 적중하는 편이다.

'왜 이렇게 성가신 일이 한꺼번에 생기는 거야.'

"길드 마스터에게 말하고 싶어! 아마 큰일이 벌어진 것 같아!"

속으로 불평하는 사이, 후크가 휘청거리면서도 미아에게 다가가 떨리는 목소리에 애써 힘을 주며 외쳤다.

"크, 큰일이라고?! 무슨 일이 있었는데?!"

두 사람의 모습에서 범상치 않은 일이라 판단한 미아가 놀란 목소리로 물었다.

"우리는 아마…… 함정에 빠진 것 같아! 일단 길드 마스터에게 얘기하고 싶어! 그러니 부탁이야. 어서 연락해줘!!"

얼굴을 일그러뜨리고 울면서 후크가 미아의 양쪽 어깨를 붙잡고 애원했다.

"아, 알겠어! 이제 곧 마스터가 돌아올 테니 조금 진정해!"

미아가 지금도 오열하는 후크와 라이가를 자리에 앉히고, 두 사람에게서 사정을 듣기 시작했다.

라이가와 후크의 이야기로 헌터 길드는 위로 아래로 큰 소란이 벌어졌다.

사정을 모르는 대부분의 헌터는 반신반의하며 그 이야기의 진위로 꽃을 피웠고, 사정을 아는 A랭크 헌터들은 예외 없이 돌처럼 딱딱한 표정을 짓고 있었다. 양쪽의 상반된 반응에는 명확한 이유가 있다.

"올가 씨! 이거 설마, 그 유적의 봉인이 풀린 건가?!"

"십중팔구, 그렇겠지."

저 '태고의 유적'에 이름 있는 트레저 헌터가 손을 대지 않은 이유는 주위의 마물이 강력한 것도 있다. 그러나 그것만이라면 S랭크 헌터와 A랭크 헌터가 팀을 짜면 가능해진다. 저 유적이 지금까지 방치된 진짜 이유는 과거에 있었던 마리아 하이네만의 조사 결과다. 그 유적에는 비교할 수 없을 만큼 강력한 술식이 잠들어 있으며, 인간의 생명을 트리거로 기동할 위험성이 높았기 때문이다.

당초 헌터 길드는 이 유적에 대한 공표도 생각하였으나, 마족이나 다른 세력이 악용할 것을 우려하여 그 존재 자체를 극비리에 부치기로 했다. 그 위험성을 알게 된 사람은 그 장소까지 도달할 실력이 있는 A랭크 헌터와 일사처럼 헌터 길드와 밀접한 연관이 있는 자로 한정되었다.

"무슨 소란이야?!"

작지만 근육질 몸에 수염을 기른 남자가 길드로 들어와 물었다. 그는 올가와 키스가 레나의 일로 조력을 요청하기 위해 기다리던 헌터계의 영웅 중 한 사람이자, 이곳 바르세의 길드 마스터인 랄프 엑셀이었다.

바르세의 한 회의실에서 헌터 길드의 중진들이 복잡한 얼굴로 후크의 이야기를 듣고 있었다. 후크가 이야기를 마치자, 그들은 일제히 깊은 한숨만 쉬었다.

"그런 술자리에서 만난 누군지도 모르는 남자에게 받은 펜던트를 사용해서, 저 유적으로 아직 애송이인 너희끼리 갔단 말인가⋯⋯."

자랑스러운 수염을 쓰다듬으며 랄프 씨는 피곤함에 지친 목소리로 중얼거렸다.

"이야기의 흐름으로 보아 이계에서의 소환. 최악의 경우 악룡 데보아의 재래가 될지도 몰라. 마리아의 예측이 최악의 형태로 적중한 건가⋯⋯."

콧수염을 기른 간부 한 사람이 힘들게 말했다. 이 자리의 모두가 후크의 이야기를 거짓이라 판단하지 않고, 이곳 바르세의, 아니, 인류 전체의 위기라고 인식하고 있었다.

"역시 마리아의 말대로 정보를 공개했어야 해!"

괴로운 얼굴로 다른 간부가 목소리를 높였다.

"아멜리아 왕국이 허락하지 않았어! 어쩔 수 없잖아!"

마리아 하이네만은 그 유적에 대해 전 세계에 공표하고 엄중한 대책을 세울 것을 제안하였고, 헌터 길드도 그에 응할 예정이었다. 그러나 바르세를 통치하는 아멜리아 왕국 정부가 강하게 거부하였다. 이유는 일찍이 아멜리아 왕국을 파멸 직전까지 몰아세운 이계에서 온 방문객인 악룡 데보아를 두려워하기 때문이다. 유적을 공표하면 마족이나 테러리스트가 항상 그 유적을 노릴 것이다. 만약 테러리스트들이 술법을 풀어 이계에서 데보아와 동등한 존재를 불러내면, 아멜리아 왕국은 이번에야말로 세계에서 소멸할지도 모른다. 그들의 거부 반응은 어떤 의미로는 당연하다.

"일어나버린 일을 언급해도 어쩔 수 없어. 그보다 앞으로의 일을 생각해야 해."

"그 펜던트를 라이가에게 준 흑막은 누구일까요?"

길드 마스터 랄프 씨의 말에, 바가지 머리의 간부가 이 자리의 모두가 품고 있는 의문을 입에 담았다.

"글쎄. 뒷세계의 누구거나, 아니면 마족일지도. 아무튼 멀쩡한 놈은 아니야."

"놈들의 목적은 그 파즈즈라는 것의 소환일까요?"

콧수염을 기른 간부가 진지한 얼굴로 랄프 씨에게 물었다.

"응, 그렇게 생각하는 게 자연스럽겠지. 이계에서 괴물을 소환하는 술식에 대해서는 A랭크 이상의 헌터와 왕국 정부의 상층부라면 잘 알려진 사실이야. 어떤 멍청이가 일부러 세계에 파멸을 야기하기 위해 괴물을 불러냈겠지."

쓸쓸하게 대답하는 랄프 씨를 보며, 회의실 안에 있는 사람들도 괴로운 표정을 지었다.

그야 당연하다. 자칫하면 데보아의 재래, 세계의 위기다. 본래는 통치하는 아멜리아 왕국 정부와 협력하여 대처해야 할 일이지만, 그 왕국의 최고 전력인 용사는──.

"하지만 과연 '카드'의 부정을 적발한 이 타이밍에 아멜리아 왕국의 용사가 순순히 협력할까요?"

바가지 머리 간부의 말에 랄프 씨는 고개를 가로젓고 올가와 같은 견해를 밝혔다.

"어렵겠지…… '코인' 일도 있으니까. 연속해서 그들의 얼굴에 먹칠을 하는 꼴이니, 그쪽의 체면은 완전히 구겨졌을 거야. 핑계를 대고 협력 요청을 거부할 테지."

"과연 지금 '카드'를 제거했어야 하나?"

간부 한 사람이 태연하게 있는 존슨을 원망스러운 눈으로 노려보며 그렇게 물었다.

"'카드'가 낮은 랭크의 헌터와 일반인들을 잡아먹은 건 여러분도 잘 알 겁니다. 그들의 악행을 모른 척하라고요?"

"그런 말이 아니야! 힘이 아니라 좀 더 온건한 방법이 있었을 것 아니냐는 말이지!"

짜증스럽게 외치는 간부.

"그러면 아멜리아 왕국에 의해 무마되어 '카드'는 근신 정도로 풀려났겠죠. 그러면 다시 희생자가 생겨났을 겁니다. 그래도 괜찮을 거란 말입니까?"

"꼭 그렇게 되리란 법은 없지 않나!"

"아니, 그렇게 될 겁니다. 실례되는 말입니다만, 당신의 조국은 그런 나라입니다."

"네 이놈!"

아멜리아 왕국의 간부가 이마에 굵은 핏대를 세우며 일어났다.

"그만둬! 지금 동료끼리 싸워서 뭐 하나!"

랄프 씨가 제지하자, 키스가 커다란 타원형 테이블을 두 손으로 짚으며 깊숙이 머리를 숙였다.

"내 친구 하나가 잡혀가고 말았어! 도와줘!"

"누구냐! 이 인류 존망의 위기에 아무 상관없는 어린애를 회의실에 데려온 게!"

바가지 머리 간부가 신경질적으로 외쳤다.

"지금 큰일이 벌어진 건 잘 알겠어! 하지만 나에게 걔들은 이 목숨보다 중요해! 내가 할 수 있는 일이라면 무엇이든 할게! 그러니 부탁이야, 레나와 카이를 구해줘!"

키스의 절박한 말에 미아가 반응했다.

"카이 씨?! 그가 어떻게 되었단 말씀이죠?"

미아가 몸을 내밀고 초조한 표정으로 키스에게 물었다.

"미아, 그는 괜찮아."

존슨이 온화하지만 단호한 어조로 대답했다.

"지금 일개 유괴 따위를 신경 쓸 때가 아니지 않습니까! 어서 손을 쓰지 않으면 큰일이 벌어진다고요!"

바가지 머리 간부의 히스테릭한 지적에 랄프 씨는 팔짱을 끼고 생각에 잠겼으나, 곧 존슨에게 시선을 고정하고 무언가를 말하려고 했다. 바로 그때——.

"크, 크, 큰일입니다!"

헌터 길드의 직원 한 사람이 방으로 뛰어 들어왔다.

"뭔데 소란스럽지?"

길드 간부 한 사람이 미간을 찡그리고 물었으나, 그는 시선조차 마주치려 하지 않고 길드 마스터의 앞으로 나아가 떨리는 손으로 밖의 동문 부근을 가리켰다.

"마물의 습격입니다! 엄청난 수입니다! 심지어 심역에서 확인된 마물도 꽤 많은 수가 섞여 있습니다!"

"뭐, 뭐라고?!"

간부들이 일제히 일어나 절박한 목소리를 냈다.

"재앙급 마물이 몰려오다니. 이거 진짜 장난 아닌데……."

동석했던 노련한 A랭크 헌터 한 사람이 새파랗게 질린 얼굴로 신음했다.

그렇다. 심역의 마물은 본래 A랭크 헌터가 팀을 짜서 토벌하는 마물이니까.

"이 타이밍에 심역의 마물이 습격하다니. 정말 차례차례……."

랄프 씨가 작게 혀를 차더니 지시를 내렸다.

"긴급 사태다! 시민들의 피난이 최우선이야! 당장 베오에게 협력 요청을!"

베오란 이곳 바르세를 활동 거점으로 삼은 S랭크 헌터다. 그의 강함은 모든 헌터 중에서도 손꼽힌다.

"이미 베오가 나가 있습니다! 그리고 바르세에 체류하고 있는 아멜리아 왕국의 아르놀트 기사장에게도 협력을 받고 있습니다!"

실내에 퍼지는 안도감.

S랭크 헌터―― 베오의 무용은 헌터라면 누구나 잘 안다. 수인족과 인간족의 혼혈로 태어나, 당초 강한 차별을 받았으나 자신의 육체 하나로 평가를 뒤집은 인물이다. 베오의 손으로 벗어난 위기는 수없이 존재한다. 그가 전투에 참여한 것만으로도 커다란 안도감을 느꼈다. 덤으로 S랭크 헌터에 상응한다고 일컬어지는 아멜리아 왕국 최강의 검사라 이름난 아르놀트 기사장도

있다. 이 두 사람이 있다면, 설령 심역의 마물이라도 쉽게 격퇴할 수 있다. 모두의 반응은 지극히 당연하다고 할 수 있다.

"확실히 '카드' 건도 있어. 그러나 결과적으로 아르가 그 사후처리를 위해 이 도시에 머물게 되었지. 아무리 강해도 실제로 도와주러 올지 모르는 용사보다 훨씬 나아. 그렇지?"

랄프 씨가 존슨에게 동의를 구하자, 그도 크게 고개를 끄덕였다.

"네. 스승님의 말씀이 맞습니다."

랄프 씨는 두 손으로 자신의 두 무릎을 때리며 힘차게 일어났다. 그리고 오른쪽 주먹을 들어 명을 발령했다.

"바르세의 길드 마스터, 랄프 엑셀의 이름으로 이번 사건을 '국가급 재앙'이라 인정한다. 바르세의 C랭크 이상의 헌터를 긴급 소환하라!"

헌터의 재앙 수준은 위기도가 낮은 순서부터 다음의 여섯 가지로 나뉜다.

하나, 복수 살상급── 복수의 인물이 살상당할 위기.

둘, 한정 도시급── 도시 일부가 반파될 위기.

셋, 도시급── 하나의 도시가 파멸될 위기.

넷, 지역급── 복수의 도시가 파멸될 위기.

다섯, 국가급── 국가의 멸망을 좌우할 위기.

여섯, 세계급── 세계 존망이 걸린 위기.

이번 재앙 수준은 다섯 번째의 국가급. 그야말로 국가의 존망이 걸린 위기다. 길드도 본격적으로 나서겠다는 뜻이다.

"네!"

가슴에 오른쪽 주먹을 대고 대답한 뒤, 길드 직원이 밖으로 뛰어나갔다.

"이 이상 문제가 생겨서야 버틸 수 없어. 존슨, 조사부 쪽에서 바르세의 수상한 자를 당장 찾아내!"

"알겠습니다. 바로 탐색을 개시하겠습니다. 덧붙여 길드에서 정식으로 본 사건에 관해 카이 하이네만에게 협력을 요청할 것을 제안드립니다."

실내가 술렁거리며 숲이 흔들리는 듯한 움직임이 일었다. 카이 하이네만의 이름을 처음 들은 사람은 고개를 갸웃했고, 카이가 '이 세상 제일의 무능'이라는 기프트 보유자임을 아는 사람은 존슨의 정신 상태를 의심했다. 그리고——.

"웃기지 마!"

"악질적인 농담은 그만해 주세요!"

키스와 미아가 일어나 존슨의 제안을 불같이 비판했다.

"미안하지만, 나는 아주 진지해."

존슨이 고개를 크게 가로저으며, 두 사람의 말을 완전히 부정했다.

"카이 하이네만이란 마리아의 아들이자, '이 세상 제일의 무능'이라는 불쌍한 아이가 아니었나?"

의심스러운 얼굴로 미간을 찡그리며 바가지 머리 간부가 물었다.

"맞습니다."

존슨이 즉시 대답하였고, 이번에야말로 실내에 폭풍 같은 비판이 일었다.

"말할 가치도 없어. 이 비상사태에 그런 짐짝은 필요 없네. 다들 그렇게 생각하지?"

바가지 머리 간부가 주위를 둘러보며 묻자, 실내에 있던 고랭크 헌터들이 차례로 동의했다.

존슨은 어깨를 으쓱하고, 올가에게 의미심장한 시선을 보냈다. 한마디로 올가에게 이 국면을 처리하라는 뜻이다.

"나도 존슨에게 찬성해. 이 소동에선 맹렬하게 불길한 예감이 들어. 혹시 문제없이 이 사건을 해결하고 싶다면, 다른 말은 하지 않겠어. 카이의 조력을 얻어야 해."

올가가 존슨을 지지하자, 폭풍처럼 요동치던 헌터들의 감정이 순식간에 가라앉았다. 물론 올가의 말을 믿은 것이 아니라, 올가까지 존슨의 의견에 찬성한 의도를 짐작하지 못했기 때문이다.

"아저씨, 카이에게 그런 위험한 짓을 시키려고 하다니, 대체 무슨 짓이야?!"

이를 드러내고 목소리를 떠는 키스.

"맞아요! 올가 아저씨도 아무 말이나 하지 마시라고요!"

이미 울고 있는 미아.

"키스, 레나를 납치한 놈들에게 확실히 이길 수 있는 사람이 바로 카이야."

"뭐? 하지만 그 애의 기프트는——."

올가는 예상대로의 말을 하려는 키스를 제지하고 천천히 말해주었다.

"기프트 어쩌고가 아니야. 그런 차원이 아니라, 그 녀석은 강해. 네가 아는 용사 마시로는 물론이고, 아마 이 세상의 누구보다도."

"흥! 그럼 그 강한 마리아의 아들에게 납치된 그의 친구를 보호하게 시키면 되는 것 아닌가!"

바가지 머리 간부가 비아냥거렸다.

"그래. 레나는 카이의 소중한 소꿉친구야. 우리가 무슨 말을 하더라도 레나의 구조를 우선하겠지."

올가가 카이에게 레나가 납치된 사실을 전달하면, 카이는 레나를 반드시 최우선으로 구출할 것이다. 그것은 결정된 사항이라고 해도 좋다.

"아르에게도 카이에 대해 들었다. 그 검제를 검술로 아이 취급했다는 것도."

랄프 씨의 말에 실내는 아까보다 더 소란스러워졌다.

"마스터, 무능이 검제에게 승리하다니, 그런 허풍을 진지하게 받아들이실 겁니까?!"

"무능이 아니야! 카이 하이네만이야!"

이 바가지 머리 자식의 말이 자꾸 거슬리는 바람에 무의식적으로 거칠게 말하고 말았다. 노려보는 올가와 바가지 머리 자식의 모습에 랄프 씨는 크게 한숨을 내뱉었다.

"속마음을 말하자면, 나도 여전히 반신반의하기는 해."

"스승님——."

존슨이 처음으로 보인 동요에 랄프가 손을 들었다.

"안다. 너도 같은 의견이지? 안 그래, 일사?"

"네, 저도 카이 씨에게 의뢰해야 한다고 생각합니다."

일사도 두 사람에게 동의했다.

랄프 씨는 머리를 긁적이더니 다시 입을 열었다.

"다시 한번 묻겠는데 그 카이 하이네만이 이번 싸움에 써먹을 만큼 강한가?"

"네, 압도적으로요."

"하, 하지만 그의 강도치는 1이라고요!"

미아가 초조한 목소리로 말했다.

"그것은 그가 소지한 능력을 제한하는 아이템 탓이야. 그의 강도치가 1이 아니라는 사실은 내가 이 눈으로 확인했어."

"그런가. 그 엘름의 손자가……."

랄프 씨는 나직하게 중얼거리고 잠시 팔짱을 낀 채 눈을 감고 있었으나.

"카이 하이네만은 지금 어디에 있지?"

"마스터?!"

비난하려는 바가지 머리를 눈빛으로 조용하게 만든 뒤, 존슨에게 눈짓으로 말하도록 시켰다.

"현재, 무투 도시 루자할에서 열린 신성무도회에 출전 중입니다."

"그럼 면식이 있는 자를 당장 보내라!"

크게 지시하는 랄프 씨에게 올가가 제안했다.

"그럼 제가 키스와 함께 가겠습니다. 제 말이라면 그 녀석도 순순히 들어줄 테니까요."

"바보냐! 넌 토벌대의 중요 전력이야. 아무리 카이 하이네만이 강하더라도 이 도시가 함락되어서는 의미가 없지 않나! 너, '대마도사' 기프트 홀더 키스지?"

"아, 네."

"더드먼에게 이야기는 들었어. 지금은 도움 하나가 절실한 상태야. 너도 나와 함께 이곳의 방어에 참여해줘야겠다. 올가, 존슨, 너희도 동의하지?"

그렇군. 키스를 이 자리에 잡아두면, 카이에게 바르세는 반드시 지켜야 할 장소가 된다. 여전히 빈틈이 없는 사람이다. 뭐, 카이의 실력을 반신반의하는 이상 전도유망한 같은 마도사에게 길을 보여주고 싶은 것이 본심일지도 모르지만.

애초에 마스터는 카이를 아직 잘 모른다. 만약 카이의 설득에 실패하면, 이 도시는 멸망할 위험성마저 있는데도. 또한 카이는 헌터라는 조직을 과대평가하는 경향이 있다. 만약 카이가 레나의 구조를 우선하여, 헌터 길드에 이 도시의 보호를 맡기는 일도 절대 없다고는 단언할 수 없다.

"루자할에는 저희를 보내 주십시오!!"

지금까지 쭉 침묵을 지키고 있던 라이가와 후크가 바닥에 무릎을 꿇고 고개를 숙였다.

"흠, 너희가 가겠다고?"

"카이 하이네만, 그 녀석이라면 이 사태를 수습할 수 있다면

서요?! 그럼 저희가 반드시 데려오겠습니다! 저 때문에 동료가 죽었어요! 이 이상…… 이 이상── 떨고 있기만 하는 건 싫습니다!!"

"라이가, 넌 카이 하이네만을 공공연하게 무시했잖아? 그런 널 그가 신뢰하고 도움을 줄까?"

평소답지 않은 일사의 엄격한 말에 라이가는 순간 흠칫했다. 하지만, 당당한 어조로 선언했다.

"그래도 내가 해야 하잖아!"

"좋다. 너에게 맡기겠다. 당장 출발하거라! 라이가, 후크, 부탁하마!"

랄프 씨는 라이가를 응시하더니, 두 사람을 바라보며 진지한 얼굴로 크게 외쳤다.

"네!"

"반드시!"

두 사람이 뚝뚝 눈물을 흘리면서도 벌떡 일어나 밖으로 뛰어나갔다.

물론 랄프 씨의 마음은 추측이 되고, 두 사람이 이대로 헌터로서 끝났다는 것도 이해한다. 하지만 이것은 바르세의 명운이 얽힌 일이다.

"랄프 씨, 지금은──."

"알아. 미안하구나. 미아, 동행해줄 수 있겠나? 보험이 필요해서."

"네! 물론입니다!"

그런가. 이야기의 흐름으로 보아 미아가 반한 남자란 카이일 것이다. 그 벽창호가 미아에게 호의를 보이는 것으로 보아, 카이도 미아에게 긍정적인 이미지를 지녔겠지. 게다가 미아라면 올가의 편지를 카이에게 확실히 전달해줄 것이다.

"미아, 맡길게."

"네! 당장 떠날 준비를 하겠습니다."

미아도 결의에 찬 듯한 얼굴로 방에서 나갔다.

"다들, 각자 지금 당장 행동해!!"

랄프 씨의 호령으로 실내에 있던 사람들도 가슴에 오른쪽 주먹을 대고 인사한 뒤, 방에서 나갔다.

"아저씨, 난 이제 뭐가 뭔지……."

올가는 크게 당황한 키스의 머리를 손바닥으로 톡톡 두드리고, 강하게 협력을 요청했다.

"괜찮아. 분명 잘 될 거다. 그러니 우리도 해야 할 일을 하자."

잠시 키스는 올가의 얼굴을 빤히 쳐다보았다. 하지만.

"알겠어."

이내 매우 엄숙한 표정으로 받아들였다.

***

어두컴컴한 바르세의 숙소 방에서 위아래로 검은색 옷을 입은 금발의 여성 네일은 읽던 책을 덮고 옆에 놓은 뒤, 방구석으로 시선을 보냈다. 그 여성의 시선 끝에 홀연히 모습을 드러낸 검은 옷의 남성. 그는 바닥에 한쪽 무릎을 꿇고 보고했다.

"이곳 바르세로 마물이 대거 몰려와, 곧 이곳도 전장이 되겠습니다."

"마물이? 너무 갑작스럽네."

"어디까지나 소문에 지나지 않습니다만, 아무래도 그 유적의 봉인이 풀린 모양입니다."

"그게 정말이야?!"

무심코 의자에서 일어나 큰소리로 물었다. 유적 안에 잠든 것은 네일 같은 마족에게는 희망의 존재다. 즉, 마족들이 숭상하는 신이다.

"심역의 마물들이 마치 쫓기듯이 이 도시로 몰려오고 있으니 틀림없을 듯합니다."

"그거 잘된 일이네."

다시 의자에 앉으며 내뱉은 말과는 달리, 가슴은 찢어질 듯이 아팠다. 알고 있다. 이계의 신이라는 것을 시켜 죽이게 한다고? 네일은 인간 귀족들처럼 단세포가 아니며 인간이 모두 사악하다고도 생각하지 않는다. 마음이 착한 사람이나 마족에게 손을 뻗어줄 사람도 있을 텐데, 그 선악의 구별 없이 모두 죽인다니. 심지어 자신의 손은 일절 더럽히지 않고. 이것은 무인의 행위가 아니라, 그저 악당이나 할 짓이다. 그것이 너무나 한심하고, 용납할 수 없었다.

"아무리 궁지에 몰렸다고 해도, 옛날이야기에나 나올 신에게 의지하는 것은 너무 한심한 일입니다."

네일의 옆에서 대기하고 있던 부관 여성도 네일과 같은 마음인 모양이다. 부관 여성이 지친 듯 한숨을 쉬며 그렇게 말했다.

"맞아. 하지만 이렇게라도 하지 않으면 우리는 이 전쟁에 질 거야."

"전설의 용사 말입니까……."

"그래, 그의 전투를 한 번이라도 보면 뼛속 깊이 느껴질 거야. 그건 인간이라는 종이 낳은 일종의 괴물이야. 폐하가 아니고서야 대적할 수 없을 것 같아. 거기다 성가시게도……."

"용사 파티."

부관 여성의 말에 네일은 증오스러운 표정으로 고개를 끄덕여 맞장구를 치고, 단언했다.

"용사만이라면 폐하가 다소 우세할 거야. 하지만 현자와 팔라딘은 강력해. 그들이 가세하면 전황은 쉽게 뒤집히겠지. 게다가 대마도사에 창왕, 그리고 새로운 검성 기프트 홀더가 연달아 태어나고 말았어. 이대로 그들의 전력이 증강되는 걸 용납하면, 우리는 확실히 질 거야."

그렇게 단언했다.

"그리고 패배하면 우리 마족은 멸망하겠죠. 정말 선택의 여지가 없네요."

"동감이야. 그렇기에 우리에겐 해내야 할 사명이 있어. 그 신탁이 진실이라면, 이번에 나타나신 것은 우리의 신. 용사들은 확실히 괴물이지만, 그것은 우리 왜소한 존재를 기준으로 했을 때의 이야기야. 우리 신께는 절대 이기지 못해."

"그러면 우리 마국에도 평화가 오겠군요."

"그래, 그렇게 믿고 싶어."

만약 그 신이라는 것이 네일 측에 해악을 끼친다면, 그야말로 대참사가 일어난다. 그러나 어느 쪽이든 이대로 가면 저 용사에 의해 마족은 멸망하고 만다. 그것만은 반드시 피해야 한다.

"헌터들이 이 도시의 탐색을 시작한 모양입니다!"

부관 여성이 귀를 막은 자세를 취하더니, 갑자기 긴장한 목소리로 보고했다.

"잠복하고 있던 걸 들켰구나. 모두 철수 준비해. 일단 이 도시를 떠나겠어."

"척후는 어떻게 하시겠습니까?"

토우테츠 때 척후가 없어서, 그 후의 정보 수집이 매우 곤란했다. 용사의 사성 길드 중 하나 '코인'이 토우테츠를 쓰러뜨렸다는 말부터, 시골 마을의 수인들이 쓰러뜨렸다는 둥, 심지어 '이 세상 제일의 무능'이라는 기프트 홀더가 모두 해결했다는 황당무계한 말까지 나오는 바람에 도저히 신뢰할 수가 없었다. 아마 이것은 토우테츠도 네일을 비롯한 마족의 짓임을 눈치채고, 용사 측에서 깔아놓은 함정일 것이다. 어쩌면 네일 일행은 이 도시로 유인된 것일지도 모른다. 그렇다면 사로잡혀 네일 측의 계획을 모두 들키는 것만은 피해야 한다. 마족의 계획은 이것만이 아니기 때문이다.

"모두 철수해."

네일은 그렇게 외치고, 검은색 옷으로 갈아입은 뒤 방에서 뛰어나갔다.

 부하들을 데리고 어두컴컴한 뒷골목을 달리고 있는데, 달빛 아래에 후드를 깊숙이 눌러쓴 한 남자에게 가로막혔다.

 네일은 이래 봬도 마왕 애쉬메디아의 측근 중 하나다. 일개 헌터 따위에게 뒤처지진 않는다. 게다가 이쪽은 숫자로도 압도적으로 유리하니 이대로 밀어붙여 나아가야겠다.

 허리에 찬 칼집에서 나이프를 뽑고, 강화 마법을 오른발에 발동시켜 지면을 박찼다. 경치가 고속으로 지나가는 와중에 네일의 나이프가 검은 후드를 쓴 남자의 목으로 다가갔으나, 남자의 나이프에 의해 간단히 튕겨 나가고 말았다. 그 순간 남자의 왼손이 네일의 턱을 쳐올리며, 무릎으로 명치를 쳤다.

 마족의 신체 능력은 인간을 크게 뛰어넘는다. 그런데 고작 인간의 일격으로 지금은 서 있을 수조차 없다니? 그 사실을 믿을 수가 없다.

 "네일 님!"

 네일의 곁으로 달려가려는 부하들에게 보란 듯이 남자가 네일의 뒷덜미를 잡은 뒤, 목덜미에 나이프를 들이댔다.

 "어이쿠, 그만두는 게 좋아. 너희들은 우릴 이길 수 없어."

 어느새 네일과 부하들을 완전히 포위한 검은색 후드 집단. 일격에 행동 불능으로 만들기란 웬만큼 실력 차이가 나지 않으면 불가능하다. 게다가 그 상대는 일개 마족이 아니라, 최고 간부인 네일이다. 이 자들이 평범한 헌터가 아니라는 사실은 이제

자명해졌다. 그렇다면 생각할 수 있는 것은──.

"네 이놈, 혹시 새로운 용사 파티인가?"

"우리가 용사? 크하하하하!"

갑자기 웃음을 터뜨리는 남자.

"뭐, 뭐가 웃기지?!"

그 연민조차 느껴지는 메마른 웃음소리에 내장이 떨릴 만큼 격렬한 분노가 솟구쳤다.

"용사 같은 거창한 거겠냐. 우리는 헌터 길드의 개다. 주인인 존슨 님이 너희를 포박하라고 명령했을 뿐이야. 여기서 하나, 충고해주지."

"충고……라고?"

"그래. 너희가 보는 세계는 아주 작고, 어렴풋한 것이야. 실제로 이 세상은 더욱 크고 거스를 수 없는 것으로 넘쳐나. 너희가 이번에 저지른 짓은 자칫하면 우리의 위대한 분의 역린을 건드릴 수 있는 아주 어리석은 행위였어. 악의 심연을 들여다볼 배짱이 없다면, 얌전히 있는 게 좋을걸."

지금 이 녀석이 악의 심연이라고 했나? 용사는 성무신 아레스에게 가호를 받고 있으므로, 실수로라도 악의 심연이라는 표현은 쓰이지 않는다. 즉, 이들은 용사 파티가 아닌 거다. 그러나 헌터 길드 수준의 인간 조직에 네일을 일격에 쓰러뜨릴 만한 실력자가 있을 리가 없다. 그렇다면 이들은 정체가 뭐지? 그것을 알아내기 위한 단서는 그들의 대화 속에 있다.

"그 위대한 분이 누군데?"

처음으로 남자의 얼굴에서 미소가 사라졌다. 그 표정의 안쪽에 있는 것은 강렬한 두려움이었다.

"알 필요 없어. 그보다 너희를 길드로 연행——."

후드를 쓴 남자가 그렇게 말하던 중, 하늘에서 목소리가 내려왔다.

"필요 없다! 이번 소동은 그들 때문이 아니다. 지금은 마음대로 하도록 내버려 둬라."

굵은 목소리에 후드를 쓴 남자들이 일제히 자세를 바르게 했다.

"넵!"

그들은 무기를 넣고, 가슴 앞으로 두 손을 모아 인사한다. 그리고 차례로 어둠 속으로 그 모습을 감추었다.

"네일 님!"

"모두 이 도시에서 후퇴하라!"

달려오는 부하들에게 지시를 내린 네일의 의식은, 까마득한 저편으로 가라앉았다.

* * *

그곳은 바르세 부근의 숲속. 한밤중에 코가 긴 코끼리 사신 기리메칼라의 앞에 무릎을 꿇은 후드를 쓴 남자들은 옛 패러자이트 멤버. 기리메칼라의 주위에는 세 명의 이형이 장엄하게 존재하고 있었다.

"이 정도로 철저하게 우리 얼굴에 먹칠을 한 경우는 처음일지도 모르겠군."

기리메칼라의 목소리는 절대 크지 않았으나, 주위 나무들을 산산이 부수는 바람에 패러자이트 멤버들은 몸을 웅크리고 덜덜 떨었다. 그도 그럴 만하다. 이렇게까지 기리메칼라가 분노한 모습은 본 적이 없었기 때문이다.

"설마 그분의 소중한 분을 납치할 줄이야……."

상반신을 노출하고 눈이 여덟 개 달린 이형이 그야말로 악귀와 같은 형상으로 애타게 말했다.

"레나 님만이 아니야. 올가 공에게 소꿉친구인 키스 님도 그분의 소중한 분이라 들었다. 그런데 그놈들은……."

격한 분노 때문인지, 원형 무기를 등에 진 두루뭉술한 존재의 말은 마지막까지 이어지지 않았다.

"그래서 기리메칼라, 가만히 지켜볼 것은 아니겠죠?"

공중을 부유하는 인간 형태의 흰색 무언가가 충혈된 눈으로 기리메칼라를 빤히 쳐다보며 물었다.

"물론이지. 이미 나의 권속들을 보내두었고, 나도 곧 합류할 예정이다."

"빈틈이 없군…… 그런 것이었나."

주인의 소중한 자를 지킬 수 있다는 생각이 들자, 조금 냉정해졌는지 눈이 여덟 개 달린 괴물의 어조가 약간 풀어졌다.

"그런데 악군 쪽은 어떤가? 현계했다던데?"

"맞아, 현계한 자는 파즈즈. 악군 중에서도 소좌에 불과한 잔챙이야."

두루뭉술한 존재의 물음에 기리메칼라가 바로 대답했다.

"이해가 안 되는군요. 소좌 정도의 조무래기 때문에 굳이 우리의 위대한 분이 움직일 필요가 어디 있습니까? 솔직히 메뚜기 맨만 보내도 충분하지 않나요?"

"파즈즈뿐이라면 그렇겠지. 아마 '반혼의 강신'이라도 할 생각일 거다. 그리고 놈들이 제물로 삼으려는 것이 이번에 우리 얼굴에 먹칠을 한 망할 놈들이야!"

기리메칼라의 세 번째 눈이 빨갛게 물들며, 이를 가는 소리가 들렸다.

"그래도 파즈즈 따위가 불러낼 수 있는 것은 한계가 있겠지요. 대장급이라도 오지 않는 이상, 우리만으로도 충분히 대처 가능합니다. 위대한 분이 움직일 필요성은 없어요. 정말 그분이 당신에게 이 도시 주위에서 어떤 이변이 발생하면, 직접 움직일 테니 바로 알리라고 말씀하셨습니까?"

인간 형태의 흰색 무언가의 물음에 처음으로 기리메칼라의 얼굴에서 분노가 사라지더니, 세 번째 눈을 질끈 감고 팔짱을 낀 채 생각에 잠겼다.

"기리메칼라?"

"알겠다……."

눈이 여덟 개인 괴물이 의아한 표정으로 묻자 기리메칼라가 두 손을 꼼지락꼼지락 작게 움직이며 나직하게 중얼거렸다.

"응?"

"알겠어어어어어! 그런 것이었나! 내가 큰 착각을 하고 말았어! 그래! 위대한 분이 우리 같은 먼지벌레들의 얕은 생각을 모르실 리가 없는데!"

두 팔을 들고 대기가 떨릴 만큼 큰 외침이었다.

"갑자기 큰 소리를 내지 마. 그리고 우리도 알 수 있게 설명해."

눈이 여덟 개인 괴물이 새끼손가락으로 귀를 후비며, 얼굴을 찡그리고 기쁨의 눈물을 흘리는 기리메칼라에게 말했다.

"모르겠나?! 그렇겠지! 나도 지금 깨달았어! 이 일련의 사항, 우연이라고 하기에는 너무 잘 짜여 있다고 생각하지 않나?!"

"맞아요. 듣고 보니 우연히 악군이 이 땅에 나타나고, 이 토지에서는 드문 하급 토지신 클래스가 위대한 분의 소중한 분을 납치했죠. 또한 그 어리석은 자들이 파즈즈에 의한 의식의 제물 후보라니. 우연이라고 하기에는 너무 겹쳤다고 생각합니다만…… 서, 설마! 아니, 아무리 그래도 그런 바보 같은 일이!"

인간 형태의 흰색 무언가도 눈을 부릅뜨고 몸을 떨었다.

"이봐, 어떻게 된 일이야! 너희만 기쁨에 젖어 있지 말고 우리에게도 알려줘!"

"모르겠습니까, 로노베! 이 일련의 흐름, 모두 우리의 위대한 분의 손바닥 위에 있다면?!"

"자, 잠깐만 기다려봐, 만일 드레카바크, 네 상상이 맞는다면, 그분은 어디부터 예상했다는 말이냐?!"

두루뭉술한 존재가 떨리는 목소리로 말했다.

"그러니까 대체 무슨 소리야? 이 몸에게도 알기 쉽게 대답해!"

눈이 여덟 개인 괴물 노로베가 신경질적으로 외쳤다.

"아자젤이 지금 말한 대로입니다. 우리 위대한 아버지는 이 일련의 사건을 모두 파악하고 함정을 쳐두었다는 뜻이에요."

흥분한 어조로 말하는 인간 형태의 흰색 괴물, 드레카바크.

"함정이라니 무엇을 위해서?"

"물론 악군 총대장을 견제하기 위해서지! 이 세상이 저 악질적인 천(天)과 악의 게임 개최지라는 사실은 이미 명백해! 따라서 그분은 성가신 파리가 이 이상 붕붕 날아다니지 않도록 일단 악군에 최후통첩을 하려는 거다! 아마 지금 벨제바브의 장난감이 된 지르마라는 녀석을 신문한 뒤, 이 계획을 세우셨을 거라고!!"

기리메칼라의 목소리에 다른 세 괴물의 환희가 폭발했다.

"거기까지 읽어내셨을 줄이야! 그렇다면 우리가 이렇게 움직이고 있는 것도?!"

"당연히 그분의 계획 중 하나겠죠. 게다가 우리가 어리석게도 그분의 의도를 이해하지 못하는 부분까지 모두 말입니다!"

로노베의 질문에 드레카바크가 두 팔로 자신의 몸을 안으며, 마치 음유시인이 노래하듯이 자신이 숭배하는 신의 위업을 말했다.

"아아! 훌륭해! 그야말로 악! 우리가 모시는 최고의 신!"

두루뭉술한 존재, 아자젤이 히스테릭하게 외쳤다.

"그리고 기뻐하라! 바로 지금, 파프라 부근에 유사 하급 토지신이 두 마리 나타났다는 보고를 받았다! 두 마리나 있으면 나름대로 강한 애송이를 현계시킬 수 있겠지. 이것은 우리 위대한 분의 싸움. 적도 웬만큼 수준이 되지 않으면 본보기도 되지 못해!

한마디로, 이것으로 그분의 계획은 두 번째 단계로 들어간다!"

기리메칼라가 밤하늘을 향해 포효했다.

물론 카이 입장에서는 만약을 위해 기리메칼라에게 바르세 부근에서 일어난 사건에 대해 감시하게 시킨 것에 지나지 않는다. 자신이 처리하겠다는 것도 카이의 인식으로는 이 세상 모두가 강자로 넘쳐나고 있다는 오해로부터 나온 판단일 뿐이다. 애초에 모든 것이 그냥 우연이다. 솔직히 그렇게 좋을 대로 상상한 추측을 믿는 쪽이 이상하다.

그러나 이때 광신자들은 자신이 신앙의 대상으로 삼은 신의 말씀을 완전히 착각하여, 사건을 더욱 혼돈으로 빠뜨리는 행동에 나서고 말았다.

***

파프라의 서쪽 산에 숙박을 위해 만들어진 광장에서 행상인 일행이 텐트를 치고 있었다. 그 속에 섞인 것은 파란색 머리를 왼쪽이 길고, 오른쪽은 짧게 다듬은 곱상한 남자 슈거. 그리고 작은 몸집에 굽은 등, 두 눈에 고글 같은 것을 쓴 남자 페퍼다.

"나리들이 정말 저 파프라를 괴멸시킬 겁니까?"

머리에 터번을 두른 통통한 중년 남자가 조심스럽게 슈거에게 물었다.

"물론이지. 그때 인간과 수인 여자들이 잔뜩 나올 테니까, 모두 싸게 팔아치워 버려. 제법 괜찮은 거래 조건이지?"

이자들은 그리트닐 제국의 노예상이다. 게다가 국가에 인정받은 제대로 된 장사도 아닌 도적 같은 짓을 저지르는 비합법 상인들. 따라서 이들 주위에는 온몸을 흰색 천으로 뒤덮은 강인한 호위들이 대기하며, 슈거와 페퍼를 빈틈없이 감시하고 있었다.

"네, 그것이 진실이라면 저희는 막대한 이익을 손에 넣게 됩니다."

통통한 노예상이 딱 보아도 꾸며낸 미소임을 알 수 있는 미소를 지으며, 오른손을 내밀었다.

"잘 부탁합니다."

이쪽도 웃으며 손을 잡았다.

길었다. 이 자들로부터 돈을 빼앗으면 슈거의 목적을 달성할 수 있다. '흉'의 멤버 중 한 사람, 비네거는 금속 돈을 특수한 아이템으로 변환하는 능력을 지니고 있어서, 월말 결산 때 매달 변환받고 있다. 이번에 얻을 막대한 돈으로 항상 갖고 싶었던 방어계 아이템을 입수할 수 있다.

페퍼를 어떻게든 설득하여 제국의 비합법 노예상과 접촉한 다음, 파프라의 여자들을 팔아치울 계약을 맺는다. 뒤에서 입이 무거운 노예상을 발견하는 데 꽤 시간이 걸렸으나, 대장이 두 사람에게 명령한 것은 어디까지나 파프라의 소멸이다. 그 조건만 엄수하면 기한은 특별히 정해져 있지 않다. 나중에 이 노예상들도 몽땅 처리하면 모두 해결된다. 이런 식의 장사도 가능하다는 말이다.

"그럼 저는 무운을 빌겠습니다."

통통한 노예상이 마음이라고는 전혀 담겨 있지 않은 겉치레 인사를 남겼다.

"너무 쉽네."

파프라의 남문을 가볍게 뛰어넘어 내부로 들어갔다. 어두운 뒷골목을 걷다가 수인 같은 어린 남자아이를 발견했다.

"하나 포착."

다가가 저장용 아이템에 넣어두려는 순간, 길을 가로막는 녹색 그림자.

"어라?"

갑자기 리듬이 어긋나는 바람에 놀란 소리를 내며, 몸에 급제동을 걸었다. 그것도 그렇다. 집 사이로 희미하게 비추는 달빛 속에 서 있는 것은 이 거리와는 어울리지 않는 외모의 메뚜기 마물이었기 때문이다.

"뭐야, 너?"

그렇게 묻기는 했지만, 이런 장소에 마물이 있다니 짐작이 간다. 분명히 카이 하이네만이 얽혀 있는 것이다. 그가 '흉'의 습격을 예상하고, 이 메뚜기 마물을 경호로 붙여준 거겠지. 슈거는 지르마와 달리 '흉'의 정식 멤버. 고작 메뚜기 마물 따위에게 뒤처질 일은 결코 없다. 메뚜기맨은 무술 자세를 취하더니, 왼쪽 손바닥을 위쪽으로 하여 손가락을 구부렸다.

"메뚜기 따위가 날 얕보지 마라!"

'흉'의 멤버 슈거가 고작 메뚜기 마물에게 무술로 도전을 받다니? 그 굴욕적인 사실에 부글부글 끓는 분노가 온몸으로 번져, 슈거는 허리에 찬 차크람을 들고 그들을 향해 세차게 질주했다.

왼손에 장착한 건틀릿에서 긴 손톱이 뻗어 나왔다. 이 손톱은 아다만타이트로 특별히 제작되어 금속이라도 케이크처럼 쉽게 잘라낸다. 이런 메뚜기 마물 따위, 조각조각 고깃덩어리로 만들어주어야 한다.

그러나 그 손톱은 메뚜기 마물의 바로 코앞에서 허무하게 빗나가고 말았다.

"엥?"

녀석은 얼빠진 소리를 내는 슈거의 품으로 파고들어, 오른쪽 손바닥으로 몸의 중심을 때렸다.

등뼈에 못이 박히는 듯한 격통. 시야가 새빨갛게 물들며, 슈거는 몸의 자유를 완전히 잃고 그 자리에 드러누운 자세로 쓰러졌다.

몽롱해지는 의식 속에 메뚜기 마물이 천천히 다가와 한쪽 다리를 들어 슈거의 머리를 짓밟았다.

자신의 육체가 점차 형성되는 독특한 감각과 함께 슈거는 몸을 일으켰다.

"슈거, 너, 아무래도 진 모양인데."

정신이 멍한 와중에 페퍼가 모욕적인 말을 날렸다.

"유감스럽지만, 그럴지도."

터지려는 분노를 최대한 억누르며, 여유로운 표정으로 일어나 기지개를 켰다.

슈거에게는 다른 인간의 정신을 빼앗아 자신의 정보로 육체를 뒤바꾸는 힘이 있다. 그 능력에는 몇 가지 엄격한 조건이 필요한데, 트리거는 슈거의 육체의 죽음이다. 지금 슈거가 있는 곳은 노예상들이 대기하는 광장이다. 그리고 입고 있는 옷을 보니 아무래도 능력이 발동된 것이 분명하다. 즉, 슈거는 그 메뚜기 마물에게 살해된 것이다.

'젠장! 마물 따위가 날 농락하다니!'

속으로 메뚜기 마물을 욕하기는 했지만, 슈거 혼자서는 정식으로 붙어도 승리할 수 없다는 것을 자각했다.

"어떤 놈에게 당했어? 혹시 그 꼬마?"

"아니, 부자연스럽게 강한 메뚜기 마물이야."

"메뚜기 마물?!"

페퍼가 경악하더니, 오물이라도 보는 듯한 눈으로 비난했다.

"아무리 네 능력이 직접 전투에는 맞지 않는다고 해도, 설마 마물 따위에게 질 줄이야. '흉'의 망신이다!"

"마음대로 떠들어. 아무튼 힘을 빌려줘. 그건 너무 위험해."

녀석의 움직임을 전혀 파악하지 못했다. 그때 메뚜기 마물은 어느새 슈거의 코앞에 있었다. 상당한 무술 실력을 갖추었다고 판단해야 할 것이다.

"나 참. 결국 걸리적거리는 놈을 돌보느라 마물 퇴치까지 해야 하다니. 괜히 따라왔어."

슈거가 불평하는 페퍼를 향해 치솟는 살의를 꾹 참으며, 다시 파프라로 향하려고 하였으나.

"그럴 필요는 없습니다."

통통한 노예상이 오른손을 들었다. 주위의 흰색 천을 쓴 남자들이 슈거와 페퍼를 포위했다.

"뭐 하는 짓이야?"

이마에 굵은 핏대를 세우며 페퍼가 위협했지만, 노예상은 표정 하나 바꾸지 않았다.

"일단 메뚜기맨의 체면은 세워주었으니까요. 이제 슬슬 저희가 움직여도 될 것 같군요."

"페퍼, 조심해! 이거 뭔가 이상해!"

등줄기에 얼음장처럼 차가운 강렬한 오한이 흘렀다. 그것은 페퍼도 느꼈는지, 자연스럽게 중심을 낮추고 싸울 자세를 취하고 있었다.

"…………."

통통한 노예상이 침묵하며, 턱을 가슴을 향해 내리더니 곧 천천히 고개를 들었다.

"큭?!"

노예상의 얼굴을 확인하고 소리 없는 비명을 지르며 몸을 젖히고 말았다. 노예상의 두 눈과 입은 검은 구멍이 되었고, 그곳에서 수많은 벌레가 꿈틀꿈틀 움직이고 있었다.

"이거, 이거. 이런 프리티한 나의 맨얼굴을 보고 놀라다니 무례한 하등 생물이로구나."

더는 인간이라고는 생각할 수 없는 목소리로 어깨를 으쓱하는 노예상이었던 것.

"슈거, 이 녀석 장난 아니야!"

"나도 알아!"

그거야 보면 안다. 이것은 절대 인간이 아니거니와, 마물도 아니다. 더욱 위험한 무언가다! 따라서 필사적으로 뒤로 물러날 태세를 갖추려고 하였지만.

"나를 누구라고 생각하느냐! 기리메칼라 님의 심복 중 하나, 역귀 님이다! 건방지구나!"

대기를 뒤흔드는 커다란 목소리가 상공에서 울려 퍼짐과 동시에 바닥을 기듯이 검은색 화염의 뱀이 꿈틀대자, 슈거의 두 다리가 모두 순식간에 재로 변했다.

"크윽?!"

무참하게 넘어진 뒤 뒤에서 등을 짓밟혔다. 조심스럽게 고개만 뒤로 돌리자, 검고 붉은 화염을 휘감은 괴물이 팔짱을 끼고 싸늘한 눈으로 노려보고 있었다.

"이프리트, 이제 그만, 괜찮습니다. 저도 과거에는 하등 생물의 불손함에 분노하곤 했습니다만, 위대한 분을 향한 강하고 숭고한 신앙심을 지니게 되며 마음의 평화를 얻었습니다. 그 결과, 저는 무슨 일이 있어도 흐트러지지 않는 강철의 정신을 획득하였습니다."

노예상이었던 것이 두 손을 모으고 기도했다.

이프리트? 소문으로 듣던 화염의 정령왕 이프리트인가? 아

175

니, 고작해야 정령왕 따위가 슈거를 순식간에 불태울 수 있을 리가 없다. 이 녀석은 완전히 다른 생물이다!

"오오…… 과연 역귀 님, 깨달음을 얻으셨군요."

이프리트라 불린 화염 괴물이 두 손을 모으고 눈물을 흘렸다.

'이 자식들, 완전히 미쳤어!'

틀림없이 이것들은 머리의 나사가 풀렸다. 그리고 아까부터 이들을 보는 것만으로도 온몸의 떨림이 멈추지 않는다. 지금까지 슈거가 상대한 자 중에서도 톱클래스의 강함을 지녔다는 것에 더는 의심의 여지가 없다. 심지어 슈거와 페퍼는 흰색 천으로 온몸을 감은 자들에게 완전히 포위된 최악의 상태다.

"페퍼, 어서 도망쳐!"

이를 딱딱 부딪치며, 경악과 공포로 일그러진 얼굴로 역귀를 응시하고 있는 페퍼에게 지시했다.

"미안!!"

정신이 번쩍 든 듯한 페퍼가 두 손으로 인을 만들자, 그 몸이 몇 배는 확장되고 머리에는 뿔 같은 것이 돋아났다. 그리고 등에 검은색 박쥐 날개가 생겨나더니, 하늘로 빠르게 날아가 밤하늘의 어둠 속으로 사라져버렸다.

"쫓을까요?"

"아니, 괜찮습니다. 기리메칼라 님께 관대한 마음으로 대하라는 지시를 받았고, 무엇보다 우리 악귀대의 포위망으로부터 도망칠 수 있을 리가 없으니까요."

이프리트의 물음에, 역귀는 고개를 가로저으며 부정했다.

지금 확신했다. 역귀는 초고도의 정신 생명체다. 이 녀석은 '흉'에서도 대장이 아니면 상대할 수 없다. 그리고 지르마를 죽인 카이 하이네만은 이 역귀라는 괴물의 부하일 가능성이 크다. 게다가 놀라운 것은 이 역귀라는 괴물에게 기리메칼라라는 주인이 있다는 것이다. 이것은 슈거의 감이지만, 이자들은 그야말로 호랑이의 꼬리다. 절대 밟아서는 안 될 최악의 화신. 싸우는 것만은 반드시 피해야 한다.

그리고 자료에 따르면 카이 하이네만은 인간. 그가 인간에 지나지 않는 이상, 이런 정신 생명체가 크게 집착할 리가 없다. 여기서 잘하면 카이 하이네만이 처분되도록 손을 쓸 수 있을지도 모른다.

"저, 저기, 거래 안 할래?"

"거래, 흠흠, 그것은 내용에 달려 있겠군요."

턱에 손을 대고 연극조로 말한다. 역귀의 목이 크게 늘어났고, 온몸은 연체동물처럼 기괴한 포즈를 취했다.

좋아! 적어도 저들의 관심을 끄는 데는 성공했다. 남은 건 거래를 잘 이끄는 것뿐이다. 받아들인다면 좋다. 거절당하더라도 페퍼가 안전한 장소까지 도망칠 시간을 번다면 그것으로 족하다.

"우리는 이 마을에서 손을 뗄게."

"아니, 아니, 안 됩니다. 이미 우리가 비호에 나선 이상, 여러분의 행선지는 정해져 있거든요."

역귀는 묘하게 긴 오른손 집게손가락을 좌우로 흔들며 쯧쯧 혀를 차고는 슈거가 생각한 최선의 방안을 부정했다. 그러나 여기까지는 어떤 의미로는 예상대로다.

"그럼 알고 있을까? 당신들의 부하인 인간은 당신의 주인을 모반하려고 한다는 거."

"이거, 이거. 우리 파벌에 인간이 있었던가요?"

역귀가 과장되게 머리를 흔들며 지금도 슈거를 짓밟고 있는 이프리트에게 물었다. 이프리트는 서둘러 슈거로부터 떨어져 자세를 바르게 한 뒤 즉답했다.

"네! 아마 존슨 공의 부하가 된 자들이 아닐까 합니다!"

"아아! 그러고 보니, 기리메칼라 님의 감사한 교정을 받은 인간이 있었지요. 아마 패러자이트라고 했던가요. 하지만 맹세해도 좋습니다. 그들에겐 우리를 거스를 기개가 더는 없습니다. 그 교정을 저도 함께 도왔으므로 틀림없습니다."

패러자이트? 전혀 모르는 이름이다. 역시 다른 사람에게도 이미 손을 뻗고 있었던 것인가.

"모른 척하지 않아도 돼. '이 세상 제일의 무능'이라는 기프트를 지닌 인간 꼬마야. 그에게 힘을 준 건 당신들이잖아?"

그렇게 생각하면 앞뒤가 맞는다. 카이 하이네만은 '이 세상 제일의 무능'이라는 기프트 홀더다. 아마 본래는 여자들 정도의 힘밖에 없었을 그가 지르마를 쓰러뜨렸다니 도저히 믿을 수 없었다. 그러나 이 초월적인 존재에게 무언가 가호를 받았다면 이야기는 별개다.

"'이 세상 제일의 무능' 기프트를 지닌 인간 아이?"

지금까지와 달리 멍한 태도로 역귀가 슈거의 말을 되풀이했다.

"그래! 카이 하이네만이라는 무능한 꼬마 말이야!"

슈거가 그렇게 외치자, 주위의 흰색 천을 쓴 존재들이 그 몸을 부들부들 떨며, 날카로운 손톱으로 자신의 흰색 천을 찢어버렸다.

"어?"

찢어진 천 사이로 보인 것은 검게 빛나는 몸과 무수한 겹눈. 그들은 그 겹눈을 새빨갛게 물들이며, 슈거를 마치 부모의 원수라도 되는 양 증오로 가득 찬 표정으로 노려본다. 이어서 역귀를 바라본 순간.

"힉?!"

슈거의 입에서 작은 비명이 새어 나왔다. 그것도 당연하다. 그 역귀의 얼굴은 그야말로 이야기 속에 나오는 괴물처럼 일그러져, 몸까지 몇 배나 부풀어 올랐기 때문이다.

"서서서서서서설마, 설마마마마, 우우우우리의 위대한 분을 무능한 꼬마라고?! 하지만하지만심지어어어어, 하필이면 나 따위 집게벌레의 부하라고오오오오오!"

역귀가 두 팔과 같은 것을 들어 밤하늘을 향해 포효했다.

"히이이이이이익!"

뱀에게 노려지는 개구리가 이런 심경일까. 역귀는 이제 언어조차 성립하지 않는 저주의 말을 퍼부으며, 땅을 울리며 슈거에게 달려들었다.

그리고 그것이 슈거가 인간으로서 존엄을 보장받은 마지막 순간이었다.

페퍼를 비롯한 '흉'은 매우 조심성이 많다. 그리고 업무 내용상 신이라 불리는 고도의 정신 생명체와의 전투조차도 있을 법하기에 사전에 반드시 만약을 대비하여 합류 지점을 정해둔다. 페퍼가 목숨을 걸고 도달한 곳은 숲에 있는 그 합류 지점 중 하나였다.

그곳에 마침 도달한 고기 인형이 일어나 목을 긁어댔다. 동시에 온몸에 보글보글 거품이 일더니 슈거의 육체로 변해갔다.

"여전히 징그러운 능력이네."

"…………."

그런 페퍼의 비아냥에도 슈거는 조용히 눈을 움직이며 힘없이 침만 흘렸다.

"아니, 설마 고작 고문 하루 받았다고 정신이 나간 거야?"

농담처럼 한 페퍼 자신의 말은 긴장으로 떨리고 있었다. 슈거는 이래 봬도 '흉'이다. 하루 만에 그런 고문으로 망가질 만큼 나약하지 않다. 따라서 슈거가 이렇게 쉽게 정신 붕괴를 일으킨 모습을 눈으로 보고도 도저히 믿을 수가 없었다.

"큰일인데……."

그것은 세계를 산산이 부술 재앙이다. 이대로 이 일에 끼어들면 틀림없이 파멸한다. 당장이라도 돌아가 대장에게 보고하지 않으면 모두 전멸할 것이다.

"슈거, 미안하지만 지금은 짐밖에 되지 않는 널 데려갈 수 없어. 여기서 기다려! 때가 되면 반드시 데리러 올게!"

그런 도저히 불가능한 약속을 내뱉어 자신을 납득시키며, 자리를 뜨려는 순간 뒤에서 끌어안고 말았다.

"앗──?! 이거 놔!"

뿌리치려고 했지만, 꿈쩍도 하지 않는다. 그리고.

"네놈들은 우리의 신앙에 침을 뱉었다. 이제 일절 자비는 베풀지 않겠다. 그저 우리 계획의 밑거름이나 되어라."

그것이 슈거와는 확연히 다른 굵은 목소리로 말하더니, 낄낄거리며 미친 듯이 웃기 시작했다.

전혀 도망치지 못했다. 그것은 나무 사이로 이쪽을 살피는 여러 기척을 보아도 자명하다.

"젠장!"

페퍼의 목숨을 건 술래잡기가 지금 시작되었다.

얼마나 시간이 지났을까. 하루, 아니, 몇 시간밖에 지나지 않았을지도 모른다. 놈들은 마치 페퍼의 공포를 즐기듯이 너무 멀어지지도, 너무 가까워지지도 않으며 따라와 치명적인 공격을 해댔다.

이미 페퍼는 만신창이다. 이렇게 걷고 있는 것도 기적이다. 그들이 재미 삼아 날린 공격으로, 페퍼의 날개는 엉망이 되어 더는 공중을 날 만한 힘도 없다.

애벌레처럼 여전히 등에 달라붙어 거슬리게 웃어대는 슈거를 업고, 페퍼는 발을 움직였다.

──이런 지옥 같은 장소에 오지 않았으면 좋았을 텐데.

벌써 몇 번째인지 모를 후회가 머릿속을 스쳤을 때, 늑대 머리의 괴물이 눈앞을 가로막았다.

이 강도, 그들만큼은 아니지만 지금 페퍼에게는 부담스럽다. 결국 막다른 곳에 몰렸다. 그렇게 생각하자마자 다리에 힘이 풀려 바닥에 무릎이 닿았다.

"설마 이렇게 쉽게 유사 하급 토지신을 확보해내다니, 나는 정말 운이 좋아. 파즈즈 님도 아주 기뻐하시겠어."

늑대 머리 괴물의 기쁨으로 가득 찬 목소리를 배경음악처럼 들으며, 강렬한 절망 속에 페퍼의 의식은 점차 흐려졌다.

제3장 신성무도회 후편

——루자할 최북단의 한 저택.

호화롭고 넓은 방이다. 그 방의 테이블을 중심으로 수십 명의 귀족 남자들이 대낮부터 술을 마시고 있었다.

왕녀를 제국에 팔아넘기는 계획에 자금을 제공하거나, 제국과 연락을 취하는 등 음모에 깊이 관여한 제1왕자 길버트 로트 아 멜리아파의 귀족들이다.

현장에서 가까운 이 루자할에서는 길버트파가 미는 기사가 신성무도회에 출전하였다. 그들은 응원을 명목으로 전부터 이곳 루자할을 찾아 그 계획의 낭보를 기다리고 있는 것이다.

"프랭크턴 경이 실패하였나."

나무통 같은 체구의 남자가 불쾌함을 감추려고도 하지 않고, 과실주를 넘치도록 따른 금속 술잔을 테이블에 난폭하게 내려놓았다.

"이미 아는 중앙정부의 고관에게 확인하였고, 실제로 로제 왕녀가 이곳 루자할에서 목격되고 있어. 계획이 실패한 것은 틀림없는 사실이야."

정수리를 남기고 금색 머리를 깔끔하게 깎아낸 단단한 체격의 남자가 팔짱을 끼고 복잡한 얼굴로 그렇게 단언했다.

"중요한 순간에 제국이 배신했다는 말인가. 왕족의 혼인을 국왕 폐하의 허락도 없이 강제로 진행시켰어. 프랭크턴 경의 사형은 확정이야. 우리까지 혐의를 받지 않으면 좋겠는데…….”

새파랗게 질린 얼굴에 병적으로 야윈 귀족이 나직하게 중얼거렸다.

“마, 망발하지 마! 난 귀공들이 반드시 성공한다고 해서 따랐을 뿐이야!”

“나도 그래! 길버트 왕자 전하를 위한 일이라고 해서 이름을 빌려준 것에 불과해!”

그걸 계기로 지금까지 참고 있던 불안이 동석한 귀족들 사이에서 분출했다. 만약 계획에 얽혀 있던 것을 왕국 정부가 알게 되면, 가문 자체가 없어지고 만다. 그야말로 귀족들에게 자신의 운명을 좌우할 문제이므로, 그들이 이렇게 평정심을 잃은 것도 당연하다고 할 수 있다.

“당황하지 마! 설령 프랭크턴 경이 자백하더라도 아무런 증거가 없어. 혐의만으로 여기에 있는 모든 귀족을 처벌하는 일은 폐하도 불가능해. 그리고 확실히 희생양도 준비해두었어. 우리가 처벌되는 일은 만에 하나라도 없어!”

나무통 같은 체구의 남자가 단호히 말하자 다른 귀족들도 냉정함을 되찾았다.

“로제 왕녀는 왜 이곳 루자할에? 룬파 경, 귀공이라면 그 이유를 알고 있겠지?”

파인애플 같은 머리를 한 금발에 몸집 큰 귀족이 묻자.

“무능이다.”

나무통 같은 체구의 남자, 룬파가 짧게 대답했다.

"뭐?"

"지금 진행 중인 무도회에 출전한 검성의 오점을 따라왔어."

"검성의 오점? 소문으로 들은 그 '이 세상 제일의 무능'이라는 농담 같은 기프트를 보유한 불쌍한 아이인가."

우습게 여기는 듯한 귀족의 말에,

"그 무능이 어쨌다는 거지? 따라왔다는 건?"

파인애플 머리의 귀족이 룬파에게 물었다.

"그러니까 이 유서 깊은 대회에 로제 왕녀의 수호기사로서 그 무능이 출전하고 있다는 말이야."

룬파의 불쾌한 듯한 대답에 여기저기서 놀란 목소리가 나왔다.

"그래서? 왕녀 전하가 기대하는 기사의 결과는 어떻게 되었습니까?"

"그건 들을 것도 없겠지요. 울면서 도망쳤을 거 아닙니까?"

"아니, 다른 무술가의 패기에 당해 실금하고 기절했을지도 모르죠?"

나무통 같은 체구의 귀족── 룬파는 얼굴을 한껏 혐오로 물들이고, 무뚝뚝하게 사실을 알려주었다.

"예선은 무능의 압승이야."

"압승? 말도 안 돼! 이 세상에서 제일 무능한데?"

한 귀족의 당연한 의문에 실내가 새장처럼 술렁거렸다.

"사실이야. 나도 무능의 싸움을 본 건 아니야. 다만 예선에 나갔던 나의 기사가 말하기로는 카이 하이네만은 약하지 않았다더군."

"아니, 있을 수 없는 일이잖아! 뭔가 뒤가 있겠지!"

"맞아! 분명 부정을 저질렀을 거야!"

차례로 부정하는 말이 나오자 룬파는 크게 고개를 끄덕였다.

"나도 그렇게 생각해. 로제 왕녀가 쓴 방법도 예상이 가. 대회 운영 측에 하이네만류 사범이 특수한 아이템을 써서 카이 하이네만이 승리했다고 항의했어. 다만 증거 불충분으로 상대도 해 주지 않았던 모양이야."

"신성한 무도회에 부정이란 용납할 수 없어!"

"당장이라도 고발해야 할 안건 아닌가! 대회 운영은 대체 무얼 하는 거야?!"

아무 의심도 없이 카이 하이네만의 부정을 단정 짓고, 귀족들은 입을 모아 비난을 퍼부었다. 룬파는 그런 귀족들의 말을 두 손으로 막는 시늉을 했다.

"이번 대회에는 길버트 왕자 전하의 수호기사 후보도 참가하고 있어. 설령 비열한 수법을 썼더라도, 저 왕녀의 수호기사 따위에게 진다면 그냥 창피를 당하는 것으로 끝나지 않아. 길버트 왕자 전하의 존안에 먹칠하는 꼴이 되니까. 그러니 반드시 이겨야만 해!"

"룬파 경의 의견에는 동의하지만, 실제로 그 아이템이라는 것으로 결승 토너먼트에 진출했잖나? 운영이 부정을 인정하지 않으면, 우리 수호기사 후보도 패배할 위험이 있는 것 아닌가?"

"흥! 놈의 아이템에 대해서는 대회 운영 측에 의복 이외의 것은 경기장에 절대 가져가지 못하도록 약속을 받아냈어. 게다가 우리가 키운 기사를 그런 무능한 자식과 대전시킬 수는 없지.
문제없어. 이미 완벽하게 손을 써놓았으니까!"

룬파가 얼굴을 추악하게 일그러뜨리며, 술을 꿀꺽 들이켰다.

"그런가. 기우였나."

파인애플 같은 머리의 귀족도 살짝 안도의 한숨을 내쉬고 술
로 목을 축였다.

그에 이끌리듯이 다른 귀족들도 비관적인 표정을 지우고, 술
을 마시며 자신들이 미는 수호기사 후보와 무능한 검사에 대한
소문으로 이야기꽃을 피우기 시작했다.

***

결승 토너먼트에 진출하여, 대회 운영 측으로부터 자세한 규
칙을 들었다.

반칙에 의한 실격패일 경우 상금을 몰수하기 때문에 본 대회
에서는 규칙상, 대회에서 각 선수의 승패가 결정된 다음 한꺼번
에 상금을 얻을 수 있는 구조로 되어 있다. 본래라면 기권 자체
는 시합 안팎에서 언제든지 가능하고, 승리하여 확보한 상금은
그대로 가져갈 수 있는 것이 통례다. 다만 이 결승 토너먼트는
말하자면 대회의 꽃. 기권자가 속출해서는 결승 토너먼트가 시
시해지고 만다. 따라서 결승 토너먼트로 나간 자는 원칙적으로
사전 기권은 인정되지 않는다.

어디까지나 금지된 것은 시합 전의 기권이므로, 시합 중에 항

복하거나 스스로 장외로 나가는 등의 기권 행위는 금지되어 있다. 사실상 비슷한 구제 조치가 마련되어 있는 것이다.

시합까지 한가하기도 해서 다른 출전자의 시합을 보았으나 결승 토너먼트에 남은 사람은 모두 미숙한 사람뿐이었다.

흥미를 끄는 것은 격투가 잭, 브라이 등 몇 명뿐.

의외였던 것은 잭과 릭의 싸움이었다. 물론 릭과 잭은 무도가로서 완전히 다르다. 그야말로 아이와 어른의 승부다. 솔직히 릭이 바로 항복할 것으로 생각했는데, 온몸이 상처투성이가 되면서도 의식을 잃을 때까지 버텼다. 어쩌면 릭도 무술가로서 긍지를 지녔던 것일지도 모른다. 뭐, 릭은 아직 젊다. 무술가로서 성장하느냐 마느냐는 앞으로 본인에게 달렸을 것이다.

아무튼 잭과는 다음 2회전에서 마주친다. 잭과 승부를 내고 로제의 로열가드가 될 것을 설득시킨 다음, 시합 중에 기권하도록 하자.

현재 나는 결승 토너먼트 제1회전을 위해 시합장으로 걸어가고 있다.

지금도 주위에서 나쁜 소문을 작게 소곤거리는 것이 들렸다. 질리지도 않고 잘도 남을 평가하는 사람들이다.

예선 결승 직후, 릭과 다른 학생들을 인솔하던 사범 시가가 나의 부정을 신고하였으나 인정받지 못한 탓도 있을 것이다. 무능한 내가 금지된 아이템을 써서 예선 결승에 승리했다는 말이 나돌고 있다. 덕분에 고마운 소문이 온 도시에 퍼져 나는 당당히 악당이 되었다.

그리고 결국 대회 운영 측도 간과할 수 없게 되었는지, 일부 규칙이 변경되어 반지와 팔찌 등 액세서리, 지정된 의복 외에는 착용하는 것이 금지되었다. 이런 움직임 따위는 나로서는 진심으로 아무래도 상관없으나, 이 건에 관해 로제가 지나치게 예민해져 있어서 나는 그쪽이 훨씬 귀찮을 따름이다.

시합장에 도착하여 탈의실에서 대회 운영이 지정한 의복으로 갈아입었다. 그와 함께 착용했던 것은 모두 아이템 박스에 넣어 두었다.

"흠, 이 옷, 능력 제한 아이템인가."

착용하도록 지정받은 옷에는 '힘' '내구력' '민첩성'을 약간 저하시키는 효과가 있었다. 그러나 그뿐이다. 나에게는 전혀 효과가 없다.

음, 능력 제한을 전혀 하지 않고 사람 앞에 나서도 괜찮을까? 기본적으로 이 세계는 약자와 강자의 차이가 크게 난다. 일단 이곳 루자할로 오는 동안, 힘을 조절하는 훈련을 상당히 하였으므로 상대가 약자임을 알면 아마 죽일 일은 없을 것이다.

오히려 나의 실력이 세계에서 일단 상위에 위치한다고 예상된 이상, 아스타와 마주쳤을 때처럼 그것을 감정이라도 당하면 일이 복잡해질지도 모르겠다. 아무튼 이런 옷을 준비한 것으로 보아, 대회 운영 측은 나를 이기게 하고 싶지 않은 모양이다. 중간에 기권하려고 했지만 마음이 바뀌었다. 무슨 일이 있어도 우승해주마. 나는 청개구리니까.

내가 관객석으로 둘러싸인 아레나로 발을 들이자 공기가 떨릴 만큼 야유가 일었다. 대조적으로 대전 상대인 눈초리가 예리하고 삐죽삐죽한 헤어스타일의 남자가 입장하자, 회장이 부자연스러울 만큼 조용해졌다.

음, 저 삐죽 머리는 나와 다른 의미로 비호감인 모양이다. 나는 이 삐죽 머리의 전투를 본 적이 없지만, 원형 무대 바로 옆에 회복계 마도사가 대기하고 있는 것을 보니 전투 스타일이 상당히 거친 듯하다.

응? 사회자가 금발 여자에서 검은 옷을 입은 남자로 바뀌었다. 아무래도 운영진이 철저하게 준비한 것 같다.

"그럼 결승 토너먼트 제5조, 먼저 이 남자, '이 세상 제일의 무능' 기프트 홀더, 카이 하이네만! '세계' 말고, '세상'에서 제일 무능한 남자! 아이템의 부정 사용 등 다양한 의혹 속에 결승 토너먼트로 진출하였습니다!!"

성대한 야유가 나의 머리 위로 쏟아졌다. 이 타이밍에 심지어 사회자가 나중에 문제가 될 법한 선수 비난을 대놓고 할 이유는 그리 많지 않다. 분명히 배후에 로제와 길버트 왕자 사이의 다툼이 있을 것이다.

"걱정할 것 없습니다. 대회 운영도 바보는 아니죠. 이번 의혹을 풀기 위해 모든 선수의 의복은 운영진이 준비하였습니다. 부정 따위는 이제 불가능합니다!"

관객이 일제히 환호성을 질렀다. 사회자는 만족스럽게 고개를 끄덕이고, 삐죽 머리 남자에게 오른손을 뻗으며 소개했다.

"무능을 토벌할 사람은 선수 파괴율 70퍼센트. 화염계 기프트 홀더이자, 순수한 파괴자── 딕 바움. 그 강함은 의심할 여지가 없습니다! 자, 이번엔 어떻게 비열한 무능을 부술 것인가!"

칭송하는 듯한 사회자의 해설에 더욱 큰 함성이 아레나에 울려 퍼졌다.

선수를 망가뜨리는 것을 사회자가 용인하는 것인가. 아무래도 이 녀석은 사회자로서 긍지라는 것을 지니지 못한 모양이다. 게다가 관객도 그것을 용인하고 있다. 솔직히 이 녀석들은 내가 가장 혐오하는 부류의 인간이다.

원형 무대 중심까지 걸어가자 목소리가 들렸다.

"그렇다는데? 나보다 미움받는 녀석은 처음 만났네."

검은색의 삐죽삐죽한 머리를 한 남자── 딕 바움도 슬며시 미소를 지으며 나에게 다가와 그런 말을 건넨 것이다.

"그런가? 그거 좋은 경험이 됐겠네."

"너, 내가 무섭지 않나?"

딕이 두꺼운 눈썹을 쑥 올리고, 나를 노려보며 물었다.

"뭐가?"

"이 내가 말이다. 나는 너보다 압도적으로 강한데?"

"흠, 과연 그럴까. 해보지 않으면 모르잖아. 하지만 너의 그 자신감, 이번에는 다소 기대해도 될 것 같네."

딕의 강도는 나에게 날벌레 이하로만 느껴지지만, 인간을 상대로는 정확성에 의구심이 든다. 무엇보다 스테이터스만으로 전사의 가치는 정해지지 않는다. 기술이 뛰어나기만 하다면, 때로는 압도적 강자조차 무릎을 꿇릴 수 있다. 그것은 저 약자 전용 던전에서 내가 진심으로 깨달은 바이다.

"잘 말했다, 꼬마야! 피의 축제를 벌여주마! 이봐, 심판, 어서 시작 신호를 울려!"

사회자가 크게 고개를 끄덕이고, 무대에서 내려갔다. 그리고 심판으로 보이는 정장을 입은 스킨헤드 남자가 원무대로 올라왔다. 심판이 두 팔을 교차하더니, 구령과 함께 두 팔을 수평으로 뻗었다.

"시작!"

"불타올라라!!"

딕이 두 팔과 두 다리 전체에 화염을 두르고, 그런 말을 외치며 돌진하였다. 똑바로 뻗는 오른쪽 주먹을 가볍게 피하고, 로우 킥을 최소한의 보행으로 넘겼다. 화염을 두른 왼손 찌르기는 몸을 뒤로 젖혀 회피했다.

너무 끔찍하다. 미숙한 릭보다 더욱 기술이 조잡하다. 게다가 무술가에게 중요한 스태미너조차 없다. 제대로 단련하지 않은 것이 훤히 보인다. 이런 것은 무술이 아니다. 어릿광대짓이다. 너무 믿기 어렵지만, 저 사회자의 설명이 진실이라면 이 멍청이는 이러한 어릿광대짓으로 많은 무술가를 재기불능으로 만들었다는 소리다.

"젠장, 왜 안 맞는데?!"

어깨를 들썩거리며 나를 노려보는 딕.

"그건 네가 무술가가 아니기 때문이야."

나는 대답할 가치도 없는 진실을 지적했다.

딱히 나는 화염계 기프트나 스킬을 이용하는 무술을 부정하지 않는다. 그러나 그것은 어디까지나 무술의 하나에 포함된 경우에 한한다. 이 녀석처럼 그냥 처음부터 갖고 있던 기프트에 휘둘리는 아마추어를 나는 무술가라고 인정하지 않는다.

"나는—— 염애사연(炎涯邪燃)류의 총사범이다!!"

"염애……? 그런 혀를 깨물 것 같은 이름의 유파 따윈 몰라. 그저 너의 모든 것이 무술가가 아님을 말하고 있어."

나는 그를 향해 천천히 걸어갔다.

"헛소리하지 마, 나는——."

나는 독자적인 보행술로 그에게 접근하여, 왼손으로 그의 얼굴을 잡아 가볍게 들어 올렸다.

"으악?!"

아우성치는 그를 붙잡은 왼손에 힘을 주었다.

"으갸아아악! 아, 아파! 이, 이거 놔!!"

딕이 필사적으로 발버둥을 치며 나에게 화염을 날렸으나, 그런 것은 흡수 능력을 지닌 나에게 전혀 효과가 없다. 무시하고 왼손에 계속 힘을 주었다. 이 녀석의 실력은 알겠다. 전에 나에게 시비를 건 건달과 다를 바 없다. '봉신 장갑'이 없어도 약자에게 맞는 힘만 주면 죽지는 않을 것이다.

"걱정하지 마. 이 정도 힘으로는 두개골이 박살 나진 않아. 최근에 매일, 과일과 동물 뼈를 이용해서 힘 조절을 연습한 터라 제법 자신 있거든."

입꼬리를 올리고 그를 올려다보자,

"히이익!"

딕이 작게 비명을 지르며, 공포로 가득 찬 표정을 지었다.

"알겠어? 내가 지금 너에게 하는 것은 무술도 뭐도 아니야. 너 같은 초보라도 다다를 수 있는 단순한 힘의 발로고, 가치가 없는 폭력에 지나지 않지. 하지만── 너 따위를 짓밟기에는 충분한 힘이야."

오른쪽 주먹을 굳게 쥐고, 팔꿈치를 안쪽으로 당겼다.

"하, 항──."

"한 번만 찬스를 주마. 처음부터 다시 시작해!"

나는 그렇게 외치고 그의 온몸을 때렸다.

온몸이 퉁퉁 부은 딕을 무대 바닥에 내던졌다.

"심판."

반쯤 입을 벌리고 멍하니 바라보던 심판에게 시선만 보내어 재촉했다.

"스, 승자, 카이 하이네만!!"

심판이 오른손을 내 쪽으로 들고 크게 선언했다.

용건은 끝났다. 이런 장소에서 할 일 따위 더는 아무것도 없다.

무대에서 뛰어내리고, 여전히 고요함을 유지하고 있는 회장을 뒤로했다.

***

──신성무도회 회장 귀빈실.

"따분해. 정말 다음 대전 상대가 로제가 마음에 들어 하는 사람이라고?"

엘프의 나라── 로렐라이의 제2왕녀이기도 한 밀푀유 렝렝로렐라이는 하품을 하며 뒤에 있는 엘프 집사에게 물었다.

"네, 공주님. 상황으로 보아 그것은 틀림없는 듯합니다."

나이든 집사가 가슴에 오른손을 대고 정중하게 대답했다.

밀푀유는 다니던 세계적 교육기관── '바벨'이 여름방학에 들어갔기에 동급생인 로제마리의 조국인 아멜리아 왕국에 몰래 관광을 하러 왔다. 전에 로제마리에게 아멜리아 왕국에서 지금 가장 큰 이벤트는 이 신성무도회라고 들었기 때문이다. 그리고 대회를 구경하러 이곳 루자할을 방문했을 때, 생각지도 못하게 로제와 딱 마주쳤다. 그때 로제의 수상쩍은 행동에 집사에게 조사를 명령하자, 로제가 밀어주는 검사가 이 대회에 참가하고 있다는 정보를 얻어 바로 확인하러 온 것이다.

"이게 아멜리아 왕국 최대 규모의 대회? 솔직히 바벨이 주최하는 무도회 쪽이 훨씬 수준이 높아."

밀푀유 같은 엘프족도 인간족과 같은 수준으로 기프트를 받는 종족이다. 그리고 밀푀유의 기프트는 '해명하는 자'다. 진리마저 해석하는 것이 가능한 특수한 기프트. 이런 무도계 대회는 밀푀유에게 가장 큰 오락이기에 평소라면 신바람이 나서 관전했을 텐데, 이 결승 토너먼트는 글렀다. 몇 시합을 본 것에 불과하지만 최저 수준이라고 해도 과언이 아니다. 아마 저것은 쇼다. 상대를 매수라도 했을 것이다.

"정말 저런 파렴치한 행위를 잘도 하네."

실력도 없이 승리해서 무엇이 기쁠까? 밀푀유라면 그런 수치도 모르는 기사를 곁에 두는 것은 죽어도 싫다.

"슬슬 나오려나."

검은색 정장을 입은 사회자가 무대로 올라왔다. 그리고 통로에서 나타난 회색 머리 소년을 확인한 순간──.

"─────────앗?!"

지금까지 경험한 적도 없는 엄청난 전율이 온몸에 흐르며, 시야가 크게 일그러졌다. 머리를 뒤섞는 듯한 강렬한 불쾌함에 입을 막고 애써 참으려고 하였으나, 결국 버티지 못하고 바닥을 기어가 구토하고 말았다.

"고, 공주님……?"

시중을 드는 메이드가 밀푀유의 등을 쓸어주었고 집사가 물이 든 컵을 건넸다.

"뭐, 뭐, 뭐, 뭐야! 저 괴물은 대체?!"

저런 꺼림칙한 오라는 처음 보았다. 일단 인간의 형태이기는 하지만, 저것은 절대 인간이 아니다. 좀 더 고차원적인 무언가다! 정령왕? 아니, 언니가 계약한 바람의 정령왕 진을 본 적이 있지만, 그런 차원이 아니다! 날벌레와 용 이상의 차이가 난다.

'로제, 넌 대체 무엇과 계약한 거야!!'

지금도 강렬하게 밀려오는 구토감을 필사적으로 참으며, 저 괴물의 관찰을 시작했다.

아무래도 저 괴물은 인간족이라 인식되며, 심지어 '이 세상 제일의 무능'이라는 기프트 홀더로서 무능하다는 취급을 받는 듯하다.

"어떻게 된 일이야?"

그리고 밀푀유에게서 나온 말은, 강렬한 의구심이 담긴 것이었다. 중간에 저 초월자에게서 언뜻 보인 분노한 감정. 그것은 딕이라는 교활한 인간을 향해 있었다. 왜 그는 불경하게 행동한 저런 가치도 없는 쓰레기를 살려주었을까? 자비? 아니, 자비를 베풀었다고 하기에는 저 인간은 아무리 생각해도 지나쳤다.

"로제를 위해?"

이 대회는 고의적인 살해는 금지되어 있다. 만약 살해하면 실격은 물론이고 그를 밀어주는 로제에게도 어떤 페널티가 부과될 것이다. 그것을 피하고 싶었던 것일까.

거기까지 생각하자 목을 긁어대고 싶은 충동에 휩싸여, 목소리를 높였다.

"왜 항상 로제인 거야?!"

그렇다. 분명히 이것은 꼴사나운 질투다. 엘프에게 초월자와의 계약은 가장 신성시되는 사항이고, 그 계약자의 격이 그대로 엘프의 평가로 이어진다. 그렇기에 엘프들은 생애에 걸쳐 자신과 계약해줄 초월자를 찾아다닌다.

초월자란 정령이나 환수, 용마저 뛰어넘는 위대한 존재. 말하자면 인간족이 숭배하는 신 같은 만능의 절대자다. 따라서 희소하고, 엘프라도 조우한 적이 있는 사람은 매우 한정되어 있다. 계약한 사람은 손으로 꼽을 정도다. 그중에서도 그는 틀림없이 엘프의 역사상 최강의 초월자일 것이다. 그런 위대한 존재와 계약하는 것은 엘프가 아니면 안 된다. 그런데 그걸, 일반적으로 초월자에게 미움받기 쉬운 인간족인 로제마리가 계약한 거다. 이만큼 불합리한 일은 없다.

그러나 확실히 로제에게는 늘 그런 면이 있었다. 학교의 소환 마법 수업에서 인간족과는 상성이 나쁜 정령이 소환되었을 때, 그 정령이 친근하게 대한 사람은 멀리서 견학하던 인간족 로제 한 명뿐인 적도 있었지.

"공주님, 저분은 인간이 아닌 것이지요?"

"스티븐, 당신에게는 그가 인간으로 보여?"

"네. 부끄럽습니다만……."

그런가. 밀푀유에게는 구토감이 일 정도의 압박감을, 같은 엘프인 스티븐조차 느끼지 못하고 있다. 즉 엘프보다 훨씬 둔감한 인간족 로제마리에게도 그것은 마찬가지일 터였다. 그렇다면 아직 로제에게는 그저 강한 인간으로만 인식되고 있을지도 모른다.

"스티븐, 그를 철저하게 조사해!! 수단은 가리지 말고!"

"알겠습니다."

가슴에 오른손을 정중하게 대고, 스티븐이 방에서 나갔다.

무슨 짓을 해서라도 그와 계약을 맺고 말겠다. 어떤 수단을 쓰더라도. 만약 계약에 성공하면, 밀푀유는 엘프 역사상 최강의 초월자와 계약을 맺은 자로서 그 이름을 떨치게 될 것이기 때문이다.

"로제, 이번에야말로 지지 않겠어!"

그렇게 밀푀유는 힘차게 선언했다.

***

──신성무도회 회장 귀빈실.

"그 딕 바움이…… 졌다고?"

귀빈실의 관객석에서 길버트 로트 아멜리아파의 귀족 중 한 사람이 그런 도저히 믿을 수 없는 말을 입에 담았다.

"이봐, 대회 위원장! 어떻게 된 일이야?!"

길버트파의 필두── 룬파 바렐 후작은 옆에서 지금도 입을 떡 벌리고 회장을 내려다보는 단발머리의 중년 남자를 향해 멱살을 쥐고 그렇게 외쳤다. 이 룬파의 물음에는 두 가지 의미가 담겨 있다. 하나는 물론 카이 하이네만의 능력 향상 아이템을 사용하지 못하게 한 것. 아이템이 그의 경이적인 힘의 원천이라면, 아이템 금지는 필수적인 조치다. 다른 하나는 룬파가 제공한 능력 제한 마법이 걸린 옷이다. 이것은 이번 싸움에서 길버트파의 팔라딘의 승리가 위태롭게 되었을 때를 위해 특수 제작한 물건이다. 이 옷의 제작자는 '주구(呪具) 창조'라는 정신 나간 기프트를 지닌 전직 노예 주술사. 그가 만든 이 저주받은 옷으로 룬파가 고용한 강인한 B급 헌터의 완력은 일반인 수준으로 저하되었었다. 무능한 카이 하이네만이 거기에 거스를 수 있을 리가 없다.

"저희는 모두 룬파 경의 지시대로 했습니다!"

대회 위원장이 비명처럼 외쳤다.

"하지만 저 딕의 거대한 몸을 가볍게 들어 올리는 힘은 보통이 아니야. 능력 향상 아이템은 여전히 장비하고 있는 것 아닌가?"

"저 무능한 놈! 또다시 부정을 저지른 것인가!!"

"용서 못 해! 대회 위원장, 당장 저 비겁한 놈을 실격시켜!"

한 귀족의 말에, 차례로 찬동하는 말이 나왔다.

"애초에 딕 바움의 화염계 능력이 효과가 없었어. 힘만의 문제가 아니야. 아니, 그 이전에 카이 하이네만은 정말 무능한 기프트 홀더인가?"

하지만 파인애플 머리의 거대한 남자가 구슬처럼 흐르는 땀을 닦고, 그들의 의견을 부정하며 자문자답했다.

"아나나스 경, 그게 무슨 의미인가?"

룬파가 파인애플 머리의 남자, 아나나스를 향해 그 발언의 진의를 물었다.

"문관인 귀공들은 모를 테지. 저 움직임은 무인의 움직임이야. 게다가 몇 번이나 사선을 넘어온 순수한 것이라고."

"그러니까 그건 아이템이 원인이라고——."

"아니야! 아니라고. 그런 문제가 아니야. 반복해서 말하지만,

저것은 그저 무능한 자가 할 수 있는 움직임이 아니야. 말하기 거북하지만, 그에 비하면 우리가 미는 수호기사 후보는 그야말로 아기나 마찬가지야. 승부조차 되지 않아."

아나나스 백작의 엄숙한 말에 크게 소란스러워진 귀빈실.

"우리 아들이 저런 무능에게 뒤처진다. 귀공의 말은 그런 뜻인가?"

찌푸린 얼굴로 룬파 후작이 아나나스 백작에게 떨리는 목소리로 물었다.

"무술에 한해서는 그래."

"녀석은 명예 기사 작위의 가계, 즉 우리와 같은 푸른 피가 흐르지 않는 가짜 귀족! 심지어 '이 세상 제일의 무능'이라는 성무신께 버림받은 기프트밖에 지니지 않은 쓰레기 중의 쓰레기인데?!"

"그렇……겠지. 하지만 실력만은 진짜야. 그것만은 단언할 수 있어."

아나나스 백작이 자리에서 일어나, 참석한 귀족들을 쭉 둘러보고 말했다.

"다소 사정이 달라졌어. 오늘부로 우리 아나나스 가는 이번 왕위 계승 싸움에서 손을 떼겠네."

백작은 오른손을 가슴에 대고 예의 바르게 인사한 뒤, 퇴장하고 말았다. 그것을 계기로 귀빈실은 초조함으로 가득한 소란에 휩싸였다. 그것도 당연하다. 아나나스 백작은 아멜리아 왕국에서는 1, 2위를 다투는 무투파라고 알려져 있다. 그런 아나나스 백작이 길버트파에서 이탈한다는 것은 무의 정신적 지주가 소

201

실되는 꼴이다. 특히 지난번 제국의 왕자와 로제 왕녀를 혼인시키는 계획도 실패로 끝난 참이다. 이대로 가면 꽤 많은 수의 귀족이 길버트파를 배반하게 된다.

"시끄럽다! 꼴사납게 아우성치지 마! 저 무능은 다음 잭 파우어 전에서 패배하게 만들 테니 문제없다!"

잭 파우어는 젊은 권투사로 왕국 내에서도 굴지의 실력을 지녔으며 이미 길버트파에 들어오도록 타진하고 있다. 결승에서 무능이 아닌 저 잭에게 패배한다면, 세상은 룬파의 아들을 길버트 왕자의 수호기사로 인정할 것이다.

"대회 위원장, 다음에 열릴 잭 파우어와 무능의 시합에 대해 할 말이 있다."

"네……."

대회 위원장은 근심스러운 표정을 지으며 떨떠름하게 고개를 끄덕였다.

여기까지 발을 들였으니 이제 와서 그만두겠다는 말은 못 하게 해야 한다. 최대한 이용해 먹어야겠다.

"그럼——."

룬파는 무능—— 카이 하이네만의 제거를 위해 입을 열었다.

***

태고의 신전 안은 완전히 해체되어 크게 달라져 있었다.

번쩍번쩍한 검은색 바닥과 계단, 그 위에 깔린 새빨간 양탄

자. 계단 위에는 호화로운 옥좌가 위엄을 뽐내고 있다.

그리고 계단 아래로 넓은 공간이 펼쳐지며, 그곳에 그려진 거대한 마법진 중심에는 페퍼와 슈거였던 것이 놓여 있다.

"그럼, 시작해볼까아."

파즈즈가 양손으로 인을 맺었다. 갑자기 바닥에 그려진 검붉은 마법진의 룬이 공중에서 떠올라 구체가 되더니, 슈거와 페퍼였던 것을 삼키기 시작했다. 그리고——.

"뮤직, 스타트."

파즈즈가 그렇게 외치자, 주위의 신사복을 입은 이족보행 괴물들이 묘하게 허스키한 목소리로 노래를 불렀다. 그 노래에 맞춰 경쾌한 춤을 추는 파즈즈는 곧 기묘한 영창을 외우기 시작했다.

——이 세상에서 가장 강한 힘은 악♬ 이 세상에서 가장 대단한 것은 악♬ 이 세상에서 가장 순수한 것은 악♬ 우리의 어머니이자 아버지. 태어난 이유이자 절대적인 가치 기준!

——이 세상 모든 것을 절망으로 물들이자! 이 세상 모든 것을 파괴하자! 이 세상 모든 것에 악의 꽃을 피우자!

——그것이야말로 우리 악군이 만드는 낙원! 그것이야말로 우리 악군의 사명이자 존재 이유!

슈거와 페퍼를 삼킨 구체에서 탁류처럼 솟구치는 걸쭉한 구정물. 그것들이 작은 여자를 형성해나갔다. 그리고.

"크힛! 크하하하하하하! 해냈어! 해낸 거야! 소녀도 현계했어!"

구부러진 형태의 커다란 뿔 두 개가 돋은, 투명한 하늘색 머리를 양 갈래로 묶은 귀여운 소녀가 되어 아름다운 목소리로 외쳤다. 동시에 구체에서 주위로 튄 구정물에서 군복을 입은 괴물의 대군세가 형성되었다.

"우리 존경하는 중장님께 경례!"

파즈즈의 목소리가 울리자, 그들은 일제히 주인인 어린 소녀 티아마트를 향해 자세를 바르게 하고 오른손을 이마에 댔다.

"파즈즈, 잘했어!"

"칭찬해주셔서 대단히 기쁩니다."

한쪽 무릎을 꿇은 파즈즈에게 티아마트는 만족스럽게 고개를 끄덕이고 물었다.

"그래서 진척 상황은?"

"지금 이 주위의 마물을 이용하여 조금씩 몰아넣고 있습니다. 닭의 목을 졸라 죽이듯이 천천히 단계를 밟아 절망을 주도록 하시죠!"

"그건 맡길게. 그보다 그건 어때?"

"물론 티아마트 님을 즐겁게 하기 위한 장난감 확보를 위해 현재 인근 도시를 습격하는 중입니다."

티아마트는 파즈즈의 대답에 황홀한 표정으로 웃으며 빙글빙글 돌았다.

"응응, 그래! 그렇구나! 기대되네!"

하늘을 향해 두 팔을 벌린 그녀가 대호령을 내렸다.

"자, 온통 악을 퍼뜨리자! 우리 티아마트군의 무서움을 뼈저리게 느끼도록 해주는 거야!"

이 자리, 이 순간, 악의 본분을 다하기 위해 악의 군세는 진

군했다. 바르세를 중심으로 한 사건은 이렇게 더욱 혼란스러워졌다.

✳✳✳

──바르세 동문 앞 황야.

"굉장해⋯⋯."

키스의 입에서 무의식중에 나온 감탄사. 그 이유는 주로 전장을 달리는 다음 두 사람 때문이다.

늑대 가면을 쓴 장신의 남자── 베오의 오른쪽 주먹이 머리가 둘 달린 거대한 도마뱀의 등에 꽂혔다. 내장을 흩뿌리며 숨이 끊어진 도마뱀에게 시선도 주지 않고, 베오는 대지를 마치 짐승처럼 민첩한 움직임으로 빠르게 질주했다. 다음 사냥감인 눈이 하나 달린 거인이 그의 날카로운 손톱에 머리가 산산이 부서진 뒤 고기 조각이 되었다.

다른 장소에서는 집채만 한 오거가 새하얀 갑옷을 입은 푸른 머리의 중년 남성── 아르놀트 기사장에게 땅이 울리도록 돌진하여 정수리를 노리고 곤봉을 휘둘렀다.

그러나 아르놀트 기사장의 대검이 붉게 물들며, 하늘로 몇 개나 되는 빨간색 선이 그어졌다.

오거가 휘두른 철 곤봉이 잘게 깨졌고, 한 박자 늦게 오거도 몸이 뿔뿔이 흩어진 채 바닥으로 떨어졌다.

"아르놀트 님의 이야기는 많이 들었습니다만, 저렇게 강한 분이었던가요?"

옆에서 지휘하는 길드장 랄프 님에게 물었다.

"그럼. 평소에는 온화한 성격이지만, 전장에서는 사자왕이라 불리며 두려움의 대상이 되곤 했지. 그러니 그에게 카이가 이길 거라는 너희가 제정신인가 의심스러울 수밖에 없겠지?"

키스와 마찬가지로 휴식을 위해 본부로 돌아와 있던 올가 아저씨를 랄프 님이 지그시 바라보며 말했다.

전에 스승님께 이 세상에는 정령과 용, 환수를 뛰어넘는 트렌센더(초월자)라 불리는 존재가 있다는 말을 들은 적이 있다. 그리고 그 초월자들과 계약한 자에게는 '가호'라 불리는 기프트를 뛰어넘는 엄청난 힘이 주어진다고 한다. 따라서 마도사는 초월자와의 계약을 생애의 목표로 삼아야 한다는 말도. 그렇다면 카이는 잘 모르겠지만, 그런 신과 같은 존재와 계약한 것일지도 모른다. 이렇게 생각하면 모두 이해가 간다. 물론 키스도 가혹한 전투 훈련을 최근 몇 년간 받아왔기에 안다. 실전이란 그런 힘만으로 되는 간단한 것이 아니며 전투 센스 같은 것이 필요하다. 그 점에서 용사 마시로는 탁월하다. 전투 센스는 물론이고, 무엇보다 목숨을 걸고 싸울 때 중요한 타인의 목숨을 빼앗는 일에 전혀 망설임이 없다. 따라서 키스는 그 다정한 카이가 타인의 목숨을 빼앗을 수 있을 거라고는 도저히 생각할 수 없었다.

"나도 랄프 님에게 찬성해. 올가 아저씨, 역시 마시로나 히지리에게 머리를 숙이고 와달라고 부탁하는 게 낫지 않나?"

그러면 레나의 구조에 아르놀트 님이 갈 수 있고, 성공률이 훨씬 높아질 것이다.

"용사는 안 와. 적어도 이 바르세를 제물로 삼아서 상황을 볼 거야."

마시로의 성격은 올가 아저씨보다 더 잘 안다. 그런 비정한 판단이 가능한 사람이라는 것도 이해한다. 그래도 헌터 길드가 아멜리아 왕국 정부에 요청하여 왕국 정부가 마시로에게 명령을 내리면, 내키지 않더라도 움직일지도 모른다. 게다가──.

"그럼 레나는? 마시로도 레나는 마음에 들어 해. 구조에 참여해줄지도 모르잖아?"

"어, 맞아. 용사 마시로는 레나를 인간으로서는 마음에 들어 하겠지. 그러나 최근 레나는 로제 왕녀와 너무 깊이 얽히고 말았어. 레나를 습격하지는 않겠지만, 나서서 구하지도 않을 거야."

"그건 그럴지도 모르지만──."

"너, 레나를 납치한 녀석을 마시로가 문제없이 쓰러뜨릴 수 있을 것 같아?"

올가 아저씨가 진지한 얼굴로 키스가 지금 가장 우려하는 점을 물었다.

"그건…… 모르겠어. 하지만 그렇게 치면 카이도──."

"카이는 걱정 없어. 키스와 랄프 씨도 그 녀석의 전투를 실제로 보면 내가 무슨 말을 하는지 아주 잘 알게 될 거야."

"하지만──."

"말했잖아. 레나의 구조에 나선 것은 카이만이 아니라고."

"카이가 계약한 초월자들 말입니까?"

과연 계약자의 부탁으로 초월자가 움직여줄까? 그런 일에는 보통, 아주 큰 대가가 필요한 느낌이 든다.

"글쎄, 어떠려나. 아무튼 지금 이 상황에서는 레나보다 우리가 훨씬 위태롭고, 위험성이 높아. 우리는 지금 할 수 있는 일을 하면 돼."

그렇게 빠르게 전하고, 올가 아저씨는 전장으로 돌아갔다.

"키스, 나도 반신반의하지만, 일류 헌터인 존슨과 올가의 눈과 감각은 충분히 신뢰할 만해. 그러니 지금은 네 친구를 믿어줘."

랄프 님이 키스의 등을 가볍게 두드렸다.

"네…… 알겠습니다."

어차피 키스가 무슨 말을 하더라도 용사는 움직이지 않는다. 무엇보다 올가 아저씨는 카이를 자기 아이처럼 귀여워했다. 레나와 카이를 모른 척할 사람이 아니다. 적어도 아저씨는 진심으로 지금 레나보다 여기 바르세 쪽이 더 위험하다고 판단한 것이다.

"키스, 슬슬 가자!"

같은 토벌팀에 속한 일사 씨가 손짓을 하는 것이 시야에 들어왔다.

"그럼 저도 이만."

"그래, 모쪼록 무리하지 말고."

따뜻한 미소를 지으며 랄프 님이 격려하였다.

"네, 그럴 거예요."

올가 아저씨는 바르세에 미증유의 위기가 밀려오고 있다고 말했다. 저 모습을 보면 진심인 듯하다. 그러니 방심하지 말도록 하자.

키스는 이때 그렇게 결심하였으나, 사실 마음속에선 베오와 아르놀트 기사장이 있으면 이 위기를 극복할 수 있다고 생각하고 말았다.

그러나 저 심역의 마물이 왜 이 타이밍에 이 도시를 습격했는가. 그 이유를 되짚어보면 그런 섣부른 기대를 해서는 안 되었다. 한계까지 긴장해야 했다.

그렇다. 대체로, 진정한 고난은 극복했다고 생각한 순간 다가오는 법이니까.

***

일과가 된 오후 훈련을 마치고 땀으로 흠뻑 젖은 상의를 짠 다음, 지금 숙박하고 있는 저택에 딸린 샤워장으로 향했다.

아멜리아 왕국에서는 일반적으로 욕조에 들어가는 습관이 없다. 던전에 있을 때는 미궁에서 출토한 라이프 스타일에 관한 책을 참고하여, 근처에 무한으로 솟는 엘릭서 샘에서 물을 끌어와 커다란 목욕탕을 만들어 이용하곤 했다.

"흠, 역시 훈련한 뒤에는 뜨거운 욕조에 몸을 담그는 게 좋아."

여기서도 만들려고 하면 가능하겠지만, 그러려면 역시 막대한 자금이 필요하다. 이것만은 어쩔 도리가 없으니 급하게 자금을 조달할 방법을 생각해야 한다. 그런 생각을 하는 동안, 샤워장에 도착했다.

지금 우리는 일반 숙소를 떠나 로제가 보유한 노후화된 2층짜리 작은 저택에 묵고 있다. 이곳은 로제가 어머니에게 물려받은 몇 안 되는 재산인데, 생활할 수 있을 정도로 청소를 마쳤기에 여기로 옮겨왔다. 일명 경비 삭감이라는 것이다. 그나저나 왕족인데 이 정도 자산밖에 없다니, 제대로 된 자산이 없다는 로제의 말은 겸손이 아니라 진실이었을지도 모른다.

아무래도 아직 아무도 없는 모양이다. 보통 샤워장은 사용 중일 때에는 팻말을 걸어두고 있기 때문이다.

작은 방으로 들어가 옷을 벗고, 샤워장 문을 벌컥 열었다.

"흐에?"

긴 머리를 감다 말고 놀란 소리를 내며 정지한 장신의 미녀. 이 겁쟁이 마인이 또 팻말을 걸어두는 것을 잊은 모양이다. 아스타는 깔끔한 것을 좋아해서 하루에도 여러 번 샤워를 한다.

그러다 이미 몇 번이나 로제나 안나와 마주치며 주의를 받았다고 했는데.

"아니, 아스타, 샤워장에 들어갈 때는 문고리에 팻말을 걸어두라고 입이 닳도록 말했을 텐데? 슬슬 규칙에 좀 익숙해지라고."

"…………."

아스타는 폭포처럼 땀을 흘리며 나를 응시할 뿐 대답하려고 하지 않았다.

"저기, 듣고 있어?"

그리고 곧 잘 익은 과일처럼 새빨갛게 되더니.

"○×▽◇———!"

해석 불능의 괴성을 지르며 옆에 있던 나무통이며 나무 의자 등을 던져 나를 샤워장에서 쫓아냈다.

저택 옆은 작은 식당이 마련되어 있어서, 우리는 여기서 주로 아침밥을 먹고 있다. 아스타도 아직 볼이 살짝 붉기는 하지만 조용히 따라왔다. 당초 아스타는 자기 방에서 혼자 먹었으나, 요즘에는 우리와 함께 식사를 하게 되었다. 각자 자리에 앉아 요리를 주문했다.

"그럼 기도합시다."

신에게 기도하기 시작하는 로제와 안나. 식사 전에 신에게 감사하는 건가. 아멜리아인다운 사고방식이다. 사실 우리에게 그런 독실한 신앙심이 있을 리가 없다. 파프는 발을 파닥거리며 침을 흘리면서, 눈앞에 고기가 가득 담긴 그릇을 쳐다보며 나의 허락을 기다리고 있다.

아스타는 나를 힐끔힐끔 살펴보다가 마주 보면 얼른 눈길을 피하는 중이다. 뭘 하고 싶은 거야, 넌…….

"그럼 식사하시죠."

기도를 마친 로제의 말에 우리도 음식을 먹기 시작했다.

"카이, 대회 1회전 승리 축하드립니다. 이것으로 목적은 달성했으니, 다음 시합은 중간에 기권하고 바르세로 돌아갈까요?"

아침밥을 먹고, 로제가 그런 뜻밖의 제안을 했다. 이유는 모르겠지만 로제는 현재 마음이 다른 곳에 가 있는 상태다. 이런 말을 꺼내는 것으로 보아 이 도시에 머물면 그녀의 이익이 줄어

드는 상황이라도 생긴 모양이다.

"음, 난 마지막까지 기권 안 해."

딕 바움과 싸우기 전까지는 적당히 져서 끝내려고 생각하였으나, 대회 운영의 태도 때문에 마음이 바뀌었다. 괴롭혀주기 위해서라도 마지막까지 참가할 작정이다.

"하지만 노예 아이도 걱정되고⋯⋯."

"아니, 아직 기한까지 충분한 여유가 있고, 돈을 지불했으니까. 그야말로 귀족 같은 대접을 받고 있을 거야."

그 점주, 장사는 확실히 하는 모습이었고 무엇보다 본인에게 물어보면 일목요연한 일을 속일 만큼 어리석어 보이지도 않았다. 저 노예 소녀는 현재 괜찮은 취급을 받고 있을 터였다.

"그래도 반드시 그렇다는 보장은 없잖아요?"

로제 녀석, 너무 집요하지 않나? 상당히 이 도시에서 떠나고 싶은 모양이다.

"만약 계약을 일방적으로 파기한다면 철저하게 갚아주겠어. 그것뿐이야."

책임을 지고 이 세상에서 조직을 하나도 남기지 않고 소멸시켜주겠다.

"갚아주겠어요!!"

포크를 든 오른손을 쳐드는 파프의 머리를 쓰다듬자, 그녀는 고양이처럼 눈을 가늘게 떴다.

"그럼──."

로제가 입을 연 순간.

"로제, 찾아다녔어."

귀가 긴 엘프 소녀가 오른손을 들며 우리 자리로 다가왔다. 나이는 로제와 같은 열넷, 열다섯 정도일까. 아직 앳된 얼굴은 아름답다기보다 귀엽다고 말하는 쪽이 적절해 보인다. 등까지 기른 찰랑찰랑한 은색 머리에 자그마한 체구는 흰색을 기조로 한 짧은 치마와 상의라는 심플한 의상과 잘 어울렸다.

'쳇!'

아니, 로제, 지금 혀를 찬 건가?

"밀피, 무슨 용건일까요?"

로제의 간드러진 목소리, 솔직히 소름이 끼친다. 이상함을 느낀 파프가 나에게 매달렸기에 안심시키기 위해 머리를 쓰다듬었다.

"물론 저쪽 분께 인사하려는 거지."

밀피라 불린 은발 여자는 로제에게서 시선을 떼고, 나를 향해 치맛자락을 잡으며 인사했다.

"밀푀유 렝렝 로렐라이입니다. 잘 부탁드려요."

"카이 하이네만이야. 너무 무서워하지 마. 딱히 잡아먹진 않으니."

이 여자, 미소를 짓고 있지만 얼굴에 핏기가 가셔 창백하게 질린 데다 온몸은 잘게 떨고 있다. 옛날부터 인상이 나쁘다는 말은 별로 들어본 적이 없는 것으로 기억하는데.

"아, 아니요, 무서워하는 것이 아닙니다!! 조금 떨려서 긴장했을 뿐입니다!!"

완전히 허세지만, 굳이 지적할 일은 아니다.

"그래서? 무슨 일이야? 그냥 인사만 하려는 건 아니잖아?"

지금 나는 이 도시에서 가장 이름난 악당이다. 그런 나에게 인사만 한다는 것은 있을 수 없는 일이다. 무언가 요구라도 하려는 의도가 있을 것이다.

"저와 계약하지 않으시겠습니까?"

"카이──."

입을 열려고 하는 로제를 가로막고, 단적으로 물었다.

"계약이라니 갑자기 무슨 소리야? 어떤 계약인데?"

"제가 대가를 제공하는 대신, 당신이 저의 부탁을 들어주는 계약입니다."

응? 잘 모르겠지만, 이야기의 흐름으로 보아 문서로 하는 계약은 아닌 듯하다. 그렇다면 마법에 의한 계약인가. 그러고 보니 인외와 인간 사이에 일정한 계약을 맺는 속성 마법이 있다고 책에서 읽은 적이 있다. 뭐, 어느 쪽이든 속성 마법을 쓰지 못하는 나에게는 계약 따위 불가능한 일이다.

"미안하지만, 안 돼."

"그렇습니까……."

이 세상이 끝난 듯한 얼굴로 어깨를 늘어뜨리는 밀푀유. 이 녀석은 엘프다. 엘프 나라 로렐라이는 그 던전에 먹히기 전부터 방문해보고 싶었다. 로렐라이의 이름을 지닌 데다 로제의 지인이라면 왕족의 관계자일 가능성이 크니, 여기서 험악한 사이가 되는 것은 반드시 피하고 싶다.

"그렇게 침울해하지 마. 나는 인간이고, 또 '이 세상 제일의 무능'이라는 기프트로 무속성 마법밖에 쓰지 못해. 마법에 의한 계약은 맺을 수 없어."

"인간? 당신이?"

"그래. 그렇지, 얘들아?"

"주인님은 인간이에요?"

파프, 왜 의문문이야. 그 부분은 확실하게 긍정해야지!

"마스터, 진심으로 자신을 인간이라고 주장할 셈인가?"

심지어 아스타는 어이가 없다는 얼굴로 완전히 부정했다.

"아니, 내가 그 외에 뭐로 보이는데?"

"머리끝부터 발끝까지 괴물로만 보이오."

파프와 밀푀유가 크게 고개를 끄덕였다. 뭘까, 이들의 일체감.

"카이의 어머님과는 가까운 사이고, 아버님은 왕국 분이라 들었습니다. 카이는 틀림없이 인간이에요."

로제와 우리 어머니가 아는 사이였나. 어머니는 맹하니까 나의 과거를 로제에게 이것저것 말했을 것이다. 나의 부끄러운 과거까지 모두 드러난 것이 분명하다.

"정말로 인간……입니까?"

"그러니까 처음부터 그렇다고 말했잖아."

밀푀유가 조심스럽게 질문하기에, 당연히 긍정했다.

"그렇습니까……."

그녀는 턱에 손을 대고 생각에 잠기더니 다시 입을 열었다.

"알겠습니다. 로제, 이분에 대해서는 저의 가슴속에만 묻어 두

기에는 너무 큰 사태입니다. 선생님께 말씀드리겠어요."

"미, 밀피, 잠시만──."

"그럼 카이 님, 다음 또 만나요!"

밀퓌유는 오른손을 들어, 로제의 만류하는 목소리는 개의치 않고 씩씩하게 식당에서 나가버렸다. 처음에 덜덜 떨던 상태와는 다르게 통통 튀는 발걸음이었다. 반면 로제는 머리를 싸매고 있었다. 두 사람의 기행에 대해 안나에게 물으려 시선을 보내자, 당황한 얼굴로 양손을 위로 향하며 어깨를 으쓱했다. 안나도 잘 모르는 모양이다. 그렇다면 생각해봐야 소용없다. 요즘 젊은이는 잘 모르겠다. 그렇게 이해하자.

"그럼 우리는 일단 방으로 돌아갈게. 안나, 뒤를 부탁해."

"응. 맡겨둬."

지금도 중얼중얼 혼잣말을 하는 로제를 곁눈질로 확인하며, 안나에게 그렇게 의뢰하자 웃는 얼굴로 엄지손가락을 세웠다. 얼마 전까지는 짜증 난 얼굴로 고개를 돌리고 고개만 끄덕일 뿐이었는데. 며칠 동안 이 녀석도 제법 솔직해졌다. 한마디로 이 녀석도 파프나 아스타와 마찬가지로 상당히 낯을 가리는 성격이라는 뜻이다. 나는 자리에서 일어나 배가 불러 눈을 끔벅거리는 파프의 손을 이끌고, 식당에서 나가 방으로 걸어갔다.

***

잭 파우어와의 2차전을 위해 투기장에 도착했다. 대회 운영위원 몇 명에 의한 엄중한 신체 검사를 받으며, 역시 능력 제한 옷을 착용하라는 지시를 받았다.

음. 대회 운영 측은 내가 이겨서는 상당히 곤란해지는 이유가 있는 모양이다. 그렇지 않으면 이렇게 집요하게 이런 의복을 준비할 리가 없다.

엄청난 야유를 받으며 회장으로 들어가 원무대에 오르자, 맞은편에는 야성적인 외모의 빨간 머리 남자―― 잭 파우어가 당당한 미소를 지으며 위풍당당하게 서 있었다.

잭의 시합을 보았는데, 아직 미숙하지만 무술가로서의 기술은 최소한의 수준에는 도달했다. 완전히 초보투성이라 질려 있던 나의 입장에서 무술가인 잭과의 싸움은 꽤 기대되는 것이었다. 그러나 사회자가 이번 시합에 대해 설명하기 시작하자 불쾌한 기분으로 뒤바뀌고 말았다.

"이봐, 사회자, 그거 제정신으로 하는 말이야?"

잭이 이마에 굵은 핏대를 울끈불끈 세우고, 사회자인 검은 머리의 중년 남자에게 강한 어조로 물었다.

"네, 이것도 모두 저 무능의 부정을 막아내기 위한 조치입니다!"

사회자가 그렇게 당당히 선언했다. 부정 방지를 위해 나는 목도를 들어서는 안 되고, 심판이 나의 부정을 인식한 시점에 실격이라고 한다. 이래서는 심판의 의사 하나로 나의 패배가 결정된다. 뭐, 이런 대회 따위 나에게는 돈을 버는 것 외에는 의미가 없다. 따라서 그것만이라면 전혀 상관없지만, 나의 부정이 인정되면 그 페널티로 돈을 전혀 받을 수 없게 된다. 즉, 내가 무사히 퇴장하기 위해서는 일부러 잭에게 져야 한다는 것을 뜻한다. 수치심도 없이 이런 규칙을 생각한 대회 운영진의 정신이 의심스럽다. 이런 부정으로 가득한 대회에서 승리해봐야 순순히 기뻐할 수 있을까?

"헛소리하지 마! 이건 우리 무술가의 시합이야! 너희 같은 문외한의 놀이터가 아니라고!!"

"그럼 심판과 교대하겠습니다!!"

대기를 흔드는 잭의 격노에 긴장하면서도, 사회자는 원형 무대에서 도망치듯이 내려갔다. 대신 거대한 곰 같은 심판이 올라왔다.

"시작!"

심판은 시합 시작을 알리자마자 구석으로 이동했다. 나만 쳐다보려는 태도를 보니, 제대로 시합을 시킬 마음도 없는 듯하다.

"재미없어. 그만둔다! 그만둬! 그냥 내가 진 걸로 해."

잭은 잠시 운영 텐트를 매서운 얼굴로 노려보았으나, 이내 고개를 가로젓고 무대에서 내려가려고 했다.

"카이 하이네만, 지금 수상한 행동을 취했구나!!"

심판이 나를 손가락질하며 크게 외쳤다. 잭의 항복 선언에 크게 당황한 모양이다.

"나는 움직이지도 않았는데?"

"아니, 지금 수상하게 움직였어! 그러므로 카이 하이네만의 반칙패다!!"

큰 소리로 재미있는 농담을 내뱉는군.

"그렇다는데?"

나도 이런 짜여진 각본에 일일이 어울려줄 만큼 한가하지는 않다. 기한까지는 아직 시간이 남았으니, 다른 방법으로 금전을 마련해야겠다. 잭에게 손을 들어 인사하고, 등을 돌려 걸어가는데.

"크헉!!"

심판의 앓는 소리가 고막을 흔들었다. 어깨 너머로 돌아보자, 심판이 얼굴이 함몰된 상태로 드러누워 죽기 직전의 개구리처럼 움찔움찔 경련하고 있었다.

"심판을 건드린 이상, 나도 실격이지? 어때? 실격한 사람끼리 붙어보지 않겠냐?"

싸워야지.

"난 괜찮은데."

힐끗 운영진을 보았다.

"그, 그런 걸 인정할까 보냐!! 둘 다 실격이다. 당장 퇴장해!"

사회자가 거만하게 명령했다.

"그렇다는데?"

"그럼 장소를 바꾸자. 어쨌든 이 자식들은 우리 투쟁을 볼 자격이 없어. 지금까지처럼 승부 조작이나 하며 즐기라고 해."

거세게 비난하는 잭의 말에 당황스러운 분위기가 퍼졌다. 나와 달리 잭의 시합은 인기가 있었다. 순수하게 육체 하나로 다른 사람을 압도하는 단련된 강함이 보는 사람을 강하게 매료시키기 때문일 것이다. 그 잭이 강하게 거부하고 나섰으니, 혼란스러울 만한가.

다만 관객들에게는 미안하지만——.

"나도 동감이야."

나도 관중들을 쭉 둘러보고, 그의 말에 동의했다.

본래 무란 타인과 서로 목숨을 빼앗으려 하는 것이다. 결코 구경거리가 아니므로 구경꾼도 불필요하다. 게다가 이 대회에서는 처음부터 전의조차 없는 사람도 다수 있었다. 승부 조작에 참여한 자일 테지만, 솔직히 그런 놀이에 기뻐하는 사람들은 우리 투쟁을 보아도 이해할 수 없을 것이다. 구경해봐야 무의미하다는 뜻이다.

그러나 그 전에 귀찮은 일은 끝내두도록 하자. 이것도 결국 로제와 바보 왕자 사이의 정쟁 때문이다. 그런 진심으로 하찮은 일 때문에 어엿한 무술가인 잭이 페널티를 받아서는 안 된다.

지금도 신음하고 있는 심판에게 다가가 중급 포션을 꺼내 뚜껑을 열어서 뿌리자 순식간에 회복되었다. 이 정도 포션은 넘쳐나도록 많고, 재료만 있으면 만드는 것도 그리 어렵지 않으니 여기서 사용해도 나에게는 아무런 타격이 없다. 힐링 슬라임과 달리 흉터는 남지만, 이 심판에게 거기까지 해줄 의무는 없다.

"그 놀라운 아이템, 대체 뭐야? 상처가 순식간에 나았는데?"

"그럼 가자."

어쩐지 허탈한 듯한 잭의 물음에 대답하지 않고 걸어가려고 하였으나.

"장소를 바꿀 필요는 없다. 내가 심판이 되어주마."

두 눈이 새하얀 눈썹으로 가려진 백발 할아버지가 나타났다.

할아버지는 긴 흰 수염을 손으로 쓰다듬으며 경쾌하게 무대 위로 도약하더니 그렇게 선언했다. 큰일이다. 설마 이분을 여기서 만날 줄이야······.

"오랜만에 인사드립니다."

머리를 가볍게 숙이고, 데면데면하게 인사했다.

그는 카이엔류 검술 총사범── 아론 카이엔이다. 할아버지에게 이끌려 과거에 몇 번 만난 적이 있다.

"음, 오랜만이구나."

웃으며 오른손을 들어 인사하는 아론의 등장에 부자연스러울 만큼 조용해진 장내.

"아론 님, 저 무능은 부정을 행하였고, 쟤도 저에게 폭력을──."

"닥쳐라! 네놈은 파문이다!"

회복한 심판이 우리 두 사람을 손가락질하며 무서운 기세로 떠들었으나, 아론은 그야말로 귀신 같은 형상으로 곰 같은 심판 남자에게 결별을 뜻하는 말을 쏟아냈다.

"네? 어, 어째서 제가 파문입니까?!"

"네 이놈, 내가 그것을 일일이 설명해주어야 하겠느냐?"

"············."

곰처럼 거대한 심판의 얼굴에서 핏기가 가시더니, 순식간에 흙빛이 되어 고개를 숙이고 떨기 시작했다. 그것도 그렇다. 내가 부정을 저지르지 않은 사실은 이 할아버지라면 한눈에 알아챘을 것이기 때문이다.

"얼마를 받았는지 모르지만, 넌 무술을 너무 더럽혔어. 네놈은 더 이상 무술가가 아니다! 썩 물러나거라!!"

심판은 비틀거리면서도 무대의 돌계단을 내려가 통로로 모습을 감췄다.

"카이, 잭, 미안하구나. 저 녀석은 우리 유파의 사람이라."

"아니요."

"그랬군요."

나와 잭의 반응에 아론은 작게 한숨을 내쉬고, 매처럼 날카로운 시선을 대회 위원의 텐트로 향했다.

"애초에 이 대회는 우리 유파가 담당하고 있거든. 거기, 대회 위원장, 나중에 내가 납득할 수 있도록 설명해주겠지?"

위협적인 목소리에 실컷 거만하게 굴던 사회자와 텐트에서 대기하던 위원들은 모두 고개를 숙이고 몸을 떨었다.

음, 아무래도 분위기가 우리 할아버지와 닮은 탓인지 이 할아버지 앞에선 평소처럼 행동할 수가 없다. 이것도 카이 하이네만의 과거 기억이 원인이겠지만.

"할배, 심판을 맡아준다며? 그럼 어서 시작하자."

아론 카이엔이라고 하면, 할아버지와 쌍벽을 이루는 최강 검호의 필두. 이 세계에서는 무의 정점에 있는 인물인데. 정말 이 녀석, 겁도 없다. 뭐, 나로서는 설령 약하더라도 이런 바보는 싫지 않다. 역시 로제의 로열가드 후임은 이 녀석으로 정해야겠다.

"음, 그렇군. 우리 무술가는 자신의 기술로 말하는 법. 괜찮은 모습을 보였군."

아론이 껄껄 웃더니 곧 진지한 얼굴이 되어 오른손을 들었다.

"마음대로 해보아라!!"

그리고—— 아론의 기합을 계기로 우리의 싸움이 시작되었다.

***

원형 무대 끝에서 아론은 이 비상식적이기 짝이 없는 싸움을 멍하니 바라보고 있었다.

잭의 발차기와 주먹이 번번이 허공을 갈랐다.

"우옷?!"

너무 가까이 다가간 모양이다. 잭은 카이 하이네만에 의해 발이 걸려 몇 차례 회전하더니 땅에 등부터 떨어지고 말았다. 얼른 일어나 과감하게 덤비는 잭을 카이 하이네만은 살짝 중심을 옮겨 피했다.

저것은 예측인가. 분명 그럴 것이다. 그 외에는 생각할 수 없다. 아마 잭의 표정, 시선, 근육의 움직임, 그 밖에 모든 정보로부터 다음 움직임을 탐지하여 행동하는 것이다. 그리고 그 수준은 미래를 내다보는 차원으로 승화되지 않았을까.

"아아……."

입에서 새어 나오는 갈라진 감탄사. 그렇다. 예견은 무술가에게 가장 기본적이면서도 모든 무에 통하는 극의다. 어떤 의미로 아론 같은 무술가가 목표로 하는 이상적인 경지라고도 할 수 있다. 아론을 포함한 모든 무술가는, 생애에 오직 한 번 도달할 것을 꿈꾸며 그 경지를 향해 매일 연마하고 있다. 카이 하이네만이 지금 보이는 것은 그런 무술가에게는 꿈만 같은 지고의 영역이다.

"저것이야말로……."

어느새 두 눈에서 눈물이 흐르고 있었다. 설마 살아 있는 동안 직접 눈으로 볼 수 있을 것이라고는 생각지도 못했다.

잭이 카이 하이네만의 머리를 노리고 오른쪽 돌려차기를 날렸으나 당연히 맞지 않았다. 잭은 그대로 공중에서 몸을 바퀴처럼 회전하더니, 오른쪽 손바닥으로 바닥을 짚어 원심력이 크게 실린 오른쪽 발차기를 날렸다. 잭의 오른발에서 생긴 충격파가 무대의 돌바닥을 깊이 갈라버렸으나, 카이 하이네만은 이미 잭의 등 뒤에 있었다.

"크아악!!"

잭은 짐승처럼 포효하고 지면을 박차 거리를 벌리려 했지만 카이 하이네만에게 걷어차여 몇 번이나 회전하면서 무대 끝까지 날아갔다. 휘청거리면서도 일어나는 잭. 그 얼굴에는 분함도 당혹스러움도 없이, 그저 수준이 다른 절대적인 강자에게 도전할 수 있다는 기쁨만이 가득했다.

"나는 부러운 것인가……."

그렇다. 분명 아론은 잭을 부러워하고 있다. 무신의 영역에 달한 존재와 싸운다. 그것은 말하자면 무인의 영예이자 꿈이다. 그것을 누리는 사람이 자신이 아니라는 점이 그저 분하다.

"젠장."

카이 하이네만을 카이엔류로 맞이한다? 바보 같은 짓이다. 그것은 검을 처음 든 자에게 사범이 제자로 들어가는 것과 같다. 이만큼 우스운 일이 없다.

이미 반각이 지났지만 저 상태로 보아 잭은 멈추려 들지 않을 것이다. 그리고 저 무신도 그런 잭의 마음가짐을 허투루 넘기지 않을 듯하다. 잭이 손가락 하나 까딱하지 못할 때까지 언제까지고 상대해줄 것이다.

"막을 수 없겠군."

이 전투는 잭이 지금 가장 갈망하는 것이다. 그것을 끊어내기란 아론에게 불가능하다. 마지막까지 지켜보기로 하자.

마침 무대 위에 책상다리로 앉았을 때, 통로에서 두 명의 청년이 달려오는 것이 언뜻 보였다. 대회 위원들 몇 명에게 제지당하면서도 어떻게든 다가오는 두 사람. 그 무례한 침입자를 제거하기 위해 일어났으나, 두 사람은 갑자기 그 자리에 엎드렸다.

"카이 하이네만! 바르세가 위험에 처했어! 부탁이야! 도와줘!!"

금발 남자가 바닥에 이마를 대고 절박하게 외쳤다.

처음으로 카이 하이네만이 잭으로부터 시선을 옮겨 무대 옆에 있는 두 사람을 바라보았다. 잭 또한 범상치 않은 기척을 느꼈는지, 그 자리에 멈춰 상황을 지켜보기 위해 팔짱을 꼈다.

"무슨 일이 있었는데? 자세히 말해."

카이 하이네만은 그렇게 조용히 질문을 던졌다.

***

주먹을 맞대고 깨달았다. 신입 검제와 마찬가지로 잭도 천부적인 무의 재능을 지닌 자였다. 재능이 전혀 없는 나로서는 재능 덩어리 같은 잭과의 전투는 매우 즐거워서 오랜만에 가슴이 뛰었다.

집중한 탓인가 자신의 이름이 불릴 때까지 눈치채지 못했다. 시선을 소리가 난 방향으로 옮기자, 두 남자가 바닥에 이마를 대고 있었다.

이자들은 본 적이 있다. 나에게 시비를 걸던 헌터였다. 금발에 장신의 눈초리가 날카로운 남자, 라이가는 나를 대놓고 경멸하였다. 그런 라이가가 나에게 이만큼 굴욕적인 태도를 취해야 할 상황인가. 상당히 번거로운 일이 벌어진 모양이다.

"무슨 일이 있었는데? 자세히 말해."

"나, 나 때문에 동료가! 도시가!"

라이가는 마음이 벅찬 데다 초조함을 억누르지 못하여 흐트러진 목소리로 마구 외치더니 눈물을 뚝뚝 흘렸다. 흥분하여 제대로 말하지 못하는 라이가 대신, 옆에 후드를 쓴 검은 단발머리의 남자가 입을 열었다.

"우리의 어리석은 행동 때문에 바르세가 위기에 처했습니다. 부디 힘을 빌려주십시오!"

간결한 보충 설명이었다. 바르세의 위기인가. 그 도시에는 아르놀트며 그 노예 소녀도 있다. 모른 척할 수는 없다. 이거 참, 정말 성가신 일만 자꾸 생긴다.

이어서 바르세의 접수처 직원 미아가 숨을 헐떡이며 무대 옆까지 왔다.

"카이 씨, 바르세의 헌터 길드 미스터—— 랄프 엑셀로부터
'국가급' 마물 토벌에 협력해달라는 요청입니다! 서둘러 협력해
주시기 바랍니다!"

큰 소리로 외친 미아의 말에 회장이 술렁거리며 숲이 흔들릴
듯한 동요가 일었다.

"나는 본 시합을 기권하겠어."

아론 할아버지에게 그 말만 간결히 전달하고, 무대에서 내려
와 세 사람에게 갔다.

"가자. 자세한 내용을 알고 싶어."

무도회장 앞에는 아스타를 따라온 로제 일행과 함께 엘프 소녀
밀퀴유도 대기하고 있었기에 다 같이 가까운 광장으로 향했다.

아론 할아버지와 잭도 따라왔으나, 딱히 숨길 일도 아니므로
거부는 하지 않았다.

광장에서 세 사람에게 사정을 들은 뒤 방금 미아에게 받은 편
지를 읽은 참이다.

"미안해! 미안해!"

눈물을 흘리며 몇 번이나 사죄하는 라이가.

"자신이 행동한 결과에는 반드시 책임이 따르는 법. 너희 동
료의 죽음은 너희 두 사람의 책임이야. 그건 알고 있겠지?"

두 사람에게 지극히 잔혹한 현실을 직시시켰다.

"맞아! 네 말대로야! 내가 사사로운 욕심에 눈이 멀어 그런 수

상한 제안을 받아들이지 않았다면── 아니, 그것만이 아니야! 내가 모두를 불러 그런 위험한 장소로 데려갔어! 내가 죽인 거나 마찬가지야!"

라이가가 절망하여 외쳤다.

"저도 마찬가지입니다! 결국 필사적으로 모두를 막지 않았어요! 길드에 보고하는 등 방법은 그밖에 얼마든지 있었는데⋯⋯ 아마 저도 마음 한구석에서는 저희라면 위업을 달성할 수 있다고 기대했던 겁니다."

후크도 분하여 눈물을 흘리며 그렇게 말했다.

"맞아. 너희 두 사람은 앞으로 동료의 죽음에 책임이 있다는 무거운 업을 지고 살아가야 해. 하지만 이것만은 기억해둬! 헌터에게 야심은 반드시 필요해! 우리는 그런 야심을 위해 목숨을 거는 거야! 그 결과, 실패하여 모든 것을 잃고 무참하게 스러지더라도!"

우리 무인, 헌터는 언제나 위험을 대가로 명예와 부를 얻으려는 성질을 지녔다. 그렇다면 이번에 명예욕에 빠져 목숨을 건 모험에 나선 라이가와 후크의 행위는 헌터로서 전혀 문제가 없다. 다만 자신의 행위로 인한 결과에 책임을 져야 할 뿐이다.

물론 라이가가 알지도 못하는 자의 말을 쉽게 믿은 것은 확실히 경솔했다. 그래도 그들은 목숨을 건 모험에 도전했다. 그 사실마저 완전히 부정하며, 자신의 역량에 맞지 않은 모험을 부끄러워해야 한다고 부정한다면, 목숨을 걸고 모험할 사람은 사라지고 만다. 무엇보다 그 역량의 판단이야말로 우리 무인이나 헌터에게는 가장 어려운 것이니까.

"하지만 나 때문에 지금 바르세가 위험에——."

"그건 아니야, 이 애송아! 지금 바르세에 위험이 닥친 건 길드가 '태고의 신전'에 대한 중요한 사실을 숨기고 있었기 때문이야! 그렇지?"

미아에게 묻자, 그녀는 진지한 얼굴로 크게 고개를 끄덕였다.

"맞아요. 길드가 처음부터 신전에 대한 진실을 대중에게 공개했다면, 이 사건은 애초에 일어나지 않았을 거예요!"

아마 공개를 주저한 건 아멜리아 왕국 정부일 것이다. 타국의 자살 테러로 최악의 괴물이 해방되기라도 하면 대참사가 벌어질 테니까. 필사적으로 거부할 만도 하다. 그러나 바르세의 헌터를 총괄하는 길드로서는 결코 물러나서는 안 될 선택이었다. 그렇게 따지면 죄는 길드에 있다.

"하지만 내가 그런 수상한 놈에게 속지 않았다면, 이런 일은 일어나지 않았을 거야!"

한마디로 이 라이가라는 젊은이는 다른 사람에게 혼나고 편해지고 싶은 것이다. 그러나 바르세의 헌터 길드의 간부들은 누구도 라이가와 후크를 강하게 책망할 수 없다. 당연하다. 이번에 라이가와 후크의 행위는 헌터의 규범에는 어긋난 일이 아니기 때문이다.

조금 짜증이 난다. 어쩌면 닥쳐오는 비극 앞에서, 무력하게 한탄밖에 하지 못했던 과거의 자신과 이 두 사람을 겹쳐서 보는 것일지도 모른다.

"그렇게 분해?"

"당연하지!"

"뭐가 분한데?"

바로 대답하는 라이가에게 부드럽게 물었다.

"나의 보잘것없는 허세 때문에 무참하게 함정에 빠져 버린 게 분해! 그리고 목숨보다 소중한 동료가 먹히는 모습을 보고도, 그냥 무서워서 도망치기만 한 나약한 나를 도저히 용서할 수 없어!"

라이가가 비통하게 외쳤다.

정말 비슷하다. 자신의 나약함을 용서할 수 없는 부분이 특히. 다만 과거의 나와 달리 자신의 나약함을 포기하지 않은 면은 아직 구제의 여지가 있다. 그래, 조금 어울리지 않는 짓을 해 봐도 좋을지도 모르겠다.

"그럼 마무리는 스스로 지어!"

"마무리?"

나는 그 물음에 대답하지 않았다.

"기리메칼라!"

"부르셨습니까!"

갑자기 나타난 코가 긴 괴물에 잭은 뒤로 물러나 전투 자세를 취했고, 밀쾨유는 작게 비명을 지르며 엉덩방아를 찧었다. 아론 할아버지도 입을 크게 벌리고 있다.

"너, 이 건에 대해 파악하고 있지?"

나는 만약을 위해 기리메칼라에게 바르세 부근에서 일어난 사건에 대해 감시하도록 시키며, 혹시 이변이 일어나면 보고하도록 지시를 내려두었다.

"당연히 만전의 준비를 해두었습니다."

지금 발언으로 확신했다. 이 대소동을 기리메칼라가 모를 리가 없다. 이 녀석은 나의 의사를 멋대로 왜곡해서 판단하는 경향이 있는데, 또 그런 나쁜 습관이 나온 모양이다. 아무튼 그렇다면 이 뒤의 스토리는 여러 의미에서 그 녀석들에게 완벽하게 최악이 될 것이다.

"몇 가지 묻고 싶은 게 있어. 레나는 무사해?"

내가 가장 우려하는 점이지만, 그것도 기리메칼라라면…….

"저희가 생각하기에 이 세상에서 가장 안전한 장소에서 쉬고 계십니다."

역시 그런가. 기리메칼라는 나의 의사에 충실히 따른다. 레나가 안전하다는 말은 비유가 아니라 진실일 것이다. 그렇다면 더는 조급하게 행동할 필요가 없다. 이것으로 다시 나를 불쾌하게 한 쓰레기들을 영혼까지 부수는 스토리를 만드는 데 전념할 수 있다.

"레나를 납치한 놈들은 누군지 짐작이 가?"

"지르마라는 조무래기가 소속되었던 조직입니다."

"지르마? 아, 그 비겁한 놈인가. 그 정도 잔챙이들이라면 뭐 어떻게든 되려나……."

그래, 좋은 아이디어가 떠올랐다. 지르마라는 자는 무슨 까닭인가 굉장히 자아가 비대했다. 그런 부류의 녀석들이 가장 싫어하는 짓을 해주자.

다음은 라이가의 동료를 죽인 나쁜 놈들이다.

"몹시 불길한 예감이 드는군."

고민하는 나를 바라보며, 진심으로 질린 표정으로 아스타가 말했다.

"네, 또 최악의 예상에서 더욱 놀라운 방향으로 폭주할 듯한 느낌이 들어요."

머리를 싸맨 로제가 비장함이 가득 찬 얼굴로 알 수 없는 비유를 들며 동의했다.

"놈들이 지정한 레나의 기한까지 앞으로 이틀 남았어. 그때까지 파즈즈라는 마물을 쓰러뜨릴 수 있는 수준까지 라이가와 후크를 단련시킬 수 있겠나?"

경악하여 눈을 크게 뜨고, 마치 벼락이라도 맞은 듯 굳어버린 기리메칼라.

"마스터, 그것은 이 멍청이에겐 절대 불가능한 일이오."

지금도 굳어 있는 기리메칼라 대신 아스타가 질색한 얼굴로 대답했다.

그런가. 그렇다면——.

"기리메칼라, 다시 명령하지. 이 라이가와 후크를, 그들을 함정에 빠뜨린 비겁한 녀석보다 강하게 만들어! 그리고 레나를 납치한 작자들의 자세한 사항을 보고해!"

온몸을 부들부들 떨고 있는 기리메칼라에게 명했다. 상대는 기껏해야 저 허접한 애송이인 지르마와 동격이다. 노룬의 영역에서 시간을 연장하면, 이틀이나 있으니 충분히 가능할 것이다.

"과연 위대하신 우리 아버지이자, 신앙과 신망의 존재! 우리와 같은 왜소한 벌레 따위로서는 도저히 그런 방식은 떠올릴 수조차 없습니다! 삼가 명을 받들겠습니다! 지금부터 이틀간, 최선을 다해 단련시키겠습니다!"

두 손을 모으고 눈물을 흘리며 그렇게 선언하는 기리메칼라의 모습에 일동은 점점 더 기이한 눈으로 나를 쳐다보았다.

"최악이오…… 안 그래도 자중하지 않는 변태들에게 이런 명령을 내리다니 대체 어떻게 될지……. 더는 본인도 앞날을 예측할 수가 없소."

아스타가 폭포처럼 땀을 흘리고 두 손을 꼼지락거리면서 그런 알 수 없는 말을 했다. 여전히 기이한 행동을 하는 녀석이지만, 지금은 겁쟁이 마인의 동향 따위 아무래도 좋다.

스토리를 짜야 한다. 그들은 레나를 납치하고 키스를 다치게 했다. 그것은 지금 내가 생각할 수 있는 가장 불쾌하고 용서할 수 없는 행위고, 그것을 웃으며 넘길 만큼 마음이 넓지도 않다. 마땅한 응보가 될 만한, 농후하고 짙은 파멸과 공포를 담은 스토리가 아니면 나의 마음이 풀리지 않는다.

"이것이 놈들의 정보입니다."

기리메칼라가 그렇게 말한 뒤 등 뒤에 나타난 시라유키를 돌아보았다. 시라유키는 가볍게 고개를 끄덕이고 나에게 몇 개의 스크롤을 건넸다. 나는 스크롤을 펼쳐 내용을 확인하였다.

"놈들의 대장은 상대를 흡수하여 능력을 빼앗는군. 이건 써먹을 수 있을지도 모르겠어."

자신의 실력에 절대적인 자신감을 지닌 자들이 가장 싫어할 일은 아주 잘 안다. 무슨 까닭인지 저 쉬운 던전에는 그러한 자의식 과잉 마물로 넘쳐났으니까. 각오해라! 나는 누구보다 성격이 나쁘니까! 철저하게 해주마.

그리고 만약 그들이 이번 스토리에서 내가 설정한 조건을 모두 만족한다면 자비를 베풀어주겠다.

아무튼 바르세에는 키스와 아르놀트가 있다. 어서 문제 중 하나를 해결하도록 하자.

"아스타, '태고의 신전'에서 소환된 마물, 파즈즈라는 자를 알아?"

"알기는 안다만."

역시나. 아스타의 태도로 보아 파즈즈라는 마물과는 어떤 인연이 있다고 생각했다.

"녀석의 강도는? 아니, 듣지 않을게."

어느 쪽이든 나의 소꿉친구를 습격한 시점에 놈들이 갈 곳은 하나뿐이다. 지금부터 상대의 강함을 생각해봐야 소용없다. 게다가── 그쪽이 훨씬 즐겁다. 설마 아직 나에게 이런 생산성이 없는 감정이 남아 있을 줄이야.

어쨌든 레나의 안전이 확보된 이상, 일단 키스의 보호를 우선순위에 올려야겠다. 물론 기리메칼라에 의한 보험은 있겠지만, 상대의 힘을 모르니 기리메칼라로도 힘에 부칠 가능성이 있다. 얼른 시작하도록 하자.

"그럼 슬슬 반격을 시작하자!"

나는 두 팔을 펼치고 그렇게 선언했다. 시라유키가 한쪽 무릎을 꿇고 머리를 깊숙이 숙인 뒤 홀연히 모습을 감췄다.

"반격한다고 해도, 여기서 바르세까지 밤낮으로 마차를 타고 달려도 최소한 이틀은 걸립니다. 어떻게 할 생각이죠?"

로제의 물음에 자연스럽게 입꼬리가 올라갔다.

"물론 방법이 있지."

나는 아이템 박스에서 '토벌 도감'을 꺼내 해당하는 페이지를 펼치고 주문을 외웠다.

눈앞에 나타난 거대한 괴조. 신조와 같은 이름을 사칭하는 조금 정신이 아픈 언데드 새이자, 700층의 플로어 보스── 피닉스다. 먹이를 조르는 새끼 새처럼 불사, 불사 시끄러웠으나 말 그대로 죽을 때까지 베어내자 너무 쉽게 승천하고 만 근성 없는 녀석이기도 하다.

"두렵고도 위대한 분이시여. 명령을 내려주십시오."

목이 바닥에 닿도록 숙이는 자칭 신조.

밀퀴유는 기리메칼라가 나타났을 때부터 쭉 한쪽 무릎을 꿇고, 머리를 깊숙이 숙이고 있었다.

'이, 이만한 트렌센더가 따르고 있어?! 인식이 너무 물렀어! 카이 님은──.'

온몸을 부들부들 떨면서, 중얼중얼 무언가 혼잣말을 하고 있다. 이 녀석은 아스타보다 더 기분이 나쁘다. 무시하도록 하자. 응. 그게 좋겠다.

"내가 지시하는 곳까지 태워줘. 나와 동행할 사람은──."

"물론 저도 가겠습니다."

로제가 내 말에 끼어들자, 잭과 아론 할아버지, 미아도 조용히 동의하며 밀쾨유도 찬동의 뜻을 밝혔다. 이 상황에서 따라오지 말라고 해도 소용없을 것이다. 지금은 시간이 아깝다.

"우, 우리는———."

입을 열려고 하는 라이가를 손으로 제지했다.

"너희는 따로 행동해. 기리메칼라, 부탁한다?"

"네! 분부 받들겠습니다!"

기리메칼라가 머리를 숙이자마자, 라이가와 후크의 모습이 나란히 사라졌다.

"카이 씨, 두 사람은?"

미아가 나의 상의를 붙잡고, 약간 초조함이 담긴 눈으로 올려다보았다.

"걱정하지 마. 재기하기 위한 수단을 제공하는 것뿐이니까."

"그것참, 친절하시네요."

그 머리에 오른쪽 손바닥을 대고 달래자, 로제가 왠지 눈에 띄게 꾸며낸 미소를 지으며 쓸데없는 소리를 했다. 이 녀석, 아마 기분이 상한 듯하다. 최근 깨달았는데 이 녀석이 억지 미소를 지을 때는 반드시 현재 상황에 큰 불만이 쌓여 있을 때다. 뭐, 지금은 이럴 상황도 아닌가.

"주인님, 파프, 졸려요."

파프가 나에게 매달려 눈을 비볐다. 그러고 보니 슬슬 낮잠을 잘 시간이다.

"안나, 저쪽에 도착하면 파프를 재워줘. 나는 용건을 마치고 올 테니."

"맡겨둬!"

부탁을 받아 기쁜지, 안나가 활기찬 얼굴로 엄지손가락을 세웠다.

"그럼 피닉스, 출발해줘."

"우리 주인님의 뜻대로."

온몸이 부유하더니, 우리는 피닉스의 등까지 이동되어 착지했다. 피닉스는 바람과 불과 재생을 다룬다. 그중 바람의 힘일 것이다.

"그러면 여기서 북쪽 도시, 바르세까지 가줘."

"존명!"

자칭 불사 괴조—— 피닉스는 날개를 퍼덕이며 떠올라, 초고속 비행을 시작했다.

***

라이가와 후크는 어느새 풀 한 포기 나지 않은 황야에 있었다.

"이곳은…… 힉?!"

주위를 빙 둘러보는데 갑자기 주위를 둘러싸듯이 괴물들이 모습을 드러냈다. 그리고 그 중심에는 방금 전까지 카이 하이네만을 향해 무릎을 꿇고 있던 기리메칼라라고 불린 코가 긴 괴물이 있었다.

"이것은 우리의 위대한 주인님께서 우리 파벌에 내린 칙명이다. 현실 세계의 이틀 이내로 이 두 마리를 한계까지 단련시켜라!"

기리메칼라가 하늘을 향해 대기가 흔들리도록 목소리를 높였다. 잠시 고요해진 뒤, 폭발적인 함성이 울렸다.

"오오, 감사합니다, 감사합니다."

눈물을 흘리며 기도하는 자부터.

"네메아의 '무심'들에게 추월당하는 바람에 얼마나 분했는지 몰랐건만!"

"이것으로 우리도 그분의 기대에 부응할 수 있어!"

흥분하여 콧김을 내뿜으며 외치는 자. 그리고——.

"한계까지 수련시키라는 명령, 주인님께선 우리 급에도 내린 적이 없어! 그야말로 전대미문! 그만큼 우리를 신뢰하신다는 증거다!"

더는 초점조차 맞지 않게 된 눈으로 침이 튀도록 떠들어대는 자까지.

"노룬, 시간의 흐름을 통상의 1만 분의 1까지 늘려줘!"

기리메칼라가 노룬이라 불린 얼굴 대부분이 새하얀 머리로 가려진 소녀에게 지시를 내리자, 소녀가 당황한 얼굴로 확인을 받았다.

"가능해여. 하지만 인간은 천 년을 살기에는 정신이 버티지 못하겠져. 그래도 괜찮아여?"

"맞는 말이야, 기리메칼라? 듣자 하니 네메아도 정신의 마모 때문에 결과적으로 수십 년밖에 단련시키지 못했다고 하지 않나?"

여덟 개의 눈을 가진 괴물의 맞장구에 기리메칼라가 대답했다.

"그런 건 정신 자체를 수복하면 해결될 일이야. 정신 지배의 프로인 사토리라면 그 임무를 충분히 해낼 수 있겠지."

잠시 괴물들은 어안이 벙벙한 표정으로 멍하니 있었으나, 온몸이 두루뭉술한 존재가 경쾌하게 말했다.

"그렇군! 사토리에게 정신의 마모를 회복시키면, 확실히 시간의 문제는 해결할 수 있어!"

"그래도 고작 인간종. 비슷한 엘프족과 마찬가지로 천이백, 천삼백 년이 한계겠지요. 뭐, 약간 개인차는 있겠습니다만."

"하긴 그래. 만약을 위해 천 년을 최대로 해두지."

"그게 좋겠어요. 그럼 어떻게 단련시킬까요? 신격의 취득은 당연하고, 역시 가호일까요?"

인간 형태의 새하얀 존재가 턱에 손을 대고 혼잣말을 했다.

"음. 하지만 인간 따위가 받을 수 있는 가호는 한계가 있어. 잘 선택해야겠지."

"기리메칼라, 혼자 나서는 건 금지야!"

뒤에서 듣고 있던, 겉모습만 보아도 악하게 보이는 눈이 하나인 괴물의 말. 다른 괴물들도 입을 모아 찬동했다.

"맞아! 이것은 위대한 주인님의 칙명. 나도 절대 물러나지 않아!"

"알아. 그러니 선택해야지. 이 젊은이들에게 가장 어울리는 가호를."

다시 폭풍처럼 함성이 터졌다.

"아무튼 지금은 단련할 때가 아니야. 이 녀석들의 썩은 근성부터 고쳐놔야 해. 그건 내가 맡을 생각인데, 괜찮겠지?"

"상관없습니다. 수십 년 정도라면 기다려드리죠."

부유하는 인간 형태의 흰색 존재의 말에 다른 괴물들도 조용히 동의했다.

"시작하자! 우리가 믿는 그분의 갈망! 수단은 묻지 않겠다! 돌아볼 필요도 없다! 자, 만들어내자! 우리가 생각한 최고의 괴물을!"

기리메칼라가 다시 하늘을 향해 귀가 찢어지도록 큰소리로 외쳤다.

"영문을 모르겠네, 저기 설명을……."

라이가는 필사적으로 애원하였으나, 기리메칼라와 정면으로 마주 보게 된 순간 말끝을 흐리고 말았다.

기리메칼라의 세 번째 눈이 빨갛게 물들더니, 두 손을 허리에 대고 외쳤다.

"나는 기리메칼라다! 지금부터 네놈들의 숨이 끊어지도록 이내가 절대 타협하지 않고 고통을 주겠다! 각오? 그런 것은 필요 없다! 나약하고 모자란 너희에게 그런 것은 아무런 가치가 없다! 물론 도망칠 권리도 절대 주지 않겠다! 그저 버티면서 나를 원망하라! 미워하라! 그것이 우리의 가장 큰 기쁨이니라!"

악몽 외에는 아무것도 아닌 말.

그것은 천 년이 넘는 라이가와 후크의 그야말로 길고 긴 지옥 여행의 시작이었다.

제4장 악군 토벌

——바르세 동문 앞 황야.

"슬슬 끝날 모양이네."

키스 스타인버그가 안도하며, 바닥에 주저앉아 폭포처럼 흐르는 땀을 닦았다.

거대한 파도처럼 밀려오던 실케 수해의 마물. 약한 마물은 일사 씨, 올가 아저씨 같은 숙련된 헌터들이 각자 팀을 이끌고 연계하여 대응하고, 심역의 마물은 베오와 아르놀트 기사장 두 사람이 상대했다. 그리고 조금 전 아르놀트 기사장이 마지막으로 남은 눈이 하나인 거인의 목을 베어내며, 사실상 바르세 마물섬멸대의 승리가 확정되었다.

이제 고블린이며 코볼트 등 패잔병의 처리만 남았다. 이제 인간의 패배는 불가능하다. 즉, 키스와 인류는 승리한 것이다.

"키스 군, 수고했어."

근육질에 수염을 기른 푸른 머리의 중년 남성이 키스에게 다가와, 온화한 어조로 지금 모두가 실감하고 있는 말을 하였다.

"아르놀트 님, 고생 많으셨습니다!"

서둘러 일어나려고 하였으나, 무릎에 힘이 들어가지 않아 도로 주저앉고 말았다.

"하하! 넌 정말 잘해줬어. 뒤는 우리 어른이 맡으마. 그러니 넌 텐트로 돌아가 잠시 쉬어."

지금도 실케 수해로 예리한 시선을 보내는 늑대 털가죽을 뒤집어쓰고, 늑대 가면을 장착한 장신의 남자──── 베오를 바라보면서 아르놀트 기사장이 그렇게 말해주었다.

기사장과 베오는 물론, 일사 씨와 올가 아저씨, 다른 B랭크 이상의 헌터는 요 며칠간 잠은커녕 쉬지도 못하고 계속 싸웠는데도 아직 여력이 남아 있는 모습이다.

키스는 최근 몇 년 동안 계속 피를 토하는 특훈을 해왔다. 따라서 제법 자신감이 넘쳤다. 그러나 이 전투를 경험하며 올가 아저씨 같은 A랭크 헌터는커녕, 일사 씨 같은 B랭크 헌터에게조차 실전에서는 전혀 미치지 못했다. 그 점을 뼈저리게 느꼈다. 그렇기에────.

"아무튼 끝났네요. 이걸로 카이가 관여할 필요가 없어졌어."

카이는 이런 싸움에 끼어서는 안 된다. 아무리 놀라운 힘을 얻었다고 하더라도.

"과연 어떨까. 예의 파즈즈는 아직 모습을 드러내지 않았으니, 아마 지금부터 본격적으로 시작될 거야."

뒤에서 올가 아저씨의 목소리가 들려 돌아보았다. 올가 아저씨는 마물들이 눈사태처럼 몰려나온 숲을 방심하지 않고 응시하고 있었다. 그리고 그것은 일사 씨와 아르놀트 기사장도 마찬가지였다. 대부분의 헌터가 휴식을 위해 성문 근처로 돌아오면서도, 역시 숲에서 시선을 떼지 않았다.

"하지만 이제 마물은 보이지 않고, 그 파즈즈라는 것도 목소리만 들렸을 뿐이잖아? 어쩌면 그 녀석은 대단할 게 없을지도 몰라."

"그럴지도. 하지만 왠지 불길한 예감이 들어."

"왜 이 타이밍에 심역의 마물까지 밀려왔는지 모르기 때문이죠?"

일사 씨가 대화에 끼어들었다.

"응, 그거야."

올가 아저씨가 진지한 얼굴로 고개를 끄덕였다. 그것은 키스도 의아하게 여긴 점이었다. 저 심역의 마물은 보통, A랭크 헌터가 팀을 짜서 토벌해야 한다. 저 심역의 마물에게 천적이 될 만한 것은 존재하지 않을 터였다. 그런데 마치 무언가에 쫓겨난 것처럼 이 도시로 몰려나왔다. 그것은 즉──.

"아르놀트!!"

마침 가장 생각하고 싶지 않은 사실에 도달하려는 찰나, 베오의 날카로운 외침이 황야에 울렸다. 얼른 소리를 따라 시선을 옮기자, 베오가 등을 굽혀 싸울 자세를 취하며 실케 수해로 시선을 고정하고 있었다. 그곳에는 이국의 옷을 입은 산양 머리의 남자가 한 명 서 있었다.

"저건…… 위험한데."

처음 듣는 아르놀트 기사장의 초조함이 가득한 목소리.

"역시 이렇게 되었나."

올가 아저씨가 자신의 무기인 장검을 허리에서 뽑으며 중심을 낮췄다. 그것은 일사 씨도 마찬가지였다. 폭포처럼 땀을 흘리며 산양 머리의 괴물을 응시하고 있다.

"저건 나와 베오가 상대하지. 올가 공은 다른 헌터들을 모아 일단 텐트 앞으로 퇴각해줘. 만약을 위해 주민의 피난도 부탁한다."

아르놀트 기사장도 베오도 지금까지 심역의 마물에 대해서는 저런 과잉된 반응을 보이지 않았다. 즉, 저 산양 머리 남자는 눈이 하나인 거인들보다 더 괴물이라는 뜻인가? 도무지 그렇게 강해 보이지는 않는다. 아니, 저 정도 마물이라면 키스 혼자서도 충분히 쓰러뜨릴 수 있을 것 같다.

"알겠어. 모두 성문까지 물러나!!"

당혹스러워하는 키스를 곁눈질하며, 올가 씨가 소리 높여 외치더니 모두를 이끌고 물러나기 시작했다. 동시에 아르놀트 기사장이 산양 머리 괴물을 향해 땅을 박차고 나아갔고, 베오도 뒤를 따랐다.

인류 최강 클래스인 두 사람과 산양 머리 괴물의 싸움이 시작되었다.

심역의 마물조차 둘로 갈라버리던 아르놀트 기사장의 혼신의 일격을, 산양 머리 괴물은 긴 손톱으로 가볍게 튕겨냈다. 나아가 녀석의 뒤통수를 노리고 날아온 베오의 엄청난 위력의 발차기도 피했다. 돌아보지도 않고 살짝 중심을 이동한 것이다.

그리고 산양 머리 괴물이 아무렇게나 양쪽 손톱을 휘둘렀다.

"큭!"

"…………."

베오와 아르놀트 기사장이 몸을 젖혀 그것을 아슬아슬하게 피했으나, 바닥은 크게 갈라지고 말았다. 저 손톱, 아르놀트 기사장과 베오라도 정통으로 맞으면 치명상을 입을지도 모른다.

"뭐야, 저 괴물……."

옆에서 갈라진 목소리로 말하는 B랭크 헌터. 세 명의 싸움을 보는 사람은 모두 얼굴에 핏기가 가셔 있었다. 키스도 그 마음이 가슴 깊이 이해되었다.

심역의 마물조차 쉽게 쓰러뜨리던 아르놀트 기사장과 베오 두 사람이 저 산양 머리 괴물 하나와 호각으로 싸우고 있다. 아니, 저 산양 괴물 쪽이 약간 우세하기까지 하다.

돌이켜보면, 아까 마물들은 어딘가 이상했다. 마치 무언가에 쫓기는 듯한 인상이었지. 본래 저 심역의 마물을 쫓아낼 만한 존재가 있을 리가 없기에 지금까지 선택지에서 배제해두었는데. 아마 저 산양 머리 괴물이 라이가가 유적에서 들었던 목소리의 주인, 파즈즈일 것이다.

'어떻게 이럴 수가!'

저만큼 압도적인 S랭크 헌터조차 다소 밀릴 정도다. 저런 괴물, 그야말로 단독으로는 용사 마시로가 아니고서는 대적할 수 없을 것이다.

"이대로는 상황이 안 좋아지겠어. 우리도 가자."

"그래요."

올가 아저씨가 장검을 들고 전장으로 걸어가자, 일사 씨도 창을 들고 뒤따랐다.

움직이기 시작한 사람은 두 사람뿐. 키스를 포함한 누구도 몸이 돌처럼 굳어 손가락 하나 꿈쩍하지 못했다.

"이것은 우리 도시를 지키는 싸움이다! 너희도 헌터라 칭할 거면, 근성을 보여야지!"

빨간색 로브를 입은 몸집은 작지만, 근육질의 남자―― 랄프 엑셀이 걸걸한 목소리로 크게 외치며 지팡이를 들었다.

"맞아! 여기서 떨어봐야 소용없어!"

"하지만 우리가 섣불리 다가가면 전투 중인 두 사람의 방해만 될 거야."

"원거리로 공격할 수밖에 없겠군요."

헌터들이 산양 머리 괴물을 토벌하기 위한 방안을 내고, 함께 검토하기 시작했다.

"근접 전투부대와 활부대는 성문 앞에서 접근하는 일반 마물을 상대해. B랭크 이상의 마법부대는 나를 따라와라!"

랄프 님이 느릿하게 걸음을 옮기자, 로브를 입은 헌터들도 뒤를 따라갔다.

"키스, 너는 어떡할래?"

랄프 님이 키스에게 다가와 대답할 것도 없는 질문을 하였다.

"하겠습니다!"

여기서 겁쟁이처럼 굴어봐야, 결국 카이가 위험해질 가능성이 있다. 그것만은 반드시 피해야 한다. 여기서 저 녀석을 반드시 쓰러뜨리겠다. 그러지 않으면, 이런 민폐이기만 할 뿐인 기프트를 얻은 의미가 없다.

키스도 종종걸음으로 랄프 님을 따라갔다.

올가 아저씨와 일사 씨가 가세하여, 형세는 점차 인류 쪽으로 기울기 시작했다.

산양 머리 마물의 뒤에서 베오가 정수리를 노리고 손톱을 휘둘렀다. 그것을 몸을 비틀어 피하는 마물을 횡단하듯이 아르놀트 님의 대검이 거센 바람을 일으키며 다가갔다. 괴물은 그것을 손톱으로 튕겨내었으나, 동시에 올가 아저씨의 화염을 두른 검이 옆구리를 스쳤다.

"긱!"

화가 섞인 목소리를 내는 산양 머리 마물의 목을 노리고 원거리에서 일사의 창이 혼신의 힘으로 찔러 들어왔다. 마물이 몸을 젖혀 그걸 피했을 때, 그 오른발에 베오의 손톱이 박혔다.

"큭?"

자세가 살짝 무너진 산양 머리 마물.

"전원—— 포박!"

랄프 님의 목소리가 울려 퍼짐과 동시에 마도사부대의 영창이 완성되며 가시와 흙, 물, 불의 사슬이 마물을 구속했다. 그리고 랄프 님의 영창도 완성되어, 머리 위에서 빛의 원반이 다수 낙하하며 마물의 온몸을 찢어낼 듯이 조였다. 또한 키스의 술식인 어둠의 말뚝이 녀석의 온몸을 지면에 박아 고정시켰다.

"그워어어어어어어!!"

산양 머리 마물이 마치 짐승처럼 포효하며 자신을 휘감은 사슬들을 끊어내고, 이어서 어둠의 말뚝을 짓밟아 산산조각냈다.

이어서 온몸을 조이고 있는 빛의 원반이 점점 휘어지기 시작했을 때, 아르놀트 기사장의 대검이 마물의 머리를 베어내며 베오의 뒤꿈치가 머리를 잃은 몸통에 깊이 박혔다.

콰직, 과일이 터지는 듯한 소리와 함께 산양 머리 마물의 몸이 사방팔방으로 튀며 살점을 흩뿌렸다.

"해냈다…….”

"이겼어!!”

마도사부대의 헌터 중 한 사람이 주먹을 쳐들고 승리의 함성을 외치자, 터질 듯한 환호성이 바르세 동문 앞 황야에 울려 퍼졌다.

"다행이야.”

지금까지 온몸을 구속하고 있던 긴장의 끈이 느슨해지며, 큰 한숨이 새어 나왔다.

"아직 끝나지 않았어! 방심하지 마라!!”

랄프 님의 다급한 목소리가 전장에 울려 퍼졌다. 랄프 님만이 아니다. 아르놀트 기사장과 베오도 실케 수해를 주시하고 있었다. 그리고 세 사람의 얼굴에 예외 없이 드러난 것은 일단 그들이 짓기에 어울리지 않는 감정이다. 즉, 농후한 공포. 누구보다 강한 세 사람이 나란히 두려움을 느끼는 사태. 그것은——.

"나 참, 불길한 예감이 적중했나. 존슨 자식, 이걸 알고 있었군.”

올가 아저씨가 악담을 퍼부었다.

"거짓말…….”

"으아…….”

곳곳에서 터지는 헌터들의 신음과 비명. 그럴 만도 하다. 엄청난 절망이 키스 일행의 앞에 나타났기 때문이다.

실케 수해에서 차례로 모습을 드러내는 이국의 옷을 입은 머리가 짐승인 괴물들. 괴물들은 이미 수백, 아니 천에 달하여 황야를 가득 메우고 있었다. 생각하고 싶지 않다. 생각하고 싶지 않지만, 설마 저것들이 모두 방금 우리가 합심하여 간신히 쓰러뜨린 괴물과 같은 강함을 지닌 걸까? 고작 한 마리를 없애는 데 인류 최강급인 세 사람과 일류 헌터들의 연계가 필요했다. 애초에 대적할 수 있을 리가 없다.

"어머나~, 우리 애가 하나 죽어버린 모양이네에."

머릿속에 울려 퍼지는 긴장감이라고는 전혀 없는 굵은 남자 목소리. 짐승 머리를 지닌 괴물들이 양쪽으로 갈라지더니, 일제히 무릎을 꿇고 머리를 숙였다. 그들이 무릎을 꿇은 곳에는 푸른 수염을 기른 거대한 남자가 몸을 뽐내며 녹색 머리를 쓸어 넘기는 포즈로 서 있었다. 남자는 빨간색 팬티와 망토, 구두를 착용하고, 머리에는 이국의 모자를 쓰고 있다.

"저것들의 토벌은—— 이 전력으로는 불가능해! 내가 붙잡아 두고 있겠다! 모두, 당장 이 도시에서 피난하라!"

"…………."

길드 마스터—— 랄프 님의 조급한 목소리에도, 모두 아연실색하여 한 걸음도 움직이지 못하고 바라볼 뿐이었다.

"어서 가! 죽고 싶은 거냐!"

랄프 님의 목소리에 정신이 번쩍 든 것처럼 일제히 성문으로 뛰어가는 헌터들.

"우리를 붙잡아둔다구우? 그건 불가능해."

마법을 외우려는 듯 영창을 시작한 랄프 님의 코앞에서, 어느새 입꼬리를 올리고 내려다보는 녹색 머리의 거대한 남자.

"…………."

랄프 님은 영창을 중단하고, 그저 가만히 녀석을 올려다보기만 했다. 온몸이 부들부들 떨리고 있다.

녀석의 움직임이 보이지 않았다! 조금도 그 행동을 인식하지 못했다. 저 녹색 머리의 거대한 남자는 어느새 마법처럼 길드장 앞에 나타나 있던 것이다. 그리고 그것은 키스에게 선망의 대상인 아르놀트 기사장과 베오도 마찬가지였기에 그들도 꿈쩍도 하지 못하였다.

"어머~ 왜 그러는 거야, 나를 붙잡아두고 있겠다는 거 아니었니?"

그야말로 뱀에게 노려지는 개구리와 같은 랄프 님의 머리를 남자가 덥석 붙잡아 들어 올렸다.

"으앗……."

이 전장에서 그만큼 냉정 침착하던 랄프 님의 입에서 새어 나온, 무언가가 찢어진 듯한 작은 비명.

"나, 벌레의 강함은 잘 모르겠는걸. 그러니── 혹시 죽게 되면 미안해."

남자는 랄프 님을 마치 쓰레기라도 버리듯이 휙 내던진다.

랄프 님이 거센 바람을 일으키며 엄청난 속도로 성벽으로 직진하여 격돌했다. 성벽이 산산이 부서지고, 그 몸은 무너진 벽돌 사이로 사라지고 말았다.

"너무 얕보지 마라!!"

네 개의 발로 고속 질주하던 베오가 녹색 머리 남자의 뒤통수에 그 날카로운 손톱을 박으려고 하였으나, 금속이 스치는 소리와 함께 튕겨 나갔다.

"앗?!"

그나마 녀석이 손톱이나 주먹으로 피했다면 나았을 것이다. 그러나 그의 뒤통수는 멀쩡했고, 반대로 공격을 가했을 터인 베오의 오른쪽 손톱이 아프도록 휙 꺾여 있었다.

"아쉽게 됐네!"

녀석이 천천히 베오를 돌아보았다.

"…………."

눈을 크게 뜨고 자신의 손톱으로 시선을 내린 베오가 살짝 얼어맞았다. 베오는 엄청난 속도로 바닥을 굴러가다 간신히 멈춘 뒤, 전혀 움직이지 않게 되었다.

랄프 님과 베오의 실로 어처구니없는 패배에 머리가 제대로 돌아가지 않았다.

스승님과 랄프 님은 오래된 친구 사이다. 항상 자랑스럽게 그 위업을 말해주었다. '바벨'의 최고 전력이자, S랭크의 초인이었던 사람. 말하자면 마도계의 레전드. 베오도 현역 S랭크 헌터로, 카이에게 그 용맹한 모습에 대해 귀에 딱지가 앉도록 들었다.

키스가 지금까지 이 세상에서 절대적 강자라고 생각했던 두 사람이 저렇게 허무하게 지고 말았다. 이런 일이 있어서는 안 된다.

'왜 이렇게 연속해서 이상한 일만 일어나는 거야!'

지금까지 키스도, 레나도 전투에 특화된 특별한 기프트를 지녔기에 수년간 피를 토하는 전투 훈련을 받아왔다. 이 세상에서는 강자에 위치한다고 자부하였고, 그것은 분명 옳은 판단이라고 생각했다. 그랬는데. 잘 모르는 집단에 어이없이 패배하고, 레나는 납치되고 말았다. 덤으로 이번에는 세상에서도 톱클래스의 강자라 일컬어지는 세 사람 중 두 사람이 당하고 말았다.

"자, 얘들아, 오랜만에 포식이란다! 실컷 먹으렴!!"

녹색 머리의 거대한 남자가 지시를 내리자, 오른손을 가슴에 대고 있던 짐승 머리의 괴물들이 이쪽을 향해 진열을 짜고 걸어 왔다.

"이유가 뭐지?"

폭포처럼 땀을 흘리며, 검을 든 채 상황을 지켜보던 아르놀트 님이 간신히 질문을 쥐어 짜냈다.

"음, 무슨 말일까?"

"왜 우리를 습격했지?!"

"우후후. 물론 식자재에 장신구 소재, 실험 소재 등 인간종은 여러모로 쓸모가 있으니까 그렇지."

머릿속에 직접 울리는 끔찍한 발언.

"식자재? 소재? 그건 진심으로 말하는 건가?"

"물론이지, 특히 강한 영혼을 지닌 인간의 가죽으로 만든 가방과 옷은 질감이 근사하거든. 암컷이나 새끼 인간의 고기는 스튜로 만들면 정말 맛있어.”

녹색 머리의 거대한 남자가 황홀한 표정으로 그 몸을 부자연스럽게 뒤틀어 몸부림쳤다.

“미친놈들!!”

아르놀트 기사장이 격노하여 대검을 어깨에 지고, 남자를 향해 빠르게 질주했다.

그러나 파란색과 흰색을 기조로 한 의복에 이국의 모자를 쓴 회색 털의 늑대 머리 괴물이 뒤에서 몸을 짓눌러버렸다. 녹색 머리 남자의 옆에는 똑같은 의복을 입은 호랑이 머리와 독수리 머리의 괴물이 서 있다.

“소용없다. 애송이, 너 같은 약자는 파즈즈 님은커녕 우리에게도 상처 하나 내지 못해.”

늑대 머리 괴물이 아르놀트 기사장의 뒤통수를 잡고 희희낙락하며 얼굴을 바닥에 내리꽂았다. 강한 바람이 일며 함몰하는 대지. 호랑이 머리 괴물이 아르놀트 기사장의 옆으로 다가가 몸을 숙였다.

“아아, 포치는 난폭하다니까. 인간은 고통이나 공포를 너무 주면 고기가 단단해져 맛이 없어진다고. 정신이 나간 상태일 때 목을 베는 게 제일 맛있어. 저기, 너도 저항해봐야 괴로워질 뿐이야. 우리에게 복종해. 그러면 단번에 편안하게——.”

“천박한 놈!!”

회유하는 듯한 말에, 아르놀트 기사장이 호랑이의 얼굴에 침을 튀기며 호통쳤다. 곧바로 호랑이의 얼굴에 무수한 혈관이 두 드러지며, 악귀 같은 형상으로 바뀌었다.

"있잖아, 포치, 마음이 바뀌었어. 이 녀석, 나에게 줄래?"

"아이고, 또 미케의 나쁜 버릇이 나왔네. 싫어. 싫어. 이러니까 고양잇과는."

독수리 머리의 괴물이 어깨를 으쓱하고, 어처구니가 없다는 듯 고개를 가로저었다.

"피코! 너──."

"떠들지 말고 당장 포획해. 특히 젊은 수컷과 암컷은 목장에서 번식용으로 쓸 거니까 상처는 내지 말고. 나머지는 마음대로 해도 좋아. 마음껏 먹어치우렴."

늑대 머리의 괴물── 포치가 아르놀트 기사장의 명치를 주먹으로 때려 일격에 의식을 빼앗고 일어나 오른손을 가슴에 댔다. 호랑이 머리 괴물── 미케와 독수리 머리 괴물 피코도 같은 동작을 취하고 동시에 외쳤다.

"네! 파즈즈 님이 원하시는 대로!!"

"그렇게 강한 척하며 마음대로 해봐! 하지만 이제 곧 이 땅에 너희에게 가장 큰 절망이 나타날 거다!"

일사 씨가 홀로 목소리를 높였다. 놈들을 노려보는 그 눈에는 랄프 님마저 드러내던 공포와 같은 부정적인 감정이 전혀 없었다.

"그만둬! 일사!"

올가 아저씨가 만류하였으나.

"헤에, 재미있는 말을 하는 암컷이네."

파즈즈가 눈앞에서 일사 씨를 내려다보며 흥미롭다는 듯 말했다.

"…………."

"너희의 그 눈을 보면 알아. 다른 가축들과 달리 허세가 아니라, 아무래도 진심인 모양이네. 우리를 앞에 두고 이 강인한 태도, 십중팔구 천군(天軍)이 뒤에 있는 거겠어."

파즈즈는 조용히 노려보는 일사 씨와 그 옆에 있는 올가 아저씨를 샅샅이 관찰하며 푸른 수염을 쓰다듬더니, 뒤에서 대기하던 피코에게 명령을 내렸다.

"피코! 이 두 마리를 본진까지 데려가 배후 관계를 알아내렴. 수단은 가리지 않아."

"넵!"

경례한 직후, 피코가 어느새 일사 씨와 올가 아저씨의 뒤로 이동했다.

"아차——."

피코가 올가 아저씨와 일사 씨를 오른손에 든 창의 자루 부분으로 때려 의식을 잃게 했다. 그리고 창을 등에 지고, 일사 씨와 올가 아저씨를 양팔로 각각 안아 하늘 높이 도약하여 숲 안쪽으로 사라지고 말았다.

"자, 다시 이쪽에 집중하고, 시작하렴."

"만찬이다! 먹어치워라!"

파즈즈가 활기차게 외치자, 포치의 포효를 시작으로 헌터들을 향해 일제히 달려가는 짐승 머리 괴물들.

묘하게 천천히 다가오는 괴물들을 키스는 멍하니 바라보았다.

키스는 분명히 여기서 죽는다. 만약 운 좋게 살아남더라도 기다리는 것은 인간으로서의 존엄을 짓밟힌 최악의 미래뿐이다. 어느 쪽이든 키스는 끝장났다.

아마 이 자들은 4대 마왕의 부하 마족도 아닐 것이다. 왜냐하면 그들은 사람을 먹지 않고, 인간 목장이라는 끔찍한 생각도 하지 않는다. 그저 인간을 죽이고 지배하려는 욕구를 지녔을 뿐이다. 아마 이들은 더욱 사악하고 무서운 무언가다. 저 마족들이 숭배하는 이계의 괴물 같은 구제 불능의 존재라고 생각한다.

'어쩌면 잘된 일이야.'

유일하게 다행인 것은 여기에 카이가 없다는 사실이다. 지금 카이는 초월자와 계약하여 상당한 강자가 되었다고 한다. 그렇다면 레나도 구해낼 수 있을지도 모르고, 그걸로 키스의 최소한의 희망은 이루어진다. 적어도 그 좋은 친구를 이런 패배 가능성이 농후한 싸움에 휘말리게 하는 것은 죽어도 싫으니까. 그럴 터인데. 레나와 고향에 있는 동생들. 그리고 그 다정한 형을 떠올린 순간.

"그런 건── 싫어! 카이, 구해줘!!"

키스의 입에서 나온 것은 스스로도 놀랍게도 구원을 요청하는 말이었다.

양 머리를 지닌 괴물이 눈앞으로 다가와 키스를 향해 날카로운 손톱을 뻗었다. 그때──.

"어흑?!"

머리 위에서 검은색 덩어리가 내려와 양 머리 괴물을 짓눌렀다. 괴물은 산산이 부서져 고깃덩어리가 되고 말았다.

그 검은색 인간형 덩어리가 키스를 돌아보더니 안부를 확인하였다.

"키스, 괜찮아? 다친 덴 없고?"

그것은 키스가 이 자리에 가장 오지 않기를 바랐으나, 가장 만나고 싶었던, 그에게는 형과 같은 존재인 카이 하이네만이었다.

***

피닉스의 등에 올라 10초도 되지 않아 목적지인 바르세 상공에 도착했다.

지상을 살피자, 수많은 짐승 머리의 괴물이 헌터들을 향해 우글우글 돌진하고 있었다.

아르놀트도 다른 헌터들도 일단 살아는 있는 모양이다. 그리고,

"다행이야. 아슬아슬하게 도착한 모양이네."

헌터들 사이에 섞여 있는 키스를 확인하고, 눈앞이 흐려질 만큼 안도하여 크게 숨을 토해냈다.

"이곳은 제가 처리하겠습니다. 할아버지와 다른 사람들은 도시 안에서 기다려주세요. 피닉스, 다른 사람들을 밑에 보이는 도시에 내려줘."

"알겠습니다!"

"잠깐만, 카이——."

로제가 무언가 말하려는 것을 듣지도 않고 밑으로 낙하했다.

"그런 건—— 싫어! 카이, 구해줘!!"

키스는 보통 강한 척하며 허세를 부리는 성격이다. 그런 키스
가 나에게 도움을 요청하다니 심상치 않다. 그만큼 궁지에 몰렸
다는 말이겠지만.

참을 수 없는 분노를 느끼며, 나는 당장이라도 키스를 공격하
려고 하는 양 머리 마물을 짓밟으며 땅에 착지했다.

"키스, 괜찮아? 다친 덴 없고?"

안부를 확인했다. 아무래도 피로 외에는 찰과상밖에 입지 않
은 모양이다. 볼에 든 멍은 아마 레나를 습격한 놈들에게 맞은
곳으로 보인다. 아마 올가 아저씨에게 건넨 고성능 포션으로 회
복시킨 흔적일 것이다.

"카이…… 맞아?"

"그럼. 내가 누구로 보여?"

그런 농담을 하며 주위를 빙 둘러보았지만, 강자는 없고 잔챙
이뿐이다. 아니, 전혀 차이를 판단하지 못하겠다. 굳이 말하자
면 저 팬티 하나에 망토만 입은 변태가 몹시 잘난 척하고 있으
니 저 녀석들의 보스인 모양이다. 경험상 이런 식으로 작당하는
마물은 약육강식이므로, 저것이 가장 강한 거겠지.

그 외에는 저 늑대, 호랑이 머리를 지닌 마물인가. 저들이 입
고 있는 옷은 이계의 군복이겠지? 그 약자 전용 던전에서 얻은
책에는 이계의 축제에 대해서도 상세하게 쓰여 있었다. 공상을

좋아하는 군중이 모여서, 이야기에 나오는 등장인물이 입은 의복이나 모습을 흉내를 내 서로 보여준다고 한다. 그래, 아마 '코스튬 플레이'라고 칭하며, 그것을 하는 사람을 '코스튬 플레이어'라고 말한다고 했던 것 같다. 대충 저 변태도 같은 취미를 지녔을 것이다. 그렇다면 저것은 이계의 생물이라는 뜻인가. 뭐, 없어질 마물의 생태 따위 아무래도 좋지만.

아무튼 꽤 요란하게 한 모양이다. 참기 힘든 거친 감정이 질풍처럼 나의 가슴을 채웠기에 입을 열었다.

"움직이지 마. 한 걸음이라도 움직이면 바로 죽인다."

주위를 빙 둘러보며 살의를 담아 그렇게 명령한 것만으로, 한 걸음도 움직이지 못하게 된 천에 달하는 짐승 머리 마물들. 하! 이 정도라니, 웃기지도 않는다. 아무튼 빈사인 사람도 있고, 대부분이 적지 않게 상처를 입었다. 일단 회복이 우선인가.

'토벌 도감'에서 '힐링 슬라임' 서른 마리를 지정하여 불러냈다.

"여기에 있는 인간들을 치료해줘."

마치 열심히 할게, 라고 말하는 듯이 '힐링 슬라임'이 몸을 파르르 떨더니 다친 헌터들에게 다가가 그 몸을 감싸고 순식간에 치료하였다.

"저, 저건 힐링 슬라임?!"

놀란 소리를 내는 호랑이 머리에 군복을 입은 마물. 흠, 이 괴물들 힐링 슬라임을 알고 있는가.

"어째서 옛 아폴로의 최고위 권속이 이 땅에?!"

"바보냐! 아까 건방진 암컷이 그런 식의 말을 했었잖아! 천군이 이 땅에 와 있는 건 이것으로 확정되었어!"

"그럼 놈은 아폴로의 부하인가!!"

늑대 머리 마물도 대화에 끼어 영문을 알 수 없는 화제로 흥분하여 외쳤다.

"입 다물어엇!!"

망토를 걸친 녹색 머리의 변태 남자가 질타하자, 늑대 머리 마물과 호랑이 머리 마물이 서둘러 자세를 똑바로 했다. 변태 남자의 얼굴에서는 지금까지 머금고 있던 여유로움이 완전히 사라지고, 눈을 가늘게 뜬 채 나를 주의 깊게 관찰하고 있었다.

"우리 애들을 떨게 하는 안력(眼力)에 까탈스럽고 자존심이 센 힐링 슬라임을 따르게 하는 힘. 너, 정체가 뭐니?"

"알 필요 없어. 어차피 너희는 죽을 테니까, 말해줘 봐야 소용없거든."

키스를 죽이려고 한 해충을 이 내가 살려둘 일은 절대로 없다. 그래, 이 녀석들의 죽음은 정해졌다. 이제 어떻게 죽일 것인가 하는 방법을 선택하는 것뿐이다.

"아주 쉽게 말하네에. 고작해야 땅을 기는 벌레 따위에게 이렇게까지 무시당한 건 처음이야."

녹색 머리의 변태 남자가 관자놀이에 굵은 핏대를 세우며 목소리를 쥐어 짜냈다. 미소를 짓고 있기는 하지만, 아마 분노가 가득할 것이다.

"만약 나와 제대로 싸울 수 있다면, 나에게 그 사실을 증명해. 유감이지만 너희는 하나도 강해 보이지 않거든."

그 이지 던전 최상층의 마물 쪽이 훨씬 강했다. 이런 허접한 놈들에게 천하의 고랭크 헌터가 패배한 이유는 뭘까. 생각할 수 있는 이유는 세 가지다. 첫 번째는 이 녀석이 비장의 수를 숨기고 있다는 것. 두 번째는 아르놀트 등을 쓰러뜨린 강자는 이미 이 자리를 떠난 뒤라는 것. 세 번째는 검제 때와 마찬가지로 인질 등의 수단으로, 이쪽은 반격하지 못했다는 것.

"정말 불쾌한 놈이네. 포치, 미케, 저 불쾌한 쓰레기를 죽여 버려!"

"네!"

나를 사이에 두고 무기를 든 짐승 머리의 코스튬 플레이어들. 이 바보들은 나의 위압에도 버틸 수 있는 모양이다. 뭐, 저 녹색 머리 변태와 마찬가지로 그냥 둔한 것일지도 모르지만.

"넌 이미 죽은 목숨이다!"

슬쩍 미소를 지으며, 나에게 철 도끼를 향하는 늑대 머리 마물.

"그래, 하필이면 파즈즈 님을 약하다고 말하다니 너무 주제를 몰라. 우리── 파즈즈 삼수사의 손에 죽는 것을── 어라?"

호랑이 머리 마물이 자신의 두 손목이 어긋나는 것을 보며 의아해했다.

이제야 눈치챘나. 본의 아니게 나의 사정거리 안에 있었으니까. 아무래도 그냥 단순한 놈들에 불과한 모양이다.

"미안. 이미 베었다."

이미 고속으로 이 두 마리를 절단해놨다. 방금 움직임조차 못 본 것인가. 이래 보여도 한 마리당 정확히 천 번 잘라줬는데.

"이, 이런——."

"거짓——."

각자 인생 마지막이 될 유언을 남기며, 온몸에 촘촘한 선이 그어졌다. 이어서 산산이 부서져 바닥에 이리저리 떨어졌다.

"…………."

잠시 녹색 머리 변태는 피 웅덩이 속으로 가라앉은 부하였던 살점을 멍하니 바라보았으나, 곧 고개를 들어서 나와 시선을 마주쳤다.

"큭!!"

단지 그것만으로 변태 남자가 마치 용수철에 튕긴 것처럼 펄쩍 뛰었다. 그 얼굴은 엄청난 공포로 물들어 있다.

"이건 나의 마지막 충고야. 혹시 비장의 수가 있다면, 어서 보여줘."

녹색 머리 변태에게 조용하지만 강요하는 어조로 통보했다.

"너, 너, 너는 천군의 선발대구나! 그 남다른 강함! 너, 천군이 보낸 자객이지?!"

"음, 이제 뭐든 좋으니 얼른 덤벼."

왼쪽 새끼손가락으로 귀를 후비며, 나는 라이키리의 칼등으로 어깨를 톡톡 때렸다.

지금 나는 평소보다 짜증이 난 상태다. 이 녀석의 망상에 일일이 어울려줄 인내심 따위는 없다.

"얕보지 말라고! 나는 악군 소좌 파즈즈! 하늘의 앞잡이 따위에게 질 내가 아니라구우!"

남자가 짐승처럼 외치더니, 온몸에서 빠직빠직 소리를 내며 변모하기 시작했다.

근육이 더욱 부풀고, 등에는 박쥐 날개가 돋았다. 그리고 머리는 사자 그 자체로 변했다.

"바보냐……."

나는 변신하는 중인 놈의 두 팔을 절단했다. 설마 내 앞에서 이따위 무방비한 모습을 드러낼 줄이야. 정말이지 너무나 불쾌한 녀석이다.

"그아아아아아아악!!"

놈이 절단된 두 팔에서 선혈을 흩뿌리며, 꼴사나운 비명을 질렀다.

"아파할 여유가 있으면, 조금 저항이라도 해봐!"

화를 내며 이번에는 녀석의 오른쪽 귀를 절단했다.

"아직 변화하는 중인데 공격하다니, 비, 비겁해!"

"비겁? 나는 지금 전투를 하고 있어. 어느 세상에 무방비한 적을 이유도 없이 손가락만 빨며 쳐다보는 한심한 인간이 있단 말이야?"

분노에 몸을 맡기고 라이키리로 그의 왼쪽 귀를 잘랐다. 귀에 거슬리는 비명을 지르는 변태 남자, 파즈즈.

"아, 알겠어! 네가 강한 건 잘 알겠어! 이렇게 항복할게!"

"네가 내 입장이면 이제 와서 항복한다고 받아줄 거 같아?"

나는 얼굴을 찌푸리며 그의 헛소리를 부정했다.

"기, 기다──."

그는 필사적으로 나에게서 도망치기 위해 뒤로 물러나려고 하였으나, 곧 엉덩방아를 찧었다. 그리고——.

"어라?"

자신의 눈앞에 세워진 두 개의 다리를 발견하고.

"어머나, 내 다리?"

현실을 인식한 뒤 다시 비명을 질렀다.

"이, 이제 안 할게! 두 번 다시 이 세계를 건드리지 않을게!!"

"나는 이제 너의 헛소리를 들어주는 것도 질렸어."

울부짖는 파즈즈를 곁눈질하며, 칼에 묻은 피를 털어낸 뒤 '라이키리'를 도로 넣었다.

"사, 살려주는 거야?"

"널 살려줘? 정말 재미있는 말을 하는구나, 너?"

이런 인류의 적인 유해 짐승을 내가 살려둘 리가 없지 않나. 키스를 죽이려고 한 쓰레기라면 더욱 그렇다. 다음 차례인 '흉' 박살 계획에 쓸 수 있을 만큼 강하지도 않으므로, 내가 이 녀석을 살려둘 이유는 없다. 내가 라이키리를 넣은 이유는 이미 나의 목적을 완수했기 때문이다.

"히익! 뭐, 뭐야, 이거?!"

녀석의 온몸에 생긴 무수한 선. 그것들이 서서히 어긋나기 시작했다.

"내 머리가, 몸이 무너져!!"

파즈즈는 필사적으로 몸의 붕괴를 막으려고 하였으나.

"으아아아아아아아악!!"

단말마와 함께 블록 형태로 이리저리 갈라져 바닥으로 떨어지고 말았다.

"자, 이제 너희만 남았구나?"

고요해진 전장에서 나는 짐승 머리 마물들을 쭉 둘러보았다. 그것이 신호라도 되는 양, 일제히 나에게서 등을 돌려 숲속으로 도망치는 마물들.

"어리석기는. 도망칠 수 있을 것 같나."

나는 무라사메를 등에서 뽑아 왼손에 들고, 오른손으로는 그 칼자루를 잡았다.

"'진계류 검술 일도류' 제4형——."

언령과 함께 나에게서 뿜어져 나온 마력의 실이 황야를 달려 천에 달하는 짐승 머리 녀석들 전체를 포착했다. 그리고——.

"아라크네."

나는 칼집에서 칼을 뽑았다.

짐승들의 머리가 바닥으로 스르륵 낙하하였고, 이어서 머리를 잃은 몸이 피를 흩뿌리며 실이 끊어진 인형처럼 쓰러졌다. 천이 넘는 마물은 하나같이 쓸모없는 시체로 전락했다.

지금 기술은 '진계류 검술 일도류'—— 제4형, 아라크네.

색적 효과를 지닌 마력의 실을 사방팔방으로 뻗어, 망에 걸린 것은 거리를 무시하고 공격할 수 있는 기술이다. 참격을 공간째로 이을 수 없을까 시험하다 우연히 만들어졌다.

본래 색적용 마력의 실은 사정거리가 그리 멀지 않고, 무엇보다 공격력이 참격 한 번 수준에 불과하므로 진정한 강자에게는 별로 효과가 없다. 한마디로 잔챙이 섬멸용 기술이라는 것이다.

아무튼 끝났지만, 왠지 불길한 예감이 든다.

키스가 초조한 얼굴로 나의 상의를 붙잡더니, 눈물을 뚝뚝 흘리며 말했다.

"카이, 올가 아저씨와 일사 씨가——."

절실한 어조. 말이 제대로 나오지 않는 모양이다. 이 모습으로 보아, 심상치 않은 일이 일어난 건가.

"두 사람이 어떻게 되었는데?"

"놈들에게 잡혀갔네."

키스의 양쪽 어깨를 붙잡고 묻자, 뒤에서 목소리가 들렸다. 헌터계의 영웅, 랄프 엑셀이 심각한 얼굴로 이쪽을 보고 있었다. 회복 직후인 탓인가 랄프의 얼굴은 새파랗게 질렸고, 다리에 힘이 풀려 지팡이로 간신히 서 있는 상태였다.

잡혀갔다…… 올가 아저씨도, 저 구릿빛 피부의 여자 일사도 전장에 보이지 않는다.

확실히 아르놀트나 헌터계의 영웅 랄프, S랭크 헌터 베오가 저런 약해 빠진 적에게 쉽게 패배하는 일은 있을 수 없다. 이 상황에서 가장 가능성이 큰 것은 그들을 쓰러뜨린 적이 여전히 존재하고, 그들이 두 사람을 잡아갔다는 것이다.

"비겁한 짓을 하다니……."

큰일이다. 도저히 화가 가라앉지 않는다. 키스를 죽이려고 한 시점에 인내심의 한계를 넘어섰다. 거기다 올가 아저씨의 납치라니. 올가 아저씨는 어린 시절, 나를 자신의 아이처럼 돌봐준

적이 있는 분이다. 지금 나는 타인에게 가만히 소중한 것을 빼앗길 만큼 무르지 않다. 내가 생각할 수 있는 최악의 악몽을 보여주도록 하자.

마침 그렇게 결심한 순간, 하늘에서 불기둥이 낙하하더니 인간의 형태를 만들어갔다. 그 화염 마인은 나에게 무릎을 꿇고, 머리를 숙이며 양손을 수평으로 들어 얼굴 윗부분을 가리며,

"우리의 위대한 주인님, 황공하오나 드릴 말씀이 있습니다."

정중하게 말했다.

"이, 이프리트!"

로브를 입은 헌터 길드의 바가지 머리 마도사가 놀란 목소리로 외쳤다. 그래, 이 녀석은 이프리트다. 정령왕을 자칭하지만, 실제로는 그냥 악령이지. 그리고 그는 기리메칼라의 부하. 그렇다면──.

"상황을 보고해. 시간이 없으니 간략하게."

"네! 여기서 북동쪽 유적 부근에 자신을 절대악이라 칭하는 티아마트라는 이름의 어리석은 자가 본진에 대기하고 있습니다. 올가 공과 일사라는 인간 여자는 그 티아마트군에게 잡혀간 모양입니다."

티아마트라. 이야기의 흐름으로 보아 파즈즈의 보스일 것이다. 아르놀트와 베오에게 승리했다면 상당히 강할 터. 그렇다면 그 계획에 쓰는 것은 다소 벅찰지도 모른다. 아무튼 이번에는 올가 아저씨의 안위가 걸려 있다. 놀이는 나중 일이다. 내가 지닌 최대 전력으로 응전하도록 하자.

상대의 전력은 강대하다. 어중간하게 강한 자는 필요 없다. 나의 부하 중에서도 최강을 자랑하는 자가 아니면 안 된다.

나는 토벌 도감에서 각 파벌을 대표하는 자를 불러냈다. 그들이 대지에 무릎을 꿇고, 혹은 하늘을 부유하며 일제히 머리를 숙인다.

"우리의 위대한 주인이시여, 무엇이든 명령하십시오."

선두에 선 일곱 개 머리를 지닌 황금용── 라돈이 땅을 울리며 한 걸음 앞으로 나와 모두를 대표하여 말했다.

나는 폐에 공기를 집어넣고 배에 힘을 주어, 큰 소리로 엄명을 내렸다.

"나의 은인이 적에게 사로잡혔다! 함께 사로잡힌 여자와 함께 보호해라! 그것이 최우선 사항이다! 그리고── 쥐를 사냥하라! 수단은 묻지 않겠다! 자중할 필요도 없다! 설령 상대가 아무리 약하더라도, 한 마리도 남기지 말고 모두 잡아라!"

"이야호! 주인님의 칙명이다! 내가 모두 죽여버리겠어!"

"헛소리하지 말아줘! 그건 우리 여신 연합의 역할이야!"

"악군 중장 티아마트! 그 로리인가! 상대로 손색이 없군! 주인님께 받은 이 힘으로 본때를 보여주마!"

각 파벌의 대표자들이 미칠 듯이 기뻐하며 숲으로 사라졌다.

"올가 아저씨, 무사해 줘."

오랜만에 느낀 위가 타들어 가는 듯한 초조함에 아랫입술을 깨물고, 나 역시 전장으로 향하기 위해 땅을 박찼다.

***

카이가 살육을 위해 숲으로 모습을 감춘 뒤, 바르세 앞은 기묘한 침묵에 휩싸였다가 뒤늦게 시간이 움직이기 시작했다. 엉덩방아를 찧은 사람, 숨을 쉬기 위해 기침하는 사람, 극도의 긴장 상태에서 풀려나 토하는 사람, 온갖 사람이 다 있었으나 예외 없이 모두 느낀 점이 있었다. 그것은──.

"저건 절대 못 이겨."

베오가 모든 사람이 뼈저리게 느낀 감상을 소리 내어 말했다.

"맞아, 나도 그를 너무 과소평가했던 모양이야······."

이마에 흐르는 땀을 닦으며, 아르놀트 님이 고개를 크게 끄덕였다.

"랄프 님, 저자는 대체 뭡니까?!"

바르세의 헌터 길드에 속한 바가지 머리의 간부가 히스테릭한 목소리로 랄프 님에게 따졌다.

"카이 하이네만. 이 세상 제일의 무능이라는 기프트를 지닌 검성 엘름의 손자야."

"얼버무리지 마십시오! 그런 소리를 듣고 싶은 것이 아닙니다! 지금 뭔가 감추고 있으시죠?!"

이러한 랄프 님의 대답에, 간부가 침을 튀기며 무서운 기세로 따지고 들었다.

"딱히 거짓말은 하지 않았어. 틀림없는 사실이야."

피곤함에 지친 듯 고개를 가로젓는 랄프 님.

"그분이 힘없는 쓰레기 기프트 홀더?! 말도 안 됩니다! 그런 허황된 이야기, 마도사라면 아무도 믿지 않을 겁니다!"

"그분이라니, 너……."

바가지 머리 간부에게 같은 헌터 길드의 간부 한 사람이 기이한 시선을 보냈으나, 그는 계속 외쳤다.

"애초에 그분은 인간이 아니야! 우리 마도사가 쭉 기다려온 초월자! 심지어 아마 이 세계 역사상 최강의!"

그것은 이전의 바가지 머리 간부라고는 생각할 수 없는 뜻밖의 말이었다.

"다 맞는 것은 아니지만, 완전히 틀린 말도 아니로군."

바로 돌아보자, 흰머리에 마찬가지로 새하얗고 긴 턱수염을 기른 할아버지가 유쾌한 미소를 지으며 다가왔다.

"아론 사부님, 평안하셨습니까!"

아르놀트 기사장이 흰머리 할아버지 앞에서 왼쪽 손바닥에 오른쪽 주먹을 대고 머리를 깊숙이 숙였다. 이어서 로제 전하를 선두로 여러 남녀가 이쪽으로 다가왔다.

"음. 아르놀트, 자네도 힘들었겠지만, 무사해서 다행이야."

아르놀트 기사장을 격려하는 할아버지. 이 사람이 아르놀트 기사장의 스승, 카이엔류 총사범, 아론 카이엔인가.

"인사는 나중에 해주십시오! 어서 그분에 대해 알려주십시오!"

두 눈을 부릅뜨고 외치는 바가지 머리 간부의 말에 다른 고랭크 마도사들도 찬성하는 뜻을 밝혔다.

키스도 어쨌든 마도사다. 카이에게 충성하던 존재들에 대해서는 어렴풋이 이해하고 있다. 아마 그들은 이 세계에 존재해서는 안 되는 것이며, 키스 같은 마도사가 초월자, 혹은 신이라 칭하는 존재다. 스승님이 항상 말했다. 마도사들은 초월적인 힘을 지닌 신을 알현하여 이치를 넘어선 힘을 얻는 것을 생애의 명제로 삼고 있다고.

그리고 우리의 착각과 가장 다른 점은, 카이가 단순한 계약자가 아니라 그런 초월자를 이끄는 존재라는 것이다. 초월자를 이끄는 것은 초월자 외에는 있을 수 없다. 따라서 일류 마도사인 그들로서는 카이를 알고 싶다고 느끼는 것이 매우 당연하다.

"마리아에게 그의 아버지는 인간이라고 들었습니다. 마리아도 인간족인 이상, 그는 틀림없이 인간이에요."

마도사들의 의문에 대답한 것은 아론 할아버지가 아니라 로제 전하였다.

"그럴 리가 없어! 인간이 저렇게 특출나게 강해질 리가 없다고!"

"아무리 강해도 그는 인간족이자, 나 로제마리 로트 아멜리아의 로열가드입니다."

"그것만은 용납 못 해! 그는 순수한 괴물인데? 일국이 보유하기에는 벅찬 힘이야. 그것을 일개 왕녀의 가신으로 삼다니 제정신으로 할 짓인가!"

지금까지 얌전하게 상황을 지켜보던 랄프 님이 이성을 잃고 로제 전하의 말을 강하게 부정했다.

"그렇게 말씀하셔도, 카이도 가볍게 받아들였으니까요."

처음 보는 랄프 님의 서슬 퍼런 얼굴에 약간 위축되면서도, 로제 전하가 차분하게 단언했다. 그 말에 아르놀트 님의 오른쪽 볼이 움찔거렸다.

그런가. 분명히 로제 전하가 무리를 해서 카이가 져준 패턴일 것이다. 이 사람, 가끔 영문을 알 수 없는 행동력을 발휘할 때가 있다. 어쩔 수 없다며 카이가 한숨을 쉬고 받아들이는 모습이 선명하게 떠올라, 그것이 너무 재미있어서 오랜만에 소리를 내어 웃었다.

"하하! 크하하하!"

갑작스러운 키스의 기행에 당황하는 시선이 집중되는 가운데.

"키스, 뭐가 재미있는 거냐?"

랄프 님이 대표하여 키스에게 물었다.

"죄송합니다. 카이 녀석, 결국 별로 변하지 않았구나 해서."

그렇다. 언행은 크게 바뀌었으나, 카이의 근간은 옛날부터 많이 달라지지 않았다. 그 녀석의 마음은 여전히 다정하다.

"예전 그 아이를 아는 내가 보기에는 너무 달라졌다고 생각한다만."

아론 총사범이 새하얀 수염을 쓰다듬으며, 멍하니 그런 말을 하였다.

"동감이야."

랄프 님도 고개를 크게 끄덕였다.

"아까 이야기로 돌아가죠. 랄프 님은 카이 군이 이 조직에 소속되어야 한다고 생각하십니까?"

아르놀트 님이 길드장에게 그 발언의 의도를 물었다.

"어느 나라에도 속하지 않는 조직, 그것은 당연히 헌터 길드지! 그 외의 조직에 속하는 것은 내가 단호히 반대하겠어!"

랄프 님이 그렇게 대답하자, 주위의 마도사들이 일제히 찬성하였다. 그렇게 나오리라 생각했다. 카이의 존재는 지금까지 아슬아슬하게 유지된 국가 종족 간의 파워 밸런스를 완전히 붕괴시킬 것이다. 설령 수십 만의 병사를 카이에게 상대시켜도 도저히 쓰러뜨릴 수 없으리라. 시체의 산이 쌓일 뿐이다. 그야말로 저 짐승 얼굴의 괴물들처럼.

"걱정할 것 없습니다. 애초에 **지금** 그는 누구의 밑에 붙을 만한 인간이 아니에요. 우리처럼 순수한 기사는 될 수 없습니다. 어느 쪽인가 하면, 로제 님을 지지하는 후견인 같은 관계가 되리라 생각합니다."

아멜리아 왕국은 틀림없이 대국이다. 그 왕족의 후견인 같은 관계. 그런 관계가 될 수 있는 사람은 초고위 귀족이나, 왕족의 친족 정도일 것이다. 아무리 강해도 일개 소년은 결코 될 수 없을 터. 그런데——.

"웃기지 마라! 후견인이라니, 그런 불경한 짓이 용납될 것 같으냐!"

반대 의미로 거절하는 말이 바가지 머리 마도사 간부에게서 나오자, 다른 마도사들도 차례로 그 뒤를 따랐다. 그것을 다른 헌터들은 아연실색하여 지켜보았다.

그런 어떤 의미로는 혼란스러운 상황에 팔짱을 끼고 생각에 잠겨있던 아론 할아버지가 진지한 얼굴로 제자인 아르놀트 님을 응시했다.

"아르놀트, 자네, 카이 하이네만의 강함의 비밀을 알고 있는가?"

그것은 지금 이 자리의 모두가 가장 알고 싶은 사항이었다.

"어디까지나 저의 개인적인 상황 분석에 불과합니다만."

"하지만 자네는 확신하고 있지?"

"네."

"어서 말해!"

몸을 내미는 아론 할아버지. 하지만 아르놀트 님은 고개를 크게 가로젓고, 단호히 거절했다.

"분명 그것은 그의 근간에 얽힌 것인 데다, 여전히 추측의 영역에 지나지 않습니다. 그러니 스승님의 명령이라도 섣불리 말하지 못하겠습니다."

"절대 말하지 않겠단 말인가?"

"네."

"그런가…… 그럼 어쩔 수 없군……."

어깨를 축 늘어뜨리는 아론 할아버지에게 아르놀트 님은 쓴웃음을 지으며 보충 설명을 하였다.

"그럼 제가 확신하는 부분을 하나만 말씀드리죠. 확실히 그는 이 여행이 시작되기 전까지는 약하고 무력했다는 점일까요."

"여행이 시작되기 전까지 약했다고……? 흠, 저 무신의 강함은 재능이나 기프트 같은 얄팍한 것으로는 도달하지 못할 성질의 것…… 그렇다면……."

생각의 소용돌이에 빠진 아론 할아버지에게 랄프 님이 강한 어조로 물었다.

"강함의 원인 따위는 아무래도 좋아! 카이가 이미 강하다는 사실이 중요해. 그는 헌터 길드가 데려가겠다. 아론, 상관없지?"

"그래, 물론이야. 나도 저 무신을 제자로 삼으려는 허황된 꿈은 꾸지 않아. 기본적으로 실력 지상주의인 헌터계에 놔두는 것이 가장 압력이 적은 방법이겠지."

"그럼 됐어! 자, 바빠질 거다! 어서 그 남자의 헌터 랭크를 올려야 해! 가자!"

"네!"

랄프 님이 번들거리는 두 눈을 빛내며 외치자, 마도사들도 흥분하여 얼굴을 붉히면서도 크게 고개를 끄덕이고 바르세를 향해 달려갔다.

"아직 싸움은 끝나지 않았는데. 이거, 완전히 들떠버렸군."

야성적인 무도가 같은 남자가 팔짱을 끼고 어이가 없다는 듯 중얼거렸다.

"카이 군의 승리를 의심하지 않는다는 점에서는 나도 비슷하기는 하지만."

아르놀트 님이 지금도 폭주하는 랄프 님과 마도사들의 뒷모습을 보며, 조용히 그런 말을 하였다.

"뭐, 카이 하이네만에게는 모두 잔챙이에 불과할 테니까."

"그 악명 높은 악군 중장이 시작부터 애송이 취급을 당하는 모습은 처음 보았소."

진심으로 질색한 얼굴로 보라색의 이국적인 옷을 입은 여성이 고개를 저었다.

"아스타, 당신은 이 땅을 습격한 적에 대해 알고 있습니까?"

"일단은. 하지만 쓸데없는 걱정이오. 마스터가 움직인 이상 결과는 이미 정해진 데다, 이번에는 저 도감의 변태들이 진지하게 나서고 있소. 당신들이 상상한 결과 외에 다른 일은 일어나지 않을 것이오."

아스타라 불린 보라색의 이국적인 옷을 입은 여성이 약간 체념한 감정이 섞인 한숨을 내쉬더니 손가락을 딱 튕겼다. 그러자 어떤 광경이 나타났다.

그곳에는 대립하는 두 세력이 비치고 있었다.

***

피코가 주인인 파즈즈 님의 명령으로 기절한 인간 두 마리를 안고 원정군 본진을 향해 비행하던 사이. 갑자기 앞쪽에 새까만 구름이 발생했다.

"뭐야, 저게?"

찌르는 듯한 강력한 오한이 온몸을 스치는 바람에 급정거하여 방향을 전환하려고 하였으나, 그 검은 구름은 순식간에 피코의 주위를 뒤덮고 말았다.

"포, 포위당했잖아?"

그러나 이 검은 구름에서는 파즈즈 님과 마찬가지로 사악한 냄새가 난다. 일단 천군일 리는 없다. 아마 티아마트군의 감시

망에라도 걸리고 만 모양이다. 그렇다면——.

"파즈즈 님의 명령으로 심문을 위해 여기 인간 두 마리를 본진으로 연행하는 중이야! 티아마트 님께 통과시켜달라고 해줘!"

소리 높여 외쳤지만, 검은 구름은 대답하지 않았다. 다만 오한에 의한 경적은 더 이상 무시할 수 없는 수준까지 강해져 있었다.

"뭐, 뭐라도 대답해봐!"

불안을 잠재우기 위해 크게 소리쳤다. 그 말에 대답한 것은.

"소용없어, 날벌레."

피코가 왼팔에 안고 있는 인간 여자였다.

"히얏!"

얼른 시선을 내려 확인하고, 너무나 무서운 나머지 꼴사나운 비명을 지르고 말았다.

여자의 두 눈은 검은색 회오리로 변해 있다. 입은 초승달 모양으로 귀까지 찢어졌는데 그 안으로 역시 새까만 회오리가 일고 있었다.

필사적이었다. 애써 여자를 떼어내려고 하였으나, 여자의 오른손이 피코의 멱살을 붙잡았다.

"네놈은 우리 위대한 주인님의 소중한 분에게 위해를 가하려고 했다! 그것은 절대 용서받을 수 없는 대죄이자 배신행위! 어때, 그렇지 않나?"

오른팔에 안고 있던 귀가 긴 남자가 역시 동그란 검은 회오리 같은 입으로 외치자, 무수한 존재들이 나타났다.

"그렇다! 그렇다! 그렇다! 그렇다!!"

큰 소리로 외치며 검은 구름에서 나온 존재들. 그들을 보자마자, 이번에야말로 목이 터지도록 비명을 질렀다.

"히이이이이이익————!"

딱히 피코가 엄청난 겁쟁이인 것은 아니다. 오히려 지금 포위하고 있는 존재들을 본다면 아마 파즈즈 님 또한 같은 반응을 보였을 것이다. 그 정도로 주위를 지금도 둘러싼 자들은 범상치 않다. 피코 따위는 본래 알현조차 불가능한 이 세상에서 이름난 악신, 사신들이기 때문이다.

"어째서 여러분이?!"

피코가 새된 비명을 질렀으나, 여자는 그 말에는 대답하지 않고 주위를 에워싼 악신, 사신을 바라보며 물었다.

"네놈들, 우리 먼지벌레는 우리 신에게 침을 뱉은 이 주제도 모르는 쓰레기만도 못한 놈들을 어떻게 해야 하겠느냐?!"

"편하게는 안 죽인다! 영겁의 고통을 안겨주자!"

눈이 하나인 악신이 외치고.

"이의 없음! 이의 없음! 이의 없음! 이의 없음!"

노호 같은 동조가 대기를 흔들었다.

"아아아아……."

피코의 목구멍에서 갈라진 비명이 새어 나왔다.

이제 피코는 이해하였다. 그 이유는 전혀 짐작도 가지 않지만, 자신들이 무언가 결코 건드려서는 안 될 괴물들을 진심으로 화나게 하고 말았다는 사실을.

"아아아아아아아아아아——————!"

목이 터져라 외치면서 피코의 의식은 검게 덧칠되어갔다.

피코의 모습이 검은 구름에 삼켜진 뒤, 이마에 뿔이 난 삼백안의 키가 큰 남자가 모습을 드러내며 한숨 섞인 혼잣말을 했다.

"그렇군. 벌써 오래전에 그분의 은인은 보호해두었던 것인가."

갑자기 뿔이 난 삼백안 남자 앞에 기리메칼라가 나타났다.

"그야 당연하지! 잡히자마자 바로, 두 사람은 헌터 길드로 보내 두었다!"

기리메칼라는 허리에 두 주먹을 대고, 몹시 당연하다는 얼굴로 크게 대답했다.

"모두 연기였단 말인가. 너희들, 진짜 성격이 최악이구나."

"이것도 모두 그분이 만든 스토리! 아아, 근사해! 저 악군 중장 티아마트마저 손바닥 위에서 굴리는 것만으로는 부족하셔서 골수까지 이용하려고 하다니. 우리 같은 벌레는 도저히 떠올리지 못하는 방식이야!"

뿔이 난 삼백안 남자가 동그란 안경을 밀어 올리며 절실하게 말하자, 기리메칼라가 눈물을 흘리며 두 손을 모으고 하늘을 올려다보았다. 그 너무나 이상한 모습에 뿔이 난 삼백안 남자가 험악한 표정을 지었다.

"그분은 너희를 이용해 무엇을 하시려는 것이냐?"

그것은 그가 지금 가장 궁금해하는 사항이었다.

"제물이다."

"제물?"

"그래, 그분을 격노하게 만든 자식 중에 '신을 잡아먹는 자'라는 능력을 지닌 쓰레기가 있는 모양이야. 그럼 내가 무슨 말을 하고 싶은지 알겠지?"

"…………."

뿔이 난 삼백안 남자는 잠시 입을 살짝 벌리고 가위에라도 눌리는 것처럼 꿈쩍도 하지 않았으나.

"맙소사…… 역시 그분은 최고야……."

흥분하여 간신히 그 말만 내뱉었다.

"그래! 그렇지! 악군 중장조차도 제물로 삼는 장대한 계획. 이 세상 어디를 찾아도 그분밖에 생각해내지 못할 거다!"

"그야 그렇겠지. 그분 이외에 그런 안을 제안하는 건, 그냥 자멸을 희망하는 미친놈이니까."

재미있다는 듯, 턱에 손을 대고 소감을 말하는 삼백안 남자.

"하지만 이것으로 무대는 다음 스테이지로 넘어간다! 우리 신의 바람이 성취되는 거야――!"

기리메칼라가 두 팔을 하늘을 향해 뻗고, 대기가 떨리도록 크게 외쳤다.

"그분이 만든 최악의 스토리인가. 이거 정말 흥미로운데. 끝까지 눈을 못 떼겠어."

삼백안 남자도 악질적인 미소를 지으며 모습을 감췄다.

"현재, 라이가와 후크의 교련은 로노베가 맡고 있다! 따라서 한가한 우리도 참전하자!"

기리메칼라는 다시 주위를 빙 둘러보고 고무했다. 순간 터질 듯한 함성이 일었다.

"일절 자비를 베풀지 않는 유린. 그것이야말로 우리 신의 바람! 그렇다면 우리 벌레들이 할 일은 하나뿐이다! 죽여라! 부숴라! 짓밟아라! 깨버려라! 우리 위대한 대신께서 바라는 대로!"

포효가 울렸다. 이 자리 이 순간. 토벌 도감 안에서도 가장 악질적인 파벌이 이 놀이에 본격적으로 참전했다.

***

태고의 신전이었던 곳은 지금 궁전 같은 모습으로 변모했다. 그 거대한 건물 앞에 티아마트군은 주인의 대호령에 따르기 위해 대기하고 있었다. 그 본진에서 한층 커다란 텐트 안에는 3메르는 되는 거인이 술을 마시고 있다.

"파즈즈 녀석! 성공해버리다니!"

악군 대좌 킹은 벌써 몇 번째인지 모를 악담을 퍼부었다. 이번 티아마트 님의 현계에 성공한 공적으로, 파즈즈에게는 악군 선봉장이라는 칭호가 내려졌다.

악군 선봉장. 그것은 악군에 소속된 자에게 찬사이자, 최대의 영예다. 아마 이번 은상으로 파즈즈는 분명히 진급할 것이다. 어쩌면 킹과 같은 대좌까지 두 계급 특진이 있을지도 모른다.

"젠장! 조금 아부를 잘하는 조무래기가 이 나와 같은 계급이라고?! 말도 안 돼!"

킹의 오른손에 들린 아다만타이트제 술잔이 맥없이 구겨졌다.

안 되겠다. 분노를 억제하지 못하겠다. 분명 지금 파즈즈의 그 의기양양한 얼굴을 보게 되면, 킹은 그를 때리고 말 것이다. 조금 머리를 식혀야겠다. 역시 이 분노를 억제하려면 약자를 괴롭히는 것이 최고다. 편리하게도 이 세계는 인간이라는 약자로 넘쳐난다. 그것을 붙잡아서 논다면, 이 울분도 조금은 풀릴 듯하다.

"키, 킹 대좌님!"

텐트 안으로 넘어질 듯이 뛰어 들어온 측근의 모습에 미간을 찡그리고 거칠게 따졌다.

"시끄럽다! 무슨 일이냐?!"

"바, 밖에 대군이 몰려와 우리를 포위하고 있습니다!"

포위? 이미 파즈즈가 선봉에 나섰다. 아무리 파즈즈가 약하다고 해도 인간 따위에게 질 리가 없다. 그렇다면 답은 하나! 천군의 공격이다.

"파즈즈 녀석! 실패했구나!"

좋다. 실로 잘된 일이다. 포위된 시점에 파즈즈는 죽었든 도망쳤든 둘 중 하나다. 적어도 좌천은 피할 수 없다. 그리고 여기서 킹이 저들을 격퇴하면, 염원하던 장군으로 진급할 수 있다.

그러나 의기양양하게 텐트에서 나와 주위를 확인한 순간.

"으악?!"

경악이 목에서 튀어나왔다. 그들은 수적으로 천 언저리. 적어도 킹을 비롯한 티아마트군 3만에게는 대적도 안 될 숫자다. 그럴 터인데 태어나서 처음으로 느낀, 피부가 타들어 가는 듯한 전율이 온몸을 자극했다.

"아, 아니, 저기 선두에 있는 용은 파괴용 라돈인가?"

일곱 개 머리가 달린 거대한 황금색 용을 가리키며, 간부 한 사람이 목소리를 떨었다.

"라돈? 그런 말도 안 되는…… 어? 뭐라고?!"

놀라 자빠질 뻔했다. 당연하다. 라돈이다. 잊을 리가 없다. 과거에 용들의 왕도이자 낙원을 만들겠다며 수많은 용신을 이끌고 천과 악 양쪽 진영에 싸움을 걸었다 패배한 최강의 용신이다. 그 대전에서 천군, 악군 양측이 엄청난 피해를 입었다. 그 전쟁에 일개 병사로 참전했던 킹이 저 괴물을 잊을 리가 없다.

"거, 거짓말, 저건 불사신 피닉스?"

"전쟁의 여신, 아테나와 네메시스도 있어!"

결코 얽힐 일이 없는, 이 세상에서 최강이라 자부하는 신들. 그들이 킹을 비롯한 악군을 포위하고 있다. 그런 영문을 알 수 없는 상황 속에 더욱 최악의 일이 벌어졌다.

하늘에 나타난 거대한 검들. 그것들이 대지에 박히더니, 길 같은 걸 형성한 것이다.

그리고 그 검의 길옆으로 나타난 존재들을 확인하고——.

"마, 마, 마, 말도 안 돼!!"

킹은 목이 터지도록 크게 외쳤다. 가장 앞에 선 인간 형태의 흰색 존재는 옛 악군 중장인 드레카바크 님이다. 차기 대장이 확실하다는 말까지 듣던 무서운 악신. 그분만이 아니다. 등장한 다른 신들 역시 이름난 악신, 사신들이다.

그리고 그 검의 길에서, 한 명의 별 특징도 없는 회색 머리의 인간 어린이가 천천히 걸어왔다.

그 소년의 옆을 지키는 꼬리가 아홉 개 달린 은발 여자와 사자 머리의 전쟁신. 저들도 안다. 요신 구미호와 신수왕 네메아. 그들만이 아니다. 악군을 포위한 자들은 모두 한 번쯤 들어본 적이 있는 최강의 신들이다.

"말도 안 돼! 어떻게 이런 일이!"

혼란스러운 얼굴로 필사적으로 외치며, 이 너무도 비현실적인 상황을 부정하려고 애썼다.

회색 머리의 인간 아이는 어깨에 진 장검의 칼끝을 킹 쪽으로 들고 무정한 명령을 내렸다.

"개전이다. 한 마리도 남기지 말고 없애라."

즉시, 3만이나 되는 악군 중 전방의 수천에 달하는 병사들이 허공으로 떠올랐다. 그리고 엄청나게 거대하고 새하얀 손에 의해 후려 맞았다. 푸슉 파열되는 소리와 함께, 단 일격에 최강을 자랑하던 수천 명의 병사들이 원형조차 남기지 못하고 고깃덩어리가 되었다.

틀림없다! 드레카바크 중장의 능력이다. 그분이 이 싸움에 참전한 것이 확실하다. 그분에겐 티아마트 님이라도 승리한다는 보장이 없다. 아니, 아마 제대로 싸우면 십중팔구 패배한다. 그렇다면 킹 같은 일개 장교는 저항하는 것조차 불가능하다.

'이, 이길 리가 없어!'

생존본능. 지금 킹을 지배한 것은 그 한 마디뿐이다. 그러한 본능이 이끄는 대로 다른 동료 따위는 완전히 무시하고 후방으로 대피하려고 하였으나, 뒤에서 목을 덥석 잡았다.

"네 이놈, 대장이 자신의 부하를 버리고 적 앞에서 도망치는가! 이러니 악군들에겐 구역질이 난다니까."

뒤에 나타난 것은 붉은색 원형 무기를 등에 멘, 온몸이 검은 두루뭉술한 존재였다.

"타천사 아자젤──!"

이자도 안다. 그보다 악군이라면 일개 병사라도 아는 자다. 타천사 아자젤. 하늘의 심부름꾼이 신격을 얻은 돌연변이체. 천군, 악군 양측과 대립하며, 양쪽에 막대한 피해를 입히고 포박되어 처분당했다고 들었다.

"너 같은 놈에게 우리 신이 내릴 수 있는 구원이란 죽음, 오직 그것뿐."

그 말을 마지막으로 몸의 중심에서 강렬한 가려움이 느껴지더니, 곧 급속하게 온몸으로 번졌다.

"구케케케케……."

킹이 괴성을 내며 융해되었다.

"킹 대좌가 당했다!!"

부하들의 비명을 끝으로, 그의 의식은 천천히 어둠 속으로 떨어졌다.

그리고── 악몽의 막이 올랐다.

***

피부의 노출도가 높은 빨간색 의복을 입은 미녀 네메시스를 덜덜 떨면서도 포위하는 악군 병사들.

"알았나, 외모에 속지 마라! 온 힘을———."

악병 지휘관의 말은 온몸에 감긴 무수한 붉은 실에 의해 가로막혔다. 네메시스가 손가락을 움직이자, 포위한 병사들의 온몸에 스르륵 균열이 생기더니 모래가 되어 그 자리에서 무너지고 말았다.

"시시해. 너무 시시해. 그리고 나약한 여자를 둘러싸다니 정말 불쾌하네요."

기분이 상한 목소리로 말한다. 그러나 곧 네메시스는 멀리서 전장을 바라보고 있는 카이에게 시선을 보내며 황홀한 표정을 지었다.

"사랑하는 주군. 나의 사랑을 이곳에!"

"저의 사랑스러운 서방님을 꼬시지 말아요!"

뜨겁게 편향된 사랑의 말을 구미가 입을 삐죽거리며 비난했다.

"꼬, 꼬시다니 그런 적 없어요! 당신이야말로 서방님이라는 불경한 발언을 하지 말라고, 몇 번이나 말해야 알겠어요!"

"저는 서방님이라 부르는 것을 허락받았사와요!"

이를 드러내며 서로 노려보는 네메시스와 구미를 악군 병사들이 일제히 포위했다.

"얕보지 마라!"

부대장 같은 남자가 크게 외쳤다.

"시끄러워!"

네메시스가 빨간색 실을 날리고.

"방해하지 말아요!"

구미가 오른손에 든 부채를 휘둘렀다.

포위하고 있던 병사 중 절반은 네메시스의 빨간색 실로 붉은 모래가 되었고, 나머지 절반은 구미의 부채에서 나온 검은색 구체에 닿아 사라졌다.

"아무래도 한 번, 차분히 대화를 나누어야 할 것 같군요."

"바라는 바예요."

두 사람이 서로 꺼림칙한 미소를 지으며 전투태세를 취하는 사이.

"마스터, 마스터, 노룬, 저 인간들을 단련시키는 걸 도왔어여. 칭찬해주세여."

얼굴 대부분이 새하얀 머리카락으로 가려진 소녀가 카이의 허리를 끌어안고, 배에 얼굴을 묻고 있었다.

"음. 그런가. 수고했어."

"에헤헤."

카이가 소녀의 하얀 머리를 살며시 쓰다듬자, 소녀가 행복한 얼굴로 눈을 가늘게 떴다.

"무, 무슨 짓을 하는 건가요!"

"노룬! 혼자 앞서나가는 건 금지예요!"

구미와 네메시스가 분노한 얼굴로 카이에게서 노룬을 떼어내기 위해 달려갔다.

황금용의 머리 중 하나가 입을 크게 벌려 업화를 뿜어내자, 순식간에 병사들이 재로 변했다. 그리고 다른 머리에서는 닿으면 얼어붙는 브레스가 나와 병사들을 통째로 동결시켰다.

"이 녀석! 라돈, 우리까지 공격할 셈이냐!"

"아까 일격으로 주변 적은 대부분 없어졌어! 그분께 칭찬받지 못하면 어떻게 보상할 건데!"

전장 곳곳에서 맹렬한 비난이 오가는 와중에도 일곱 개 머리를 지닌 거대한 황금용은 그것을 전혀 개의치 않았다. 그리고 마치 가라앉지 않는 항공모함처럼 유유자적 걸어가 적 세력을 모조리 유린했다.

한 줄기 섬광이 대지를 종횡무진하며 빛날 때마다, 병사들의 목이 허공을 날아 불타올랐다. 섬광이 멈춘 뒤엔 뿔이 난 삼백안 청년—— 슈텐도지가 도신이 붉은 도검을 들고 서 있었다.

"겨우 이 정도인가. 악군이라니까 좀 더 버틸 줄 알았는데."

조금 낙담한 얼굴로 칼에 묻은 피를 털어낸다.

"뭐, 그만큼 그분의 놀이가 있으니 상관없지만."

슈텐도지는 다시 섬광이 되어 병사들의 목을 베어내기 시작했다.

"뭐, 뭐야, 이거?!"

병사들이 서 있는 지면에서 검은색의 무수한 손이 뻗어 나왔다.

"으악!"

검은색 손에 닿기만 해도 병사들의 몸이 까만 입자가 되어 붕괴되었다.

코가 긴 괴물 기리메칼라가 두 손을 모으고 입꼬리를 당기며 크게 외쳤다.

"우리 위대한 아버지시여! 존경하는 신이시여! 우리의 강하고 깊은 신앙심을 당신에게!"

세 번째 눈을 흥분으로 붉게 물들이고, 기리메칼라는 지축을 흔들며 전장을 유린해 나갔다.

***

──티아마트 어전.

그곳은 악군의 거점이자, 악군 중장 티아마트의 거성이기도 하다.

새빨간 양탄자 끝에 놓인 옥좌에는 하늘색 머리를 양 갈래로 묶은 어린 소녀 티아마트가 거만하게 앉아 있다. 그리고 옥좌와 이어지는 양탄자 양 끝으로 티아마트의 부하들이 줄줄이 서 있다.

"장난감은 아직 멀었구나! 확보했다고 하지 않았던가?"

자리에서 일어나 히스테릭하게 소리치며, 발을 구르는 티아마트. 단지 그것만으로 발밑의 바닥이 부서지며 파편이 옆에 대기하고 있는 메이드의 오른쪽 팔을 날려버렸다.

"아악!"

새빨간 선혈이 종잇조각처럼 날리고, 메이드는 몸을 웅크리며 필사적으로 고통을 참았다.

"우우!"

그런 메이드를 보며 더욱 난동을 부리는 티아마트. 이 자리의 다른 사람들은 자신도 비슷한 일을 당할지 몰라 두려운 얼굴이다. 그 와중에 가장 앞줄에 서 있던 뿔이 두 개 달리고, 군복에 선글라스를 착용한 장신의 남자가 한 걸음 앞으로 나왔다.

"티아마트 님, 이 모브가 보관고를 살피고 오겠습니다! 잠시 기다리십시오!"

정중하게 인사한 뒤 그렇게 진언하는 모브.

"어서 다녀와! 소녀는, 이제 못 기다리겠거든!"

모브는 다시 인사를 하고 방에서 나갔다.

그 살풍경한 지하실에는 두 개의 수술대가 놓여 있고, 그 수술대에는 각각 인간족 아이가 눕혀져 있었다. 모브는 만족스럽게 몇 번이나 고개를 끄덕였다.

"이쪽 준비는?"

약간 어긋난 선글라스 프레임을 오른손 중지로 바로 잡으며, 피가 묻은 흰 가운을 입은 작고 마른 악마에게 물었다.

"지시하신 대로 '반혼의 강신'에 쓰인 유사 토지신들의 재미있는 능력을 복제하여 이쪽으로 이식 중입니다."

"영혼을 먹고 강제로 진화하는 힘이라. 확실히 유사 토지신에게는 과분한 힘이야."

"그런데 정말 효과가 있을까요? 상대는 그 티아마트 님인데요?"

흰 가운을 입은 마른 악마가 초조한 목소리로 물었으나, 모브는 왼손으로 그 악마의 머리를 덥석 잡았다.

"잘 들어. 그 이상은 말하지 않는 게 현명한 일일 거야."

오른쪽 집게손가락을 입에 대고 웃는 얼굴로 말했다.

"아, 네!"

흰 가운 악마는 자세를 바르게 하고 경례하더니, 몸을 덜덜 떨며 고개를 푹 숙였다.

"그것들을 데려와!"

모브는 의기양양하게 뒤에 선 부하들에게 지시를 내리고 옥좌가 있는 방으로 돌아갔다.

"좋아! 정말 좋구나!"

눈앞에 놓인 두 명의 어린 소녀. 그걸 본 티아마트가 눈을 빛내며 들뜬 목소리로 외치더니 가까이 다가가 끌어안기도 하고 볼을 문지르기도 했다.

"마음에 드셨습니까?"

"응, 몹시 마음에 들어! 최고의 장난감이구나! 소녀의 방으로 데려가서 시중을 들게 해야지!"

티아마트는 모브의 질문에 즐겁게 외치더니, 한 소녀의 손을 잡고 걸어가려 했다. 그 순간.

"▽◇○×◆ΠΓ!"

그것이 소녀라고는 생각할 수 없는 짐승 같은 소리를 내며 티아마트를 끌어안았다.

"왜, 왜 그러는 거야?"

티아마트가 당황하여 묻는 사이, 다른 한 소녀도 그녀를 끌어
안았다.

"티아마트 님!"

아까 오른팔이 날아간 메이드가 크게 당황한 얼굴로 이름을
불렀다.

"기동!"

그때 모브가 손가락을 딱 튕겼다. 소녀들의 입과 눈에서 나오
는 대량의 검은색 진흙. 그것들이 크게 퍼지며, 마치 괴물의 입
같은 형태를 취했다.

"큭!"

티아마트가 소녀들을 떼어내고 이탈하려는 바로 그 순간.

"네 이놈들, 티아마트 중장 각하는 매우 지치셨다! 어서 쉬게
해드려라——!"

모브가 큰 소리를 내며 오른손을 뻗자, 티아마트의 발밑에 거
대한 마법진이 나타나 온몸을 검은색 사실로 단단히 구속했다.
이 자리의 다른 티아마트군 장교들도 가시나 빨간색 구속구, 안
쪽에 바늘이 달린 금속 상자 등의 구속계 술식을 티아마트를 향
해 일제히 발동시켰다.

"놓으라고!"

티아마트가 소녀들을 밀어내려고 하였으나, 꿈쩍도 하지 않
았다. 다가가려고 한 메이드 여성도 다른 장교에게 붙잡힌 상태

였다.

"소용없습니다. 아무리 당신이라도, 이런 강도의 구속형 술식 여럿에서 도망치려면 시간이 더 필요하겠지요."

모브가 입꼬리를 귀까지 올리고 티아마트에게 말했다.

"너희들, 배신했구나?!"

"배신? 미안하지만, 당신의 악은 너무 연약해! 애초에 인간 따위를 예뻐하고 곁에 두다니, 제정신이라고는 생각할 수 없어! 인간은 가축! 그 역할은 식자재, 소재, 노동력 제공이 끝이야!"

비난하는 티아마트의 말에, 모브가 의기양양하게 지금까지의 정중한 어조와는 완전히 달라진 거친 말투로 단언했다.

"이런 짓을 했다가는 대장 각하가──."

"그건 신경 쓰지 마. 이미 마라 님께 허락은 받았으니까."

모브가 그 얼굴을 추악하게 일그러뜨리며, 티아마트에게 파멸이 될 말을 입에 담았다.

애초에 티아마트의 목적은 다른 종족을 지배하는 것이다. 하지만 모브 같은 악군의 목적은 진정한 악을 이루는 것. 즉, 비통, 고통, 생각할 수 있는 최고의 절망 속에 목숨을 빼앗는 것이 무엇보다 중요하다. 그것이야말로 악이며, 결코 타인을 지배하는 것과는 다르다. 특히 티아마트는 하등 생물의 아이들을 곁에 두어 자기 아이처럼 귀여워하는 지극히 질이 나쁜 취미가 있다. 또한 아이들이 울면서 빌면, 하등 생물의 부모를 숨겨주기도 하는 모양이다. 이런 것은 악이 아니라 저 재수 없는 천군이 할 짓이므로 도저히 간과할 수 없다. 이에 더는 봐줄 수 없게 된 6대장 마라 님이 티아마트의 처분을 모브에게 명령하였다. 즉, 이것은 마라 님의 의사. 이것은 반란이 아니라 불순분자의 숙청에 지나지 않는다.

"거, 거짓말이야!"

"진실이야. 하지만 마라 님의 허가 여부를 지금 여기서 너와 논의할 마음은 없어."

"큭?!"

모브가 다시 손가락을 딱 울리자마자, 입을 크게 벌린 검은색 진흙이 티아마트를 삼키고 씹어버렸다.

몇 번 씹은 뒤, 두 명의 소녀로부터 검은색 진흙이 분리되었다. 두 소녀와 티아마트는 빈 껍데기처럼 되어 함께 바닥으로 쓰러졌다. 공중에 남은 검은색 진흙은 하나의 거대한 검은색 덩어리가 되어갔다.

"모브, 네 이노옴!"

격앙한 메이드가 눈에 거슬린 모브는 얼굴을 찡그리고, 소박한 느낌을 밝혔다.

"이해가 안 돼. 너도 아까 저것에게 하찮은 취급을 받았잖아? 오히려 나에게 감사해주었으면 좋겠는걸."

"너 따위가 그분에 대해 말하지 마라! 그분은——."

"시끄러워!"

모브의 모습이 흔들리더니, 메이드를 아무렇게나 걷어찼다. 메이드는 몇 번이나 회전하더니 벽에 부딪혀 신음하였으나, 곧 움직이지 않게 되었다.

"자, 시작할까! 바로 지금, 중장 티아마트를 제물로 삼은 최강의 악신이 탄생했다!!"

두 팔을 벌리고 하늘을 쳐다보자, 참석했던 장교들도 모브에게 깊숙이 머리를 숙였다. 아까 그 메이드 외에는 모두 구슬려 둔 상태다. 이제 주술로 얻은 유사 토지신들의 능력을 써서 티아마트의 힘을 빼앗기만 하면 된다.

모브의 가슴 중심에 박혀 있던 빨간색 곡옥이 빠르게 빛을 발했다. 모브는 검은색 진흙 구체에 오른손을 집어넣어, 하늘색의 작은 구체를 잡아 끄집어냈다. 그리고 자신의 가슴에 있는 곡옥에 부착시켰다.

하늘색 빛과 빨간색 빛이 뒤섞이며 모브의 몸 안으로 흡수되었다. 동시에 모브의 몸 표면에 부글부글 거품이 일기 시작하더니, 알껍데기 같은 것에 감싸였다.

알껍데기에 균열이 생긴 것은 그로부터 수십 초 후. 안에서 선글라스를 낀 소머리에 검은색 날개가 달린 괴물이 부화하였다.

"…………"

부화한 모브는 자신의 몸을 찬찬히 살펴보고 환호성을 질렀다.

"훌륭해…… 정말 훌륭하지 않은가!! 이 무한하게 솟구치는 듯한 힘! 악군 중장조차 확실히 뛰어넘었어! 지금 나에게 비견될 것은 현재의 6대장 각하 정도겠지! 이거라면 차기 악군 대장 자리는 확실해!"

지금 모브는 최소한 중장을 넘어섰다. 어쩌면 그 전설의 옛 악군 중장, 드레카바크 님에게 필적할지도 모른다.

"축하드립니다! 모브 님! 아니, 모브 **중장** 각하!"

"이제 저 건방진 꼬마의 변덕에 맞춰주지 않아도 되겠어!"

"내 말이! 뭐가 '귀여움은 악'이냐! 내면이 동반되지 않은 악이라니 소름이 끼쳐! 그것의 악은 우리가 믿는 악이 아니야! 겁쟁이의 산물이지!"

"걱정하지 마라! 이것으로 우리 군은 정식으로 모브 중장군이된다! 마라 님께 사전에 허가를 받았다!"

모브가 만족스럽게 몇 번이나 고개를 끄덕이고 드높이 선언했다.

"훌륭해!"

"우리 모브 중장 각하 만세!"

방에 울려 퍼지는 환호.

"자, 티아마트를 따르던 저 마음에 안 드는 파즈즈를 제거하고, 킹을 악군 총지휘관으로 삼아 이 세계를 정복하라! 알겠나, 나는 티아마트처럼 무르지 않아! 지금부터가 우리 악의 본격적인 시작이다! 악에 모든 힘을 쏟아부어라!"

모브가 대호령을 내렸다!

"네! 모브 중장 각하가 원하시는 대로!"

박수를 치던 문어 머리 부하가 경례를 하고, 옥좌 앞을 종종걸음으로 지나 밖으로 나갔다.

"그럼 지금부터 축하의 술이다! 어이, 요리장! 예의 그것을 이녀석들에게 대접해!"

옥좌의 방 안쪽으로 이어진 조리실에서 새하얀 옷에 새하얀 두건을 머리가 쏙 가려지도록 쓴 작은 남자가 은색의 거대한 이동 선반을 끌고 나타났다. 선반 위에는 새빨간 술과 잔, 그리고 접시 여러 개가 놓여 있었다. 모든 접시에는 종 모양 뚜껑이 덮였다.

"그것들은 티아마트가 보관하던 최상품이야."

턱짓을 하자, 요리사풍의 작은 남자가 작게 고개를 끄덕이고 한 접시의 뚜껑을 열었다. 그 안에서 나온 것은 아직 어리고 아름다운 소년이었다. 소년은 고개를 숙이고 눈을 가린 채 울고 있었다.

"이 맛있어 보이는 꼬마들을 너희들에게 대접하마! 천군과의 전쟁을 위해 영기를 모아두어라!"

장교들이 일제히 터질 듯한 함성을 질렀다. 역시 배가 고파서야 싸울 수 없으니까. 이 점에서 티아마트가 보관해둔 꼬마들은 음식으로서 그 가치가 의심할 여지 없이 일등급이다. 부하들에게 최고의 격려가 될 것이다.

"자, 요리장! 이 맛있어 보이는 꼬마들을 조리해라!"

모브의 지시에 요리장이 정중하게 인사하고, 뚜껑을 차례로 열었다.

거기서 나온 소년 소녀. 그들 역시 두 손으로 눈을 가리고 흐느껴 울고 있다.

"응?"

문득 느껴진 위화감에 모브는 눈을 가늘게 떴다. 모든 꼬마의 눈을 비비는 몸짓, 우는 목소리, 일거수일투족이 기분 나쁠 만큼 똑같았기 때문이다.

"이봐, 요리장, 저것들은———."

모브가 요리장에게 이 식자재에 대해 물어보려는 순간, 접시 위의 꼬마들이 일제히 일어나 눈을 비비며 기묘한 춤을 추기 시작했다.

"벨제바브데브♪ 벨제바브데브♪ 부부—, 부부—, 바브바브♬"

'뭔가 이상해…….'

청량한 목소리의 코러스. 슬금슬금 온몸으로 퍼지는 위기감에 모브는 오른손을 강하게 쥐었다.

소년 소녀들이 양손으로 얼굴을 가렸다가, 몸을 꿈틀꿈틀 움직이면서 천천히 손을 내렸다.

"앗?!"

갑자기 파리 얼굴로 변한 모습을 보자마자, 강렬한 오한이 번개처럼 몸을 때려 얼른 뒤로 물러나 거리를 벌렸다.

"얘들아, 다른 신의 공격이다! 즉시 전투태세를 취해!"

모브가 명령하자 장교들은 각자 무기를 들고 임전 태세를 취했다.

이것은 본능이다. 배출구가 없는 버티기 힘든 음울한 압박감. 저 파리 같은 것은 위험하다! 천군일까? 아니다. 모브처럼 악의 냄새가 난다.

'서, 설마, 그 최강 악마 벨제바브의 권속인가?!'

그렇게 자문해보았으나.

'그럴 리가 없지!'

황당무계한 결론에 고개를 가로저어 부정했다. 벨제바브는 온 갖 신들을 한없이 공포에 빠뜨린 최강이자 최흉의 존재. 누구보 다 강하고, 누구보다 사악하고, 누구보다 무섭다. 누구의 밑으 로도 들어가지 않고, 온갖 것에 변덕스럽게 악의를 흩뿌린다. 신 중에서도 조우하는 것이 최대의 불운이라 일컬어지는 그런 재앙일 텐데. 게다가 놈은 그 악명 높은 '신들의 시련'에 봉인되 었다는 소문도 있다. 이런 연약한 세계에 있을 리가 없다.

아무튼 이 파리 신들은 위험하다. 그렇다면——.

"이봐, 밖에 있는 세 중좌를 즉시 이곳으로 소환해!"

티아마트의 어전에는 세 명의 중좌가 배치되어 있다. 머리의 나사가 빠져 다루기 어려운 녀석들이지만, 실력만은 확실하다. 지금은 수단을 가릴 때가 아니다.

"네! 즉시 따르겠습니다!"

개구리 머리 장교가 굳은 표정으로 경례를 하고, 방에서 나가 기 위해 커다란 문 앞까지 왔을 때——.

개구리 머리의 장교에게 무수한 균열이 생겼다. 한 박자 늦게 문과 함께 개구리 머리 장교의 온몸이 무수한 파편이 되어 산산 이 분해되었다.

그 철저하게 파괴된 거대한 문에서 회색 머리의 인간 아이로 보이는 자가 극단적으로 도신이 긴 도검을 들고 여유롭게 들어 왔다.

"누구야, 넌?"

보기에는 전혀 강한 느낌이 없다. 그보다는 티아마트의 취향인 듯한 인간 꼬마로 보인다. 저 파리 머리들이 도망치게 풀어 준 꼬마일까? 아니, 그렇다면 저 문은 왜 부서졌고, 부하는 왜 죽은 거지?

회색 머리 아이는 혼란에 빠진 모브 측을 마치 쓰레기라도 보는 듯한 차가운 시선으로 쳐다보며 혼잣말을 했다.

"저항하지 않는 아이를 저녁 만찬으로 삼으려고 하다니. 역시 그 파즈즈라는 쓰레기 마물처럼 이 세계와는 결코 공존할 수 없는 생물인 모양이군."

"누가 저 꼬마를 죽여!"

파리 신들과 비교하여, 회색 머리 꼬마는 전혀 강하게 느껴지지 않는다. 불안 요소는 빠르게 제거해야 한다. 뭐, 고통과 절망을 주어 죽인다는 악군의 본래 주의에는 반하지만, 지금은 긴급한 상황이므로 어쩔 수 없다.

"고작해야 하등 생물 꼬마면서! 모브 중장 각하를 대신하여, 이 내가 다진 고기로 만들어주마!"

눈이 하나인 거신이 거대한 몸에서는 상상할 수 없는 민첩함을 발휘했다. 회색 머리 꼬마와의 거리를 좁힌 뒤 오른손에 든 신기, 해머를 휘둘렀다.

휘몰아치는 바람과 함께 날아들던 해머가 회색 머리 꼬마에게 닿는 순간, 휘둘렀던 거대한 오른팔과 거신의 목이 허공을 날아 바닥으로 떨어졌다. 곧바로 머리와 오른팔을 잃은 몸이 쓰러지며 땅을 울렸다.

"뭐?! 이럴 수가?!"

지금 무슨 짓을 했지?! 어떻게 오른팔과 목을 베어냈지?! 어느새 눈이 하나인 거신이 머리와 오른팔을 잃고 목숨이 끊어진 뒤였다.

회색 머리 꼬마는 불쌍한 것이라도 보는 듯한 시선을 보내며 입을 열었다.

"하등 생물이라. 말하기 미안하지만, 너희의 지력과 무력은 귀천을 언급할 수준도 아니야."

"우, 우리가 귀천을 언급할 수준도 아니라고?!"

너무 모욕적이라 이성을 잃고 격노했다. 당연하다. 이 녀석으로부터는 전혀 강자의 압력 같은 것이 느껴지지 않는다. 아마 환술 같은 것으로 농락하고, 천군에게 받은 무기로 승리했을 것이다.

"그래, 이 세계는 강자로 넘쳐나. 너희 같은 미숙한 약자 따위 순식간에 없앨 만큼 말이야. 아무튼 너희는 상대가 안 돼. 어서 보스인 티아마트라는 마물을 내보내."

마치 직접 손을 쓸 가치도 없다는 듯한 발언으로 그 분노는 정점에 달했다. 하지만.

'저 파리 신도 있어! 냉정해져라!'

냉정함을 되찾기 위해 속으로 생각하며, 크게 숨을 들이마시고 내뱉었다.

이 녀석에게서는 악의 냄새는 나지 않으므로, 저 파리 신과는 관계가 없다. 아마 천군의 자객일 것이다. 우연히 양쪽의 습격이 겹쳤을 뿐이다. 그렇다면 성가신 술법을 쓰기 전에 이 회색 머리 꼬마를 죽이고, 세 중좌가 도착할 때까지 잠금을 번 다음 파리 신들을 포위하여 섬멸하면 된다.

"환술 이능을 쓰고 있어. 술법을 봉인하고 죽여라."

부하들에게 명령하자 지면에 떠오른 마법진에 의해 이 방 내부를 뒤덮는 돔 형태의 봉인술이 완성되었다. 그리고 방심 없이 그를 포위하여 무기를 드는 부하들.

"이걸로 더는 그 치사한 술법은 쓰지 못한다."

"가장 어리석은 선택을 하다니."

회색 머리 꼬마가 그렇게 말하고, 굉장히 긴 도검을 등에 멘 칼집에 넣었다.

"흥! 허세를 부리더니 결국 포기한 건가. 목숨을 구걸해도 소용——."

모브의 말은 회색 머리 꼬마가 왼발을 짓밟는 소리에 의해 가로막혔다. 티아마트 어전 바닥에 거미줄 형태의 균열이 생기고, 포위하고 있던 부하들이 천천히 무너지면서 잘게 자른 고기가 되어 흩뿌려졌다.

"…………"

이 충격적인 현실을 머리가 받아들이지 않는다. 그저 모브가 아주 큰 착각을 하고 있었다는 사실만 똑똑히 깨달았다.

'저, 저 녀석이 왼손에 들고 있는 건 대체 뭐지?'

회색 머리 꼬마의 왼손에는 천 주머니가 쥐어져 있었다.

"응? 아아, 이거?"

회색 머리 꼬마가 왼손에 든 천 주머니를 땅에 던지자, 세 개의 구체가 또르륵 굴러 나왔다.

"윽?!"

그것들은 이 궁전을 지키고 있던, 악군 중에서도 최고 전력이라 해도 과언이 아닌 세 명의 중좌였다.

"설마 너, 이런 애송이들의 도착을 기다리고 있던 거야?"

"애……송이?"

진심으로 불쾌한 듯 묻는 회색 머리 꼬마에게, 간신히 의문점을 제기했다.

세 중좌는 군의 지휘 능력은 전혀 없지만, 순수한 전투 능력만이라면 대좌인 킹조차 뛰어넘는다. 그런 그들을 애송이라 표현하다니. 즉, 이 녀석은———.

"그럼 이제 됐어. 끝내자."

최악의 결론에 도달했을 때, 분위기가 일변한 회색 머리 꼬마가 모브를 응시했다.

"힉?!"

아마 이것은 본능이다. 그 악질적이고 강렬한 이미지에 얼른 뒤로 도약했다.

'왜 지금까지 알아채지 못했지?!'

마구 분출되는 이 식은땀. 이 악질적이기 짝이 없는 감각은 느껴본 적이 있다. 악 중에서도 악인 악군 총대장을 알현했을 때다. 그때처럼 거스를 수 없는 압도적인 위압감이 느껴진다. 이렇게 별로 강해 보이지도 않는 회색 머리 꼬마로부터 말이다.

'지, 지금 나는 중장을 초월하여, 한없이 대장에 가까운 존재

일 터!'

그런데도 모브는 그에게 절대 이기지 못한다. 그것을 뼈저리게 이해하고 말았다.

천군의 자객? 그럴 리가 있나! 지금 이 녀석으로부터는 천군 측에 있을 법한 선의 기척이 전혀 느껴지지 않는다. 오히려——.

"이, 이봐, 너, 천군이 아니지? 그럼 나와 한편이 되지 않겠어? 너 같은 진정한 강자라면 대장 각하들도 기쁘게 맞이할 텐데."

필사적이었다. 어떻게든 이 자리를 벗어나기 위해 달콤한 회유를 시도했다. 그러나 이 말은 어떤 의미로는 파멸로 가는 지름길이다.

"부하를 사지로 몰아넣고, 너는 목숨을 구걸할 셈이야? 정말 끝까지 불쾌한 놈이군."

단지 그 말만 뱉은 그가 변모했다. 솟구치는 검은색과 빨간색 투기. 그것들이 휘몰아치며 마치 뱀처럼 그의 온몸을 휘감았다.

"그아아악?!"

단지 살기에 노출되었을 뿐인데 두 다리에서 힘이 빠지고, 모브는 바닥에 토사물을 흩뿌렸다.

"이제 됐어. 이 이상, 너는 말하지 마라. 계획이고 뭐고 무심코 죽여버릴 것 같으니까."

"오, 오지 마, 괴물 자식아!"

어떻게든 저 괴물에게서 도망치기 위해 등을 돌리고 달려가려고 하였으나——.

"후엑?!"

무참하게 얼굴부터 넘어지고 말았다. 동시에 척추에 말뚝이라도 박힌 것 같은 강렬한 고통이 밀려와 마구 울부짖었다. 아픈 곳을 확인하지, 두 다리가 완전히 절단되어 있었다.

"나에게 도망칠 수 있을 거라고는 절대 생각하지 마."

그가 천천히 모브에게 다가와, 허리에 칼을 박아 바닥에 고정시켰다.

무섭다! 너무 무섭다!

이 괴물의 모브를 보는 저 냉철한 눈이 무섭다!

이 괴물의 정체를 알 수 없는 불길함이 무섭다!

악군 중장을 뛰어넘은 모브에게 일절 저항조차 용납하지 않고 유린하는, 이 괴물의 강함이 무섭다.

이 괴물의 무자비하게 웃는 저 얼굴이 그저 무섭다.

이 괴물보다도 6대장에게 싸움을 거는 쪽이 훨씬 낫다.

"벨제."

회색 머리 괴물이 요리장을 향해 그렇게 부르자——.

"위대하신 주인님. 명령하십시오."

요리장이 낯익은 파리 대신(大神)으로 변하더니, 회색 머리 꼬마에게 무릎을 꿇었다.

"베, 베, 베, 벨제바브으으?!"

이런 말도 안 되는 일이 어디 있나! 잊을 리도 없다! 저것은 벨제바브, 이 세상 최악의 재앙이다. 그런 사악의 화신이 따르는 인간이라니. 그것이 의미하는 바는——.

"저 녀석은 다음 게임에 쓸 제물이야. 죽지 않으면 무슨 짓을 해도 괜찮아. 지시가 있을 때까지 네가 놀아줘."

"알겠습니다."

키샤키샤 기쁨의 소리를 내며 파리 대신이 모브를 내려다보았다.

"살려줘."

소리 내어 나온 것은 악군 중장조차 뛰어넘은 자신이라고는 생각할 수 없는, 너무나 한심한 목소리였다.

"거절한다. 너에겐 목숨을 구걸할 자격조차 없어."

회색 머리 괴물이 그렇게 선언한 순간, 검은 안개가 모브의 시야를 빼앗았다.

"안 돼애애애애애!"

그 절규를 시작으로 모브의 안락했던 생은 끝을 알렸다.

제5장 흉 토벌

강자로 인식했던 적군은 사실 약해서 전혀 재미가 없었다.

토벌 도감의 유쾌한 동료들이 일절 저항을 용납하지 않고 없애버렸기 때문이다.

토벌 도감의 동료들은 초심자를 위한 던전의 주민이므로 나보다 압도적으로 약하다. 물론 B랭크 이상의 헌터 정도의 실력은 있겠지만, 진정한 강자에게 대적할 만한 힘은 결코 없다. 그런 그들이 일방적으로 유린하고 있으니, 적어도 여기 악군이라는 녀석들이 아르놀트나 베오에게 이길 거라고는 생각할 수 없다. 그 티아마트라는 마물이 강자일 가능성이 있지만 별로 기대하지 않는 편이 나을 듯하다.

한마디로 그들을 쓰러뜨린 강자는 이미 이 땅을 떠났다고 판단해야 하는 건가. 정말 너무도 뽑기 운이 없다.

"응? 지금……."

지금 뽑기 운이 없다고 생각했나? 강자와 싸우지 못해서? 아니, 그럴 리가 없다. 나의 바람은 그것과는 정반대의 슬로 라이프일 터이기 때문이다.

아무튼 이미 기리메칼라에게 올가 아저씨와 일사 양을 무사히 보호하였다는 연락이 왔다. 전투 시작 전에 그런 보고를 받았으므로, 기리메칼라에 의해 처음부터 두 사람의 안전성은 확보되어 있었을 것이다.

이제 이 싸움에도 큰 집착은 없다. 솔직히 약간 우스워지기 시작했다. 만약 티아마트라는 자가 나름대로 괜찮은 상대라면, 놀이를 일찍 마치고 얼른 해치워 종료시킬 생각이었다.

미리 그들의 거주지에 잠입 조사를 명령해둔 벨제바브로부터 소년, 소녀를 확보했다는 보고를 받았다. 보호한 아이들은 시라유키에게 맡기고, 바르세의 헌터 길드까지 데려다주도록 지시를 내렸다.

그 뒤, 섬멸해야 할 티아마트의 거성으로 진입했으나 검은색 날개가 돋아난 소 마물과 그 부하들과 조우했다. 아이들처럼 꾸민 벨제바브의 권속이 접시 위에 있었다. 상황으로 보아 저 아이들은 여기 마물들에게 잡아먹힐 예정이었을 것이다. 뭐, 상대는 마물이니 어떤 의미로는 예상한 바이기도 하다. 앞으로 적이 상대할 맛이 난다면 다소 즐길 수 있겠지만, 이것 또한 예상대로 그들은 너무나 약했다. 소 마물만은 다소 나았으나, 슬라임이 포이즌 슬라임으로 한 단계 올라간 수준이다. 싸울 보람도 없이 순식간에 끝났다. 사태가 나의 예상에서 어긋나기 시작한 것은 오히려 지금부터였다.

"부탁드립니다! 제발! 제발요!"

전투 직후 기어 나와 이마를 바닥에 대고 애원하는 등에 날개가 달린 메이드 여자. 사정을 듣기 위해 치유하니, 이 메이드는 티아마트의 측근이라 소개하고 주인인 티아마트를 구해달라고 빌었다.

"아무리 빌어도 우리에겐 세계를 없애려고 한 마물을 구할 의리는 없어."

"그분은 이 세계를 멸망시키는 것을 진정으로 바라지 않습니다! 본래 그분이 살아온 곳은 명계입니다. 힘과 약탈만이 전부인 세계입니다! 그분은 좋은 의미로도, 나쁜 의미로도 순진합니다! 다른 세계를 멸망시키는 것이 사명이자 유일한 길이라고 강하게 믿고 있을 뿐입니다!"

"음, 환경 때문이라는 건가. 하지만 결국 선택한 건 본인이야. 그리고 녀석은 스스로 약자를 살육하는 쪽을 선택했어. 그렇다면 자신이 약자가 되었을 때 역으로 당해도 어쩔 수 없지. 그렇지 않아?"

"네, 맞습니다! 이렇게 말하는 저도 그분에게 고향을 잃은 몸입니다! 그분이 떼를 쓸 때마다 몇 번이나 죽을 뻔했는지…….'

"멸망했구나. 너, 걔를 원망하지 않아?"

"원망하지 않는다……고 말하면 거짓말이겠죠. 그분은 저에게서 고향과 부모님, 친구를 빼앗았습니다. 처음에는 매일 죽이고 싶을 만큼 미워했어요."

"모르겠어. 그럼 왜 티아마트의 생존을 바라지? 부모와 친구의 원수라면 걔가 어떻게 되든 알 바 아닌 거 아냐?"

"그렇습니다. 저도 이상하다고 생각해요. 하지만 저는 그분의 순진함을 보았습니다. 다정함을 느꼈습니다. 적어도 그분이 저를 고의로 다치게 한 적은 한 번도 없고, 어리고 두려움에 떨던 저를 항상 안아주었습니다. 이유는 또 있겠지만, 아마 이 부분이 가장 크겠지요."

흠. 자신의 원수를 구하고 싶은가. 제법 흥미롭다. 솔직히 나도 타인을 책망할 수 있을 만큼 멀쩡한 인간은 아니다. 아니, 나는 진정한 의미로 적대하면 누구에게든 일절 자비를 베풀지 않는다. 나도 처지가 달랐다면, 티아마트처럼 아이의 원수가 되는 것도 충분히 가능했을 것이다.

"알겠어. 하지만 구할지 말지는 이쪽이 조사한 다음, 우리끼리 의논하여 결정하겠어."

"상관없습니다! 감사합니다!"

눈물을 흘리며 두 손을 모으는 메이드.

"인사를 하기엔 일러. 애초에 기술적으로 가능할지 여부도 불명확하고."

"아니요. 당신이라면 분명히 가장 좋은 대답을 이끌어 낼 것이라 믿습니다."

메이드가 살짝 웃더니, 그런 쓸데없는 말을 자신만만하게 내뱉었다.

그 뒤, 벨제바브가 요리장과 연구장이라는 자들을 신문한 결과, 몇 가지 새로운 정보를 얻을 수 있었다.

먼저 여기 보호한 아이들은 티아마트군에 멸망당한 민족 중 고아가 된 아이로, 보스인 티아마트에게 키워졌다고 한다. 자신이 철저하게 유린했으면서 그 고아를 키우다니 정신이 의심스럽지만, 이 아이들은 무슨 까닭인지 저 메이드처럼 티아마트라는 마물을 몹시 따르고 있었다. 그야말로 이대로 내가 티아마트를 사라지게 한다면 원망할 정도로.

그리고 결론부터 말하면 티아마트의 영혼은 저 모브라는 쓰레기에게 녹아들었기 때문에 분리는 불가능하다. 아스타의 예상으로는 이번에 모브가 발동한 영혼의 흡수 및 진화 능력이 열화 카피인 것이 원인이라고 한다. 즉, 오리지널을 발견하여 흡수시키면 이론상 분리도 가능하다. 그리고 영혼의 흡수 및 진화 능력은 '흉'의 멤버인 슈거와 페퍼가 지니고 있었다. 옛 '흉'의 멤버인 지르마에게 얻은 정보를 종합하여 고려하면, 오리지널은 아무래도 '흉'의 대장이 보유하고 있는 듯하다.

한마디로 말이다. 이 게임의 목적이 바로 티아마트 분리의 수단이기도 하다는 뜻이다. 뭐, 티아마트는 모브에게 당할 만큼 약해빠진 모양이니 기리메칼라나 여신 연합에 교육을 맡겨 그 썩은 근성을 고친 다음 나의 감시하에 두면 살려두어도 딱히 위협은 되지 않을 것이다.

──바르세 숙소 방 안.

그런 연유로 나는 이제 게임 시작 신호만 기다리고 있었다.

키스에게 여러모로 추궁을 당하겠지만, 레나는 무사하니 안심하라는 말만 전달했다. '흉'이라는 조직은 우연히도 나를 만나러 오던 레나와 키스를 노렸다. 그들 중 정보 수집에 특화된 자가 있는 것이 명백하니, 섣불리 레나의 안전을 드러내어 나의 눈이 닿지 않는 곳에서 그들이 선수를 치거나 도망치게 둬서는 안 되기 때문이다.

헌터 길드의 호출을 무시하고 바르세 숙소에 틀어박혀 약 하루 정도 시간을 보내자, 기리메칼라가 검은색 옷을 입은 두 명의 인간을 데리고 나의 앞에 모습을 드러냈다.

"주인님, 놈들이 움직이기 시작했습니다. 패거리 두 마리의 기척이 소실된 뒤, 레나 님에게 실험을 하기 위해 지하 실험실로 향했습니다."

지르마를 신문한 결과 놈들의 대장 스파이라는 자는 '홍' 멤버가 죽었을 때, 그 기척의 소실을 아는 수단이 있다고 한다.

여기서 모브에 의해 영혼의 흡수 및 진화에 사용된 두 소녀는 살아 있었다. 성가시게도 이 소녀들에게 슈거와 페퍼라는 멍청이의 영혼이 이식되어 있던 거다. 이때 그들이 지닌 영혼의 흡수 및 진화 능력은 열화된 카피였기에 아스타도 분리는 불가능했다. 죄가 없는 소녀를 처분하는 일은 있을 수 없고, 앞으로 그녀들의 생활에 지장이 생겨서는 안 된다. 따라서 어떻게 할까 검토했으나, 아스타가 말하기를 적어도 슈거와 페퍼의 기억이 돌아오는 사태는 일어나지 않을 듯하므로 당분간 경과를 관찰하기로 했다.

그렇게 아스타가 소녀 둘을 독자적인 결계 안에 넣어, 지금은 그 소녀들 안에 있는 슈거와 페퍼의 기적을 막 고의적으로 소멸시킨 참이었다.

"알겠어."

레나에게 실험이라. 레나 본인이 아님은 알고 있지만, 도무지 기분이 좋지는 않다. 아무튼 이것으로 게임 시작이다. 실컷 악몽을 보여주어야겠다.

"카이 님! 지금까지의 무례함을 부디 용서해 주십시오!!"

라이가가 갑자기 무릎을 꿇더니, 그런 뜬금없는 소리를 내뱉었다. 기리메칼라, 사상 교육은 하지 말라고 엄명을 내렸을 텐데……

"기리메칼라……."

비난이 잔뜩 섞인 시선에도 기리메칼라는 전혀 동요하지 않고 오히려 가슴을 폈다.

"우리 주인님이 어떤 분이신지 조금 교육했을 뿐입니다."

"그 교육이 너무 지나쳤다는 말이잖아."

나는 이제 새로운 광신도는 필요 없다. 그보다 이 게임의 취지는 그들이 직접 마무리를 짓게 하는 것이 목적이므로, 인간 부하는 원하지 않는다.

"아니요, 기리메칼라 님은 카이 님에 대해 최소한으로 말씀하셨을 뿐입니다. 이것은 어디까지나 저희의 선택이고, 스스로 내린 결론입니다."

"그, 그래……."

아무래도 신빙성은 크게 떨어지지만, 본인이 그렇게 주장하고 있으니 내가 부정하는 것도 이상하다.

"그럼 가볼까."

어느 정도 강해졌는지 모르지만, 기리메칼라가 패배가 농후한 싸움에 내보낼 리가 없다. 만약 두 사람에게 이길 가능성이 없다면, 솔직히 힘들다고 전했을 것이다.

"모든 게 끝난 후에, 가능하면 부탁드리고 싶은 의식이 있습니다."

후크가 긴장한 표정으로 진언했다. 기리메칼라의 볼이 움찔 경련했다.

"그래, 잘 해내면 긍정적으로 생각해 볼게."

"감사합니다!!"

기뻐하는 두 사람을 보며 약간 어깨의 힘을 빼면서도, 우리는 페스팔 영주의 저택으로 향했다.

***

──고스트 타운──페스팔 영주의 저택.

이미 주인을 잃고 노후화된 저택에는 여러 명의 남녀가 모여 있었다.

"슈거와 페퍼까지 당했다고?"

터번을 두른 미청년, 솔트가 거칠게 말했다.

"자세한 건 몰라. 하지만 지금까지 있던 두 사람의 기척이 완전히 이 세계에서 소실되었어. 이것은 아마──."

흰옷을 입은 '흉'의 대장이 읽고 있던 책을 탁 덮고 대답했다.

"카이 하이네만의 짓인가! 그 카이 하이네만이라는 게 대체 뭔데!"

"글쎄. 다만 나의 감으로는 그래. 아니, 조금 다른가. 나의 감조차 아무래도 과소평가였던 모양이야."

"그래서? 어떻게 하실 생각입니까?"

칠리가 과실주를 홀짝홀짝 목으로 넘기며 대장에게 물었다.

"계획을 일단 중지하고 여기서 바로 이탈한다."

일어나는 대장을 향해 방에 있던 일동이 기이한 시선을 보냈다. 대장이 타깃을 포기하는 일은 지금까지 거의 없었기에 당연한 반응일지도 모른다.

"그 여자는 어떡하고?"

비네거에게는 그리 강하게 느껴지지 않았던 카이 하이네만은 솔직히 아무래도 좋다. 그보다 저 레나라는 장난감 쪽이 훨씬 신경 쓰였다.

"툴론 놔두고 간다."

"에이, 그럴 거면 나에게 줘. 그건 꽤 괜찮은 소재고, 저런 완고한 여자의 비명이 나는 진짜, 진짜 좋거든."

대장은 잠시 생각에 잠겼으나 다시 입을 열었다.

"그래. 다소 시간은 벌 수 있겠지. 일정한 시간이 지나면 키메라로 변해 습격하도록 해둬."

"알겠습니다."

명령을 받은 칠리는 고개를 끄덕이고 자리에서 일어났다.

"나도 구경할래. 건방지고 센 척하는 여자가 엉망이 되어 비명을 지르는 모습은 나를 설레게 하니까."

악질적인 미소를 띠며, 비네거는 칠리와 함께 지하실로 이어지는 문으로 들어갔다.

지하 계단을 내려가, 영주의 어두컴컴한 지하 감옥 구석에 무척 비장한 표정으로 앉은 소녀 레나에게 다가갔다.

"기뻐해라, 네가 나설 차례야."

귓가에 속삭였다.

"나설 차례?"

"그래, 사람을 막아야 해. 어떤 키메라가 좋아? 도마뱀의 몸에 상반신 노출? 아니면 흉측한 얼굴에 거미 몸은 어때?"

"그래서는 완전히 인간이 아니게 됩니다."

"뭐 어때? 비명은 들릴 테니까."

"단호하게 거부합니다. 나의 키메라는 고문 도구가 아니라 예술. 절묘한 파츠로 만들어내야만 한다고요."

드물게 주먹을 쥐고 뜨겁게 말하는 칠리. 칠리는 키메라 생성만은 일절 타협하지 않는다. 무엇보다——.

"들었지? 하지만 이 녀석의 예술성은 정말 기분 나쁘니까, 내 제안이 훨씬 낫다고 생각할 거야."

거짓이 아니다. 비네거도 잘도 이런 악취미적인 것을 만들 마음이 든다고 종종 생각할 정도다.

"싫어……."

두 손으로 얼굴을 가리고 울음을 터뜨리는 레나의 모습에 가슴속에서 오싹오싹 가학심이 솟구치는 것이 느껴졌다.

"그럼 해볼까요."

울부짖는 레나의 뒷덜미를 잡아올려, 실험실로 끌고 갔다.

실험실에 내던지자, 레나는 바닥을 바라보며 훌쩍훌쩍 울었다.

"좋아…… 좋구나. 너, 최고야."

비네거가 황홀한 표정으로 자신의 몸을 감싸 안았다. 평소에 강한 여자가 고통과 공포로 울고 절규한다. 그것이 참을 수 없이 흥분된다.

"으흑! 으흑! 으후후후!"

레나의 울음소리에 섞인 불순물. 그것이 명랑한 웃음소리임을 깨닫고 인상을 찡그렸다.

"뭐가 재미있어? 결국 정신이 나간 건가?"

뭐, 이 방에는 칠리가 가져온 톱이며 식칼이며 도끼 등 해체하기 위한 다양한 도구가 놓여 있다. 미쳐버리는 것도 당연한 일일지도 모른다.

"네, 정신이 나가고 말았습니다."

레나가 마치 용수철에 튕긴 것처럼 부자연스럽게 일어나, 천천히 고개를 들었다.

"큭──?!"

그 얼굴을 확인한 순간, 무심코 터지려는 비명을 간신히 삼키고 거리를 벌린 뒤 중심을 낮췄다.

"왜 그래? 내 얼굴에 뭐가 묻었어?"

레나의 푹 꺼진 눈과 부자연스럽게 동그란 입속은 어둡고, 벌레가 우글우글 꿈틀거리고 있었다.

"칠리! 이 새끼 뭐야?!"

아연실색한 칠리에게 묻자, 그도 땀을 줄줄 흘리고 있었다.

"어, 어어, 이 강렬한 압박으로 보아 정신 생명체가 아닐까."

평소 밉살스러울 정도로 냉정하고 표정 변화가 없는 칠리의 얼굴이 공포로 일그러져 있었다.

"그건 보면 알아!"

이번만은 칠리를 책망할 마음이 들지 않는다. 비네거조차 아까부터 저것은 위험하므로, 지금 당장 이 자리에서 도망쳐야 한다고 시끄러울 만큼 위기의식이 경고를 날리고 있다.

"무슨 일이야? 심장이 너무 빨리 뛰는데?"

레나였던 것이 한 걸음 내디뎠다. 그것만으로 바닥에서 벌레가 꿈틀꿈틀 기어 나왔다.

"힉!"

결국 입에서 나온 비명. 뒤에 있는 문으로 도망치려는데.

"안 돼, 안 돼. 도망칠 수 없어."

뒤에서 목을 잡혔다.

"키익?!"

그야말로 심장을 잡힌 듯한 공포로 몸이 굳었다. 그 순간──.

"놀이는 그 정도로 해둬! 레나 님의 모습으로 장난은 용납 못 해!"

천장에서 들리는 굵은 목소리.

"네!"

레나였던 것이 서둘러 자세를 바르게 하고, 오른손으로 앞으로 내밀고 왼손을 뒤로 꺾어 가볍게 인사했다.

"나는 기리메칼라 님의 제1권속, 역귀!"

입꼬리가 귀까지 올라갔다. 벌레가 꿈틀꿈틀 레나였던 것의 온몸을 뒤덮더니, 그 모습이 천천히 변모했다. 그 너무나 징그러운 모습에 다리가 후들거리고 이가 시끄러울 만큼 딱딱 부딪쳤다.

"괴, 괴물, 다가오지 마!"

"그렇게 무서워하지 않아도 괜찮습니다. 나는 특별히 너희 하등 생물의 바람을 들어주기 위해 왔으니까요."

"우리의 바람?"

들어서는 안 된다. 본능이 그렇게 외치고 있으나, 무심코 묻고 말았다.

"물론물론, 키메라가 되는 것이지요. 너희 하등 생물 두 마리는 키메라화를 매우 좋아한다면서요? 이 내가 특별히 너희를 키메라로 만들어주죠. 안심해요. 나의 능력이라면 너희 것보다 더 정교한 키메라가 만들어질 테니까요."

위험하다! 이 자는 정말 위험하다! 분명히 진심이다. 진심으로 우리를 키메라로 만들 작정이다.

비네거가 머리 장식을 풀자, 이마에 눈이 떠오르며 그 이마를 남기고 가면이 형성되었다. 이 모습이 되면 도망치는 것 정도는 가능할 터였다. 그런 비네거의 안일한 기대는──.

"사로잡으세요."

어느새 나타난 흰색 천으로 온몸을 둘둘 감은 괴물들에게 빠르게 사로잡히고 말았다. 바로 옆으로 턱 추락하는 기척. 역시 칠리가 변신한 모습으로 눈을 뒤집은 채 드러누워 있었다.

"자, 그럼 시작할까요."

"그만둬어어어어어────!"

어딘가 활기찬 역귀의 목소리에, 비네거는 마지막 힘을 쥐어짜내어 거부 의사를 밝혔다.

***

"그 녀석들 뭘 꾸물거리는 거야."

터번을 머리에 감은 남자, 솔트가 신경질적으로 의자를 걷어찼다.

"진정해. 그런데 확실히 너무 걸리는군. 부르러 가주겠나?"

"물론이지!"

솔트가 지하실로 이어지는 문을 열려고 한 순간, 지하에서 계단을 올라오는 소리가 들렸다.

"아무래도 끝난 모양이네."

솔트가 문고리를 잡고 열려는데,

"솔트! 문에서 떨어져! 뭔가 이상해!"

대장이 단호하게 지시를 내리기에 얼른 물러나 자세를 취했다.

대장도 마도총이라는 유적에서 발굴한 무기를 문을 향해 겨누었다.

그리고 문이 열렸다. 아니, 열리고 말았다. 그곳에서 나온 것은──.

"이, 이럴 수가⋯⋯."

솔트가 떨리는 목소리로 말했다. 문에서 나온 것은 거미 몸에 원숭이 상반신이 달린 키메라였다. 비네거와 칠리는 레나라는 소녀를 키메라로 만들려고 했다. 이것만이라면 너무 지나쳤다고 질타하는 정도로 넘어가며, 크게 놀라지는 않았을 것이다.

거미의 겹눈이 있어야 할 위치에 비네거와 칠리의 얼굴이 달려 있지만 않았다면 말이다.

"어때요? 제 작품도 제법 그럴싸하죠?"

새까만 몸에 모자를 쓴 작은 남자가 뒤에서 나타나, 키메라의 몸을 쓰다듬었다.

"솔트! 도망친다! 절대 싸우려고 하지 마! 여기서 이탈하는 것만 생각해!"

대장이 크게 외치며 마도총의 방아쇠를 당겼다. 몇 개나 되는 총탄이 검은 남자를 향해 날아갔다. 그러나 총탄은 모두 남자에게 충돌하기 전에 정지되고 말았다. 검은 남자는 그 총탄을 손으로 잡아 입에 넣어 우물우물 먹어버렸다.

"고마워요. 맛있게 먹었습니다."

그러더니 주머니에서 냅킨을 꺼내 입을 닦았다.

"너는——."

솔트가 무언가를 말하려고 하였으나, 검은 남자가 눈앞에 나타나 입을 꽉 잡고 말했다.

"스톱, 그 이상은 말하지 마! 너무 불쾌한 냄새가 나! 나의 신앙심을 모욕하려는 최고로 불쾌한 냄새가! 너에겐 할 일이 남아 있거든요? 혹시 분노하여 내가 실수로 죽여버리면 어떻게 책임질 생각이죠?!"

검은 남자는 솔트의 얼굴 앞에서 왼쪽 집게손가락을 좌우로 몇 번 흔들었다.

대장이 혀를 차고 오른쪽 안대에 손을 댔다. 대장이 본래 모습을 드러내면, 이 녀석에게 이기지는 못하더라도 여기서 도망칠 수는 있다.

"그건 메인 디시야. 아직 쓰지 않는 게 좋아."

갑자기 뒤에서 목소리가 들렸다.

"주인님!!"

검은 남자가 솔트를 바닥으로 내던지고 무릎을 꿇었다. 문 앞에는 세 명의 남자가 서 있었다.

"역귀, 수고했어. 조금 지나친 감도 들지만, 뭐, 자업자득인가."

회색 머리 남자가 검은 남자, 역귀에게 격려를 건네고는 대장과 솔트를 바라보았다.

"너는?"

"나는 카이 하이네만. 너희가 레나를 인질로 삼아 불러낸 본인이야."

어쩐지 감정이 전혀 담겨 있지 않은 대장의 질문에, 회색 머리 남자가 자신을 소개했다. 동시에 코가 긴 괴물이 홀연히 모습을 드러내어, 카이 하이네만에게 무릎을 꿇고 머리를 숙였다.

'하하? 여기서 도망친다? 무리야. 무슨 짓을 해도 우리에겐 불가능해.'

솔트가 허리에 찬 칼자루에서 손을 뗐다. 분명히 대장도 같을 것이다. 저 검은 남자라면 몰라도, 이 녀석들을 따돌리는 일이 가능할 거라고는 생각할 수 없다.

"자, 나의 소중한 사람을 상처입히려고 한 이상, 나는 너희를 절대 용서하지 않아. 어떤 능력을 사용해서 이 자리에서 도망치더라도, 땅끝까지 쫓아가 반드시 복수하겠어."

카이 하이네만은 담담한 어조로 그런 미친 선언을 하였다.

"교섭은?"

"할 거 같아?"

대장의 물음에 카이 하이네만이 재미있다는 듯 반대로 질문했다.

"아니, 우리가 졌다. 마음대로 해."

"예상보다 더 깔끔하네. 나는 네 동료를 저렇게 가차 없이 공격했는데 밉지도 않아?"

총을 내리는 대장의 모습에 카이 하이네만이 처음으로 뜻밖이라는 표정을 짓고, 두 사람에게 뻔한 것을 물었다.

"우리도 비슷한 짓은 썩을 만큼 해왔어. 더 끔찍한 짓도. 저지른 게 있는 이상 비참하게 끝장날 각오는 되어 있거든."

카이 하이네만은 잠시 턱에 손을 대고 생각에 잠겼으나, 이내 입을 열고 의외의 말을 입에 담았다.

"흠. 그렇게 나오나. 너, 제법 괜찮은데. 물론 너희가 저지른 짓은 불쾌하기만 하지만, 최소한 전사의 긍지가 느껴져."

"흥! 그래서 살려주기라도 할 건가?"

대장이 어깨를 으쓱하고 바닥에 침을 뱉었다. 그 대답은 대장 자신이 가장 잘 알고 있을 것이다.

"설마. 아까 말했잖아? 너희를 절대 용서하지 않겠다고. 너희의 행선지는 이미 정해져 있어. 그러나 나의 조건을 만족시키면 전사로서 죽여주마. 어때? 이만큼 저질러댄 너희에겐 이게 최고의 자비라고?"

"말은 잘하는군."

대장이 오른손에 든 마도총을 강하게 쥐고, 왼손의 장갑을 벗었다. 아무래도 대장도 붙어볼 마음인가보다. 솔트 역시 이길 수 있는 승부만 해온 것은 아니다. 해보자. 이기지는 못하더라도 한 방 먹여주마. 허리에 찬 칼집에서 장검을 뽑아 들었다.

"흠. 아이러니한데. 이 세계로 돌아와 내가 실제로 본 사람 중에 네 검술이 제일 제대로 되었어. 그야말로 그 미숙한 검제보다 더."

그는 어딘가 씁쓸한 듯 웃더니, 바로 진지한 표정을 짓고 근처에 대기하고 있는 후드를 깊숙이 쓴 검은 옷의 두 사람에게 시선을 보냈다.

"이 자식, 날 기억해?"

후드를 벗고 금발 남자가 화를 냈다. 그는 예전에 솔트가 제물로 쓰기 위해 유적 공략을 부추긴 불쌍하고 멍청한 신입 헌터였다.

"그래, 그 수상한 이야기를 그대로 믿은 멍청이였지?"

"맞아, 멍청했어. 내가 어리석은 탓에 나의 소중한 동료는 죽고 말았어. 그리고 바르세로 괴물들이 습격하는 결과를 불러왔지. 모두 내가 선택한 결과야. 그렇기에 내가 직접 마무리를 지어야 해."

라이가라고 밝힌 헌터가 등에 멘 거대한 검을 손에 들고 자세를 취했다.

'이럴 수가······.'

그 거동은 지금까지 본 어떤 검사보다 훈련되어 있었다. 솔트가 꼬드겼을 때는 분명히 약하고 평범한 신입 헌터에 지나지 않았는데? 그러나 지금 이자에게서는 강자의 위풍이 느껴진다.

"괜찮겠어? 난 저 녀석의 상대는 너희 둘로 시키려고 생각했는데."

"네, 이것은 저의 안일함과 나약함이 불러일으킨 죄. 저는 앞으로 그 십자가를 지고 살아가지 않으면 안 됩니다. 이자에게 저 혼자 승리하지 않으면, 저는 두 번 다시 죽은 그들 쪽으로 다리를 뻗고 잘 수 없습니다. 그런 마음이 듭니다. 그러니 저 혼자 싸워서 이기겠습니다!"

"얕보지 마라, 애송이."

그렇게 허세를 부리기는 했지만, 눈앞의 헌터가 방심할 수 없는 상대라는 것은 이미 명백하다. 만약 저 동료인 후드를 쓰고 있는 검은색 단발 남자까지 전투에 참여했다면, 아무리 솔트가 변화하더라도 패배했을 것이다. 그런 예감이 든다.

"얕보지 않았어. 이제는 너의 강함을 아주 잘 알겠거든. 현재의 나라도 잘해봐야 비기겠지. 후크의 협력이 없으면, 분명 승리는 어려울 거야."

어떻게 된 일이지? 단기간에 너무 달라졌다. 동료의 죽음 때문인가. 그러나 그 정도로 이렇게까지 변화하지는 않는다. 무엇보다 지금 이 녀석의 숙련도는 급이 달라졌다. 아마 그는 솔트의 진정한 변화를 알면서 이 발언을 하고 있을 것이다.

"그런가. 라이가는 이렇게 말하는데, 후크, 너는 그래도 괜찮겠어?"

"네. 라이가가 원하는 대로 하게 해주십시오. 부탁드립니다."

후크가 카이 하이네만에게 깊숙이 머리를 숙였다.

"정말 괜찮은 거지? 나는 위험해도 도와주지 않을 건데? 이건 진검승부니까."

"물론입니다!"

라이가가 동의하자, 카이 하이네만은 입꼬리를 올리고 대장에게 물었다.

"좋아. 이 내가 이번 대결의 입회인이 되겠어. 너도 괜찮지?"

"그래, 나도 받아들이지."

카이 하이네만이 몇 번 손뼉을 치고는 호령했다.

"그럼 바로 시작하자. 둘 다, 정정당당하게 목숨을 걸고 싸워라!"

순간 양쪽이 충돌하였다.

솔트는 목을 베어내려는 라이가의 대검을 거미처럼 납작 숙여 피하고, 그의 복부를 가르기 위해 장검을 휘둘렀다. 라이가는 대검을 왼손으로 바꿔 들고, 무리하게 궤도를 바꿔 바닥에 꽂았다. 솔트의 장검이 대검에 의해 쉽게 튕겨 나가며, 자세가 약간 무너진 순간 라이가의 원심력이 강하게 실린 왼발 돌려차기가 오른쪽 머리를 정통으로 때렸다.

눈앞에 불꽃이 튀는 와중에 대검이 솔트를 세로로 베어내려는 것이 보였다. 필사적으로 의식을 유지하며, 바닥에 쏟아진 과실주 웅덩이를 지정하여 '수계' 능력으로 이동했다.

'이 녀석이, 불리하다고?! 승리가 어렵다고?! 무슨 헛소리야!'

확실히 변화한 지금 상태라면 절대적인 신체 능력은 솔트가 다소 높다. 그러나 중요한 전투 기술이 하늘과 땅만큼 차이가 난다. 이미 몇 번이나 이 비장의 기술인 '수계'로 구사일생하고 있다. 솔트의 능력 '수계'는 물을 자유롭게 이동하는 능력이다. 비가 내리는 날이나 강가, 바다 부근에서는 무적에 가까운 힘을 얻을 수 있지만, 이러한 저택 안에서는 능력이 대폭으로 제한되고 만다.

물론 밖으로 나가면 물은 풍부하게 있으므로 솔트가 유리해질 것이다. 그러나 밖으로 나갈 만큼 라이가의 추격은 만만하지 않다. 게다가——.

"너, 비장의 수를 숨기고 있지?!"

아마 이자는 비장의 수를 숨기고 있다. 그리고 본래 그는 그 능력을 중심으로 한 전투가 가장 특기일 것이다.

"기리메칼라 님께 받은 힘 말인가. 그건 쓰지 않아."

"뭐?! 봐주는 거냐?"

"아니야. 그건 본래 나의 힘이 아니야. 빌린 힘이라서 그래."

"빌린 힘?"

"그래. 이건 너와 나의 일대일 싸움이야. 이 싸움만은 나의 힘만으로 임해야 해. 설령 패배하더라도."

"직접 마무리를 짓겠다는 뜻인가. 그러고 보니 나도 딱 한 번 그런 일이 있었지…….”

대장을 힐끗 쳐다보자, 본 적도 없는 고통스러운 표정으로 아랫입술을 깨물고 있었다.

‘나 참, 냉정한 당신답지 않네. 그런 한심한 표정은 짓지 말라고.’

그들은 과거에 우연히 향락적이며 악질적이기 짝이 없는 신과 조우하여 이 세계에 내던져졌다. 원래 세계로 돌아간다. 지금까지 그것만이 이 세계를 방황하는 그들의 꿈이었다. 살기 위해 더러운 일은 모두 하였다. 그래도, 옛날에는 확실히 인간으로서 결코 선은 넘지 않았다. 그렇다. 대장이 인간임을 포기하고 만 그때까지. 그때, 절망적인 상황에서 솔트를 비롯한 모두는 대장에게 모든 걸 떠넘기고 도망쳐버렸다. 결국 그때부터였다. 그들이 인간의 길을 완벽하게 벗어나고 만 것은.

“슬슬 끝내보자!”

라이가가 대검을 들었다. 올곧은 눈이다. 조금 더 빨리 이런 녀석과 싸웠다면, 조금은 결과가 달랐을까.

“좋아.”

장검을 높이 들었다. 승부는 한순간에, 일격으로 끝날 것이다. 터질 듯한 긴장감 속에 솔트는 힘껏 지면을 박찼다. 그리고——.

“지고 말았나…….”

라이가의 대검이 솔트의 장검과 함께 그의 몸을 길게 찢었다. 그 자리에 대자로 쓰러졌으나, 패배했음에도 마음은 왠지 후련했다.

"애송이, 미안하다."

왜 사과할 마음이 들었는지 솔트 자신도 모르겠다. 물론 그것으로 용서해 줄 거라고도 생각하지 않는다. 그냥 간절하게 그러고 싶었다.

"스파이, 먼저 가 있을게."

"그래."

고개를 끄덕이는 대장.

"부디, 후회 없는 싸움을……."

이 사람이 만족하기를 바라며, 솔트는 의식을 잃었다.

***

라이가는 대검으로 터번을 두른 남자 솔트의 장검과 겨루고 있었다. 솔트는 변화라는 것을 사용하여, 박쥐 날개에 뿔이 돋아난 마물 같은 모습이 되었다. 아마 저것이 그들의 대장 스파이의 '정신 생명체를 잡아먹고 자신이나 가까운 동료의 힘으로 만드는 능력'일 것이다. 그리고 결국 라이가의 대검이 솔트를 베어내며 승부가 정해졌다.

"잘 싸웠어."

미숙한 자들끼리의 싸움이기는 하지만, 제법 볼 만했다.

라이가가 자세를 바르게 하고 나에게 인사했다. '흙'의 대장도 솔트와 짧은 대화를 나누고 나를 향해 몸을 돌렸다.

흠. 비열한 조직의 보스치고는 꽤 괜찮은 얼굴 아닌가. 그럼 그것을 사용하기로 할까.

"이것을 써서 힘을 얻어라."

내가 손가락을 딱 튕기자, 모브였던 것이 홀연히 나타났다.

"이것은?"

'흉'의 대장 스파이는 어안이 벙벙한 얼굴로 움찔움찔 경련하는 모브였던 것을 응시하며, 질문할 것도 없는 사실을 물었다.

"저런 잔챙이라도 일단 정신 생명체야. 만약 네가 이 녀석을 사용해 나에게 일정한 가치를 증명한다면, 약속대로 전사로서 다루어주마."

잠시 스파이는 나의 얼굴을 응시하였으나, 갑자기 웃음을 터뜨렸다. 그리고──.

"너, 진짜 미쳐 있어."

그렇게 어이가 없다는 듯 지극히 무례한 말을 하더니 오른쪽 안대를 벗었다. 혈관이 두드러진 오른쪽 눈에 비친 마법진이 모브를 인식하고 빙글빙글 회전했다. 그다음 반응은 극적이었다.

모브가 빛의 입자가 되어 스파이의 오른쪽 눈으로 빨려 들어갔다. 스파이의 온몸이 부글부글 요동치더니, 새로운 생물로 변모하기 시작했다.

잠시 뒤 천천히 일어나는 스파이. 그 모브와는 비교도 되지 않을 압박이다. 이거라면 능력을 제한한 지금 상태에서 벨제바브 때와 같은 싸움이 가능할지도 모른다. 왠지 신나는 마음을 애써 억눌렀다.

"자, 영혼이 짜릿해지는 투쟁을 하자."

나는 지금의 나답지 않은 말을 하고, 등에 멘 칼집에서 무라사메를 꺼냈다.

"마음대로 떠들어라!"

스파이가 바닥을 박차고 고속으로 이동하며, 이제는 오른손과 동화된 마도총인지 뭔지로 이쪽을 포격했다. 나는 그것을 무라사메로 어렵지 않게 튕겨냈다. 총탄이 스파이에게 그대로 돌아가 충돌했다.

"큭?!"

스파이는 온몸에서 피를 흘리면서도, 경악한 얼굴로 나를 응시했다.

"나에게 잡기술은 소용없어. 좀 더 진지해져라! 나에게 닿을 공격을 생각해내! 나의 공격을 피할 방법을 상상해라! 그렇지 않으면 일격에 끝날걸."

나는 특수한 보행술로 스파이의 품으로 파고들어 그의 몸을 무라사메로 베어냈다. 피를 토해 바닥에 흩뿌리면서, 엄청난 속도로 회전한 스파이는 영주의 저택을 산산이 부수고 사라졌다. 자, 그가 얼마나 버틸지 지켜보자.

내가 천천히 걷는 동안, 스파이는 건물 옥상을 고속으로 질주하여 나에게 원거리에서 정확하게 포탄을 쏘았다. 나에게 날아드는 포탄은 모두 나의 '달빛 거울'로 튕겨내 그의 몸을 도려냈다.

나는 지면을 박차고 그와의 거리를 좁혔다.

"앗?!"

당황하여 눈을 크게 뜬 스파이의 다리를 후려친 뒤, 여러 번 회전하는 그의 복부를 짓밟았다.

바닥이 함몰되어 거대한 크레이터가 형성되었다.

"말했을 텐데. 방심하지 말라고."

나는 왼발 끝을 그의 멱살에 걸어 걷어찼다. 스파이의 몸이 포탄처럼 일직선으로 건물을 산산이 부수며 앞으로 접힌 채 바닥에 내동댕이쳐졌다.

"젠장!"

바로 벌떡 일어나 방심하지 않고 총을 겨누는 스파이.

음음, 기운이 넘쳐서 좋다. 웬만한 마물이라면 몇 번 맞은 시점에 이미 죽었을 테니. 그러나 아직 나를 납득시키기에는 부족하다.

"괴물 자식!"

원망하듯이 쏘아붙이는 스파이.

"벌써 포기하는 건가? 그럼 이제 끝낼까?"

"아니, 아직이다!"

스파이가 주문 같은 것을 영창하자, 왼손을 중심으로 입체형 마법진이 형성되었다. 동시에 등에 칠흑 같은 네 개의 날개가 돋아나고, 두 눈이 검붉게 빛났다. 아무래도 지금부터 본 실력을 발휘하려는 모양이다.

그가 왼손 검지와 중지를 세우자, 검은색 날개에서 여러 개의 날개가 깃털을 뿌리고, 그것들이 분열을 반복하여 곧 하늘 가득 검은 깃털이 채워졌다.

"제법 강해 보이는데."

스파이가 왼손을 휘두르자 수만에 달하는 검은 깃털이 나에게 쇄도했다.

"'진계류 검술 일도류'── 제4형, 아라크네."

나는 모든 날개를 지정하여 거리를 무시하는 공격을 가했다. 몇 번의 폭발이 연쇄적으로 발생한 뒤, 강한 바람이 모든 것을 산산이 분쇄했다. 그리고 건물 전체를 휘감아 먼지로 만들었다.

"맙소……사."

스파이가 입을 떡 벌리고 나를 응시했다.

"방금 건 40점. 저걸로 나에게 상처가 날지는 매우 의문이지만, 일단 막아내기는 했어."

아까 공격을 평가했다. 딱히 잘난 척하는 것은 아니다. 방금 공격을 정통으로 맞았더라도 나에게는 상처 하나 나지 않았을 테니까. 그러나 그렇게 비관할 일은 아니다. 전투 센스 덕분인지 계속 공격이 나올 정도로는 발전했으니까 말이다. 흠, 재미있어지기 시작했다.

"함부로 지껄이지 마!"

스파이가 공중으로 비약했다. 오른팔의 총구가 몇 배로 형성되더니, 나에게 조준을 맞췄다.

"죽어라!"

포효와 동시에 시야가 온통 하얀 빛으로 물들었다.

나는 땅을 걷어찼다. 대지가 산산이 파열되는 동안, 나는 눈도 깜박이기 전에 스파이를 뛰어넘어 그의 등 뒤로 이동했다.

"해, 해치웠나?"

포격으로 불타버린 대지를 보며 땀을 닦는 스파이의 귓가에, 속삭였다.

"지금 건 30점. 적어도 나를 그 자리에 잡아둘 만한 술법이라도 행사하지 않으면, 맞을 리가 없잖아."

돌아보는 스파이의 얼굴은 경악으로 뒤덮여 있었다. 그런 스파이를 나는 대지로 걷어차 떨어뜨렸다.

한 줄기 빛이 되어 스파이는 여러 번 회전하더니, 바닥에 깊이 박혔다.

엉망이 되면서도 일어난 스파이가 입에서 흘러나온 피를 닦고 중심을 낮추더니, 왼손에 검 같은 것을 현현시켰다. 정말 다채로운 녀석이다. 저것은 다른 정신 생명체를 흡수하여 빼앗은 건가.

그러나 무술은 신체 능력만 있으면 되는 것이 아니다. 자, 어떻게 나올까.

콧노래를 부르며, 나는 무라사메를 쥐고 그를 향해 천천히 걸어갔다.

스파이가 질주하여 나와의 거리를 좁히더니, 목구멍을 노리고 혼신의 힘을 다해 찔렀다. 그것을 최소한의 움직임으로 피하자 칼의 궤도를 바꾸어 나의 목을 베어내려고 했다. 무라사메로 막아내니 접근한 상태로 나의 얼굴에 오른팔의 포탄을 쏘았다. 나는 몸을 팽이처럼 회전시켜 피하면서 그의 배를 걷어찼다.

여러 번 회전하며 바닥에 몇 번이나 바운드되는 스파이에게

다가가 칭찬을 해주었다.

"놀랐어. 지금 건 70점. 너 검술도 약간 쓸 수 있었구나. 마지막 연계는 제법 괜찮았어."

검술 자체는 슈텐도지의 발밑에도 미치지 못할 만큼 미숙하지만, 대포로의 연계는 꽤 재미있었다. 뭐, 저 정도로 몇 수 앞 밖에 내다보지 못한 페인트는 눈을 감고도 피해지겠지만.

"제기라아알!"

왼손으로 무라사메의 칼집을 등에서 뽑아, 짐승처럼 포효하는 그를 칼집으로 연이어 찔렀다. 관자놀이, 정수리, 인중, 후두, 왼쪽 옆구리, 하복부, 명치까지 7연속. 이것은 오의까지 승화되지도 않은 그저 인간을 부수는 기술이다. 그러나 인간형에는 절대적인 위력을 자랑한다.

"크헉……."

그래도 도검을 지팡이 삼아 일어나는 스파이.

"아직도 일어서는가. 칼집으로 쳤다고 해도, 정말 튼튼한 녀석이군. 그래, 다음 공격에 모든 것을 걸어라! 상으로 나도 검술이란 것을 보여주마."

처음으로 나는 왼손에 든 칼집에 무라사메를 넣고 자세를 취했다. 그러고 보니 이렇게 전투로 진지한 자세를 취하는 것도 수만 년 만일지도 모른다. 물론 스파이 자신의 힘은 나에게 그리 위협적이지 않다. 지금도 마음만 먹으면 언제든지 죽일 수 있다. 그러나 이렇게 절망적으로 실력 차이가 나는데도, 끝까지 발버둥 치는 우직한 투쟁에 대한 그의 자세에 조금 감화되었는지도 모른다.

스파이는 상공으로 도약하여 오른팔의 포신을 내가 있는 장소와는 반대 방향으로 향했다. 그리고 도검을 든 왼팔을 한계까지 당겼다. 그렇군, 지금 이 녀석에게 가능한 가장 빠른 공격이라는 것인가.

그렇다면 나도 대답해줘야 한다.

중심을 낮추며 왼손에 무라사메의 칼집을 들었다. 그리고 칼자루에 오른손을 대고, 모든 신경을 집중했다.

"오오오오오오오오오오!!"

은백색 포격이 밤하늘을 가로질렀고, 스파이가 나를 향해 질주했다. 그리고 나의 정수리를 노리고 칼을 휘두르려고 했다. 그게 나에게 닿기 직전에.

"'진계류 검술 일도류', 제3형—— 달빛 거울."

나의 언령과 함께 휘둘린 무라사메가 녀석의 검을 쳐냄과 동시에 그의 몸을 가로로 갈라버렸다.

아무래도 끝나고 만 모양이다. 나는 스파이에게 다가갔다.

"지금 건…… 뭐지?"

"이름은 '달빛 거울'. 내가 지닌 유일한 카운터 기술이야."

기리메칼라 같은 자들마저 착각하고 있는데, 사실 '달빛 거울'은 원거리 공격에 대비하는 용도가 아니다. 물론 본래는 마법검 실버의 원거리 공격을 막기 위해 고안되었지만 수만 년간 온갖 종류의 공격에 대한 절대적인 카운터 기술로까지 승화되었다. 이것이 방금 보인 진정한 '달빛 거울'이며, 내가 본격적으로 싸울 때 사용하는 기술이다.

"전혀 공격이 통하지 않았어. 처음부터 상대도 되지 않았지. 너의 그 강함은 대체 뭐냐?"

바닥에 드러누운 채, 왠지 어이가 없는 듯 스파이가 나에게 물었다.

"내가 강한 게 아니야. 네가 약할 뿐이지."

제법 즐기기는 했지만 역시 이 녀석도 나와 목숨을 건 싸움은 벌이지 못했다. 그래도 일단 전투는 성립되었으니, 꽤 나은 편이라고 생각한다.

"너, 그거 진심으로 하는 말이냐?"

"그럼. 이 세계는 강자로 넘쳐나. 방심할 수 없는 상대로 가득해. 질 마음은 전혀 없지만."

볼을 움찔거리며 자명한 사실을 묻는 스파이에게 농담조로 말했다. 뭐, 아주 오랫동안 강자와 싸운 일이 없긴 하지.

"그런가. 내가 약한가. 한동안 들어보지 못한 말이군."

"우물 안 개구리 같은 상태였겠지."

나의 별생각 없는 반응에, '흉'의 대장은 미소 짓더니 눈을 꼭 감았다.

"말 그대로군. 나는 전사였나?"

"간신히."

"그럼 전사로서 마지막으로 말하마. 부탁이니 동료를 그냥 죽여줘!"

그가 필사적인 얼굴로 나의 소매를 잡고 애원했다. 아, 기리메칼라의 권속 중 하나, 역귀의 악질적인 놀이로 만들어진 그거 말이구나. 레나를 키메라로 만들려고 했기에 전혀 동정심은 들지 않는다. 그러나 스파이와의 전투 덕분에 다소 울분과 분노는 해소되었다. 편하게 죽여주는 것쯤은 괜찮다.

"받아들이지."

"고맙다."

안도했는지 크게 숨을 내뱉자, 점차 스파이의 검은색 날개가 풍화되어 변화하기 전의 모습으로 돌아갔다.

"주인님, 여기 '흉'의 사후처리, 저에게 맡겨주지 않으시겠습니까?"

기리메칼라가 이런 제안을 하다니 드문 일이다.

"이들은 어쨌든 레나 님께 불경한 짓을 저지른 비천한 자들이므로, 저희는 용서할 수 없습니다."

역시 그렇게 나오는가. 기리메칼라는 나의 감정에 가장 민감하게 반응한다. 나에게 레나와 키스가 얼마나 소중한지 기리메칼라도 잘 안다. 그런 레나를 키메라로 만들려고 하였으니, 어떤 의미로 이들에게는 최대의 금기를 어긴 행위나 마찬가지다. 끝까지 화가 풀리지 않는 것이 당연하다.

"하지만 난 이 녀석을 전사로 취급하기로 했어. 저 키메라가 된 쓰레기들의 처분은 전사와 내가 한 약속이야. 어길 마음은 없어."

나도 전사인 이상, 지켜야만 하는 신념이 있다.

"그렇다면 이 요물들을 저의 권속으로 만들어 다시 교육시킬 기회를 주시기를 간청드립니다!"

기리메칼라의 권속화와 재교육이라. 지금 기리메칼라에게 맡기면, 어떤 의미로는 고문 이상으로 끔찍한 결과를 불러올 것이다. 바로 죽이는 쪽이 이들에게는 훨씬 행복한 미래겠지. 그러나 레나를 키메라로 만들려고 하였으니, 거기까지 마음을 쓸 필요는 없다. 스파이와의 약속은 어디까지나 키메라화의 해제가 중요하기도 했고.

"좋아. 당분간 이 녀석들의 처리는 너희에게 맡길게. 단, 저 악취미적인 키메라화는 바로 해제해. 그걸로 스파이와의 계약을 이행하겠어."

"가, 감사드립니다! 반드시 주인님의 도움이 되도록 재교육하겠습니다!!"

기리메칼라가 두 손을 모으고 기쁜 얼굴로 눈물을 흘렸다.

"스파이를 통해 티아마트를 분리해야 해. 그게 끝나고 나의 조건을 만족시키면, 그 녀석도 일단 너희 마음대로 해도 돼."

"알겠습니다!"

기리메칼라가 대답한 뒤, 스파이와 함께 그 모습을 감췄다. 이제 이 땅은 원형조차 남아 있지 않았다. 어쩌면 운 좋게 솔트와 저 불쌍한 키메라도 죽었을지도 모르지만, 뭐 기리메칼라의 태도를 보니 기대는 하지 않는 게 좋을 듯하다.

"그럼, 돌아갈까."

귀로에 오르려고 한 순간, 아스타가 모습을 드러냈다. 그 얼굴이 평소와 달리 심각했다.

"응? 무슨 일이야?"

"마스터, 아까 그것은?"

"'흉'의 대장인데."

"그런 것을 물은 것이 아니오!"

"갑자기 큰 소리로 외치지 마."

거칠게 말하는 아스타를 얼굴을 찡그리고 달랬다.

"대답하시오! 그것은 무엇이오?!"

"그러니까 '흉'이라는 조직의 대장이야. 그 모브라는 소 마물을 제물로 삼아 흡수시켰더니, 나름대로 싸울 만해졌어."

원래 그만큼 약했으니 크게 기대는 하지 않았으나, 예상보다는 더 재미있었다.

"그거, 진심으로── 아니, 진심으로 말씀하신 것이겠지. 그렇기에 정상이 아니오. 아니, 완전히 미쳤소!"

"이봐, 아스타!"

두 손을 어쩔 줄을 모르며, 폭포처럼 땀을 흘리며 절규하는 아스타에게 약간 놀라고 말았다.

"그건 악군으로 말하자면 6대장 클래스! 천군으로 말하자면 6천신 수준의 힘이 있었소. 그런 괴물을 이렇게 간단히 만들어내고, 심지어 그게 나름대로 싸울 만해졌다고?! 사고방식이 완벽하게 상식을 벗어나지 않았소!"

"무슨 말인지 모르겠어. 아무튼 약자임은 분명해. 기리메칼라에게 맡긴 이상, 그가 처리할 거야. 만약 도망치더라도 저 정도라면 A랭크 헌터에게 걸리면 끝장나겠지."

이해가 안 되는 망상으로 가득한 말을 외치는 아스타에게, 그렇게 단언했다. 그것은 이 세계라면 중견에 위치할 수준밖에 되지 않는다. 내가 아니더라도 용사나 마왕 같은 진짜 강자가 상대라면 순식간에 승부가 날 것이 틀림없다.

"…………."

아스타는 심하게 굳은 얼굴로 기괴한 생물이라도 보는 듯한 눈길을 보내다가.

"역시, 그대는 미쳤군."

그 말을 끝으로 밤의 어둠으로 스며들어 사라졌다.

그럼 나도 돌아가자. 이번에야말로 나는 귀로에 올랐다.

***

솔트가 의식을 되찾자 그곳은 황폐한 황야였다.

"칠리! 비네거! 너희, 무사했어?!"

옆에 있던 두 사람을 확인하고, 다급하게 외쳤다. 두 사람은 서로 얼굴을 마주 보고 당황한 얼굴로 대답했다.

"무사하다고 해야 되나……."

"네, 어떻게 원래 모습으로 돌아왔는지 불명확합니다만."

상황으로 보아 이곳에 '흉'의 멤버를 데려온 것은 그 괴물들의 주인, 카이 하이네만일 것이다. 그렇다면 아직 완전히 끝나지 않았다는 말인가.

갑자기 맑은 하늘에 검은 구름이 생성되더니, 급속도로 퍼져 나갔다.

"이, 이거, 설마, 그거?!"

비네거가 새된 소리로 외치더니 몸을 웅크리고 떨기 시작했고, 칠리도 그대로 굳어 폭포처럼 땀을 줄줄 흘렸다. 그만큼 무서웠던 모양이다. 아마 이 상태로는 둘 다 카이 하이네만에게 반항할 수 없겠지. 그런 생각을 하는 솔트도 그 괴물에게 맞설 마음은 도저히 들지 않았다.

'될 대로 되겠지……'

어떤 의미로는 체념한 경지로 상황을 지켜보자, 황야에 차례로 나타나는 괴물들. 하나하나가 지금까지 본 적도 없는 압도적인 강자의 압력이 느껴졌다.

순식간에 세 사람을 둘러싼 무수한 초월자들.

"히익!"

"키약!"

그리고 카이 하이네만에게 역귀라 불렸던 온통 검은 옷에 모자를 쓴 작은 남자가 세 사람의 앞에 나타나자, 비네거와 칠리가 귀청이 찢어지도록 비명을 질렀다.

역귀는 자세를 바르게 하고, 주위를 둘러싼 초월자에게 예의 바르게 인사하더니 외쳤다.

"이곳에 계신 것은 최대 파벌 '악사만계'의 최고 간부분들이시다! 본래 **우리가** 뵐 일은 거의 없을 정도! 자세가 건방지다!"

"네엡!"

"예엣!"

두 사람은 눈물과 콧물을 흘리며 바닥에 납작 엎드렸다. 역귀 하나만 보아도 이 꼴이다. 심지어── 심지어 말이다. 지금도 세 사람을 둘러싼 존재들은 그 역귀조차도 만나는 것이 어렵다고 한다. 아무리 생각해도 과잉 전력이다. 반항하는 것 자체가 무의미할 것이다.

"이런 하찮은 힘밖에 지니지 않은 조무래기가 주인님께 반역을 꾀하였다고?"

여덟 개의 눈을 지닌 괴물이 의심스러운 어조로 물었다.

"그래. 특히 여기 안경 낀 남자와 여자는 키스 님을 다치게 하고, 레나 님을 하필이면 키메라로 만들려고 했어."

순간 분노에 찬 포효가 땅이 울리도록 주위에 퍼졌다.

"우리의 신앙에 침을 뱉은 모욕적인 자에게 죽음을!"

눈이 하나인 괴물이 외치자.

"죽음이라고?! 그런 건 어설퍼! 이 세상의 지옥을 보여주자!"

상반신이 상어인 괴물이 바로 그 말을 부정했다.

"그래! 편하게는 못 보내! 온갖 고통과 절망을 주어야 해!"

차례로 나오는 말은 세 사람에게 그야말로 악몽과 같았다. 결국 칠리는 거품을 물고 기절했고, 비네거도 두 손으로 머리를 싸매고 용서를 구하며 덜덜 떨었다.

"그래서? 기리메칼라, 그분은 우리에게 어떤 지시를?"

묘하게 냉정한 흰색 인간형의 무언가가 코가 긴 괴물, 기리메칼라에게 물었다.

"우리 위대한 그분은 이 자들 '흉'의 대장인 스파이를 전신(戰神)

으로 인정했다."

황야에 동요가 일었다.

"주인님이 전신이라 인정하다니, 몇만 년 만이지."

두루뭉술한 존재가 팔짱을 끼고 혼잣말을 했다.

"맞습니다. 우리 중에도 몇몇, 벨제바브 외에는 거의 없지 않을까요. 하지만 그렇다고 우리 신을 모욕한 이 쓰레기들을 용서할 이유는 되지 않습니다만?"

강한 비난이 포함된 새하얀 인간형의 무언가에게 기리메칼라가 답했다.

"맞아! 물론 그분이 손쉽게 용서할 리가 없지! 이 영혼까지 썩어빠진 어리석은 자들을 우리 권속으로 삼아 재교육하라! 그것이 우리가 믿는 신의 말씀이다!"

순간 정적이 흐른 뒤, 환희가 폭발했다.

"그래! 그렇구나! 이번에도 우리 파벌은 그런 중대한 사명을 받았구나!"

"훌륭해! 이런 불경죄를 범한 물벼룩조차도 죽이지 않고 받아들이시는 자비로움! 그야말로 우리가 믿는 신!"

"감사를! 으흑…… 우리 아버지에게 감사를!"

뛸 듯이 기뻐하는 초월자들에게 기리메칼라가 오른손을 위아래로 움직여 진정하라는 몸짓을 취했다.

"노룬, 시간은 얼마든지 있어. 평소처럼 해줘!"

"라저, 예여."

흰머리를 길게 기른 소녀 노룬이 오른손을 들자, 공중에 거대한 마법진이 떠올랐다.

기리메칼라가 세 사람 앞에서 허리에 주먹을 댔다. 세 번째 눈이 붉게 물들어갔다. 그리고——.

"나는 너희들의 교관 중 하나, 기리메칼라다! 각오해두어라! 지금부터 너희에겐 한시도 평온할 틈이 없다! 쉬지 않고, 너희의 썩어빠진 근성을 고쳐주마! 그래! 철저하게!"

두 팔을 벌린 포효. 그에 호응하듯이 다른 초월자들도 짐승처럼 소리를 질렀다.

그것은 세 사람에게 수행이라는 이름의 고문이 시작된 순간이었다.

에필로그

모든 것이 끝나고 로제와 키스가 기다리는 숙소로 돌아가자, 기리메칼라가 숙소에 레나를 옮겨두었다는 보고를 하였다.

키스의 안내를 받아 방에 들어가니 침대에서 상반신을 일으키고 있는 레나와 시선이 마주쳤다.

"카 군?"

레나는 잠시 의아한 얼굴로 나를 바라보다가, 점차 눈가에 눈물이 맺히기 시작했다. 그리고 침대에서 벌떡 일어나 나에게 점프하여 끌어안았다. 그녀는 나의 가슴에 얼굴을 묻고 꼼짝도 하지 않았다.

"음. 레나, 오랜만이야."

아마 울고 있을지도 모른다. 이해는 간다. 기리메칼라에게 바로 보호되었다고 해도, 아마 무서운 경험이었을 테니 말이다.

"걱정하지 마. 이제 괜찮아."

옛날처럼 오른손으로 뒤통수를 살며시 쓰다듬자, 어흠 하고 헛기침을 하는 소리가 들렸다. 로제가 옆에서 미소를 지으며 앉아 있었다. 눈은 전혀 웃고 있지 않네. 아마 방에 있는데 무시당한 것이라도 원망하는 모양이다. 나 참, 속 좁은 녀석.

"카이, 모두 끝났나요?"

"그래, 일단은. 남은 건 사후처리야."

로제에게 대답하자 레나가 올려다봤다.

"카 군, 말투가 좀 달라졌네?"

"음, 이미지 체인지라는 거야."

"이미지 체인지 수준이 아닌 것 같은데."

"네, 분명 내면까지 이미지 체인지 하였겠지요."

뒤에서 쓸데없는 딴죽을 거는 키스에게, 로제도 맞장구를 쳤다. 나에게 불리한 화제를 애써 무시하고 다른 이야기로 넘어가려고 했다.

"레나도 키가 좀 컸네."

"응! 컸어! 카 군은 별로 달라지지 않아서 다행이야!"

뭐가 다행인지는 전혀 모르겠지만, 레나는 나를 안고 킁킁 냄새를 맡았다. 이건 옛날부터 레나의 버릇이다. 동물 같으니 하지 말라고 말해도, 전혀 고쳐지지 않은 나쁜 버릇. 뭐, 남성에게는 남매나 마찬가지인 나에게밖에 안 하므로 그리 문제가 있는 것도 아니다. 그나저나 10만 년 전의 일일 터인데 수년 전의 일처럼 기억한다. 기묘한 감각이기는 하지만, 확실히 이렇게 있으니 선명하게 떠올릴 수 있었다.

"참, 레나."

"응, 뭔데?"

나에게서 떨어지지 않고 웃으며 올려다보는 레나의 머리를 다시 쓰다듬고, 키스에게도 시선을 보내며.

"다녀왔어."

나는 10만 년 만에 인사하였다.

그로부터 레나는 바로 예전처럼 천진난만한 모습으로 돌아왔기에 며칠간 키스와 함께 그녀가 만족할 때까지 바르세 관광을 다녔다. 그 수인의 몸값을 지불하는 날까지는 아직 기한이 남았고, 아론 할아버지의 말로는 신성무도회에서 나는 실격이 아니라 기권 취급이므로, 상금이 수여될 예정이라고 한다. 지금은 그 절차를 기다리는 중이니 일단 모든 미션을 완수했다는 소리다.

그리고 얼마 지나지 않아 왕도에서 레나와 키스를 데리러 사자가 왔다. 사자들도 진심으로 걱정하는 모습이었다. 특히 저 메이드 같은 여자는 레나를 안고 소리를 내어 울기까지 했지. 왕국에서 무척 소중하게 여겨지는 듯하여, 나도 안심이 되었다.

그나저나 레나 일을 알린 지 아직 며칠밖에 지나지 않았는데 이렇게 빨리 데리러 오다니. 정말 아이러니한 일이기는 하지만, 어떤 의미로는 왕국에 있어 로제보다도 레나가 지금은 더 중요성이 클지도 모른다.

"있잖아, 카 군."

나를 끌어안고 올려다보는 레나의 행동에 작게 한숨을 내쉬었다. 이것은 레나가 나에게 무언가 해주기를 바랄 때 나오는 버릇이다.

"응? 뭔데?"

"카 군, 당분간 로제와 같이 행동할 거지?"

"응, 실로 유감스럽지만, 그렇게 될 것 같아."

나의 대답에 옆에 있던 로제가 헛기침을 하며 나의 옆구리를

꼬집었다. 이런 사소한 불평조차 허용하지 않다니, 정말 어른스럽지 못한 애다.

"그래! 다행이야!"

무엇이 어떻게 다행인지 전혀 모르겠지만, 레나는 환한 미소를 짓고 마차에 올라타 버렸다.

"키스, 계속해서 레나를 부탁해."

"맡겨둬. 너도 너무 무리하지 말고."

올가 아저씨와 같은 말을 하더니, 키스도 마차에 올랐다.

"또 만나!"

갑자기 레나가 마차에서 얼굴과 손을 쏙 내밀고, 신나게 흔들었다.

"그래, 또 만나자."

그 뉘앙스에 약간 고개를 갸웃하면서도, 우리도 숙소로 돌아갔다.

***

스파이가 눈을 뜬 것은 낯선 방의 침대 위에서였다.

"반가워, 대장!"

옆에 있던 메이드 여자가 인사를 하고 방에서 나가자, 그녀와 교대하듯이 터번을 두른 청년 솔트가 오른손을 들며 안으로 들어왔다.

"솔트! 너, 살아 있던 거냐!"

"응, 카이 님이 자비를 베푼 덕분에."

"카이 님이라…… 그것은── 지금은 됐어. 칠리와 비네거는 어떻게 됐지? 아직 키메라인 상태인가?"

솔트가 카이 하이네만에게 존칭을 쓰는 이유 등 묻고 싶은 것이 산처럼 쌓였으나, 가장 걱정되는 부분은 그것이다. 스파이는 결국 패자다. 승자인 카이 하이네만이 약속을 지킬 필요 따위, 본래는 없기 때문이다.

"아니, 키메라화는 그 뒤로 바로 해제되었어. 두 사람은 지금 기리메칼라 님과 특수 교련 중이라 당분간 돌아오지 않을 거야."

"특수 교련이라니, 그것은?"

"아, 생각만 해도 토할 것 같은 지옥의 훈련이야. 걱정하지 마, 그 교련은 그리 나쁜 게 아니니까. 나도 그걸로 초심을 되찾았고."

그렇게 대답하는 솔트의 표정은 묘하게 후련하여, 부정적인 감정은 조금도 느껴지지 않았다.

"이해가 안 가는데."

"그건 곧 알게 돼."

의미심장한 발언을 하더니, 솔트는 문을 향해 손가락으로 가리키고는 걸어가기 시작했다. 따라오라는 뜻이다.

스파이는 죽었을 터였다. 이제 와서 주저할 이유도 없다. 그저 솔트의 이 활기찬 모습이 어린 시절에 야망으로 가득했던 시절과 똑같아서, 스파이는 이때 순수한 놀라움을 느꼈다.

솔트는 숙소를 나가서 가까운 공터로 향했다. 그곳에는 보라색 머리에 모자를 쓴 여성이 서 있었다.

"아스타 님, 데려왔습니다."

"그럼 가겠소."

아스타라 불린 보라색 머리 여성이 손가락을 딱 튕기자 경치가 일그러졌다. 어느새 눈앞에는 거대한 문이 우뚝 서 있었다.

"이, 이곳은?"

십중팔구, 공간 전이의 능력일 것이다. 공간을 조종하는 능력은 전설상의 힘. 실제로 그 사용자와 만난 것은 스파이도 처음이었다. 아스타는 문 앞에서 스파이를 돌아보더니 말했다.

"한 가지 충고를 해두겠소. 이 문 안에 있는 것은 이 세상의 악. 말 그대로 가장 두려우며 강한 괴물이오. 모쪼록 어리석은 태도는 취하지 않는 것이 자신을 위한 길이오."

"그런 건 나도 알아."

조금이라도 방심하면 즉사한다. 카이 하이네만, 그는 그런 최상급 공포에 해당한다. 일단 그와 싸워본 몸이니, 이제 와서 그런 당연한 것을 지적할 필요도 없다.

"알겠소?"

이유는 알 수 없지만, 아스타가 스파이를 응시하며 재차 확인했다.

"알겠어……."

갑자기 스파이의 안에서 들린 아주 작은 소녀의 목소리.

"아, 아니, 솔트, 이게 대체——."

"금방 알게 돼."

솔트에게 이 이상한 현상을 물었으나, 그는 아까와는 다르게 지금까지 본 적 없는 엄숙한 얼굴로 문 앞을 응시했다.

"그럼 너희의 무운을 빌겠소."

그리고 문이 천천히 열렸기에 스파이는 안으로 들어갔다.

벽에 그려진 악취미적인 장식에 계단 위까지 새빨간 양탄자가 깔려 있고, 그 끝에 놓인 옥좌에는 카이 하이네만이 팔걸이에 턱을 괴고 앉아 있었다. 또한 그 양탄자 양쪽에 늘어선 초월자들은 차원이 달랐다.

'하하…… 이거 정말 최악이군.'

예상은 하였지만, 이 정도로 대단할 줄은 상상도 하지 못했다. 아마 저들은 지금까지 스파이가 만난 정신 생명체와는 전혀 다른 생물일 것이다.

주위에서 쏟아지는 압력에 이를 악물고, 간신히 평정심을 유지하며 나아가 카이 하이네만의 앞에 도달했다.

"주군 앞에서 모습을 드러내지 않다니 무례하구나!"

"네헷!"

사자 머리 괴물이 질책하자, 스파이의 안에서 쑤욱 솟아난 두 개의 뿔이 달린 하늘색 머리의 소녀.

"엎드려라!"

너무 비정상적인 사태에 놀란 눈을 한 스파이를 향해 코가 긴 괴물의 굵은 목소리가 울렸다. 어느새 몸이 자연스럽게 두 무릎을 꿇고 이마를 양탄자에 대고 있었다.

"고개를 들라."

다시 굵은 목소리가 울리자, 얼굴만 자유롭게 움직여졌다.

"스파이, 너와는 그 싸움 이후로 처음이네."

"네."

카이 하이네만의 물음에 턱을 당겼다. 그저 몇 마디 나누었을 뿐인데 땀샘이 망가진 것처럼 끊임없이 땀이 흘렀다. 옆에 있는 하늘색 머리 소녀도 엎드린 채 이를 딱딱 부딪치고 있다.

정말 스파이는 이런 괴물과 싸웠단 말인가? 그때는 기분이 고양되어 감성이 마비되어 있었던 것이 아닐까 하는 생각만 든다. 이기고 지고가 아니다. 이것과 싸운다는 것 자체가 몹시 어리석은 행위다.

"먼저 현재 상황을 알려주지. 너희 두 사람을 분리하려고 시험하였지만, 실패로 끝났어. 아니, 그것도 정확하지 않나. 어중간하게 성공했거든. 그게 가장 확실한 표현일지도 몰라."

스파이와 저 하늘색 머리 소녀를 분리한다? 스파이의 능력 '영혼 삼키기'를 말하는 걸까? 그러나 스파이가 받아들인 것은 이 소녀가 아니라 소에 날개가 달린 정신 생명체였을 터. 또한 애초에 스파이의 '영혼 삼키기'는 한번 실행하면 분리는 불가능한 구조다.

크게 혼란스러워진 스파이를 힐끗 보며, 카이 하이네만이 입을 열었다.

"너희는 둘이서 하나. 그런 생물이 되고 만 모양이야. 뭐, 이것도 너희가 저지른 행위의 결과. 순순히 받아들여야겠어. 그리고 지금부터가 본론이야."

갑자기 카이 하이네만의 목소리가 달라지며, 그에게서 나오는 압력이 몇 배나 커졌다.

"너희 두 사람에게 물으마. 너희는 다른 사람을 상처입히는 것이 즐거운가?"

"즐겁지 않습니다."

"싫어해."

스파이와 하늘색 머리 소녀의 대답이 멋지게 겹쳐졌다.

"그럼 다음. 그렇다면 왜 다른 사람을 짓밟아왔지?"

"할 수밖에 없었으니까."

"하지 않으면 안 돼."

역시 스파이와 소녀의 대답이 겹쳤다. 카이 하이네만의 손가락이 의자 팔걸이를 톡톡 두드리는 소리가 울려 퍼졌다.

"너희는 지금까지 한 행위를 후회하나?"

"……아마, 후회하고 있어."

"후회합니다."

후회하냐고? 그야 당연하다. 후회하고 있다. 특히 그때, 인간으로서 가장 소중한 것을 버리고 만 것은 지금도 꿈에 나올 정도로 후회한다. 그러나 이미 늦었다. 아무리 후회해도 스파이가 한 일은 달라지지 않는다. 그것은 틀림없는 사실이다.

카이 하이네만은 처음으로 옥좌에서 몸을 내밀었다.

"그럼 마지막 질문이다. 스파이, 티아마트, 지금 너희 두 사람에게 가장 소중한 것은 뭐지?"

"그 아이들이야! 나는 아무래도 좋아! 그 아이들만은 구해줘!"

필사적으로 애원하는 티아마트를 카이 하이네만은 오른손을 들어 제지하고, 스파이에게 대답을 요구했다.

"저도 동료입니다. 저처럼 인간의 길을 벗어난 나쁜 녀석들이지만, 그래도 저에게는 지금까지 고락을 함께한 소중한 가족이니까."

"주인님, 이 자들은 전혀 거짓말을 하지 않았습니다."

카이 하이네만이 곁에 대기하는 녹색 머리 소녀를 힐끗 보자, 소녀가 바로 대답했다.

카이 하이네만은 입꼬리를 올리고, 두 손으로 양 무릎을 치더니 옥좌에서 일어났다.

"좋아! 합격이다! 이번 사건에서 너희의 대장으로서의 책임은 그 질문으로 넘어가 주마. 기리메칼라, 저들의 권속화가 가능할까?"

카이 하이네만이 코가 긴 괴물 기리메칼라에게 물었다.

"가능합니다. 본래 도감은 인간을 권속으로 삼을 수 없는 구조입니다만, '흉'에 속한 자들은 저 영혼의 흡수 및 진화 능력으로 이미 순수한 인간이라고는 말하기 어렵게 되었습니다."

"그런가. 나는 이 세계에서 멋대로 날뛰던 너희를 다시 풀어 줄 만큼 관대하지는 않아. 그러니 족쇄를 채워두마."

"족쇄?"

"스파이, 당초 예정대로 너는 기리메칼라의 권속. 티아마트, 너는—— 그래, 네메시스, 너의 권속으로 재교육시켜줘."

"네!"

"존명!"

들뜬 목소리로 대답하는 두 사람.

"그럼 이것으로 끝이다!"

그 말과 함께 카이 하이네만이 호쾌하게 방에서 나가자, 다른 초월자들도 차례로 모습을 감췄다. 하늘색 머리 소녀도 네메시스라 불린 빨간색 옷을 입은 키가 큰 미녀에게 끌려가듯이 따라가고 말았다.

일어나려고 하였지만, 다리에 힘이 완전히 풀리는 바람에 휘청거리다 쓰러질 뻔했다. 그런 그를 솔트가 붙잡아주었다.

"수고했어, 대장."

"그래, 정말 간담이 서늘했어."

이번 사건의 대장으로서의 책임인가. 아마 선택을 잘못했다면, 스파이는 분명히——.

"뭐, 나는 별로 걱정하지 않았어. 사실 카이 님과 대장은 비슷한 부분이 있으니까. 그 사람이라면, 당신이라는 사람을 이해할거다. 그렇게 생각했거든."

어쩐지 뿌듯한 얼굴로 솔트가 말했을 때, 쌍둥이 같은 검은 머리 소녀가 이쪽으로 달려와 스파이의 앞에 섰다. 그리고——.

"솔트, 이게 스파이야?! 세상에 완전히 중후한 아저씨잖아!"

"허, 스파이도 많이 늙었는걸! 역시 고생해서 그래?!"

흥분한 얼굴로 마구 떠들어댄다.

"이, 이봐, 솔트, 애들은 대체 누구지?!"

"아아, 여기 두 사람은 페퍼와 슈거야."

"뭐? 말도 안 되는 소리 하지 마!"

"대장처럼 저 아가씨들 두 사람과 영혼까지 동화되고 말아서 분리가 불가능했어. 대장보다 훨씬 불완전해서 그 아가씨들의 허가가 있어야만 이렇게 겉으로 나올 수 있게 되었고. 게다가 정신은 어린 시절로 거꾸로 돌아가고 만 모양이야."

"미안하지만, 조금 정리할 시간을 줘."

이 검은 머리 쌍둥이 소녀 속에 페퍼와 슈거의 영혼이 들어 있고, 소녀들의 허락을 받으면 인격을 교대할 수 있다는 말인가.

"참고로 지르마도 벨제바브 님의 권속이 된 듯해. 뭐, 전에 만나보니 다른 사람 같긴 했지만."

설마 지르마도 살아 있을 줄이야. 그러나 의문점도 있다.

"그런데 솔트, 네가 보기에 저 초월자들은 왜 우리를 살려두는 거지?"

초월자들이 보기에 '흉'은 그저 날파리 집단이다. 큰 가치가 있을 리 없다. 죽이는 것이 가장 빠른 방법이고, 이런 패자부활전 같은 방법을 취할 필요는 없을 것이다.

"그것은 그분이 네놈을 마음에 들어 하셨기 때문이다."

뒤를 돌아보자, 코가 긴 괴물이 서 있었다.

"기리메칼라 님!"

솔트가 코가 긴 괴물에게 무릎을 꿇고 머리를 숙였다.

"수만 년간 그분은 제대로 된 싸움을 해본 일이 거의 없었다. 나아가 무신이라 인정한 것은 우리 중에서도 일부분. 저렇게 말씀하셨으나, 그분은 분명히 그때 기뻐하셨다. 따라서 이것은 어디까지나 그분의 의사. 그것뿐이다."

그런가. 그래서 그 녀석은 그때 그렇게 외로운 표정을 지었던가. 조금이지만 저 카이 하이네만이라는 존재가 이해되었다. 그녀석이 진심으로 바라는 것도, 그리고 그 바람은 앞으로도 절대 이루어지지 않으리라는 것도. 그것을 기리메칼라 등 그의 부하들은 잘 알고 있다.

"이 목숨이 이어지는 한, 저도 카이 님께 반드시 충성할 것을 맹세하겠습니다!"

저 무서우면서도 솔직하지 못한 존재의 아주 일부분을 이해했을 때, 입에서 나온 것은 자신의 것이라고는 도저히 생각할 수 없는 복종의 말이었다.

"흥! 당연하지. 넌 이미 나의 권속이니까. 그분을 위해 열심히 일해줘야겠다. 오늘은 마지막 휴식이야. 내일부터는 그 얼빠진 근성을 철저하게 단련해주마. 각오해라!"

기리메칼라는 그 말을 남기고, 홀연히 사라졌다.

"다시 시작하자."

기억과 육체를 잃은 동료가 두 사람에 이미 지옥의 훈련에 들어간 자가 두 사람. 다른 인격처럼 되고 만 동료가 한 사람. 그리고──.

"대장, 명령해줘."

다시 한번 앞으로 나아가려는 동료가 한 사람.

그래. 저 누구보다 강력한 존재를 따르게 된 것은 좋은 계기가 될 것이다. 만약 허락된다면, 여기서부터 다시 걸어가 보자.

"가자. 먼저 다음 업무 계획이라도 짜자."

물론 저 더할 나위 없이 강하고 솔직하지 못한 존재를 위한 계획을!

***

신성무도회 상금이 나오기를 기다리는 동안, 스파이와 티아마트의 분리 처리가 완료되었다.

원래 아스타의 힘으로도 곤란할 만큼 서로 뒤섞여 있었지만, 모브라는 어리석은 자의 영혼을 제물로 삼아 소비하는 형태로 불완전하게나마 분리가 이루어졌다. 그러나 하루 여덟 시간은 티아마트가 스파이의 영혼 속으로 들어가야 한다는 제한이 생겼다. 기본적으로는 각각 행동이 가능하므로, 처음 계획에는 아무런 지장이 없다. 나머지는 스파이와 티아마트가 대장으로서 책임을 지는 일뿐이다.

스파이도 티아마트도 한 조직의 장. 그렇다면 그 조직의 행동에 대한 책임을 져야 한다. 만약 대장으로서 가치를 증명하지 못하면, 두 사람을 권속으로 삼는 이야기도 백지로 돌아간다. 누가 뭐라고 말하든 나름대로 무거운 페널티를 부과하려고 생각했다.

실케 수해의 가장 깊은 곳에 있는 티아마트의 옛 거주지를 이용하여, 얼굴이 화끈거리는 자리에서 스파이와 티아마트에게 몇 가지 질문했다. 그 결과 두 사람은 무사히 나의 시련을 통과

했다. 그러나 저 두 사람을 조금 조사하면, 자명한 결과였을지도 모른다.

여기서 의외인 사실이 두 가지. 하나는 페퍼와 슈거가 동화된 쌍둥이 소녀다. 그녀들은 페퍼와 슈거의 능력을 거의 모두 계승하였다. 또한 페퍼와 슈거의 의식도 어린 시절로 돌아가 그녀들의 내면과 겹쳐진 상태로 존재하여, 대화하는 것까지 가능해지게 되었다. 사토리가 말하기를 어른의 기억은 완전히 소멸되었고, 다시는 돌아오지 않는다고 한다. 그렇다면 지금 페퍼와 슈거는 완벽하게 무구한 아이라는 뜻이다. 책임을 물을 것도 없게 되었다. 또한 저 두 사람의 능력을 계승했기에 앞으로 아멜리아 왕국의 왕후 귀족에게 언제 휘말리더라도 이상하지 않다. 본래 쌍둥이가 고아였던 것도 있기에 로제와 의논하여, 우리가 보호하기로 했다.

또 하나는 지르마다. 아무래도 벨제바브가 그를 묘하게 마음에 들어 한 모양이라, 권속 신청을 내었기에 허가했다. 나에게 지르마는 솔직히 아무래도 좋은 존재다. 벨제바브가 쓰고 싶다면 쓰면 된다.

그리고 상금이 나오기 딱 이틀 전에 헌터 길드에서 호출을 받았다.

바르세의 헌터 길드의 간부들이 참석한 가운데, 길드장인 랄프 엑셀의 입에서 나온 말은 나에게 너무 뜻밖인 내용이었다.

"정말 괜찮겠습니까?"

눈앞에 쌓인 백금화의 산을 보며, 조심스럽게 물었다.

"상관없다. 헌터는 성과 절대주의. 당연히 받아야지."

이것은 틀림없이 뒤가 있다. 솔직히 이분에게만은 빚을 지고 싶지 않다.

나는 눈앞의 이 몸집 작은 마초와도 한 번 만난 적이 있다. 이 것도 과거에 할아버지에게 이끌려 만난 것인데, 단도직입적으로 말하자면 아론 카이엔과 함께 지금 나에겐 아무래도 불편한 분 중 하나다. 앞으로 이틀 뒤에 신성무도회 상금도 나오므로 신조에 따라 사양하고 싶지만, 그러면 이분의 체면을 손상시키는 것이나 마찬가지다. 헌터로서 앞으로 무난한 생활을 설계하고 있는 나로서는 헌터의 영웅 같은 존재인 이분과 척을 질 수도 없다.

"그럼 감사히 받겠습니다."

백 개의 백금화를 주머니에 넣자, 랄프가 아까 맡아둔 길드 카드를 던졌다.

"이번 건으로 너의 헌터 랭크는 E에서 D로 올라갔어. 자, 이게 변경된 길드 카드다."

"뭐? 저는 승격 따위 희망하지 않았습니다만."

내가 들은 설명으로는 승격 신청을 해야 비로소 길드가 심사하는 구조라고 했었다. 그렇기에 안심하고 있었건만.

"헌터 랭크의 상승은 평가를 만족시키는 한, C랭크까지 지부 길드장에게 독자적인 재량권이 있어. 신청은 처음부터 필요 없으니 안심해."

"아니, 잠시만요!"

이래서는 안 된다. 이 이상 괜히 지위에 얽매이면, 앞으로 전 세계를 돌아다니겠다는 나의 느긋한 슬로 라이프 여행이 좌절될 수 있다.

"음, 한 랭크밖에 올라가지 않은 게 실망스럽지? 걱정하지 마라. 이어서 C랭크로 올라갈 방법도 잘 생각해두었으니."

이 아저씨, 무슨 소리를 하는 거야!

"그런 뜻이 아니라 말이죠──."

길드장은 기쁨으로 가득한 얼굴로 반론하려는 나의 오른쪽 어깨를 툭툭 두드리고, 불안하기 짝이 없는 말을 내뱉었다.

"기뻐해라. 여기 바르세 헌터 길드에서 이 조치에 반대하는 사람은 한 명도 없고, 앞으로 헌터로서의 네 지위도 로제 왕녀와 의논하고 있으니까."

"제 말은──."

"그리고 왕녀의 요청으로 이번 사건에 대하여 철저히 함구하도록 해두었다. 그것이 너의 희망이라며?"

"그건 그렇습니다만──."

"너도 피곤할 테니 편히 쉬어라."

길드장은 나의 말 따위는 하나도 들어주지 않고, 일방적으로 떠들더니 자리에서 일어나 흐뭇한 얼굴에 경쾌한 발걸음으로 나가버렸다. 간부들도 무슨 까닭인가 나에게 정중하게 머리를 숙이고 물러났다.

이게 뭐지? 이런 상황은 예상하지 못했다. 저 악질적인 왕녀, 로제와 의논하고 있다니 오히려 불안하기만 하다! 젠장, 점점 나의 빛나는 슬로 라이프가 전속력으로 역주행하고 있는 기분이 든다.

그건 그렇고 철저하게 함구한다고 했던가. 어쩐지 이 건으로 아르놀트를 시작으로, 사건의 상세한 내용에 대해서 물어도 아무도 대답해주지 않았다. 뭐, 정보가 새어나가지 않는 것 자체는 좋게 보아야 하겠지만.

마음을 가다듬고 방에서 나와 헌터 길드를 뒤로했다. 그때 두 명의 남자와 마주쳤다. 아니, 정확하게 말하자면 나를 기다렸을 것이다.

"라이가, 후크, 너희도 수고했어."

두 사람은 자세를 바르게 하고 가슴에 오른손을 대고 인사했다.

"카이 님, 저희는 앞으로 이곳 바르세를 지키기로 했습니다. 최근 여러모로 수상한 일이 많이 일어나고 있고, 무엇보다 이곳은 저희의 도시니까요."

후크가 태양처럼 환한 표정으로 보고했다.

"동료들 일은 이제 괜찮아?"

두 사람의 후련한 듯한 밝은 표정을 보면, 물을 것도 없을지도 모르지만.

"네. 마무리는 지었으니까요. 이것으로 저희도 앞으로 나아갈 수 있습니다."

"그런가. 그거 잘됐네."

유망한 젊은이가 앞으로 나아가려고 한다. 기뻐해야 할 일이다.

"무슨 일이 생기면 연락해. 힘을 빌려줄 테니."

"그럴 필요는 없습니다. 저희는 기리메칼라 님의 부하. 즉, 카이 님을 모시는 신도 중 하나. 그것은 앞으로도 변함없습니다."

나의 말에 라이가는 입꼬리를 올리고, 그런 부담스러운 말을 내뱉었다.

"저기 말이야, 기리메칼라에게 무슨 말을 들었는지 모르지만, 나는 인간이야. 그러니까──."

"기리메칼라 님 앞에서는 입이 찢어져도 말할 수 없습니다만, 당신이 인간이라는 점은 알고 있습니다."

인간이라 납득시키면 신앙 대상이라는 말도 안 되는 소리에서 벗어날 수 있다고 생각했으나, 완전히 잘못 짚었다.

"아니, 그럼 더욱 이해가 안 가는데? 왜 인간인 나의 신도가 되는데?"

"그것은 당신이 인간이기 때문입니다."

"응? 무슨 뜻이야?"

"그것은── 아니, 새삼스럽게 말로 할 것도 없죠. 하지만 저희와 같은 자는 분명히 늘어날 겁니다. 저희는 카이 님을 위해서라면 언제든지 이 목숨을 걸겠습니다!"

"아니, 그러니까──."

"우리의 신앙과 충성을 당신에게!"

둘은 뒤꿈치를 모으고 오른쪽 주먹으로 가슴을 강하게 때리며 그런 민폐이기만 한 말을 나란히 하더니, 정중하게 인사를 하고 인파 속으로 사라졌다.

"이거, 더 악화되지 않았어?"

자문자답해봤지만 정말 부정할 수가 없다. 나는 크게 한숨을 내쉬고, 일행이 기다리는 숙소로 돌아갔다.

헌터 길드에서 노예상에게 지불할 만큼의 충분한 보수를 얻었다. 신성무도회의 상금을 기다릴 필요가 없어졌기에 바로 몸값을 지불하러 갔다.

"자, 약속한 2백만 올이야."

나긋나긋한 노예상 남자에게 백금화 두 개를 건네고, 선금이었던 8만 올을 주머니째로 돌려받았다. 할아버지에게 받은 것이니, 따로 거금이 손에 들어왔다고 해도 허투루 쓰고 싶지 않다.

참고로 철화가 10올. 동화가 1백 올. 은화가 1천 올. 금화가 1만 올. 백금화가 1백만 올의 가치를 지닌다. 즉, 나는 그 송사리 마물 집단 토벌로 1억 올을 획득했다는 뜻이다.

재채기를 하면 날아갈 듯한 마물들을 제거했을 뿐인데 1억 올이라니 금전 감각이 크게 무너질 것만 같다.

"고마워요. 데려가시죠."

지배인으로 보이는 나긋나긋한 남자의 지시로, 검은 옷을 입은 자들이 방 안쪽에서 은발의 수인 소녀의 손을 이끌었다. 옷차림은 물론이고, 혈색도 좋다. 아무래도 저들은 나와의 약속을 지킨 모양이다. 노예상 나름의 긍지라는 게 있는 건가. 뭐, 인신매매나 하는 자들의 논리 따위 솔직히 아무래도 좋지만.

"나는 카이 하이네만. 카이라고 불러."

"뮤…… 예요."

오른손을 내밀자, 소녀는 조심스럽게 마주 잡고 더듬거리는 어조로 자기소개를 하였다.

"귀, 귀, 귀여워!!"

새하얀 로브로 머리까지 덮고, 살짝 변장하고 있던 민폐 왕녀가 괴조처럼 괴성을 지르며 뮤를 끌어안고 볼을 비볐다.

"후엣?"

놀란 표정을 짓는 뮤의 온몸을 로제는 황홀한 얼굴로 마구 어루만졌다.

"으응. 이 보들보들한 귀! 꼬리 털 결도 최고야!!"

"힉?!"

몸을 움츠리면서도 울 것 같은 얼굴로, 뮤가 도움을 바라듯 나를 동그란 눈으로 올려다보았다.

"그만해! 아이를 겁주면 어쩌자는 거야!"

점점 진화되는 변태 왕녀의 태도 변화에 속으로 질색하면서, 오른손으로 로제의 뒷덜미를 잡아 그녀로부터 떼어냈다.

"괜찮아. 이 여자는 변태지만, 나쁜 녀석은 아니야."

그런 전혀 안심되지 않는 말을 해주며, 왼손으로 뮤의 머리를 쓰다듬었다.

"…………."

뮤는 조용히 고개를 끄덕였다.

"가자!"

안나가 다정하게 미소 지으며 뮤의 손을 잡고 숙소를 향해 걸어갔다.

"네……."

우리의 대화에 예전의 안나라면 불처럼 화를 냈겠지만, 지금은 끼어드는 일도 없어졌다. 그건 그것대로 괜찮나 싶지만.

"카이, 이제 그만 내려주기를 바랍니다만?"

감격스럽게 안나와 뮤의 뒷모습을 바라보던 변태 왕녀 로제가 크게 비난 섞인 목소리로 말했다.

"음, 미안, 미안."

로제의 뒷덜미에서 손을 놓았다.

"옷이 늘어나면 어떻게 책임질 거죠?"

로제는 가는 허리에 양손을 대고 나에게 따졌다.

"아이에게 변태 행위를 하니까 그렇지."

"그냥 끌어안고, 볼을 비비고, 폭신폭신한 꼬리며 귀를 쓰다듬었을 뿐이지 않습니까!"

이 공주님은 아주 머리가 아파지는 성격이시로군.

"그것을 사회 통념상 변태 행위라고 해."

"흥."

납득이 가지 않는 듯 볼을 부풀리는 로제를 무시하고, 지금도 흥미롭게 이쪽을 바라보는 나긋나긋한 노예상 남자에게로 시선을 옮겼다.

"하나만 충고하지."

"그게 뭘까나?"

"내가 이번에 너희와 거래한 까닭은 이 나라의 썩어빠진 규칙에 따라 장사를 하고 있기 때문이야. 솔직히 나는 어린아이를 짐승이라 부르며 태연하게 채찍으로 때리는 너희를 진심으로 혐오해. 그러니 혹시, 조금이라도 그 규칙에서 벗어나면——."

나는 말을 끊었다. 꿀꺽 침을 삼키는 노예상들.

"산산이 부숴주마. 편하게 발할라로 갈 수 있을 거라고는 생각하지 마라."

스스로도 오싹할 목소리로 선언했다. 급속하게 핏기가 가시는 노예상들.

"무, 물론이야! 마지막 선은 절대 넘지 않아!"

"절대 잊지 마라. 지금 너희는 절벽 끝에 발끝으로 서 있는 것이나 마찬가지라는 사실을."

비명처럼 새된 소리를 지르는 나긋나긋한 노예상 남자에게 그 말만 하고, 그들에게서 몸을 돌렸다.

충고는 했다. 나머지는 그들에게 달렸다. 던전에 있던 책에서 배운 범죄심리학에 따르면, 이 업계에 있는 한 그들에겐 십중팔구 발을 잘못 들이는 때가 온다. 그 순간으로부터 도망치기 위해서는 직업을 바꾸는 것 외에는 방법이 없다. 그것은 그들이 가장 잘 알 것이다.

"뭐야?"

걸어가면서도 기분 좋은 얼굴로 나의 얼굴을 들여다보는 로제에게 그 의도를 물었다.

"역시 나의 로열가드는 당신뿐이에요."

"나는 적임자를 찾을 때까지 임시로 맡는 거라고 몇 번을 말해."

로제는 장난스럽게 킥킥 웃더니, 전에도 마차 안에서 말한 내용과 비슷한 말을 입에 담았다.

"말은 그렇게 해도, 당신은 분명 내가 자신의 신념을 굽히지 않는 한 끝까지 함께 해줄 거예요."

"멋대로 판단하지 마. 나는 그 정도로 답 없이 착한 사람이 아니야. 얼른 후임을 찾아서 떠넘길 거라고."

세계 유랑을 떠난다. 이것은 결정된 사항이다. 어떻게 해서든 실현해내겠다.

"또 그런다, 이런 미소녀의 나이트가 될 수 있어서 사실은 기쁜 주제에!"

한쪽 눈을 찡긋하고 나의 배를 오른쪽 팔꿈치고 몇 번이나 찌르는 로제의 행동에, 깊은 한숨을 내쉬었다.

"진정한 미소녀는 스스로 미소녀라고 말하지 않아."

로제의 얼굴이 괜찮은 것은 인정한다. 인정하지만, 아무래도 성격이 너무 호탕하다. 나로서는 솔직해진 지금의 안나 쪽이 여자로서는 약간 포인트가 높다.

"우, 카이, 지금 발언은 레이디에게 실례라고요!"

불만족스럽게 볼을 부풀리는 로제를 향해 어깨를 으쓱했다.

"그래, 그래. 난 레이디를 대하는 게 익숙하지가 않아서."

사실이다. 그런 식의 대접을 원한다면, 그것이야말로 한창 인기를 끌고 있는 아멜리아 왕국의 용사 일행에게라도 부탁하면 된다.

"카이는 변하지 말아 주세요."

"그건 너도 마찬가지야."

나직하게 그런 의미심장한 말을 중얼거리는 로제에게 나도 그렇게 대답하고, 숙소를 향해 걸어갔다.

***

4대 마왕── 어둠의 마왕 애쉬메디아의 성── 어둠성 알현실.

"도저히 믿을 수 없어. 정말 이 땅에 강림된 것이 우리의 신이었나?"

"유적의 봉인이 풀렸다는 소문이 난 직후, 바르세에서 일제히 수상한 자를 탐색하기 시작하여 퇴각하였습니다. 따라서 저희는 바르세를 떠나 있었으므로, 실제로 일련의 현상을 직접 본 것은 아닙니다. 그러나 상황으로 보아 아마……."

중진 중 한 사람의 질문에, 검은 옷을 입은 남자가 자신 없는 듯 긍정했다. 목소리가 실내에 울렸다.

"우리의 신을 물리친 것은 역시 전설의 용사인가?"

"일단 가능한 범위에서 정보 수집을 하였습니다만, 아무래도 바르세 전체에 사건에 대한 함구령이 내려진 모양이라 확실하지 않습니다. 죄송합니다."

검은 옷의 남자가 고개를 숙이고 사죄했다. 그 순간 여기저기서 초조함으로 가득한 말이 오갔다.

"조용."

옥좌에 앉은 위엄 있는 여성의 목소리에 중진 일동은 입을 다물었다. 순식간에 실내에는 숨이 막히는 정숙과 긴장이 찾아왔다.

"할아범은 어떻게 생각하지?"

검은색 법의를 입은 푸른색 피부의 아름다운 소녀가 옆에 대기하고 있는 역시 푸른색 피부의 몸집이 작은 노인에게 물었다.

"용사는 아무리 강해도 인간. 인간은 신을 쓰러뜨릴 수 없습니다."

"그렇다면 이 사태, 어떻게 보시는가?"

"생각할 수 있는 가능성은 두 가지.

하나── 우리의 신을 쓰러뜨린 것이 신인 경우.

하나── 의식이 불완전하여 현계한 것이 신도 무엇도 아닌 약한 자였을 경우.

둘 중 하나겠지요."

"말 돌리지 마. 할아범은 이미 생각한 바가 있잖아?"

"만약 우리의 신을 쓰러뜨릴 만한 신이 현계했다면, 지금쯤 우리는 이렇게 느긋하게 대화를 나누고 있지 못하겠지요. 그것이 대답입니다."

"흠, 그것도 그런가."

노인의 단정적인 말에 옥좌에 앉은 미소녀도 크게 고개를 끄덕였고, 중진들도 안도의 한숨을 내쉬었다.

"어느 쪽이든 의식의 정밀도를 높일 필요가 있다. 그런 말인가?"

"네. 이계와의 게이트를 잇는 데에는 성공했습니다. 의식 방법에는 문제가 없으므로, 이번 실패는 아마 의식 자체가 불완전했기 때문일 듯합니다. 그렇다면——."

"새로운 의식장을 찾으면 돼. 할아범은 그렇게 말하려는 거지?"

"맞습니다. 다음 의식장 후보를 선별하려면, 조금만 더 시간을 주셔야……."

"음, 부탁하네."

옥좌에 앉은 미소녀가 오른손 엄지와 검지로 미간을 만지며, 피곤함에 지친 듯 혼잣말을 하였다.

"나 참, 인간들이 이계에서 용사라는 괴물을 소환하지만 않았다면, 이렇게 다른 힘에 의존하는 방법은 쓰지도 않았을 것을……."

중진들의 얼굴은 예외 없이 씁쓸하게 일그러져 있었다.

"용사는 강하죠. 그리고 인간들은 우리 마족이라는 종의 절멸을 바랍니다. 이대로 가만히 놔두면, 우리 마족을 기다리는 것은 잘 되어봐야 노예 신세, 최악의 경우 몰살일 것입니다."

"알아! 알지만, 밉살스러운 인간족이라고 해도 무고한 백성까지 휘말리게 하는 것은 도저히 납득이 안 돼."

"왕이시여. 그것은——."

"할아범, 말하지 마시게. 과인도 잘 알고 있으니."

푸른 피부의 미소녀가 천장을 올려다보며 눈을 꼭 감았다.

그것을 신호로 옆에 선 중진들도 인사를 하고 알현실에서 나가기 시작했다.

"그래. 과인은 우리 백성을 이끌어야만 해. 설령 이 몸이 어떠한 오욕을 당하더라도."

푸른 피부 미소녀의 중얼거림은 출구에서 불어온 강풍에 휘말려 사라졌다.

네일은 부하에게 헌터 길드의 개를 자칭하는 검은색 후드 집단에 대해 전달하기를 금했다. 이것은 그자들의 입에서 나온 '악의 심연'이라는 말이 네일에게는 왠지 마음에 걸렸기 때문이다. 이 무심코 내린 판단의 결과가, 주인인 마왕 애쉬메디어의 인생을 이 세상에서 가장 무서운 괴물의 이야기에 끌어들이게 될 줄이야. 그때 네일은 꿈에도 생각하지 못했다.

***

──바벨.

중립지대에 있는 거대한 타워. 그곳은 전 세계의 여러 종족이 모이는 일대 학술마도원 도시다.

그 최상층에 있는 어느 방에 네 명의 남녀가 모였다.

"그래서 그 소년의 힘은 진실입니까?"

호화로운 목제 의자에 기대며, 여신처럼 아름다운 금발의 여성이 반신반의하는 얼굴로 세 사람에게 물었다. 여성의 귀 끝은 길고, 착용한 새하얀 로브의 등에는 금색의 불사 신조가 자수로 새겨져 있다.

"그렇고말고요. 스승님조차 능가하는 무를 지녔습니다."

새빨간 반다나를 한 검사풍 남자── 브라이가 오른쪽 주먹을 강하게 쥐고 주장했다.

"실제로 싸워보았으니, 그건 저도 보증할게요."

가는 눈에 검은 로브를 입은 남자 시그마도 바로 동의했다.

"그의 강함 자체는 랄프에게 이미 보고를 받았습니다. 그런 의미가 아니라, 좀 더 근원적인 부분 말이에요. 밀푀유, 그의 힘에 대해 당신이 느낀 바를 말해 보시죠."

금색 머리의 여성이 은발 소녀에게 시선을 보내며 조용히 물었다.

"그는 틀림없이 우리 나라, 아니 이 세계가 조우한 역사상 최강의 트렌센더(초월자)입니다."

단호한 목소리로 대답한다.

"트렌센더? 조사에 따르면 카이 하이네만은 인간이라던데? 게다가 도저히 믿을 수 없지만, '이 세상 제일의 무능'이라는 우스운 기프트 홀더야."

"네. 브라이 선생님의 말씀대로 저도 그는 인간이라고 생각합니다."

브라이가 인상을 찡그리고 밀푀유에게 물었으나, 그녀는 또박또박 단언했다.

"으음, 난 밀푀유 군이 무슨 말을 하려는지 모르겠는데? 그게 무슨 뜻이지?"

시그마의 소박한 의문에 밀푀유는 입꼬리를 올렸다.

"선생님들은 인간의 본질이란 육체와 마음, 어느 쪽에 있다고 생각하십니까?"

"재미있는 질문을 하네. 우리 마도사에게 육체는 기껏해야 그릇에 불과해. 영혼이야말로 인간의 본질. 그 영혼의 표출인 마음이 인간을 정의하는 거야."

"……육체라고 말하고 싶지만, 인간의 그릇에 고블린의 영혼이 들어가도 인간이라고는 말하지 못하겠지. 나도 마음이다."

브라이도 턱을 쓰다듬으며 대답했다.

"저도 마음이라고 생각합니다. 그런데? 그게 무슨 상관이죠?"

금발에 귀가 긴 여성이 몸을 내밀었다. 이 이상 말을 돌리지 말라. 그 황금색 눈동자는 그렇게 강하게 전하고 있었다.

"그의 마음은 인간, 그 그릇은 트렌센더. 따라서 정의상 그는 인간입니다."

처음 보는 타워 마스터의 서슬 퍼런 모습에 목을 울리는 브라이와 시그마를 곁눈질하며, 마치 노래하는 듯 밀푀유는 단언했다.

"한마디로 그는 자신을 인간이라 믿고 있다고?"

"네."

금발 여성이 자리에서 일어나, 타워 창으로 아득히 밑에 있는 지상의 풍경을 바라보았다.

"써먹을 수 있을지도 모르겠군요."

그녀는 혼잣말을 하더니 세 사람을 쭉 둘러보고 조용히 입을 열었다.

이 자리에서 나온 말에 의해 이후, 카이 하이네만이 갈망한 평온한 인생 설계는 크게 뒤틀리게 된다.

***

——그리트닐 제국 천상 어전.

번영을 누리는 그리트닐 제국의 수도 중심. 그곳의 궁전 최상층에 이 천상 어전은 존재한다.

천상 어전의 내부는 새하얀 대리석으로 만들어졌고, 정위치에 설치된 돌기둥에는 초일류 장인이 작업한 조각이 새겨져 있다.

커다란 문에서 옥좌까지 이어진 길에 깔린 것은 새빨간 양탄자다. 그 양 옆으로 제국의 중진들이 늘어서 있다.

옥좌에 앉은 것은 초로의 백발 남자. 남자의 의복 위로도 알 수 있는 단련된 육체와 그 전신에 새겨진 흉터는 역전의 전사임을 쉽게 짐작할 수 있게 했다. 그가 바로 정복제라 칭해지는 현 그리트닐 황제—— 암네스 디 그리트닐, 본인이다.

"반복하라!"

평소 웬만한 일에는 표정이 달라지지 않는 현 그리트닐 황제— 암네스 디 그리트닐이 드물게 거친 목소리로 패잔병인 소환 부대의 부장에게 물었다.

너무나 서슬 퍼런 황제 암네스의 모습에 중진들 사이에서 숨을 죽이는 소리가 메아리쳤다.

"당초에는 계획이 제대로 이루어져 일시적으로 왕국 기사장 아르놀트를 패배시켰으나, 회색 머리 소년이 참전하자 모든 것이 뒤집혔습니다. 이프리트는 굴복하였고, 엔즈 님은 살해되었으며, 지그닐 공도 검술로 패배하여, 제국으로 귀환하던 중 육기장

379

을 그만두겠다는 의사를 표명하고 모습을 감추는 바람에⋯⋯."

부장은 한쪽 무릎을 꿇고, 시선을 바닥으로 고정한 채 기어들어 가는 목소리로 아까 보고한 내용을 반복했다. 너무나 충격적인 내용에 술렁이는 실내.

"정숙하라."

암네스의 아무 억양 없는 목소리에 순식간에 소리가 잦아들었다.

팔짱을 낀 채 뒤에 있는 기둥에 등을 기대고 있는, 왼쪽 눈 외에는 모두 검은색 옷으로 가린 남자. 암네스가 그에게 시선만 움직였다.

"포, 어떻게 생각하나?"

"그 코가 긴 괴물이 절대복종을 맹세했어. 회색 머리 꼬마라는 녀석은 그 코가 긴 괴물을 매료하는 무언가를 지니고 있겠지. 테이밍계 술법이거나, 아니면 애초에 그 코가 긴 괴물 이상으로 강하든가⋯⋯."

이번에야말로 실내가 폭죽이라도 터진 것처럼 소란스러워졌다. 그리고──.

"코가 긴 괴물보다도 강하다니⋯⋯ 이봐, 포, 그거 은근히 그 아이가 이프리트보다 강하다는 말 아니야?"

전신에 갑옷을 입은 금발 여자가 양손을 허리에 대고, 검은 옷의 남자 포에게 물었다.

"그래, 맞아. 기본적으로 녀석들은 약육강식. 그들이 먼저 나서서 자신보다 약한 자에게 머리를 숙이는 일은 절대 없어."

"그럼 테이밍계 술법이 아닐까요? 설마 포 씨가 아니고서야, 인간 중에 이프리트에게 싸움을 걸어 이길 수 있는 괴물이 있다고는 생각할 수 없으니까요."

단정한 헤어 스타일에 자그마한 몸집의 남성이 사면체 형태의 물체를 양손으로 굴리며 나른하게 대답했다.

"그것도 그렇군."

빨간 머리의 거인이 크게 하품하며 맞장구를 쳤다.

"그 회색 머리 꼬마를 육기장으로 맞이하라. 수단은 묻지 않겠다."

황제 암네스의 엄격한 말에 검은 옷의 남자 포가 물었다.

"용사의 소환은 어떡하고?"

"그런 사소한 일은 아무래도 좋아."

퉁명스러운 대꾸였다.

"폐하, 도망간 지그닐은 어떻게 하시겠습니까? 처리하시겠습니까?"

빨간 머리 거인의 나른한 질문에 암네스는 고개를 가로저었다.

"내버려 둬. 그 회색 머리 남자가 지그닐의 생존을 바라는 이상, 녀석과의 사이에 괜한 알력을 만들고 싶지 않아. 그보다 손자의 도망을 이유로 애쉬번을 육기장으로 복귀시켜라."

"알겠습니다! 그렇게 하겠습니다."

빨간 머리 거인이 인사하자, 다른 자들도 일제히 제국식 인사를 하고 밖으로 물러났다.

"포, 너라면 그 회색 머리 남자를 이길 수 있나?"

남겨진 검은 옷의 남자에게 황제 암네스가 조용히 물었다.

"그래, 문제없어."

"우리 제국을 따르지 않는다면 죽여라."

"알겠어."

오른손을 든 순간, 검은 옷의 남자는 연기처럼 모습을 감췄다.

"이프리트를 뛰어넘는 초인의 획득인가. 녀석을 획득하면, 포에 이어 우리 제국은 마족 절멸을 위한 병기를 둘이나 얻게 돼. 그러면 그 광대한 대지가 나의 손에——."

정복제의 환희와 욕망에 넘치는 웃음소리가 혼자 남은 천상 어전 안에 울려 퍼졌다.

*　*　*

이곳은 아멜리아 왕국의 북서쪽 끝에 있는 밀림지대. 이곳 주변은 예전에는 수인족이 다스리는 토지였으나, 아멜리아 왕국이 빼앗아 지배하고 있다.

이 수해는 아멜리아 왕국의 지배 구역 북쪽을 뒤덮듯이 펼쳐져 있다. 수해에서는 방향 감각을 잃기 쉬우며, 독이 있는 나무나 식인식물 등 흉악한 자연의 함정이 여럿 존재한다.

천하의 그리트닐 제국조차도 이 수해를 통해 아멜리아 왕국을 침공하는 것은 불가능하다고 판단했을 정도다. 상식적으로 생각하면, 절대 발을 들여서는 안 될 죽음의 땅이라는 거다.

그렇다면 왜 지그닐은 이런 장소를 헤매고 있는가. 그것은 군에서 빠져나왔기 때문이다. 제국으로 귀환하던 중, 메시지를 남기고 지그닐은 부대를 떠났다. 아니, 이제 멋진 척은 그만두자. 한마디로 지그닐은 탈주했다.

그 회색 머리 검사에게 검으로 졌다. 완벽하게 패배했다. 이것이 사실상 아르놀트에게 졌을 때처럼 간발의 차로 패배한 것이라면 얼마나 좋았을까. 그러나 현실은 전혀 상대도 되지 않았다. 아마, 그 회색 머리 남자에게 지그닐 따위는 지금까지 약하다고 생각한 웬만한 신입 검사들과 별 차이가 없을 것이다.

세계에는 늘 위에는 위가 있다. 따라서 자신보다 앞선 강자와의 영혼이 떨리는 투쟁을 위해 매일 단련을 게을리해서는 안 된다. 그것은 어린 시절부터 할아버지에게 입이 닳도록 들은 말이다.

그러나 같은 세대에도, 아니 할아버지 이외에 제국에도 지금까지 지그닐에게 검술로 이긴 사람은 존재하지 않았다. 따라서 지금까지 할아버지의 충고를 대충 넘겨왔다. 할아버지의 반대를 무시하고 육기장이라는 시시한 조직에 소속되고 말았다.

검사로서 모든 것을 손에 넣었다. 그리고 우스울 정도로 자신에게 취해 있었다. 그러나 막상 뚜껑을 열어보니, 지그닐의 검술 따위는 어린애 놀이에 지나지 않았다. 분명 지그닐은 가장 검사로서 중요한 것조차 잊고 말았다.

"이제 돌아갈 수 없어."

입에서 나온 말로 고향으로 돌아갈 수 없음을 재확인했다. 그렇게 생각하자 심장이 옥죄어드는 듯했다.

황제 암네스 디 그리트닐은 냉정하다. 그런 그의 군을 탈주했다. 지그닐이 도망간 탓에 가스트레아 가문은 자칫하면 멸문될 것이다. 그것은 알고 있었다. 가족들에게 막대한 피해를 입히고 만 것도. 그래도 지금 상태로 제국으로 돌아가면, 지그닐은 두 번 다시 검사로서 검을 쥐지 못하게 될 거라는 예감이 들었다. 따라서 이런 아무 도움도 되지 않는 행위를 하고 있다.

갑자기 높은 나무 사이에서 여러 개의 검은색 덩어리가 돌진해왔다.

"구워어어어어어어!!"

뒤에서 오른손을 휘두르는 곰 같은 마물의 목을 장검으로 베어내고 그 기세를 몰아 나뭇가지 위에서 덮치는 거대한 원숭이의 정수리를 찔렀다.

순간 왼발에 둔탁한 고통이 흘렀다. 바로 시선을 옮기자 커다란 뱀이 지그닐의 왼쪽 발목을 물고 있었다.

"젠장!"

뱀의 머리에 검을 찔러넣어 찢어버렸다.

서둘러 나이프로 물린 곳을 도려내고, 거의 남아 있지 않은 술과 약초를 발랐다.

실수했다. 분명히 그것은 독사다. 우습다. 정말 우습다. 저 정도 마물조차 이기지 못하면서, 잘도 지금까지 부끄러움도 없이 최강의 검사라 칭하고 다녔다. 기껏해야 지그닐은 저 언저리에 넘쳐나는 삼류 검사에 불과하다.

흐릿해지는 시야. 온몸에서 땀이 흐른다. 이것은 마비독인가.

여기서 의식을 잃으면, 일단 마물의 먹잇감이 된다. 이곳은 지금까지 편안하게 살아온 곳처럼 만만하지 않다. 결국 온몸에 힘이 들어가지 않아 다리에 힘이 풀리며, 차가운 바닥에 드러누웠다.

"크하하……."

메마른 웃음이 입에서 새어 나왔다. 군을 탈주하고도 결국 진정한 검사는 되지 못하고, 여기서 혼자 쓸쓸하게 죽는가.

"그것도 어쩔 수 없나."

이것은 재능이 있다고 자만하며 검과 마주하지 않은 대가다. 이런 상황이 되었기에 안다. 진정한 검의 길이란 자신을 연마하는 끝없는 가시밭길. 그곳에 도달점이 있을 리가 없다. 그것은 아이러니하게도 그 회색 머리 남자의 존재가 증명하고 있다.

"하지만 싫다…… 부탁이야. 검의 신님. 다시 한번 나에게 기회를 줘!"

왼손으로 하늘을 잡은 순간, 지그닐은 의식을 잃었다.

눈을 뜨자 낯선 천장이 시야에 들어왔다. 일어나려고 하였지만 꿈쩍도 하지 않는다. 유일하게 움직이는 목만 움직이자, 은발의 수인 여자아이가 걱정스럽게 쳐다보는 것이 눈에 들어왔다.

"아, 정신이 들었어! 아빠, 엄마!"

수인 여자아이가 환한 얼굴로 타박타박 시끄럽게 발소리를 내며 방에서 뛰어나갔다.

잠시 뒤, 수염 난 얼굴을 가진 금발의 거한 수인과 은발 수인 여성이 함께 들어왔다.

"넌 아멜리아인인가?"

거대한 수인이 위압적인 어조로 물었다. 자신의 상태를 힐끗 보자, 침대에 밧줄로 꽁꽁 묶여 있었다. 대답에 따라서는 분명히 목숨이 없어질 것이다. 어차피 한 번 잃은 목숨이지만, 애써 발버둥을 치도록 하겠다.

"아니, 나는 제국인이야."

은발 여성의 얼굴이 굳어지는 것이 보였다. 그것도 그렇다. 제국은 타 종족을 침략하여 커진 나라다.

"왜 이 땅에 왔지?"

거대한 수인이 대답하게 곤란한 질문을 하였다.

"그건 어쩌다 보니."

"어쩌다 보니?"

"그래, 나도 조국에서 쫓기는 몸이니까. 한마디로 도망치다 여기까지 왔단 얘기야."

그제야 수인 남녀의 얼굴에서 경계심이 조금 풀어졌다.

"왜 도망치는 거지?"

"탈주했어. 지금까지 내가 해온 일이 싫어졌거든."

"그걸 증명할 수 있나?"

"아니, 믿어주는 것 외에는."

"그런가……."

거대한 남자가 턱에 손을 대더니 말했다.

"알겠다. 귀찮은 일은 거절하겠어. 상처가 나으면 당장 나가."

"여보!"

"이 녀석의 눈은 썩지 않았어. 괜찮아."

은발 여자의 초조한 목소리에도, 그는 그런 말을 하고 일어나 여자와 함께 방에서 나갔다.

그로부터 얼마 뒤. 화장실 이외에 방에서 나오지 말라는 지시를 받았을 뿐, 지그닐은 특별히 구속되는 일 없이 지냈다. 상처도 많이 나았다. 이제 움직이는 것 자체에는 지장이 없다.

"그래서 있잖아, 있잖아, 이제 곧 뮤를 데리러 갈 거야."

아직 어린 미야가 명랑한 목소리로 벌써 몇 번째인지 모를 말을 했다.

지난 전쟁에서 아멜리아 왕국군에게 공격받았을 때, 고향에서 미야와 여동생은 먼저 탈출하도록 했다. 미야는 바로 보호되었으나, 동생인 뮤는 왕국인에게 사로잡히고 말았다고 한다. 그리고 아멜리아 왕국의 도시── 바르세의 노예상에게 팔렸다는 정보를 얻었다는 모양이다.

"그보다 너희 둘은 용케 도망쳤군?"

금발의 거대한 수인 가우스와 은발 여성 울루루를 바라보며, 소박한 의문을 입에 담았다.

공격한 것은 아멜리아 왕국에서도 유수의 고위 귀족군. 그 포위망을 돌파하는 것은 녹록지 않았을 터였다.

"물론 남은 자들은 죽음을 각오했지. 우리는 그 사람에게 도움을 받았거든."

가우스가 아득한 눈으로 과거를 회상하며 대답했다.

"그 사람이라니?"

"미안하지만 그건 말할 수 없어. 하지만 너와 같은 인간족이라고만 말해두마."

본래 가우스는 입이 무거우니 말해줄 리가 없다. 게다가 그 정보는 지그닐에게 그리 중요하지 않다. 말해주지 않아도 상관없다.

"나를 구해준 건 그 때문인가?"

"그래, 우리는 인간족 전체가 악이라고는 생각하지 않아. 그건 저 전장에서도 충분히 깨달았어. 사실 그 포위를 허용한 건 동족의 추악한 배신이었으니."

썩은 것은 지그닐 같은 인간족만이 아니다. 그런 말일지도 모른다.

"그래서 알고 지내는 인간족 상인에게 뮤의 몸값을 요청했어. 바로 바르세의 노예상과 교섭하여 무사히 보호해줄 거다."

"그 아는 사람이란 당신을 구해준 인간인가?"

"그래, 그 사람의 부하다. 사실 이 장소도 그 사람이 소개해준 거라 정말 은혜만 입었지."

"그렇구나……."

아멜리아 왕국 정부군의 포위를 뚫을 수 있을 만큼 뛰어난 존재는 이 세계에서도 한정되어 있다. 아마——.

갑작스러운 발소리에 지그닐의 생각이 중단되었다.

"상인 나리가 돌아왔어!"

문이 벌컥 열리더니, 마을의 젊은 수인 남자가 외쳤다.

"정말이냐!"

밖을 향해 달려가는 가우스. 울루루와 미야도 그 뒤를 따랐기에 지그닐도 쫓아갔다.

가우스가 사는 건물 앞에는 사람들이 몰려 있었고, 그 중심에는 멋지게 수염을 기른 신사가 서 있었다.

"미안합니다."

신사가 자세를 바르게 하더니, 가우스 가족에게 머리를 깊숙이 숙였다.

"뮤가 팔리고 말았나……."

어깨를 축 늘어뜨리는 가우스와 새파랗게 질려 핏기를 잃은 울루루. 미야는 동생과 만날 수 없는 것을 알고 울음을 터뜨렸다.

"네, 아무래도 한발 늦은 모양입니다."

"그래서 누가 몸값을 지불했지?"

"그게 노예상에게 물어도 이상하리만치 거부 반응을 보일 뿐이었습니다. 아마 입막음을 당한 모양입니다."

"짐작 가는 곳은 있나?"

상인은 고개를 가로저었다.

"다만 물어볼 때 그 상인이 심하게 두려워했습니다. 그 모습으로 보아 대국의 고위 귀족이거나, 혹은 왕족, 아니면 뒷세계의 킹들일 가능성이……."

최악이다. 한번 몸값을 치른 자에게 다시 몸값을 주고 데려오기란 상당히 어렵다. 게다가 상대가 고위 귀족이나 왕족이라면, 애초에 돈으로는 해결되지 않을 가능성도 있다.

"알겠어. 내가 찾으러 가지."

"그만두는 편이 좋지 않을까요. 당신은 너무 눈에 띕니다. 잡히면 처형된다고요?"

일어나는 가우스에게, 조용히 달래는 말을 입에 담았다.

"그럼 어떻게 하란 말이야?!"

거칠게 외치는 가우스.

"지금 아가씨를 사간 자를 부하들에게 조사하게 시켰습니다. 당분간 기다리시죠."

"미안……하군. 잠시 동요했어. 여러모로 움직여줘서 고마워."

부드럽게 설득하는 상인에게 가우스가 머리를 숙였다. 깨물고 있는 아랫입술에서 살짝 피가 흘렀다.

'대체 난 무슨 생각을 하는 걸까…….'

도망치는 몸이면서 이런 아무 이득도 없는 짓을 하려고 하다니.

"내가 그 뮤라는 애를 찾아올게. 적어도 수인인 당신보다는 훨씬 움직이기 쉽겠지."

"자네는?"

상인이 품평이라도 하는 것처럼 지그닐을 관찰했다.

"지그야. 그 애를 보호할 때까지 마음대로 부려줘."

"알겠습니다. 당분간 저의 경호를 맡도록 부탁하겠습니다."

잠시 상인은 수염을 잡고 생각에 잠겼으나, 진지한 얼굴로 받아들였다.

"좋아."

"괜찮겠나, 지그? 너도 쫓기고 있다며?"

가우스가 몹시 절박한 얼굴로 물었다.

"흥! 한번 당신에게 구해진 몸이니까. 빚은 이자를 부쳐서 갚으려고 했어. 전혀 문제없어."

가우스는 얼굴을 잔뜩 일그러뜨리고, 지그닐에게 깊숙이 머리를 숙였다.

"딸을 부탁한다!"

그리고 애원하는 말을 간신히 쥐어 짜냈다.

지그닐에게 목적이 생겼다. 그리고 그 목적을 달성하기 위해 움직이기 시작했다. 이렇게 지그닐과 뮤가 이어지고, 그로 인해 그 최강의 괴물까지 연결되었다. 그것만이라면 그리 문제는 없었다. 적어도 앞으로 일어날 엄청난 소란의 원인은 되지 않았을 것이다.

그러나 그리트닐 제국, 수인족, 아멜리아 왕국, 그리고 4대 마왕―― 어둠의 마왕 애쉬메디어 각각의 생각이 서로 얽히며 사태는 더욱 혼란스러워지기 시작했다.

후기

안녕하세요, 리키스이입니다.

지금 이 시리즈의 2권 서적화 작업이 대략적으로 끝나고, 잠시 숨을 돌리는 참입니다.

이번 2권은 웹 소설 버전에는 거의 나오지 않던 레나와 키스가 등장했습니다.

레나를 납치한 흉과 우연히 등장한 악군. 본래는 양쪽 모두 절체절명의 위기일 터입니다만, 결국 카이라는 이레귤러 괴물에게는 그리 큰 위협도 되지 않으므로, 압도적인 힘으로 분쇄되고 말았습니다.

사실 흉의 보스, 스파이는 당초 예정으로는 단순한 악역으로 쓰러뜨릴 생각이었습니다만, 쓰는 동안 묘한 애착이 생겨 이렇게 패자부활을 하게 되었습니다. 티아마트는 루나 리아 선생님의 일러스트가 굉장히 근사했기에 이 캐릭터도 남기게 되었습니다.

카이가 사는 세계 레무리아에서 토벌 도감의 유쾌한 동료들에 의한 첫 대규모 전투에 권속들의 성대한 착각, 그리고 이 작품의 특징인 카이의 무쌍 등이 이번 작품의 포인트이므로, 재미있게 봐주신다면 기쁘겠습니다.

그럼 다음이 궁금해지는 3권 예고입니다. 무대의 메인은 웹 소설 버전과는 전혀 다른 완전히 새로운 스토리가 될 예정입니다.

구체적으로는 수인족 뮤를 보호하기 위해 전직 그리트닐 제국

검제 지그널이 움직입니다. 그때 카이와 접촉하려는 제국과 백성을 구하려고 노력하는 4대 마왕 애쉬메디어, 수인족의 불온분자 진압을 바라는 아멜리아 왕국은 각자의 의도대로 행동을 개시합니다. 그 와중에 세계적인 규모의 위기가 닥치는 바람에 사태는 더욱 혼란스러워집니다.

또한 카이와 유쾌한 동료들의 무쌍신도 많이 넣을 예정이므로, 꼭 읽어주십시오! 또한 본 작품의 코미컬라이즈도 현재 진행 중이므로 기대해주세요!

그럼 마지막으로 인사를.

먼저 일러스트를 그려주신 루나 리아 선생님! 본 작품의 여성 캐릭터는 귀엽고, 남성 캐릭터는 매우 멋있습니다. 특히 카이의 전투신은 제가 가장 좋아하는 장면입니다. 캐릭터 설정에 대해서도 다양한 어드바이스를 해주셔서, 납득이 가는 결과물이 나왔다고 생각합니다. 정말 감사합니다.

이어서 이 책의 편집에 최선을 다해주시는 담당자 N씨. 항상 예리한 지적을 해주셔서 크게 수정하느라 힘들지만, 무척 좋은 내용이 만들어졌다고 생각합니다. 감사합니다. 이 작품을 세상에 내보내 주신 후타바샤에도 진심으로 감사드립니다.

그리고 무엇보다 1권과 2권을 읽어주신 독자 여러분. 제가 지금 이렇게 이 작품을 쓸 수 있는 것은 여러분의 따뜻한 응원 덕분입니다. 정말 감사드립니다.

그럼 다음 권에서 다시 여러분과 만나기를 진심으로 기대하겠습니다.

CHONANKAN DUNGEON DE JUMANNEN SHUGYOSHITAKEKKA SEKAISAIKYO NI
-SAIJAKUMUNO NO GEKOKUJO- Vol.2
© Rikisui 2022
All rights reserved.
Original Japanese edition published in Japan in 2022 by Futabasha Publishers Ltd., Tokyo.
Republic of Korean version published by Somy Media,Inc.
Under licence from Futabasha Publishers Ltd.

초난관 던전에서 10만 년 수행한 결과, 세계 최강 ~최약 무능의 하극상~ 2

2023년 10월 15일 1판 1쇄 발행

저　　　자 리키스이
일 러 스 트 루나 리아
옮 긴 이 이서연
발 행 인 유재옥
본 부 장 조병권
담당편집자 박치우
편 집 1팀 김혜연
편 집 2팀 정영길 조찬희 박치우 정지원
편 집 3팀 오준영 이해빈 이소의
라 이 츠 김정미 맹미영 이윤서
디 지 털 박상섭 김지연 윤희진
미　　　술 김보라 박민솔
인쇄제작처 코리아피앤피
발 행 처 ㈜소미미디어
등　　　록 제2015-000008호
주　　　소 서울시 마포구 토정로222, 403호 (신수동, 한국출판콘텐츠센터)
판　　　매 ㈜소미미디어
마 케 팅 최정연 최원석 박수진 박소연
물　　　류 허석용 백철기
전　　　화 (02)567-3388, Fax (02)322-7665

ISBN 979-11-384-8026-0 04830
ISBN 979-11-384-7957-8 (세트)